LES THÉBAINES

*La Vallée des artisans*********

Née au Mans, Jocelyne Godard vit à Paris et en Val-de-Loire. Elle a mené en parallèle une carrière de journaliste d'entreprise et de photographe. Elle a publié des poèmes, créé et dirigé une revue d'art et de poésie, puis fait paraître deux essais : *Elles ont signé le temps,* anthologie biographique de femmes auteurs et *Léonor Fini ou les Métamorphoses d'une œuvre,* étude complète sur l'œuvre de l'artiste, ainsi qu'un roman historique, *Dhuoda la Carolingienne*.
Passionnée par la vie des femmes renommées du passé, elle se penche plus particulièrement sur celles que l'Histoire a oubliées. Elle est l'auteur de la saga égyptienne *Les Thébaines* et d'une collection intitulée *Les Amours des femmes célèbres*.
Une nouvelle saga illustrant la royauté en Val-de-Loire, ses grandes figures féminines et la vie artisanale dans le domaine des prestigieuses tapisseries historiées de cette époque est en cours aux Éditions Stock.

Paru dans Le Livre de Poche :

Les Thébaines :

La Couronne insolente
De roche et d'argile
Vents et parfums
L'Ombre du prince
La Seconde Épouse
Les Dieux indélicats
Le Chant de la Terre

JOCELYNE GODARD

Les Thébaines

La Vallée des artisans*********

ROMAN

LE SEMAPHORE

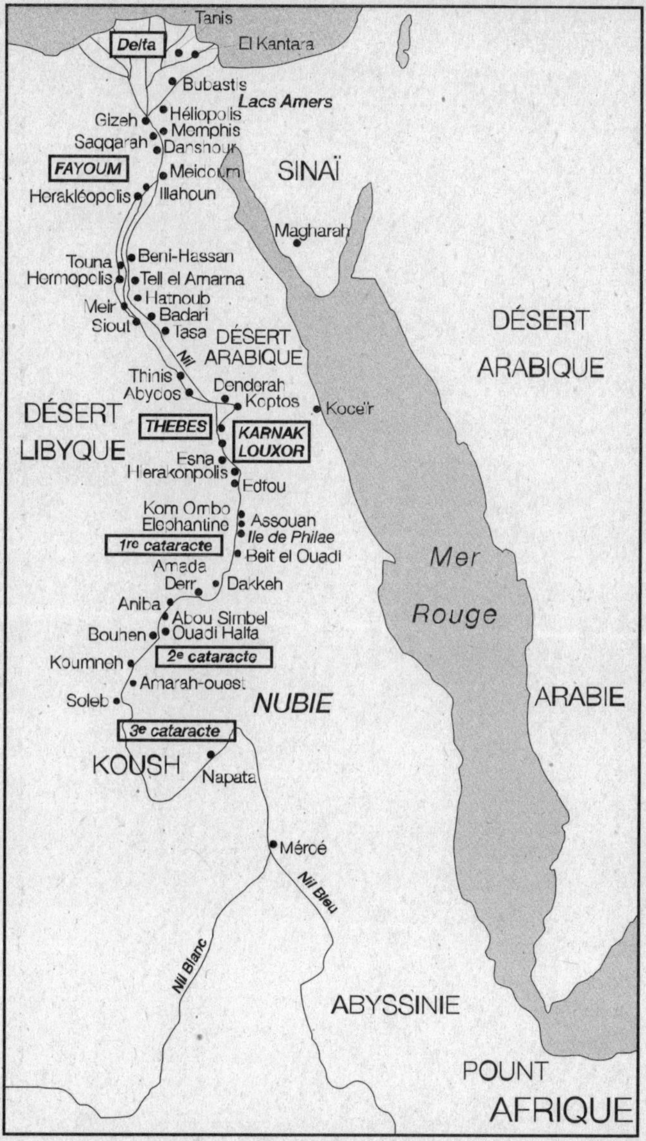

L'Égypte au temps de la XVIIIe dynastie

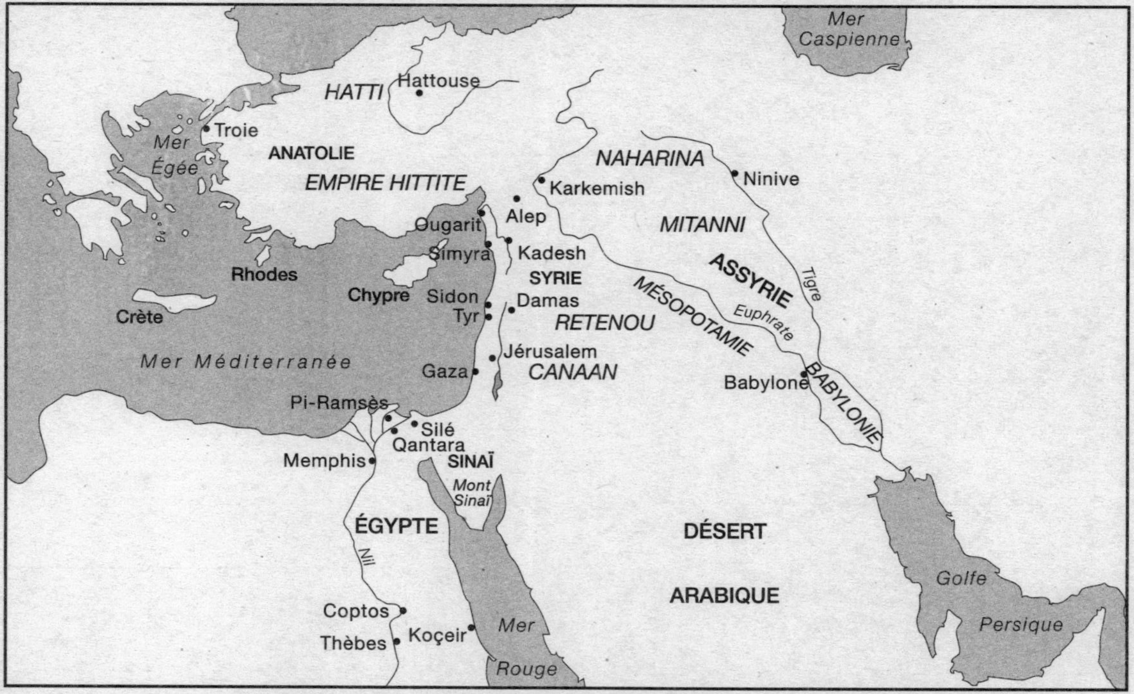

Les pays du Nord au temps de l'Égypte ancienne (XVIIIe dynastie)

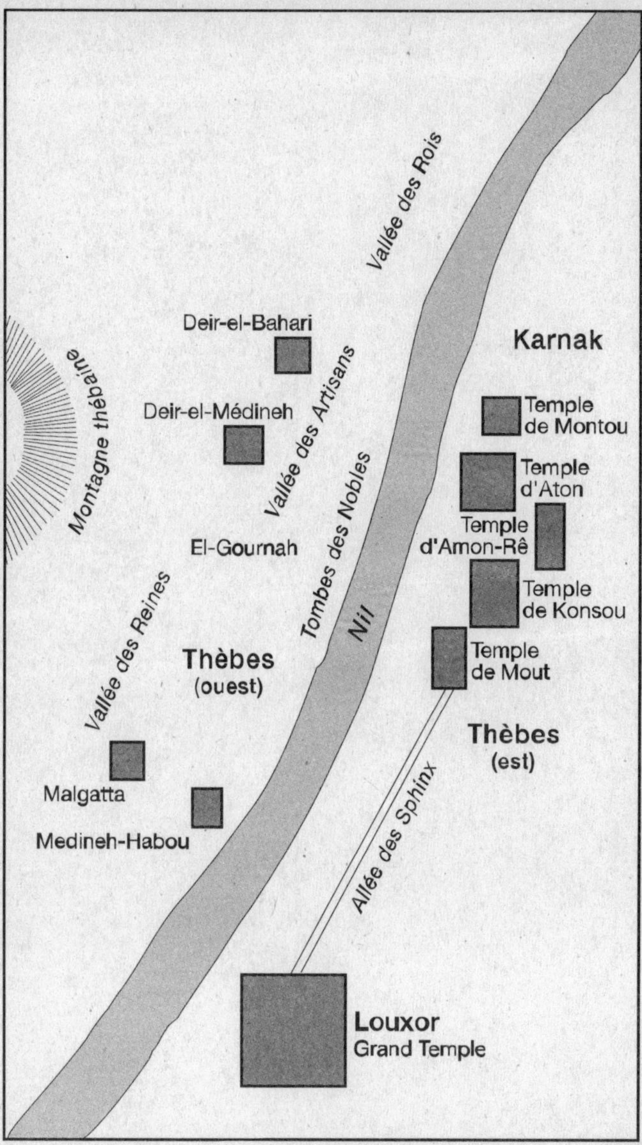

Ensemble de la Vallée thébaine
XVIIIe dynastie de l'Égypte ancienne

LA XVIIIe DYNASTIE ET SES PHARAONS

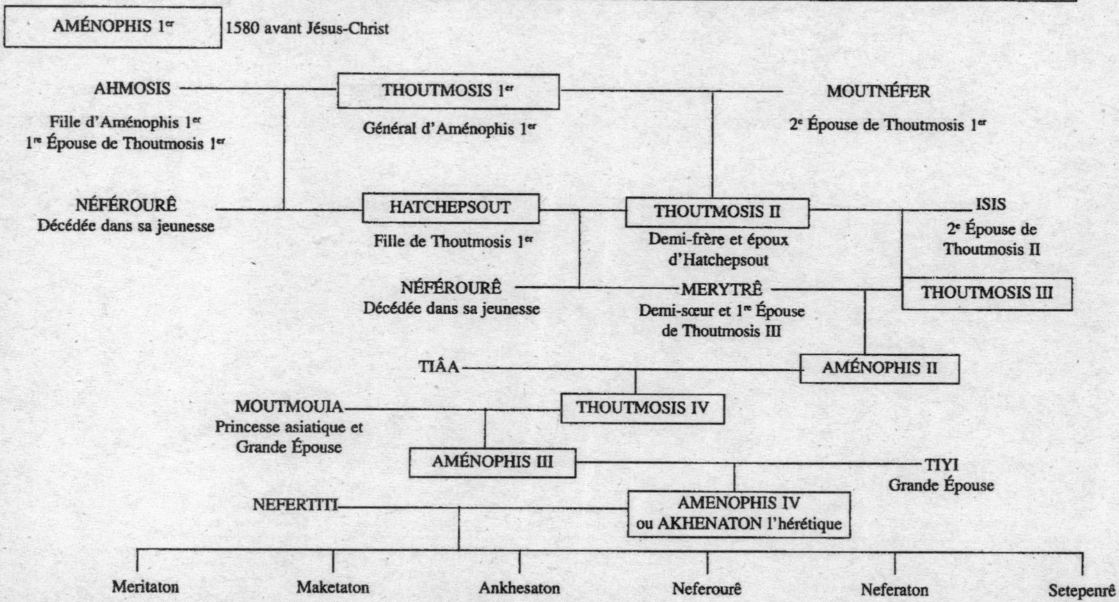

LES THEBAINES - *personnages fictifs* -
Généalogie de SÉCHAT (la scribe)

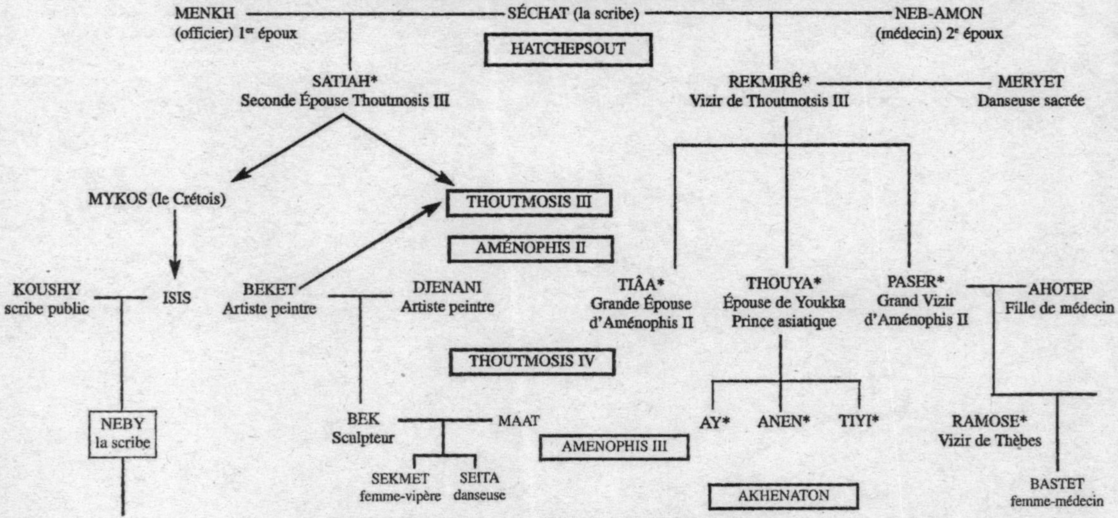

* Personnages dont les noms, fonctions ou titres sont authentiques

Plan du Palais d'Akhet-Aton
à Tell-el-Amarna

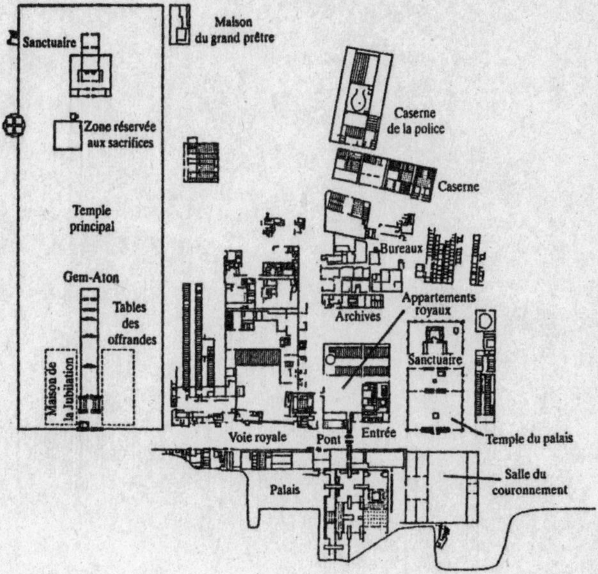

An 29, 4e mois de la saison d'Akhit et 21e jour, l'artisan Khaemouaset a rapporté ceci au pharaon : « Viens à moi, mon maître, et évalue les travaux que j'ai accomplis pour l'artisan Kenna, soit une part de cercueil dont le bois m'appartient. » Le pharaon inclina la tête et affirma : « Cela vaut quatre pieds de lit, un éventail, un quart d'épeautre, soit 31 débens de cuivre. »

Inscription sur l'ostracon n° 25242 du Caire

....

« J'étais un artiste doué pour mon art, inégalé dans ma technique... Je savais comment rendre les mouvements d'un homme et le maintien d'une femme... A part moi et mon fils aîné, chair de ma chair, nul n'y parvient aussi bien. »

Inscription du sculpteur Irtisen

....

« Le blanchisseur lave sur la berge, à proximité du crocodile... De la crasse se mêle à sa nourriture, et aucune partie de son corps n'est propre. Il nettoie les vêtements de la femme qui a ses menstrues. Il pleure lorsqu'il a passé toute la journée à battre le linge avec un bâton et une pierre. »

Satire des Métiers, Moyen Empire

....

« Le barbier travaille jusqu'à l'aube. Il s'en va vers une ville, s'installe dans un coin puis erre de rue en rue à la recherche d'un client. Il fait peiner ses bras pour remplir son estomac, comme l'abeille qui se nourrit en travaillant. »

Satire des Métiers, Moyen Empire

....

« Le tisserand dans son atelier est en plus mauvaise posture que la femme en travail. Les genoux remontés contre la poitrine, il peut à peine respirer. S'il s'absente une journée, on lui donne cinquante coups. Il doit soudoyer le portier en lui offrant de la nourriture s'il veut voir la lumière du jour. »

Satire des Métiers, Moyen Empire

RÉSUMÉ HISTORIQUE

Quand le père d'Hatchepsout — Thoutmosis Ier — meurt, ne laissant que sa fille héritière du trône, celle-ci décide de régner en corégence avec son époux et demi-frère qui, de son règne assez bref, laisse peu de traces dans les annales de l'Égypte ancienne.

A cette époque de la XVIIIe dynastie, les envahisseurs sont tous repoussés des frontières, Hyksos au Nord et Nubiens au Sud. Seul demeure le royaume du Mitanni qui, par la suite, devait devenir un redoutable adversaire.

Dans cette poussée plutôt favorable, reste à développer l'agriculture et l'artisanat qui, depuis longtemps, subissaient les aléas des guerres, accroître le commerce des matières premières : le calcaire, l'albâtre et les turquoises ; enfin reprendre les échanges avec les pays voisins en favorisant davantage les transports et la navigation. Et, pour satisfaire ce vaste programme, il fallait un règne de paix qu'Hatchepsout s'apprête à suivre.

Ahmosis, Aménophis et Thoutmosis, les prédécesseurs d'Hatchepsout, avaient ainsi ouvert une nouvelle dynastie qui, de prestige en prestige, devait durer des siècles.

Quand Hatchepsout se fait sacrer Pharaon des Deux Égypte, endossant la double couronne, tenant le sceptre et le fouet symbolique, posant la barbe postiche sous son fin menton, elle prend conscience que son pays n'a plus besoin de guerre, mais d'harmonie intérieure.

Elle s'entoure de quelques vieux fidèles ayant servi son père et s'adjoint de loyaux collaborateurs tels que Hapouseneb le Grand Prêtre d'Amon, Pouyemrê le Grand Trésorier, Senenmount l'Architecte et Néhésy, le Chef de toutes les Polices.

C'est en abordant cette époque de paix où l'armée n'a plus sa place qu'Hatchepsout agrandira, fortifiera Karnak et son temple d'Amon, élèvera des obélisques à pointe d'électrum, rénovera les villes de Thèbes, Edfou, Abydos, Denderah et, descendant jusqu'à la deuxième cataracte, multipliera les temples aux frontières nubiennes. Puis, sur sa lancée de bâtisseuse, elle ordonnera la construction de sa demeure éternelle sur le site prodigieux de Deir-el-Bahari à Senenmout — son architecte et fidèle conseiller dont on soupçonna toujours qu'il fut son amant — qui se chargera avec succès de la réalisation des travaux.

Une autre partie de son règne concerne les voyages. Une expédition dirigée par Néhésy partira d'Égypte pour le célèbre Pays du Pount, pays étrange qu'il fallait trouver en accédant par l'une des embouchures du Nil ou directement par le port de Quoser, sur la côte de la mer Rouge. L'expédition en rapportera les parfums indispensables au plaisir des dieux, ceux-là mêmes qui ont placé Hatchepsout sur le trône et qu'elle ne veut pas trahir.

De son époux disparu très vite de l'histoire de l'Égypte ancienne, Hatchepsout aura deux filles. La première, Néférourê, décédera dans sa jeunesse, la seconde, Mérytrê, deviendra la Grande Épouse du pharaon suivant, Thoutmosis III.

Après un règne d'environ dix-huit ans, Hatchepsout disparaîtra dans des circonstances que nous ignorons — trop de textes inscrits sur les bas-reliefs ont été effacés après sa mort pour que l'on puisse en savoir plus — laissant la place au troisième des Thoutmosis, fils bâtard de son époux qui, bien entendu, n'attendait que ce jour.

Ces multiples inscriptions disparues, retrouvées parfois, ajoutées à toutes celles qui malgré tout sont restées, peuvent témoigner de la grandeur et de la longévité du règne d'Hatchepsout.

Quand Thoutmosis III monte sur le trône, il ne songe qu'à étendre les frontières de l'Égypte. Ce sont les pays en bordure de l'Euphrate qu'il convoite : la Babylonie, l'Assyrie, le Mitanni, ainsi que le Naharina, contrée florissante et prospère qui grandit en puissance. Quant à l'empire Hittite, il jette un œil concupiscent sur la riche Égypte que le règne d'une femme a peut-être rehaussé au niveau du commerce et de l'agriculture, mais affaibli au niveau de l'armée.

Thoutmosis III, avide de batailles et de gloire, part pour les pays d'Asie. Il fera dix-sept expéditions étrangères, toutes légendaires, soumettant les pays conquis en leur imposant de lourds tributs. Il rapportera aussi d'impressionnants butins — dont le recensement n'est pas une mince affaire — accompagnés de princesses asiatiques et d'esclaves. Il fait de l'Égypte un empire solidement appuyé sur la vassalité des pays qu'il domine.

A sa mort, son fils Aménophis II lui succède, continuant sur la même lancée : ses expéditions guerrières ramèneront aussi butins et esclaves. Des colonnes d'hommes, de femmes et d'enfants épuisés et affamés vont sillonner les terres de l'Euphrate jusqu'au Nil, les pieds ensanglantés. Les survivants se verront enrôlés chacun selon son rang et ses capacités, esclaves, artisans, soldats.

Avec le retour de ces expéditions s'installent d'autres idées, d'autres dieux, et les prêtres d'Amon deviennent méfiants, s'opposant farouchement à tout ce qui se heurte à leur culte.

Mais Aménophis II, plus acharné encore que son père, exige que son fils Thoutmosis IV épouse une Mitannienne, faisant ainsi du futur pharaon Aménophis III un demi-asiatique. Ce dernier, prenant exemple sur ses proches aïeux, bafoue, lui aussi, les usages établis depuis des siècles en refusant de prendre pour Grande Épouse une fille pharaonique. Il choisira Tiyi, fille de Thouya, une Thébaine noble, et de Youkka, un prince asiatique.

Tiyi, par son sens aigu de la diplomatie, mènera une ferme politique extérieure entre l'Égypte et les pays d'Asie.

Régnant en corégence avec son époux Aménophis III qui se repose sur les exploits accumulés de ses prédécesseurs, la reine Tiyi verra naître un véritable commerce de princesses asiatiques entre l'Égypte et les pays d'Asie, et quand celles-ci n'arrivent pas à destination, les rois étrangers se sentent déshonorés.

Durant ce temps à Thèbes, les prêtres d'Amon, installés à Karnak, sentent leurs pouvoirs s'amenuiser et leurs richesses diminuer.

Aménophis III est plus un roi bâtisseur qu'un roi batailleur. Il fait élever des monuments à Karnak, construire des nouveaux temples dont celui d'Aton sous l'œil réprobateur des prêtres d'Amon. Il ordonne la construction de deux gigantesques colosses — appelés plus tard « de Memnon » — le représentant assis sur son trône dominant la plaine. Il fait élever le troisième pylône de Karnak, constitué de deux hauts massifs de grès et d'une porte monumentale.

Quant à Tiyi, sur la lancée de son époux, elle fait construire l'immense et luxueux palais de Malgatta — dont il ne reste plus rien — sur la rive gauche du Nil, face à Thèbes.

Les dieux égyptiens basculent. L'hérésie engendrée par les multiples conquêtes asiatiques qui couve depuis plus de cinquante ans éclate avec Aménophis IV, le pharaon qui se fera appeler Akhénaton. Son épouse, la mystérieuse Néfertiti — venue on ne sait d'où — parachève l'hérésie qui va s'étendre dans tout l'empire, emportant, telle une gigantesque tornade, les croyances établies depuis des siècles.

RÉSUMÉ DES THÉBAINES
(Personnages fictifs)

Séchat, l'héroïne avec laquelle commence la saga, est une jeune thébaine de la XVIIIe dynastie. Issue de la haute noblesse, elle suit les cours de l'école de Thèbes aux côtés de son amie, la princesse Hatchepsout. Très éprise de son compagnon d'enfance, Menkh, qui devient Grand Capitaine de la Charrerie Royale, elle l'épouse. Mais à peine a-t-elle donné naissance à sa fille Satiah que déjà elle apprend la mort de Menkh, tué à la guerre du Mitanni dans les armées du pharaon Thoutmosis Ier. Nommée Grande Scribe Intendante des Artisans par la pharaonne Hatchepsout montée sur le trône, elle ne peut élever elle-même sa fille et la laisse à la garde de ses nourrices à Bouhen.

Veuve, Séchat va se consacrer à son métier de Grande Scribe avec ardeur. Elle maîtrise une révolte d'artisans, déjoue un complot de pilleurs de tombes, rénove des fabriques de papyrus, visite des mines d'or l'entraînant dans un lointain village nubien, assiste à la construction du temple de Deir-el-Bahari qui nécessite le rapatriement en masse de paysans, soldats, artisans, prisonniers pour travailler sur le chantier. Des millions d'hommes élèvent et transportent les gigantesques blocs de granit, s'échinent, suent et s'épuisent dans un désert où le soleil n'a nulle pitié. La position hiérarchique élevée de Séchat suscite des jalousies qui vont la heurter de plein fouet : sa fille Satiah est enlevée, prise en otage par des hauts dignitaires. Séchat va sillonner l'Égypte, de la Nubie au delta, pour tenter de la retrouver. Seul son amant Djéhouty, le Grand Vizir de Thèbes, très épris d'elle, l'aidera dans ses recherches. Enfin, tandis que Séchat retrouve sa fille cachée chez une vieille gardienne de chèvres dans les marais du delta, Djéhouty se voit contraint de prendre femme — Aména, une musicienne du temple — sur l'ordre de la pharaonne qui, pour satisfaire ses desseins, a décidé de séparer leur couple.

Séchat revenue à Thèbes, Hatchepsout lui propose de laisser la petite Satiah au harem du palais où elle sera élevée en sécurité. En exigeant l'assentiment de la jeune femme, elle s'assure de son soutien d'autant plus que sa présence en tant que Grande Scribe est indispensable pour la grande expédition maritime qu'elle projette. En effet, la pharaonne veut partir pour le Pays du Pount sur les côtes africaines, afin de rapporter épices et parfums qui plaisent aux dieux.

Hatchepsout et les Thébaines devront surmonter les dangers d'un océan qu'elles ne connaissent pas et guetter les pièges d'une jungle africaine dont elles ignorent tout. Le voyage est long et périlleux, seule Séchat détient, d'un vieil astrologue, les précieuses cartes maritimes menant au Pount mais on les lui vole. Neb-Amon, le médecin des pauvres de Thèbes, engagé sur l'ordre d'Hatchepsout, lui sera d'une aide efficace pour contrer ses ennemis. Leur entente se mue bientôt en une forte et lente passion qui va les rapprocher au large de la mer Rouge jusqu'en Afrique, où de multiples aventures les attendent avant le retour, espoir pour eux d'un avenir meilleur.

Au retour du Pount, Séchat renonce à son titre d'Intendante des Artisans, mais reste Grande Scribe. Elle demande d'enseigner à l'école du Palais afin de poursuivre le nouveau chemin qu'elle se trace, celui de l'amour et de l'harmonie familiale. Elle a repris à ses côtés sa fille Satiah qui est devenue une adolescente destinée à être la Seconde Épouse de Thoutmosis, le futur pharaon. Puis elle met au monde un garçon, Rekmirê, fils du médecin Neb-Amon. La crue qui tarde, engendrant la sécheresse suivie d'une invasion de sauterelles, va entraîner famine, épidémie et mort de milliers d'hommes parmi les plus défavorisés. Séchat est ainsi le témoin charnière de son temps. Après ces sombres heures, le règne d'Hatchepsout faiblit, mais se lève celui du prince qui, dans l'ombre, attendait.

Satiah, la fille de Séchat devenue Seconde Épouse du pharaon Thoutmosis III, préfère sa liberté à l'existence étriquée du harem. Délaissée par le pharaon dont elle a une fille, Beket, elle vit une passion partagée avec un navigateur crétois. Celui-ci disparaîtra dans une crue qui déferle sur le pays, franchissant inexorablement terres et villages, emportant sur son passage dévastateur bien des vies humaines. Satiah aura la douleur de perdre non seulement Mykos, son amant, mais aussi sa mère, Séchat, qui avait élevé en partie Beket.

Ainsi les années défilent et passent trois générations de pharaons glorieux et vainqueurs, ramenant butins, esclaves et nouveaux dieux asiatiques. Les Thébaines se propulsent dans un vent qui ne souffle pas de façon habituelle, enlevant un peu de terre à leurs profondes racines égyptiennes. Mais il y avait eu tant de sang rebelle, côté femmes, depuis que l'audacieuse Séchat avait été Grande Scribe de la pharaonne Hatchepsout que la lignée des Thébaines ne pouvait s'éteindre sans amorcer une aube nouvelle pleine de fougue et d'énergie.

La désinvolte Satiah, la Seconde Épouse, bafoue les règles établies du Palais et du harem pour vivre sa vie comme elle l'entend, le navigateur crétois dont elle a partagé la passion lui a laissé une fille qu'elle doit cacher pour ne pas scandaliser la cour. L'indomptable Beket préfère suivre une carrière d'artiste peintre plutôt que de fonder une famille tandis que Thouya, l'aventurière, épouse un prince asiatique pour la seule joie de vivre les turbulences d'un voyage exotique et voir les bords de l'Euphrate plutôt que ceux du Nil.

Quant à Neby, la jeune scribe publique, fille de Koushy et d'Isis, elle-même issue de Satiah la Seconde Épouse de Thoutmosis III, elle sillonne le Nil, toujours à la recherche d'un travail. Contrainte de passer pour un garçon afin de fuir les prêtres de Karnak, dont l'un d'eux l'a violentée, et pouvoir exercer son métier en toute quiétude, Neby se propulse au cœur du peuple.

De ville en ville, là où elle passe, à Denderah, Thinis, Abydos, Hermopolis, Touna, Héliopolis, Bubastis, Neby apprend son métier de scribe public. Elle s'arrête sur les places, propose ses services, rédige pour les autres des lettres, des documents, des actes, se fait engager dans les fabriques, les ateliers ou sur les grandes exploitations agricoles où elle compte les bottes de blé ou les sacs de graines.

Puis elle rencontre Choutarna, fille du roi Kadashman, le roi de Babylone qui l'avait envoyée, avec sa sœur Tahoukhipat, pour entrer au harem du pharaon Aménophis III. Mais les prêtres d'Amon organisent le naufrage du navire, faisant disparaître ainsi tous les membres de l'expédition babylonienne. L'une des princesses est sauvée par un paysan de Memphis puis recueillie par Ay, le frère de la reine

Tiyi. Choutarna, l'autre princesse, sauvée elle aussi par le fidèle conseiller de son père, Pappalavizzi, se retrouve avec Neby en plein cœur du désert d'Arabie où elles resteront quelques années.

Revenues en Égypte, la princesse Choutarna, qui veut retrouver les assassins de sa sœur qu'elle croit morte, et Neby, qui reprend son travail de scribe public, séjournent quelque temps à Memphis.

Mêlées malgré elles aux complots des prêtres d'Amon, Bastet, fille du Vizir de Thèbes et Sekmet, héritière des ateliers de l'orfèvre Mériptah, vont croiser le chemin de Neby sans savoir encore que celle-ci est issue de leur propre famille.

Entre-temps, au temple de Memphis, Neby a tout appris du Grand Prêtre Panehesy, du moins ce qu'elle ignorait de l'écriture des hiéroglyphes et de l'enseignement des dieux. Puis, un trouble étrange l'envahit : elle succombe au charme de Panehesy.

CHAPITRE I

Dans la vallée creusée entre le Nil et le désert, sur le versant ouest, adossé aux montagnes thébaines, le village de Deir-el-Médineh s'éveillait.

En des temps bien lointains, une princesse thébaine, Ahmosis-Néfertari dont le père, l'époux et le fils avaient été les premiers libérateurs de l'Égypte tombée sous le joug des Hyksos, s'était distinguée dans l'Histoire par sa clairvoyance, sa détermination et son autorité. Devenue reine dès la libération du pays, elle avait endossé la charge cléricale sous la domination du dieu Amon qui devenait chaque jour plus puissant, prenant ainsi en main le culte de toute la région de Thèbes.

Puis Ahmosis-Néfertari, dont l'influence était grande, avait pris le site de Deir-el-Médineh pour y célébrer son culte et y plonger au cœur son fils Aménophis Ier qui commençait, alors, à développer les solides bases de Thèbes et de Karnak pour en faire la nouvelle capitale de la XVIIIe dynastie, celle du Nouvel Empire.

Se rendant très vite compte qu'après toutes les barbaries subies en Égypte depuis l'invasion des Hyksos il fallait au pays des bâtisseurs, des artisans, des ouvriers, la reine et son fils avaient fait du village de Deir-el-Médineh un site de travail dont ils devaient rester très longtemps les saints patrons. Il va sans dire que carriers, tailleurs de pierre, charpentiers, menuisiers, peintres, potiers et autres artisans les vénéraient à tel point qu'il fallut élever des statues du roi et de la reine et même en rapporter de Karnak qui, situé sur l'autre rive du fleuve, commençait à étendre sa renommée avec l'influence que l'on connaîtra et mesurera plus tard.

Les sites thébains des rives gauche et droite du Nil furent ainsi créés et l'on vit, peu à peu, à Deir-el-Médineh, se fonder la corporation des ouvriers de la nécropole royale qui, dès la XIXe dynastie, devait amplement se développer sous le règne des rois Ramsès.

En ce matin du mois de Mesoré qui terminait la saison du Chemou en même temps que les fenaisons, les moissons et les vendanges, les premiers ouvriers de Deir-el-Médineh s'apprêtaient à prendre leur poste de travail.

Les ouvriers les plus matinaux étaient les carriers et les tailleurs de pierre. Ils débutaient toujours la journée. Tôt le matin, alors que les rayons solaires n'étaient pas encore levés et que l'aube apparaissait à peine derrière la montagne thébaine, ils se dirigeaient vers les carrières d'où l'on extrayait de beaux et gros blocs de grès qui servaient aux constructions des tombeaux royaux disséminés à la lisière du fleuve tout au long de la vallée.

Seuls, les chefs de chantiers, les surveillants et les ouvriers qualifiés qui taillaient la pierre habitaient au village. Les prisonniers et les esclaves employés uniquement à l'accablant transport des blocs de pierre dormaient dans des baraquements installés près des carrières. Parfois, ils étaient affectés au fastidieux travail du forage des galeries qu'il fallait creuser toujours plus profondément pour obtenir sans cesse la quantité de matériau nécessaire aux constructions des temples.

Puis les briquetiers suivaient. Ils se levaient, eux aussi, quand le soleil commençait à monter lentement dans le ciel, annonçant déjà les heures chaudes de la journée. Leur travail, nullement compliqué mais fastidieux, consistait à extraire et à remonter le pesant limon du Nil dans de grands seaux que transportaient ensuite les ânes, les bœufs, parfois les béliers plus rapides et fougueux. Chez Kébi, le plus grand briquetier du village, les hommes déversaient ce lourd limon dans de grands bacs et le mélangeaient avec du sable mouillé et de la paille finement hachée.

Un peu plus tard, une équipe d'hommes arrivait avec pelles et pioches à l'appui pour remuer le tout quand le limon était préparé. C'était de grands gaillards aux épaules roulées comme des balles de cuir serré. Jambes écartées et visage penché sur les bacs, ils œuvraient en silence. Seuls les coups des pioches contre les rebords tintaient de façon étrange.

Venaient ensuite les ouvriers qui jetaient le mélange dans des moules en forme de briques accolées les unes aux autres. Il fallait prendre soin de nettoyer les bords quand la préparation limoneuse débordait, car il était difficile de l'ôter quand le tout avait séché. Kébi disposait de grands moules juxtaposés et superposés formant en longueur une sorte de cloison basse que les hommes ne démoulaient qu'après de prudentes manœuvres, puisqu'il fallait transporter ce moulage là où le soleil dardait ses rayons les plus ardus.

Quand les briques ainsi formées commençaient à sécher et que leur consistance s'ébauchait, on pouvait dire que les briqueteries de Deir-el-Médineh battaient leur plein — celle de Kébi en tête — et un va-et-vient tumultueux emplissait tout le village. Les porteurs d'eau sillonnaient le chemin allant des bassins aux piles de briques qu'il fallait correctement humidifier avant séchage, les ramasseurs de chaume alimentaient sans arrêt les tas de paille qu'on devait finement hacher et, enfin, les hommes affectés au transport du sable provenant du désert en remplissaient de grands sacs en fibres de papyrus.

A cette heure matinale, suivait l'ouverture des ateliers de poterie. Ils se succédaient tous au centre du village, serrés les uns contre les autres, ouverts aux passants avec les objets façonnés étalés à même le sol. Les potiers mettaient leur tour en marche dès que les porteurs d'eau — souvent des enfants — leur amenaient des seaux emplis d'eau du Nil pour leur permettre de mouiller correctement l'argile quand elle commençait à sécher trop vite.

Ils pétrissaient la pâte avec les pieds et plaçaient leurs blocs d'argile sur un tour composé d'un simple disque de bois qu'ils faisaient tourner sur un pivot. Un procédé ancien dont les origines remontaient des profondeurs d'Éléphantine et de son dieu Knoum.

Sous leurs doigts agiles, les blocs prenaient forme. Il en ressortait des pots et des bols ventrus, des gobelets, des brocs au bec allongé, des jattes et des coupes évasées. Le potier poursuivait le fignolage à la main et le polissage venait seulement quand apparaissait la forme souhaitée selon l'utilisation à laquelle elle devait servir : cruches à vin, à bière, pots de graines, jattes à fruits ou autres ustensiles indispensables à la vie quotidienne.

Enfin, les potiers faisaient cuire leur travail dans de grands fours en briques chauffés par en dessous au moyen de braises, avant d'arriver à la phase finale de la décoration. Tout alors était permis : frises de fleurs et de feuillages, oiseaux, poissons et divers motifs géométriques.

A Deir-el-Médineh, les potiers effectuaient beaucoup de petits objets en argile destinés aux tombes des reines et des femmes nobles de Thèbes comme les tubes de khôl, des flacons de parfums, des fioles d'onguents, des vases à fleurs, des supports de miroirs, des cruchons à eau de lotus.

Aidé de ses ouvriers et de ses apprentis, pour la plupart tous des fils de potiers qui connaissaient leur travail, à l'exception du jeune Sehotep qui était un fils d'agriculteur, Maya rendait un travail incomparable. Ses doigts magiques — et peut-être même son pied — pétrissaient la masse d'argile avant qu'il la prît entre les mains avec une dextérité sans pareille. Son tour, actionné aussi vite qu'une hélice, laissait devant les yeux une image tourbillonnante et vertigineuse.

Dans le quartier des potiers, d'autres ateliers que celui de Maya s'activaient. Ils effectuaient de grandes jarres à provisions que l'on entassait dans les salles des nécropoles. C'était d'immenses récipients ventrus, à base horizontale, qui se terminaient en pointe. Ces jarres n'avaient pas de anse et leur bouchon était conique, de telle sorte qu'on pouvait les enfoncer dans le sable pour que leur contenu garde toute sa fraîcheur, mais celles que confectionnaient les potiers de Deir-el-Médineh servaient aux chambres mortuaires des familles nobles de Thèbes enterrées dans la vallée.

Le quartier des potiers en activité, celui des peintres et des sculpteurs suivait. Là encore, un tumulte considérable s'ensuivait. A longueur de journée, les ateliers résonnaient de leurs bruits et du va-et-vient incessant des artisans. Les sculpteurs faisaient vibrer maillets, ciseaux, herminettes, burins, brosses et polissoirs. Les blocs posés au centre des ateliers attendaient la touche finale, apportée par le surveillant général. Le maître Bek ne venait que de temps à autre surveiller l'ensemble du travail. Parfois, il prenait le ciseau et peaufinait un relief en creux, parfois il redressait l'incrustation d'un cristal de roche fixé dans l'œil d'une statue destinée à la tombe d'un des nobles de la vallée thébaine. Parfois, il polissait le relief d'une saillie qu'il trouvait trop irrégulière.

Dans l'atelier de Bek — qu'il visitait rarement, car il en avait une dizaine d'autres dont un à Thèbes, un à Malgatta près du palais de la reine Tiyi et plusieurs à Memphis — l'agitation n'était pas des moindres. Une équipe d'hommes dégrossissait depuis plusieurs jours un bloc de pierre suivant le tracé au noir qui esquissait la forme de la statue. Elle était posée sur un socle d'albâtre, attendant la concrétisation des premières formes de sa silhouette, l'éclat de l'œil déjà ébauché et la posture étudiée. Bek était ainsi. Il contestait les fondements de la sculpture égyptienne établis depuis longtemps et ses créations inédites n'étaient pas toujours vues d'un bon œil, engendrant bien souvent des controverses et des discussions sans fin dans lesquelles Bek voulait tout remettre en cause.

Dans un coin de l'atelier, plusieurs peintres dessinaient des esquisses sur des ostracas. Les morceaux de calcaire, soigneusement répertoriés selon leurs dimensions, étaient entassés devant eux. Quand le trait qu'ils esquissaient ne leur convenait pas, ils l'effaçaient avec un chiffon de lin accroché à leur ceinture et, le regard farouche et déterminé, ils recommençaient le tracé manqué.

Pour les temples des nécropoles de Thèbes, les artisans façonnaient des statues d'homme à tête de bélier, de lion, de vache ou de taureau, d'ibis ou de faucon, de chat, de chien ou de chacal. Tous les dieux d'Égypte ne devaient-ils pas être représentés sous leur forme sacrée animale ! A l'exception de Bek, l'artiste contestataire, il n'était nullement question pour les artisans peintres et sculpteurs de laisser libre cours à leur inspiration. Les scènes et attitudes figurées devaient se perpétuer toutes identiques. Seul le matériau changeait, albâtre, marbre, calcaire, granit, pouvait varier mais le modèle devait rester identique. Le changer eût porté atteinte à la dignité religieuse égyptienne, ce qui pourtant ne gênait guère le sculpteur Bek. Ce dernier profitait de la protection inespérée de la grande reine Tiyi qui, elle aussi, était plutôt d'avant-garde.

Un peu plus loin, se regroupaient les menuisiers et les charpentiers. Ils travaillaient des bois locaux, l'acacia, le caroubier, le genévrier et le sycomore. Les troncs d'arbres charriés par le fleuve étaient débités en planches. On entendait les vibrations des scies jusqu'à ce qu'elles provoquent leur cassure, le bruit sec des haches fracturant le bois, les coups de maillets le martelant et le glissement des rabots le polissant entraînait une volée de copeaux retombant en silence sur le sol en terre battue.

Dans l'échoppe tenue par Minkef le Thébain, un homme grand et fort, qui menait de main de maître ses affaires, secondé par Abou, un petit personnage aussi fluet qu'une tige de lotus mais résistant comme un vieux sycomore dont il prenait le bois pour travailler ses coffres, on ne perdait pas son temps. D'un œil aigu, Minkef surveillait les ouvriers qui perçaient les trous avec un foret mû par un archet. De l'autre, non moins acéré, il observait les hommes plus expérimentés qui procédaient aux assemblages avec des chevilles et des tenons de bois pour les fixer ensuite aux plaques de métal qui venaient les habiller. Quant au contremaître Abou, tout en surveillant lui aussi la bonne tenue de l'atelier, il débitait ses planches avec une dextérité étonnante et arrivait même à soulever les plus lourdes comme s'il s'agissait de grandes plumes d'autruche.

Abou était sérieux dans son travail et, même si Minkef l'observait plus longtemps qu'il ne devait, il savait qu'il lui faisait confiance. Abou n'avait jamais trahi son maître. Il connaissait trop l'exigence des nobles thébains pour se laisser aller à la moindre défaillance. Les grands dignitaires de la cour, et plus encore le pharaon et la reine, réclamaient pour meubler leur nécropole des pièces de bonne confection, richement sculptées et décorées de motifs floraux agrémentés d'or ou de cuivre. Chaises, tables, bancs, coffres partaient chaque jour en direction des tombes qu'ils faisaient construire dans la vallée thébaine.

Parfois, Minkef recevait une commande royale dont le travail sortait de l'ordinaire, comme une estrade en bois recouverte d'électrum ou de lapis-lazuli pour disposer les trésors que les rois accumulaient au cours de leur règne ou le coffrage d'un naos à deux ou trois étages, à corniches sculptées et à colonnettes papyriformes.

Quand la commande était aussi éblouissante, nécessitant l'apport d'un métal précieux ou d'une pierre de grand luxe, la cour de Thèbes déléguait des gardes en suffisance pour les parquer dans le village et aux portes des ateliers concernés, ainsi qu'un Grand Scribe attaché aux travaux royaux et, parfois même, le sous-vizir de Thèbes.

En poursuivant l'allée centrale de Deir-el-Médineh où s'entassaient terrasses, échoppes et maisons, l'artère malodorante des cordonniers et des tanneurs s'étalait jusqu'à la sortie du village, laissant planer dans l'espace les vapeurs des bains de peaux tannées.

Les cordonniers, que l'on fréquentait plus que les tanneurs, fabriquaient des casques, des carquois, des boucliers consolidés par des clous et des plaques de métal. Lorsqu'ils étaient terminés, ils étaient entreposés dans les nécropoles pour rappeler la gloire et la grandeur du métier de guerrier. A côté de ces travaux de prestige venaient ceux de plus petite envergure comme la confection des sandales, des fouets, des chasse-mouches, des liens pour enfiler les perles des pectoraux, des gorgerins et des colliers, quand celles-ci n'étaient pas fixées entre elles par des maillons en métal.

Sokheta, l'épouse de Tanefert le cordonnier, n'aimait guère la proximité des bacs à teinture qui exhalaient une odeur nauséabonde du matin au soir. Elle eût donné gros pour transporter ses pénates loin des échoppes des tanneurs qui empestaient le bout du village dans lequel elle était obligée de manger, de dormir et de vivre. Ah ! Comme elle aurait voulu épouser un vannier, un tisserand ou Minhesy le cordier, toujours amoureux d'elle depuis vingt ans et qui habitait en plein centre de Deir-el-Médineh dans sa grande échoppe qui sentait bon le papyrus ! Il faisait de si belles cordes, Minhesy ! Toutes formées de quarante fils solides, chaque fil étant composé de sept fibres torsadées au moulinet, des cordes si résistantes qu'on lui en commandait de partout. Mais au lieu de humer le papyrus, Sokheta était obligée de respirer les cuves de teinture qui laissaient une odeur âcre, souvent irrespirable. Et pire ! Les creusets dans lesquels on fondait le métal se révélaient aussi empuantis et n'étaient qu'à quelques coudées des tanneurs. A peine levée, Sokheta se bouchait le nez jusqu'au soir en attendant qu'un sort meilleur vînt récompenser sa patience.

Depuis l'Ancien Empire, la technique du tannage n'avait pas changé. Les Égyptiens la pratiquaient à la graisse d'animal en y ajoutant une décoction à base de cosses d'acacias, plante réputée pour sa forte teneur en tannin. Après avoir soigneusement raclé les peaux pour les débarrasser des fragments de chair ou de poils, ils les étiraient en tous sens en se servant d'un chevalet à trois pieds. Puis, ils les immergeaient dans de l'huile où elles macéraient plusieurs jours. Quand ils les retiraient, ils les mettaient aussitôt à sécher et les martelaient pour faire pénétrer l'huile. Alors, elles devenaient souples, imperméables à l'eau et imputrescibles.

Par souci de sécurité, les creusets à fonte étaient, eux aussi, à l'extérieur du village. Toute la journée, les ouvriers activaient les brasiers au moyen de soufflets et travaillaient avec de longues tiges de bois pour ne pas se brûler. Le métal en fusion, coulé dans de larges moules en terre glaise puis étendu, battu, transformé en plaques qu'on disposait enfin sur des sortes d'enclumes afin d'être polies, ciselées ou serties. C'était là que travaillaient le forgeron et le maréchal-ferrant qui, eux aussi, avaient besoin d'eau, de feu et de leur enclume.

*

Depuis l'aube, Koushy inspectait les environs. Son œil vif allait et venait au-delà de la colline qui, à l'est, surplombait la vallée thébaine et le fleuve qui serpentait entre les champs et les habitations des paysans.

Les deux policiers avaient terminé leur ronde de nuit et Koushy savait, pour les avoir observés de multiples fois, qu'il se passait invariablement une heure ou deux avant que les deux surveillants de jour arrivent et les remplacent.

Koushy venait de voir la file des carriers s'avancer vers l'excavation d'où ils extrayaient les pierres. Dans quelque temps, ils seraient tous au travail jusqu'à ce que les rayons solaires fussent trop mordants pour poursuivre la besogne. Alors, une pause bienfaisante leur permettrait de manger, boire et s'assoupir à l'ombre d'un rocher. Puis, ils reprendraient leur ouvrage et quand la nuit commencerait à tomber, le chef de groupe jetterait d'une voix haute et forte l'ordre de cesser jusqu'à l'aube suivante.

Koushy arrondit ses mains autour de sa bouche et poussa un cri semblable à celui d'une chouette appelant son mâle. Le hululement qui perça l'aube fit se retourner les derniers de la file. Celui qui la terminait était un adolescent dégingandé portant sur ses épaules un long bâton aux extrémités desquelles pendaient deux seaux d'eau d'où tombaient quelques éclaboussures lorsqu'il se tordait les pieds sur la rocaille du chemin.

Hénout avait pour besogne de donner de l'eau à boire aux travailleurs durant la brûlante et harassante journée afin que le rendement des équipes ne perdît ni en qualité ni en intensité. Alors, Hénout remplissait la gamelle qui pendait à son cou et la tendait aux assoiffés. Quand ses seaux étaient vides, il regagnait la vallée jusqu'au Nil, emplissait ses récipients et remontait dans la montagne. Engagé depuis peu, Hénout ne s'était pas encore habitué à son travail, son prédécesseur possédait un âne pour le chargement d'eau, ce qui diminuait considérablement sa peine. Cependant, Hénout restait optimiste. Il était jeune et savait qu'avec le temps il pourrait acquérir le mulet de ses rêves qui ferait à sa place une partie de son travail. Ses jambes alertes effectuaient pour l'instant la besogne.

Le hululement de Koushy lui fit tourner la tête. Il

fut obligé de mettre ses mains en visière pour apercevoir la silhouette de l'enfant perchée en haut de la montagne et à demi cachée derrière l'unique et maigre bosquet qui se dressait étrangement dans cette zone désertique où rien ne poussait. Il hésita et, voyant que les hommes qui le précédaient ne portaient plus attention au bruit qu'ils venaient d'entendre, il posa ses seaux sur le sable. Le boqueteau au feuillage à dents crénelées à moitié desséché, haut de quelques coudées à peine, offrait un piteux asile à Koushy qui, à présent, attendait patiemment. Laissant là ses deux seaux d'eau, Hénout courut à sa rencontre.

— Tu m'avais dit ce soir, jeta-t-il essoufflé par sa course en plein soleil.

— C'est impossible, fit Koushy en sortant de sa cachette, les veilles de marché, ma mère se couche plus tard.

— Et alors !

— Alors, fit l'enfant en faisant la moue, je ne peux pas m'absenter sans qu'elle cherche à savoir ce que je fais et où je vais.

— Si tu ne m'apportes pas un sac comme nous l'avions prévu, comment veux-tu que je te refile les tessons ?

— Bien sûr, répliqua Koushy d'un ton aigu, je te l'apporterai demain matin.

— Nous avions dit ce soir, reprit Hénout d'un air buté.

L'enfant esquissa un geste de mauvaise humeur.

— Tu m'as dit que le matin tu pouvais les cacher dans tes seaux vides.

— Pas toujours. Ken, le chef de file, regarde à l'intérieur pour voir si je n'y cache pas quelque chose le soir en partant.

Koushy sentit le désarroi l'envahir. Il laissa retomber ses bras le long de son corps et chercha une repartie qu'il ne trouva pas.

— Écoute, conclut Hénout dans un sourire qui fit plisser ses lèvres minces, si tu ne peux pas m'aider, je demanderai à quelqu'un d'autre et tu ne gagneras même pas une poignée de pois chiches.

Koushy se racla la gorge. L'insolence de son compagnon lui fit retrouver son assurance.

— Tu ne peux rien faire seul, attesta-t-il énergiquement. Tu ne connais pas les apprentis qui veulent ces tessons.

— Non, mais il m'est facile de demander leurs noms.

L'enfant devint rouge de colère et saisit Hénout par un pan de sa tunique brune dont la faible texture faillit se déchirer.

— Si tu me laisses tomber, cria-t-il, je dirai à tout le village que tu voles des tessons de poterie dans le vieil atelier désaffecté qui borde les carrières pour les revendre aux apprentis peintres de Médineh.

— Alors, c'est ta parole contre la mienne.

Hénout releva son buste et ses jambes s'écartèrent pour prendre un appui plus solide sur le sol. Puis il mit les poings sur ses hanches et regarda son jeune compagnon en éclatant de rire.

— N'oublie pas que j'ai douze ans et que tu n'en as que huit.

Par la force des choses, Koushy fut dans l'obligation de se concentrer quelques secondes et, voyant que dans l'histoire il était le moins fort, il eut recours à l'astuce et sembla se rallier à la proposition de son compagnon. Cependant, bien que petit d'âge et de taille, Koushy était un fin psychologue et certes plus intelligent que Hénout. Aussi, toute colère rentrée, proposa-t-il d'un ton avenant :

— J'ai une idée. J'apporterai le sac dans la journée et je le cacherai ici dans ce bosquet. Tiens, fit-il en se baissant et en raclant de ses doigts le sol sablonneux, je le recouvrirai de cette manière.

Et il laissa un léger monticule dépasser de la surface du sol.

— Toi, poursuivit-il en se relevant, tu le prendras sur ton chemin à ton dernier voyage et ce soir tu le déposeras plein derrière notre maison. Je me lèverai dans la nuit pour le cacher ailleurs.

Hénout qui ne voulait pas capituler fut obligé de convenir que l'idée de son jeune compagnon était valable. De plus, s'il se débrouillait bien, il pourrait au retour laisser les autres, rester sur place jusqu'au déclin du jour et redescendre quand le sac serait plein. Cela lui éviterait un pénible aller et retour dans l'obscurité complète.

— C'est bon, on fait comme ça.

Puis, il regarda en direction des seaux qu'il avait laissés sur le sol sablonneux et vit que la file des carriers n'était plus qu'un point imperceptible. Satisfait, il réitéra son accord à l'enfant et, en quelques grandes enjambées, il s'efforça de rattraper ses compagnons.

Quand Koushy redescendit dans la vallée, gambadant comme un jeune cabri, l'œil brillant d'avoir réussi un coup de maître avec plus grand que lui, il se heurta au jeune briquetier Hopet qui travaillait chez Kébi, l'inflexible sous-intendant des ateliers qui dépendaient de Karnak et qui étaient, comme presque tous d'ailleurs, sous la domination des prêtres d'Amon.

— J'ai besoin de ton aide, Hopet, fit l'enfant en barrant la route au briquetier.

— Que veux-tu, Moustique ?

— Si tu m'appelles encore moustique, rugit l'enfant, je dirai à Kébi que ta sœur est l'amie de Menwy et tu sais que cela ne lui plaira pas, car Menwy est un Syrien et les Syriens sont mal vus à Médineh.

Comme l'autre le regardait éberlué de sa réplique, Koushy poursuivit sans attendre :

— Tu ne te souviens plus que Kébi a le peuple d'Asie en aversion ?

Hopet avait vingt ans. À la suite d'une déception amoureuse, il avait déserté la briqueterie de Memphis où toute sa famille travaillait et s'était retrouvé employé chez Kébi, le plus grand briquetier de Deir-el-Médineh. Sa sœur Inéni, souhaitant devenir une artiste peintre et non une vulgaire ouvrière qui mouille toute la journée l'argile servant à faire les briques, avait insisté pour l'accompagner.

Mais Inéni n'arrivait pas à sortir de sa condition et, comme à Memphis, elle mouillait l'argile coulée dans les moules à l'instar de beaucoup d'autres filles de son âge, laissant aux hommes le soin de façonner les briques. Certes, il était difficile pour une fille de basse extraction d'imposer ses idées si celles-ci sortaient du cadre de sa condition. Et depuis quelque temps, Inéni était si déçue de ne pouvoir sortir du rang des ouvrières attachées à la briqueterie qu'elle s'était mise à fréquenter une bande d'esclaves asiatiques ramenés des campagnes pharaoniques qui, de temps à autre la nuit, se retrouvait à l'extérieur du village. Or, les prêtres de Karnak dont dépendaient tous les ateliers de Deir-el-Médineh n'aimaient guère que les Égyptiens se mêlassent à cette sorte d'individus juste bons à faire de vils serviteurs.

Hopet se ressaisit.

— Laisse tomber les fréquentations de ma sœur, dit-il d'un ton bas. Inéni m'a parlé de tessons de poterie que tu t'apprêtes à voler. Je ne veux pas entrer dans ta combine. Tu risques une lourde peine, toi et ton ami Hénout, si les policiers de Médineh vous prennent.

— Inéni est d'accord, rétorqua l'enfant. Elle se sauvera de ta maison et partira avec les esclaves asiatiques si elle n'a pas ces tessons pour dessiner. Et toi, tu la chercheras partout et tu seras peut-être responsable de sa mort si elle se jette dans le Nil pour se faire manger par un crocodile.

— Je ne crois pas un mot de ce que tu dis. Mais, je vais t'aider quand même. Tu veux un sac ?

— Oui. Un grand.

— Je t'ai prévenu, Moustique. On te coupera le nez si les policiers te prennent. Mais, si tu n'as pas peur, viens me voir avant midi. C'est l'heure où tous les sacs de sable ont été vidés dans les bacs d'argile. Je t'en trouverai un vieux, usé et peut-être déchiré qui ne sert probablement plus.

CHAPITRE II

Depuis que Néfertiti avait épousé le prince Aménophis, Sehotep n'avait pas revu sa sœur de lait. Retenue par de multiples activités au palais, elle ne pouvait plus venir chez Ouri et Pensilhé, ses parents nourriciers. On disait que le prince allait régner en corégence avec le pharaon son père trop malade pour assurer les affaires du royaume. On disait aussi que Néfertiti attendait son premier enfant.

Sehotep, frère de lait de la jeune princesse puisque Pensilhé, sa mère, avait donné le sein en même temps aux deux enfants, avait grandi avec Néfertiti, partagé les jeux de l'enfance et les joies de la campagne avec elle, suivi l'évolution des saisons et regardé les blés pousser et les inondations monter à l'assaut des champs. Oui ! Sehotep aimait observer la saison du Périt qui amenait les semailles, celle du Chemou annonçant les moissons et celle d'Akhit avec sa crue régénératrice épandant le riche limon du Nil.

Cependant, malgré son amour pour la nature, Sehotep était le seul de la famille à refuser de travailler aux champs. Depuis qu'il était petit, il voulait être potier, pétrir l'argile qui, d'une masse informe, prenait une apparence magique quand l'homme activait du pied le tour et modelait de ses mains la matière afin qu'elle devînt objet utile au quotidien.

Quand il se leva pour effectuer son premier jour de travail, son cœur battait à tout rompre et il sentit des fourmillements dans ses jambes impatientes d'entamer la marche jusqu'à la maison du potier. Il avait enfilé un pagne neuf et passé ses cheveux à l'huile de lin pour qu'ils restent impeccablement coiffés sur sa tête bouillonnante d'idées nouvelles. Sa mère lui avait donné des sandales en fibres de papyrus — non en cuir, car seuls les nobles pouvaient en porter — mais il les avait attachées à sa ceinture par une fine corde afin de les préserver de l'usure.

Sur son chemin, il rencontra Snoufrou et Seshi les policiers qui effectuaient la garde de nuit près des carrières de Médineh. Ils devaient avoir terminé leur travail et semblaient rentrer chez eux. Sehotep les salua poliment bien qu'il détestât l'un d'eux pour sa brutalité quand il avait trop bu. On disait au village qu'autrefois sa femme était partie, violemment maltraitée à la suite d'un excès d'alcool.

Seshi était un fort gaillard et, malgré ses quarante-cinq ans, ses muscles étaient encore aussi puissants qu'à vingt ans. Ses yeux durs et froids vous prenaient de plein fouet lorsqu'il vous croisait et, sous sa paupière lourde, il happait au passage tout ce qui était anormal, du moins quand il était à jeun.

— Ce gamin m'exaspère à observer la vallée, juché sur son bosquet en plein désert, fit Seshi à son compagnon qui grogna légèrement avant de rétorquer :

— Bah ! Il ne fait aucun mal. Il est toujours seul et Koushy n'est pas un mauvais garçon.

— Et moi, je te dis que si je le reprends à mater les abords de la carrière, je lui ferai goûter de ma bastonnade. Dix ou vingt coups ne lui feront pas de mal. Il ne se montrera pas de sitôt là où il ne doit pas être.

— C'est un gamin, je te dis, assura l'autre. Laisse-le se dégourdir les jambes. Dans un an ou deux, son père le mettra apprenti dans l'un des ateliers de poterie du village et il n'aura plus le temps de courir la campagne.

Sehotep n'entendit pas la suite du propos. Il vit les deux gardiens de nuit se diriger vers leur demeure et se dit que ce monstre de Seshi n'irait sans doute pas se reposer auprès d'un dieu quand sa vie de l'au-delà arriverait.

Comme il avait pris un peu de retard, il pressa le pas, sa calebasse contenant son repas du midi attachée à la taille, de l'autre côté de ses sandales. Une sacoche bien remplie ! Pensilhé, sa mère, lui avait mis une large tranche de lard grillée, deux gros oignons frais et un pain aux noix fourré au miel. Mais ce qui l'alourdissait davantage, c'était la grande gourde d'eau fraîche.

Sehotep était si heureux que le potier Maya l'eût accepté comme apprenti dans son atelier alors qu'il n'était qu'un fils d'agriculteur ! Son enthousiasme débordait tant qu'il marchait déjà le cœur à l'ouvrage. Il faut dire que la chance lui avait considérablement souri. Tout le monde ne connaissait pas intimement Néfertiti, la jeune épouse du futur pharaon Aménophis le quatrième.

Sehotep traversa promptement le village pour se rendre chez le maître Maya dont l'atelier jouxtait celui de Bek le sculpteur. Soudain, il heurta le fils d'Antef, le petit Koushy qui portait un sac de toile vide.

Il l'accosta d'un sourire sympathique.

— C'est toi le fils d'Antef qui travailles chez Maya ?

— Oui, répondit l'enfant. Et je sais que toi tu es le fils de Ouri, l'agriculteur, et que ton père est le chef-surveillant du cheptel du village.

— Fais attention, Koushy, l'avertit Sehotep, le policier Seshi veut te surprendre quand tu observes les carrières de Thèbes. Que fais-tu là-haut ?

— J'attends mon ami Hénout.

— Et ce sac que tu transportes vide. Avec quoi veux-tu le remplir ?

— Ça ne te regarde pas, rétorqua l'enfant sur ses gardes.

— Peut-être. Mais Seshi dit que s'il t'attrape, tu auras trente coups de bâton.

— Qui te l'a dit ?

— Je viens de l'entendre discuter avec le garde Snoufrou qui voulait te défendre. Mais tu sais bien que c'est toujours Seshi qui a le dernier mot. Alors, fais attention à toi, sinon ton dos encore délicat sera vite arraché par ce monstre.

Sous le regard mi-effrayé mi-crâneur de Koushy, il lui fit un signe d'adieu et s'en fut à grands pas vers l'atelier de Maya.

*

Les activités du village battaient leur plein quand, pour la seconde fois de la journée, Koushy arriva aux portes de Médineh. Le sac avait été déposé là où il l'avait dit, formant un léger monticule dans le sable, sous le bosquet qui verdissait péniblement dans le désert. Du haut de la montagne thébaine, Koushy regardait souvent les maisons en forme de cubes qui s'entassaient les unes sur les autres, agglutinées comme les grains d'une grosse grappe de raisin. De loin, les centaines d'ouvertures qui composaient portes et fenêtres paraissaient de minuscules points noirs dans lesquels on empêchait le soleil d'entrer afin de conserver un minimum de fraîcheur à l'intérieur des maisons.

Les premières habitations apparurent aux yeux de Koushy comme la réalisation de son désir. Dans quelque temps, il pourrait entasser les dizaines de tessons d'argile qu'il troquerait contre un couteau tout neuf au manche en corne d'oryx. Quant à son ami Hénout, avec beaucoup d'intuition et un peu de chance, peut-être obtiendrait-il la location d'un âne pour porter les seaux d'eau aux ouvriers carriers de la montagne.

Koushy connaissait tous ceux du village qui désiraient des tessons d'argile pour s'exercer au métier de dessinateur et de peintre. Un petit ostraca pouvait lui rapporter une friandise au miel bourrée d'amandes ou de graines de caroubiers. Un gros tesson lui fournissait une corde pour retendre l'arc qu'il s'était fabriqué avec les moyens du bord. Une branche de sycomore recourbée et attachée par un lien solide à chaque extrémité. Mais, pouvait-il toucher une seule antilope avec cet outil mi-arc, mi-boomerang, aussi peu fiable ? Et les archers qui faisaient fonction de policiers dans le désert n'étaient-ils pas aussi effrayants que ce monstre de Seshi qui voulait à tout prix lui administrer la bastonnade ?

Un jour, il avait tendu sur deux piquets de bois un filet pour capturer un petit renard des sables. Certes, Koushy ne pouvait tourner ses yeux que sur les petits animaux du désert comme les lièvres sauvages qui se faufilaient entre les rochers à la recherche d'un point d'eau ou les renards en quête d'une petite vipère à cornes qu'ils tuaient net à hauteur du premier anneau de leur corps écailleux et sinueux.

Un bel éclat de calcaire, large et bien poli, facile à

essuyer lorsque le dessinateur avait manqué son trait, pouvait lui rapporter une vraie flèche ou le couteau à manche en corne d'oryx, comme il le désirait depuis si longtemps.

Il franchit les premières demeures du village. Elles étaient en briques crues, les unes basses, les autres à deux étages surmontées de terrasses qui permettaient aux femmes d'étendre les poissons et les viandes à sécher, alors que celles des paysans, situées à l'extérieur du village, en bordure du fleuve ou plus éloignées dans les champs de cultures étaient en boue séchée mêlée de paille grossière.

Dans les ruelles de Médineh arrivait aux narines une odeur de pain cuit, d'oignon et de poisson qui se mêlait à celle des crottes de chèvres et à l'urine des ânes, quand ce n'était pas celle des oies, canards, chiens et chats qui se soulageaient devant les maisons.

Sur la place du village, un four public servait aux femmes qui n'en disposaient pas chez elles. Seules les plus aisées en avaient fait construire un dans la pièce principale de leur maison.

Les premières échoppes d'artisans étaient celles de Tanefert, le cordonnier et celle d'Abou, le menuisier. Elles étaient juste séparées par un grand porche à deux colonnes sous lequel on faisait défiler les charrettes qui approvisionnaient en nourriture les habitants du village. Elles étaient pleines de sac d'orge, de blé, de haricots et de pois chiches, de légumes frais ou séchés, de poissons divers, car si l'on pêchait fréquemment dans le milieu agricole, ce n'était guère l'occupation favorite des artisans.

Aux côtés de Sokheta son épouse, Tanefert discutait avec Abou d'un projet qu'ils avaient en commun. Il s'agissait d'un mobilier funéraire pour une tombe de noble — un dignitaire de la cour de Thèbes —

composé de fauteuils, chaises, tabourets et tables basses. Certes, Sokheta, qui se bouchait toujours le nez en raison des odeurs qui provenaient des bacs à teintures du tanneur d'à côté, aurait préféré qu'il s'agisse d'un projet de cordage qui eût fait intervenir les compétences de Minhesy, dont elle se repaissait des regards langoureux.

Son sac déposé sous le bosquet, Koushy projeta de se rendre près des faïenceries qui fabriquaient les perles d'argile vernissées. Avec un peu de chance, il en trouverait quelques-unes traînant à terre, mal forées, mal polies ou insuffisamment colorées.

Sa petite taille, sa bonne mine et son franc-parler aiguisaient souvent la bonne humeur des ouvriers les plus loquaces. Cependant, beaucoup d'autres le rabrouaient vertement et le renvoyaient à son foyer, pestant contre les petits parasites qui feraient mieux de travailler auprès de leur mère.

Koushy s'arrêta devant l'entrée de la faïencerie. Il connaissait le vieil ouvrier qui se tenait courbé sur son travail. C'était un homme d'environ soixante-cinq ans, attendant encore une retraite bien méritée. Rude et bienveillant à la fois, il cligna des paupières à l'arrivée de l'enfant qui s'était aussitôt penché, les yeux rivés sur le sol.

— Tiens, fit-il en tendant le doigt sur sa gauche. Il y a un plein bac de sable siliceux dans lequel tu trouveras ton bonheur, cependant, il te faudra la journée entière pour récupérer deux ou trois perles. Mais, je te préviens, aucune fille ne voudra les enfiler car elles sont cassées.

Koushy ne se le fit pas répéter deux fois. Il s'approcha de la cuve et décida de se mettre au labeur. Au bout d'une heure d'inspection, il comprit qu'il n'y trouverait rien. Contrarié, il haussa les épaules et, sous l'œil goguenard du vieil homme, il s'en fut un peu plus loin avec l'intention de proposer ses services.

Près de l'atelier de glaçure — la glaçure était une couche brillante avec laquelle on recouvrait l'argile pour en faire une sorte de poterie vernissée — il n'obtint aucun succès et on le renvoya rudement à sa mère.

Alors, il se dirigea vers l'atelier de forage où travaillaient les ouvriers assis devant un trépan qui consistait en une longue tige de bois dont l'extrémité inférieure se terminait par une petite fourche dans laquelle une baguette en métal était insérée transversalement. A sa partie supérieure était adaptée une manivelle qui permettait d'actionner la tige, de manière à trouer et enfiler les perles.

Il s'approcha du premier ouvrier de la file.

— D'où viens-tu, microbe ? fit celui-ci d'un ton bourru.

— Je peux t'aider si tu veux.

L'homme le regarda et se mit à rire.

— A quoi faire ?

— Je peux tenir la tige de bois, tu pourras aller deux fois plus vite.

— Et alors, répliqua l'homme en relevant le sourcil, je ne serai pas payé deux fois plus si je travaille deux fois plus vite.

— Je croyais que l'heure de ta pause serait deux fois plus vite avancée.

— C'est que tu as de la tête il me semble ! fit l'autre en reprenant son rire. Alors, marché conclu. Tiens-moi la tige pendant que je perfore les perles.

Mais Koushy s'écarta sans la saisir.

— Me donneras-tu quelques perles si je t'aide ?

— Que vas-tu en faire ?

— Les troquer pour tendre une corde neuve à mon

arc si j'en ai suffisamment pour qu'une fille se fasse un bandeau de tête.

Koushy travailla jusqu'au soir et emporta une poignée de perles vernissées qu'il rêvait déjà de tendre à la fille du village la plus offrante.

CHAPITRE III

La reine Tiyi, Grande Épouse du pharaon Aménophis III, se leva et fit quelques pas dans la pièce. Ses yeux ne quittaient pas Choutarna, assise devant elle sur un divan en bois d'ébène au dossier plaqué de feuilles d'or.

Tiyi sentait ses esprits vaciller. Ses tempes bourdonnaient, ses jambes faiblissaient, aussi revint-elle s'asseoir près de la jeune fille qui la regardait d'un air troublé, mêlé de doute, de crainte et de révolte.

Quand Tiyi posa à nouveau ses yeux sur ceux de la jeune princesse, elle crut défaillir et le rythme agité du battement de ses tempes reprit de plus belle. Trop d'événements douloureux et inquiétants étaient venus récemment la surprendre. La mort de son fils aîné, tué accidentellement dans une chasse au lion, l'avait anéantie et, à présent, elle ne pensait plus qu'à la fragilité du tempérament de son cadet qui, certes, n'était pas bâti pour faire un roi.

Pire ! Le désespoir du pharaon, voyant la succession du trône échoir aux mains d'un fils qu'il n'aimait pas, s'était mué en une léthargie telle qu'il ne voyait plus que ses médecins et quelques serviteurs attachés à son service personnel.

Pour ajouter de l'amertume à ces revers, Tiyi ne savait plus quoi penser de la récente décision de son époux souffrant. Ne pouvant supporter l'idée de laisser le trône à son fils cadet, et sachant la reine épuisée par ses nombreuses maternités, il avait résolu d'épouser Satamon, sa fille aînée, destinée depuis l'enfance à son frère décédé. Par la pureté de sa naissance, celle-ci pouvait encore apporter au pharaon déclinant une descendance qui n'entacherait pas la lignée dynastique égyptienne.

Hésitante devant la possibilité que sa fille pût rendre, par sa grâce et sa jeunesse, quelque énergie au pharaon et la certitude que Satamon n'avait certes pas prévu une telle volonté paternelle — bien qu'une telle pratique fût coutumière dans l'histoire de l'Ancien et du Moyen Empire — la reine se sentait étrangement déstabilisée.

Et, pour clore cette suite de malchances, une fille de roi asiatique, disparue depuis presque dix ans, lui tombait soudain du ciel. Et pas n'importe quelle princesse car Choutarna pouvait, en quelques mots vengeurs, faire basculer toute la politique étrangère de l'Égypte. Une politique que Tiyi s'acharnait depuis qu'elle était reine à mener aussi fermement et justement que possible.

Or, Choutarna, qui l'observait depuis quelque temps de ses grands yeux verts aux cils battants, ne pouvait que remuer de bien sombres souvenirs dans son esprit. De tristes réminiscences que certains grands dignitaires s'efforceraient d'étouffer dans de noirs complots. Le temps passé n'avait pas refroidi leurs ardeurs. Les nobles de Karnak, sous la coupe de son propre frère, le Grand Prêtre Anen, s'opposaient toujours aussi farouchement à laisser pénétrer dans le temple des divinités étrangères qui ne pouvaient, selon eux, que perturber Amon le dieu de Thèbes.

Tiyi soupira et, péniblement, revit une séquence du passé, sans pour autant quitter le regard de Choutarna. Elle revoyait le portrait d'une jeune fille qu'elle ne connaissait que trop bien et qui la hantait depuis qu'un jour son autre frère, le Grand Capitaine Ay, avait apporté le bébé qu'elle était à cette époque. Un paysan l'avait trouvée dans la boue des inondations du Nil[1]. Ay et son épouse Theyi, qui n'avaient pas d'enfant, avaient adopté la fillette. Or, il se trouvait que Choutarna était la sœur de cette enfant trouvée qui s'appelait à présent Néfertiti et venait d'épouser le prince Aménophis.

Tiyi ne savait comment commencer son histoire. Les mots se bousculaient, se heurtaient dans sa tête, les gestes qu'elle s'efforçait de faire demeuraient inexpressifs et elle sentait sa compagne prise dans le même filet de honte et d'incertitude.

A cette époque, le carnage avait été sauvagement organisé par quelques prêtres de Karnak, dont son frère Anen faisait partie. La cour avait étouffé l'affaire pour éviter la rébellion de la Babylonie contre le pharaon d'Égypte et la rupture des accords passés avec son prédécesseur. Ne s'agissait-il pas de contrats permanents qui cédaient aux Égyptiens cette belle pierre dure de basalte et ce cuivre rouge pur qu'ils fusionnaient avec de l'or blanc pour fabriquer leur électrum si cher à leurs yeux ?

Au départ, l'histoire était simple. Kadashman, le roi de Babylone, envoyait deux de ses filles au pharaon Aménophis dans une expédition qui devait traverser le désert et les plaines. Tahoukhipat et Choutarna devaient devenir des Secondes Épouses avec l'autorisation de garder leurs dieux et leurs traditions. Or, les prêtres d'Amon, souverains de Thèbes, grondaient

1. Lire : LES THÉBAINES *Le Chant de la Terre,* tome 7, Le Livre de Poche n° 15515.

depuis longtemps en s'opposant à toute nouvelle intrusion asiatique au sein du palais. Ils exigeaient que les princesses syriennes fussent enfermées au harem ainsi que les traditions ancestrales l'exigeaient.

Aménophis refusant de se laisser dominer une fois de plus par les prêtres de Karnak et désirant que les deux Asiatiques fussent des épouses et non des concubines du harem, un complot était alors venu se greffer et sourdait encore dans les couloirs du temple, risquant enfin d'exploser au grand jour.

Or, Tiyi n'avait pas voulu d'un scandale qui eût déstabilisé sa politique extérieure et alerté les pays frontaliers avec lesquels elle entretenait d'excellents rapports pas plus qu'elle ne voulait réveiller cette affaire. Mais Choutarna, qui se trouvait devant elle, le front buté et la volonté tenace, risquait de tout dévoiler. La première chose à faire était de taire l'existence de sa sœur et, puisque seuls Ay et Theyi étaient au courant, Choutarna ne le saurait pas.

Tiyi prit son souffle à deux reprises avant de jeter d'un ton qu'elle s'efforça de rendre net, malgré le tremblement qui agitait sa voix :

— Ah ! Princesse. Depuis que son fils aîné est mort, Pharaon est très souffrant. Il ne veut plus voir personne.

— Ne vient-il pas d'épouser sa fille, Majesté ? Cela m'étonnerait qu'il ne veuille pas l'honorer de ses grâces !

— Sa fille ! Justement, il la connaît si bien, soupira Tiyi. Hélas, il en va tout autrement avec les princesses étrangères.

Comme Choutarna se taisait, elle reprit d'une voix plus encline à la discussion :

— Malheureusement, Princesse, ton cas n'est pas unique. Le roi du Mitanni nous a envoyé sa fille

Gilhouhebat. Nous lui avons fait un bon accueil ainsi qu'à toute sa suite composée de plus d'un millier de personnes avec les suivantes, chambrières, intendants et serviteurs. Après les festivités d'usage, elle n'a pas quitté la couche de Pharaon jusqu'à ce que nous apprenions l'accident de chasse qui a tué notre fils. Il a renvoyé Gilhouhebat dans ses appartements et, depuis, il reste prostré et ne supporte plus que ses médecins et ses proches serviteurs. Je crains que ta présence ne lui fasse aucun effet. Seules la mienne et celle de sa fille le rassurent.

— Il faut pourtant, Majesté, que vous puissiez réparer cette erreur qui a entraîné la mort de tous les miens et surtout celle de ma jeune sœur, sur laquelle mon père m'avait fait jurer de veiller.

Tiyi s'efforça de dissimuler le soubresaut que ces dernières paroles avaient fait naître en elle. La main qu'elle s'apprêtait à lever trembla légèrement et elle la reposa sur l'accoudoir du divan. Mais le froid contact de la feuille d'or qui le recouvrait la fit frémir davantage et elle releva vite la main pour prendre son fin menton entre ses doigts.

Choutarna paraissait moins tendue qu'au début de leur entretien. Elle prenait de l'assurance et observait la reine avec un soupçon de hardiesse dans le regard. Cependant, elle décida de ne rien lui révéler sur la vie errante qu'elle avait menée pendant de longues années et surtout estima plus prudent de lui cacher les leçons de maintien et de savoir-vivre qu'elle avait prises avec les prêtres de Memphis. De toute façon, elle sentait que, pour l'instant, Tiyi n'avait qu'une seule idée en tête : tester la jeune fille. Il en ressortait que chacune d'elles se demandait fiévreusement ce que savait l'autre, aussi la reine tenta-t-elle d'une voix neutre :

— La mort des tiens était la conséquence d'une

crue dévastatrice. Tu en connais les effets meurtriers puisque le fleuve de ton pays qui s'appelle l'Euphrate agit de même quand l'inondation n'est plus maîtrisable.

— Majesté ! Je sais qui a organisé le naufrage des bateaux qui nous transportaient. Je connais le nom des meurtriers.

Une sueur froide coula dans le dos de la reine. Par tous les dieux d'Asie ! Que savait-elle encore ?

— Alors, donne-moi ces noms.

— Pérouhé, le capitaine de vaisseau de votre flotte fluviale. Son second qui s'appelait Penfert, assisté de l'homme d'équipage Horem, tous deux morts dans un affrontement dont je suis la seule instigatrice.

— C'est tout ? jeta Tiyi d'un ton presque soulagé.

— Non, Majesté. Ce serait trop simple. Ces hommes étaient manipulés par les prêtres d'Amon, dont Ptahmose et son épouse Ipény et sans doute votre propre frère Anen.

Cette fois, les mots étaient jetés, simples et directs. Mais la satisfaction de Choutarna fut de courte durée car elle comprit rapidement que, de son côté, la reine n'allait pas dévoiler ce que sa compagne ignorait. Elle vit que le front de Tiyi s'embuait sérieusement et que ses doigts effaçaient les perles de sueur qui tombaient sur ses joues maquillées. Leurs yeux se rencontrèrent, puis Choutarna baissa les siens. Avait-elle bien fait de démasquer ses tortionnaires ? Relever son regard sur la reine signifierait qu'elle s'angoissait à l'idée d'en avoir trop dit. Pourtant, elle le fit et s'aperçut avec étonnement que Tiyi se reprenait avec un sang-froid extraordinaire.

— Anen ! fit-elle en haussant le sourcil.

— Celui-là même qui maltraita autrefois mon amie Neby.

— Qui est Neby ?

— Un témoin.

La reine s'agita puis s'enquit d'un ton nerveux :

— Qui est-ce ? Un intendant, une suivante ?

Choutarna regretta sa réplique. Comment expliquer la complexité du cas de sa compagne ? Que dire d'elle ? Qu'elle était femme ou homme ? Tant de choses se bousculaient dans sa tête qu'elle décida d'en parler plus tard, bien qu'elle souhaitât ardemment revoir son amie. Un désir violent et brusque. Cette envie impérieuse l'assaillit soudain à tel point que, devant elle, elle ne vit plus la reine ni ne ressentit le malaise dans lequel elle se débattait silencieusement. Quant à Tiyi, se remettant toujours promptement de ses étonnements même s'ils étaient ponctués de contrariété, voyant que le regard de Choutarna lui échappait, elle reprit de son ton autoritaire habituel :

— Ne crains rien, Princesse. Quoi qu'il en soit, tu es sous ma protection.

La jeune fille l'écoutait-elle ? La tête tournée distraitement en direction de la grande terrasse qui ouvrait sur les jardins, elle pensait à Neby et au Grand Prêtre qui, depuis que sa compagne le connaissait, absorbait toutes ses pensées. Ne lui avait-elle pas fait remarquer, au temple de Memphis, qu'elle semblait différente envers elle ? Choutarna soupçonnait même que le haut dignitaire avait pris l'affection de Neby en même temps que sa virginité. A présent, sur quel chemin avançait son amie ? Dans quel traquenard étaitelle tombée ? Dieu d'Astarté ! A présent, Neby allaitelle partir à sa recherche ? Laisserait-elle tomber la vie facile et confortable offerte par le Grand Prêtre pour reprendre le chemin des bords du Nil en offrant son travail de scribe public à ceux qui ne savaient ni lire ni écrire ?

Une onde de crainte la saisit à l'idée qu'elle ne la reverrait plus et elle porta des yeux pleins d'effroi sur la reine. Celle-ci se méprit sur l'attitude craintive de Choutarna et proposa d'un ton presque douceâtre :

— Nous allons réfléchir à la complexité de cette situation. Le pharaon est à Médineh-Habou, mais en attendant, tu vivras dans mon palais, ici à Malgatta. Tu es mon invitée. Je vais te donner une suite composée de serviteurs, de chambrières, de maquilleuses et d'habilleuses. Quel âge as-tu, Choutarna ?

— J'avais quatorze ans quand je devais épouser le pharaon d'Égypte selon les accords passés entre nos deux pays.

— Alors, tu en as vingt-huit.

Choutarna acquiesça de la tête.

— Suis-je votre prisonnière ? questionna-t-elle d'un ton aigre-doux.

— Certes non, tu es libre de te promener à ta guise dans les jardins, t'étendre sur les pelouses ou les terrasses carrelées, te baigner dans les étangs, cueillir les fleurs qui te plairont et manger les fruits qui te séduiront dans les vastes vergers.

— Pourrai-je aussi sortir ?

— Sortir ? Où veux-tu aller ?

— Partout. Sur les quais du port de Thèbes. En ville, sur le marché de la place et aux abords du temple. Sur les berges du Nil et dans les bosquets qui bordent le fleuve. Partout où je me sentirai libre.

— Plus tard, répondit sèchement Tiyi. Plus tard, tu pourras sortir du palais.

— Alors, je suis votre prisonnière !

La reine lui prit la main. Elle était petite, chaude et douce. Que d'huiles et d'onguents parfumés y avait-on passés depuis qu'elle était arrivée à Memphis, les mains dures et calleuses à force d'avoir travaillé sur les champs de blé ou dans les exploitations de lin et de papyrus !

— Je serai ton amie, fais-moi confiance. Nous réparerons ensemble les dommages subis et nous punirons les coupables. Mais, laisse-moi un peu de temps. On ne peut agir sans réfléchir. Les prêtres d'Amon sont puissants et mènent le pays. Si nous ne sommes pas plus habiles qu'eux, ils réussiront encore là où nous avons échoué.

Choutarna décela un ton sincère dans le propos que lui avançait la reine. Aussi décida-t-elle de lui faire confiance, du moins dans un temps proche.

— Avez-vous des alliés ?

— Allons ! fit Tiyi en souriant. Tu en connais déjà un, et non le moindre, Panehesy le Grand Prêtre, celui-là même qui a contribué au retour de ton état de princesse.

« Et celui-là même qui a volé le cœur de Neby ! », pensa Choutarna sombrement.

— Oui ! Panehesy… murmura-t-elle en hochant la tête.

Elle savait maintenant que la reine était au courant de l'enseignement qu'elle avait suivi à Memphis. Peu à peu, l'une et l'autre se dévoilaient. C'était comme un jeu où chacune cherchait à trouver les failles de l'autre.

— Et la police de Memphis, Majesté ? fit Choutarna d'un ton tranquille. Il me semble qu'elle aussi est votre alliée.

Enfin, munies l'une et l'autre des quelques indications dont chacune sembla se contenter, elles finirent par esquisser un sourire de connivence dont elles savaient que la portée n'irait pas plus loin que la méfiance qu'elles gardaient en réserve.

La reine avait-elle encore un pion dans son jeu ?

Choutarna en gardait un. Elle ne parla ni du bateau de Minhotep ni des jeunes filles nobles de Thèbes qu'elle connaissait, Bastet et Sekmet.

*

Quand Tiyi se retrouva seule, elle sut que les ennuis continuaient et qu'elle devait, seule, en démêler les nœuds. Il lui fallait voir Satamon au plus vite afin de savoir dans quel état psychologique se trouvait le pharaon. Puis, elle devait s'arranger pour que son fils lui demandât une audience bien qu'Aménophis n'éprouvât aucune aversion pour sa mère qui l'avait toujours soutenu. Si le prince refusait toute communication avec son père, c'est bien parce que celui-ci ne lui apportait aucune confiance, aucun amour, aucun conseil. Toute entrevue restait inutile.

Tiyi s'allongea sur sa couche et réclama à sa servante un bol de lait caillé aux fraises. Ce breuvage avait le don de l'apaiser quand ses deux jumelles Isis et Khétaneb, encore des enfants, l'accaparaient trop longtemps. A quarante ans, Tiyi était toujours mince et d'une allure jeune et alerte, malgré qu'elle constatât, d'année en année, l'apparition d'une fatigue plus fréquente et d'un temps de récupération plus long.

Certes, en son palais de Malgatta, Tiyi ne diminuait pas son train de vie et ses activités quotidiennes restaient toujours aussi intenses. Le matin, elle voyait son fidèle Kherouef qui, après un salut profond, attendait respectueusement qu'elle lui fît signe de s'asseoir. Alors, il prenait place fort courtoisement à son côté, sur le sofa qui séparait son bureau de la terrasse où elle se détendait quelques minutes. Un peu plus tard, venait les rejoindre Menna, son scribe personnel qui, enfin, s'était mis à étudier l'écriture akkadienne afin d'éviter à sa reine de traduire et rédiger tout le courrier venant des pays asiatiques.

Lorsqu'il y avait un projet de construction, Amenhotep, l'architecte, venait en compagnie de Houy, le Grand Intendant des Travaux Royaux et, parfois, de Baken, le Trésorier de Thèbes dans lequel Tiyi n'avait aucune confiance, sachant qu'il était trop intime avec les prêtres d'Amon.

Mais ce matin-là, Tiyi avait reporté ses rendez-vous à une heure plus tardive afin de recevoir dès l'aube ses deux aînés. On annonça son fils avant sa fille. Aménophis avait terriblement maigri depuis qu'il était parti à l'École de Vie de Memphis pour y suivre l'enseignement sacré auquel tout prince et jeune noble égyptien avait droit. Il était grand, d'allure dégingandée et balançait ses hanches étroites dès qu'il se déplaçait, ce qui lui donnait une allure chaloupée attirant les regards mais non les commentaires, car on ne pouvait critiquer un prince qui, bientôt, prendrait sa place sur le trône de la Basse et de la Haute Égypte.

Quand elle scruta son visage, elle remarqua qu'il paraissait plus triangulaire encore, que sa bouche en devenait plus longue et que la sinuosité de ses lèvres s'accentuait davantage. Un air étrange flottait dans ses yeux. Peut-être était-ce l'aboutissement d'un sentiment qu'il ignorait jusque-là et que lui conférait son état de jeune époux. La liaison physique qui l'unissait à Néfertiti semblait être un heureux dénouement.

Enfin, quand il s'approcha d'elle pour lui embrasser le front et qu'elle le retint quelques secondes contre elle avant de lui adresser la parole, elle vit qu'il changeait d'attitude et que, dans ses yeux, passait une lueur farouche :

— Allons, mon fils, fit Tiyi conciliante, je suis sûre que tu feras bientôt la paix avec ton père.

— Ce doit être une de vos illusions, Mère, car il ne m'a jamais aimé. Et, à présent que mon frère est mort, il me hait davantage.

— Tu te trompes, Aménophis.

Puis elle le lâcha et lui prit la main. Mais sa hargne ne s'apaisa pas.

— Il me hait et je le sais. Pourquoi refuse-t-il ce qu'il avait accepté pour mon frère ? Épouser Satamon afin que je donne au pays une progéniture qui incarne les dieux.

— Il me semblait que tu aimais Néfertiti.

— Je l'aime tendrement, mais ce n'est qu'une Première Épouse. J'aurais voulu Satamon comme Grande Épouse Royale. Néfertiti n'est qu'une fille de noble.

Il retira doucement sa main de celle de sa mère.

— C'est moi qui monterai sur le trône quand, mort, mon père sera jugé par le tribunal d'Osiris.

— Oui, c'est bien toi, soupira Tiyi.

Et une lourde larme coula de son œil. Aménophis approcha sa main et glissa un doigt sur sa joue pour en effacer la trace.

— Ne pleurez pas, Mère. Mon frère Thoutmosis était brave, courageux et n'avait rien fait de mal sur terre. Il est actuellement auprès des dieux créateurs de l'univers, ceux qu'il aurait dû incarner de son vivant.

— Si ton père a voulu épouser Satamon, reprit Tiyi en soupirant, c'est qu'il a jugé nécessaire de le faire. Nous n'avons rien à y redire, ni toi ni moi.

— Satamon devait m'épouser.

— C'est Néfertiti qui t'est destinée. L'oublies-tu donc ?

— Néfertiti devait épouser le prince que j'étais, pas le pharaon que je vais être.

— Néfertiti est la fille aînée de mon frère, le Grand Capitaine de la Charrerie Royale. Elle est belle, jeune, instruite et comme tu es fils de pharaon toi-même, un fils de la lignée la plus pure, tu n'as nullement besoin d'épouser l'une de tes sœurs.

— Mère, restez-vous donc indifférente au fait que votre fille aînée partage la couche de votre époux ?

— C'est un point qui ne te regarde pas, Aménophis. D'ailleurs, n'en parlons plus. Néfertiti est ta femme que tu le veuilles ou non. Toutefois, j'ai entendu dire dans les couloirs du palais que vos amours se portaient à merveille !

— C'est vrai.

— Mon fils, je sais que tu désapprouves ton père en tout domaine. Il te faudra cependant poursuivre son chemin. L'empire d'Asie n'est pas encore tout à fait conquis et ton frère avait dans l'esprit de partir pour de nouvelles conquêtes.

— Mère ! Les Égyptiens sont les maîtres en tous lieux, de la Nubie aux confins de l'Asie. Que veulent-ils donc de plus ?

— Soit ! concéda Tiyi d'un ton neutre, mais si tu ne conquiers plus rien, si ton règne s'effectue sans de nouvelles batailles, il faudra bien faire face à l'inaction militaire. Comment t'y prendras-tu ?

— Nos armées peuvent se reposer, elles l'ont bien mérité, elles bataillent depuis plus de quatre-vingts ans. Mes ancêtres ont parfaitement maîtrisé l'ensemble des frontières.

— C'est juste. Mais le Mitanni est le maître des plateaux du haut Euphrate et cherche encore à s'étendre sur la côte septentrionale de la Syrie afin d'obtenir les indispensables ouvertures maritimes pour développer son commerce. Il ne faut pas lui laisser à nouveau cet avantage. Quant à la Babylonie, elle devient suspicieuse depuis que son expédition en Égypte qui comprenait deux des filles royales a sombré dans le

Nil. Seuls les pays du Retenou semblent calmes, mais ils sont sans arrêt agressés par le royaume des Hittites. Il leur faudra répondre un jour. Alors, ils auront à choisir : soit les Égyptiens, soit les autres.

— Oh ! Les Hittites ! fit Aménophis en élevant les yeux au ciel.

— Les Hittites, mon cher fils, sont dangereux. Kadesh reste toujours une citadelle à prendre et ils le savent. Alors ils sont farouches au-delà de ce que tu penses. Ils sont prêts à toutes les audaces, tous les risques pour s'assurer de leur confort et de leur puissance. Ne l'oublie pas.

— Certes non, mère. Mais je pense que les pays du Retenou dictent à leurs voisins la véritable attitude à prendre, c'est-à-dire un grand désir de calme et de paix. Quant à Babylone…

« Ciel ! pensa Tiyi, quand je pense qu'il ignore avoir épousé l'une de ses princesses tombées dans le piège mortel des prêtres d'Amon ! »

— Quant à Babylone, trancha-t-elle un peu vivement, laissons effectivement le roi Kadashman tranquille. Nous verrons bien plus tard.

*

Choutarna sommeillait légèrement quand Kyta vint dans sa chambre. Elle tenait dans ses bras un petit singe noir à longue queue qui s'entortillait autour de sa taille nue.

— C'est pour vous, maîtresse, fit-elle en déposant l'animal près d'elle. C'est la reine qui vous l'offre. Il s'appelle Lï-Lï et, malgré son jeune âge, il sait déjà faire des farces dont il vous apprendra tous les rouages. La reine dit que vous rirez aux éclats.

— La reine croit-elle ainsi faire passer mon ennui ? soupira Choutarna.

— Sa Majesté dit qu'avec Lï-Lï vous ferez de belles promenades dans les jardins du palais. Il fera mille pirouettes devant vous.

— Je crois qu'elle a raison ! s'exclama Choutarna en regardant le petit singe qui, déjà, cherchait à captiver l'attention de sa nouvelle maîtresse en se jetant brusquement dans ses bras.

A présent qu'elle était complètement éveillée, elle frottait ses yeux avec vivacité de ses deux poings refermés. Puis, dirigeant son regard vers la baie ouverte de sa chambre qui laissait filtrer un grand jet de soleil, elle se mit à réfléchir. Se pouvait-il que, sans le savoir, la reine lui apportât un moyen de connaître les recoins les plus reculés des parcs et des jardins, donc une possibilité d'évasion ? Assurément, un singe entraînait toujours ses maîtres dans des endroits incroyablement cachés. Lorsqu'elle était fillette, à la cour de Babylone, des colonies de petits singes identiques à celui-ci menaient les enfants du harem vers les buissons les plus dissimulés et les endroits les plus étranges.

C'est ainsi que Choutarna décida d'adopter Lï-Lï et de s'en faire un ami intime. Elle quitta des yeux la baie qui s'ouvrait sur les palmiers-dattiers pour tourner la tête vers Kyta, qui lui tendait une coupelle de lait mais le singe s'en saisit, la porta à sa bouche et en but le contenu d'un seul trait, laissant des traces blanchâtres courir jusqu'à ses oreilles dressées. Kyta et Choutarna se mirent à rire et le macaque les imita en se frottant les côtes.

— Kyta, fit Choutarna en sautant lestement de son lit, habille-moi, coiffe-moi et, puisqu'il n'est pas bon pour moi de rester enfermée dans cette chambre, je vais me promener avec ce petit diable de singe.

Quelque temps plus tard, Lï-Lï perché sur son dos, Choutarna arpentait les allées du parc qui, sur la droite, laissaient un étang bordé de joncs et couvert de lotus où nageaient les cygnes et les canards et, sur la gauche, menaient directement aux vergers. Le macaque avait de petits yeux noirs perçants qui furetaient en tous sens. Sa tête s'agitait sans cesse. Bientôt, du perchoir que formait l'épaule de Choutarna, il sauta sur une branche basse d'acacia qui se trouvait au niveau de ses yeux et se mit à grimper tout en haut de l'arbre. Scrutant l'horizon qu'il découvrait de son perchoir, il se mit à pousser des petits cris et redescendit à vive allure.

— Allons voir ce que tu as repéré, Lï-Lï, décida Choutarna en le suivant. Il est temps que je découvre d'autres lieux dans la prison dorée que m'offre la reine d'Égypte.

Elle courait presque derrière le singe pour ne pas le perdre de vue et, soudain, elle vit une petite porte soutenue par deux colonnes hautes de quelques coudées. La porte était en bois de sycomore. Cachée derrière un buisson de papyrus, elle s'effaçait dans des couleurs semblables au feuillage qui l'obstruait.

Lï-Lï se dressa, muet, la prunelle moqueuse, la queue enroulée derrière son dos. Il observait le mouvement imperceptible de la nature, écoutait le murmure de l'espace. Son silence ne dura pourtant que le temps d'une étude écourtée. Sautant contre la porte en poussant des cris aigus, il se mit à frapper de ses petits poings fermés la paroi qui résonna sourdement.

Quand enfin il se tut, Choutarna s'approcha et entendit d'autres coups en réponse derrière la porte de bois. Surprise, mais non affolée, elle colla son oreille jusqu'à l'écraser contre la paroi. De l'autre côté, le heurt l'immobilisa net. Elle tendit l'ouïe à nouveau, hésita, puis frappa elle-même. Des coups lui répondirent.

— Sais-tu qui est derrière ? chuchota-t-elle à l'oreille du macaque.

Lï-Lï se mit à bondir, faisant des sauts hallucinants d'adresse et d'agilité. Alors, silencieusement, puisqu'il ne semblait pas y avoir de gardes à cette porte, Choutarna se mit à l'œuvre. Deux anneaux fixés à chaque pan étaient reliés par une corde dont le nœud était compliqué à défaire. Elle réussit néanmoins à trouver l'astuce qui consistait à en écarter les extrémités et fit grincer lentement la porte, l'ouvrant avec prudence. Quand les battants furent complètement tirés, elle s'avança, méfiante. Tout d'abord, elle ne vit qu'un immense champ de blé qui, tout au fond, dégageait un ciel couleur lapis-lazuli aux tons indéfinissables.

Puis, quand ses yeux se furent accoutumés à la lumière accrue du soleil, elle les reporta vers la porte et vit une étrange créature qui l'observait fixement. C'était une femme naine aux épaules enfoncées dans le buste et à la tête déformée tant elle était grosse. Elle avança ses petites jambes jusqu'à les planter près de celles de Choutarna, puis désigna de son doigt boudiné le petit singe qui s'était immobilisé.

— Tous les matins, lui et moi nous tentons notre chance. Qui es-tu ?

La question ennuya la princesse. Alors, la naine reprit :

— J'ai reçu l'ordre de ne pas prononcer ton nom avant d'être sûre que c'est bien le tien. Je vais donc poser ma question autrement. Connais-tu Neby ?

Le sang de Choutarna ne fit qu'un tour. Elle crut ne plus avoir de voix, mais s'aperçut que ce n'était là qu'une illusion, car elle s'entendit crier :

— Où est-elle ?

— Voilà, nous y sommes ! jubila la naine, satisfaite. Tu es bien la princesse de Babylone qui n'est pas morte dans les inondations du Nil, voici plus de dix crues passées.

— Où est Neby ? cria encore Choutarna.

— Je ne sais pas, répondit la naine. Nous allons d'abord fermer cette porte pour ne pas attirer l'attention d'un garde qui pourrait faire sa ronde dans ces parages-là, bien que ce ne soit jamais arrivé. Puis, nous allons discuter tranquillement.

Elle prit la main de Choutarna et l'entraîna plus loin.

— Viens, cachons-nous dans ce buisson d'acacia et dis à ton singe de se taire quelque temps. Ses cris aigus pourraient nous trahir.

Mais Choutarna était trop excitée pour s'occuper à présent de Lï-Lï et le macaque courut en sautillant dans le grand champ qui s'étendait à perte de vue, distribuant gestes et cris à la volée.

— C'est Sekmet qui m'envoie.

— Sekmet ! s'exclama Choutarna. Sekmet, la fille de Thèbes que nous avons connue sur le bateau de Pérouhé !

— Oui, Sekmet la Thébaine, la fille de Maât, l'orfèvre du palais. Nous ne savons pas ce qu'est devenue ton amie Neby.

Elle toisa Choutarna de sa petite hauteur, élevant la tête et les yeux pour pouvoir croiser ceux de sa compagne.

— A vrai dire, ce n'est pas toi qui m'intéresses, c'est Neby.

— Pourquoi ?

— Parce que sa tante la recherche.

— Mais Neby n'a plus de famille !

— C'est ce qu'elle a toujours cru. Cependant, il existe une femme du nom de Lydie qui se trouve être la sœur de sa mère, toutes deux engendrées par un navigateur crétois du nom de Mykos. Les origines de Neby sont de la plus haute noblesse. Sa grand-mère était la Seconde Épouse du pharaon Thoutmosis le troisième.

Sidérée, Choutarna n'osait parler malgré ses lèvres restées entrouvertes sur de multiples questions qu'elle aurait voulu poser. Ainsi, sa tendre compagne qui l'avait protégée durant presque dix crues aurait pu revendiquer la noblesse de sa naissance depuis longtemps et elle n'en savait rien !

— Mais, que vient faire Sekmet dans cette affaire ? s'enquit-elle.

— Son père Bek, l'Intendant des Sculpteurs des travaux de Malgatta est aussi l'un de ses oncles issu de la souche de cette Seconde Épouse qui avait pour nom Satiah.

Voyant sa compagne tiraillée entre deux sentiments, surprise et déception, car retrouver Neby restait son désir le plus cher, et percevant son soupir d'impuissance, la naine se mit en devoir d'ôter sa soudaine amertume :

— Allons, chasse tes inquiétudes, fit-elle en étirant sur son visage un sourire qui pouvait être gracieux. Sekmet et moi allons t'aider. Quand tu as vu Neby pour la dernière fois, était-elle fille ou garçon ?

— Depuis que je la connais, Neby est un garçon. Je ne l'ai jamais vue en fille. Mais je sais qu'à Memphis, dans le temple de Ptah, le Grand Prêtre Panehesy qui nous enfermait savait qu'elle s'habillait en garçon pour exercer librement son métier de scribe public.

Elle se tut et hésita. La naine vit que son embarras l'empêchait de poursuivre.

— Veux-tu dire autre chose ?

— Oui, fit Choutarna d'un ton bas. Panehesy l'a séduite et je crois que Neby était amoureuse. Il a profité de la séparation qu'il nous imposait pour l'attirer dans ses filets protecteurs. Quand on m'a contrainte à partir du temple, je n'ai pas pu la prévenir. Je crois qu'à présent, elle m'a oubliée.

Comme une larme glissait de son œil, Niny lui prit affectueusement la main et la serra dans la sienne.

— Ne t'inquiète pas, à présent nous la retrouverons. J'ai des alliés pour réussir et, en principe, on ne se méfie guère de moi. Ma taille me permet de passer partout où je veux et mon aplomb me tire d'affaire neuf fois sur dix. Quant à toi, nous t'aiderons, car si la cause de Neby est la mienne pour des raisons personnelles, je peux t'assurer que la tienne est devenue celle de Sekmet et de Bastet. Nous forcerons la reine à dévoiler ce qu'elle cache.

— Que certains grands prêtres à Karnak sont des meurtriers sans scrupules !

— Oui, murmura Niny. A commencer par son propre frère, le fourbe, l'hypocrite Anen, que je connais pour avoir été quelque temps sa servante avant d'avoir été celle d'Ipény, la Grande Chanteuse d'Amon, épouse du Grand Prêtre Ptahmose, personnage aussi cynique que pervers.

— Que pouvez-vous faire pour m'aider, toi et Sekmet ? se lamenta Choutarna en tendant les bras vers Lï-Lï qui en avait fini de ses joyeuses gambades dans le champ.

— Écoute, répliqua la naine. Trouve un prétexte quelconque pour être dans le sillage de la reine demain soir. Maât, son orfèvre, doit lui livrer un gorgerin d'or serti de cornaline et de lapis-lazuli. C'est sa fille qui viendra. Elle te laissera un message.

*

Fort heureusement, le prétexte choisi par Choutarna pour voir la reine, le soir suivant, s'avérait plausible, s'agissant du remerciement qu'elle lui devait pour Lï-Lï.

Depuis que le soir tombait sur Malgatta, laissant filtrer ses rayons rougeâtres avec une insistance quasi magique tant le palais sombrait dans une atmosphère de rêve, Tiyi se détendait dans ses appartements, attendant la venue de son orfèvre. Quand Choutarna croisa ses servantes personnelles, Ahout et Mouti, deux Thébaines vouées à son service depuis qu'elles étaient jeunes, elle arbora une attitude de simplicité extrême. Mieux valait les amadouer avec de délicats sourires que les braquer avec des attitudes hardies et arrogantes.

— J'aimerais voir la reine pour la remercier du présent qu'elle m'a fait, dit-elle en courbant légèrement la tête vers la plus grande. Puis-je avoir un entretien avec elle ?

Ahout portait une coupe de lait caillé aux fraises et des grenades fraîches posées sur un plateau d'albâtre dont les veines ressortaient délicatement dans le blanc opaque de la pierre.

— Elle est avec la Grande Orfèvre Maât, fit Ahout après une courte hésitation. Il faut que tu attendes son départ.

— Oh ! Je t'en prie, supplia Choutarna, il faut que je la voie de suite. Je suis pressée de la remercier. Lï-Lï me comble de joie.

Mouti s'avança. Elle portait une fine serviette de lin blanche avec laquelle elle essuyait le front moite de la reine lorsque la lourdeur du soir se faisait trop intense.

— Tu te trompes, Ahout, fit-elle en regardant sa compagne. Ce n'est pas Maât qui est avec la reine, c'est sa fille Sekmet. La Grande Maât l'a fait prévenir qu'elle ne pouvait se déplacer. Je pense que Choutarna peut la voir. Elle ne devrait pas les déranger.

— Je vous en suis très reconnaissante. Faites-moi annoncer, voulez-vous ?

L'instant suivant, Choutarna se prosternait devant la reine. Le regard de Sekmet croisa celui de la princesse. Elles se reconnurent, mais ni l'une ni l'autre n'osa broncher.

Tiyi fit signe à Choutarna d'attendre. Elle s'apprêtait à congédier Sekmet, la main posée sur le collier que la jeune fille lui avait passé tout à l'heure autour du cou que nul pli n'empâtait encore. C'était un bijou très finement ciselé. Chaque lapis-lazuli était relié par un médaillon en or et au centre de chaque maille brillait une perle de cornaline.

Il faut dire que tout ce qui sortait des ateliers de joaillerie du vieil orfèvre Mériptah, repris par sa fille unique Maât et sa petite-fille Sekmet, faute d'avoir un fils dans la famille, était de la plus pure beauté. Les joyaux bruts sortaient des plus grandes carrières et le travail relevait de la plus haute compétence.

— Sekmet, jeta la reine en redressant le buste et en caressant de ses doigts la brillance des perles, dis à ta mère que je suis satisfaite et que ce collier me plaît. Je lui en ferai porter le prix dès demain. Nous avons conclu, elle et moi, cent débens d'or.

Elle laissa flotter sa main sur son cou et, de ses doigts encore alourdis de ses bagues quotidiennes, tritura quelques instants le gros maillon central où pendait un petit soleil d'or encastré entre les deux cornes d'Hathor.

— Et dis-lui que je suis heureuse de t'avoir vue. Tu es une belle jeune fille à présent. As-tu un soupirant ?

Sekmet regarda la reine. Son visage ne frémit pas. Le respect qu'elle lui montrait se teintait d'un orgueil qu'elle ne dissimulait jamais à fond.

— Pas encore, Majesté, mais je sais que mes parents aimeraient que j'épouse Any.

— Any ! Je suppose que tu parles du fils de Mérymose, le gouverneur des pays du Sud ? On dit qu'il deviendra un grand scribe quand il sera sorti de l'École Administrative de Thèbes. C'est bien, tu seras heureuse avec lui.

Puis, elle abaissa la main et congédia la jeune fille. En sortant, Sekmet croisa le regard de Choutarna qui s'avançait pour saluer la reine. Dans ses yeux passa une muette supplique et elle sut qu'elle l'attendrait avant de repartir.

— Il me tardait, Majesté, de vous remercier pour le pétillant petit singe que vous m'avez offert. Je fais des promenades délicieuses avec lui et, lorsque je suis dans mes appartements, il me montre des tours qui font mourir de rire vos suivantes.

— Ce cadeau est la moindre des choses, répliqua la reine en levant la main en signe d'impuissance. N'es-tu pas trop triste, Choutarna, d'être ainsi mon invitée sans que je puisse encore te dire quand et comment nous pourrons éclaircir cette affaire ?

Tout indiquait dans ces mots que jamais cette affaire ne serait clarifiée. A présent, Choutarna le savait. Aussi fit-elle mine d'y croire et tenta-t-elle d'achever poliment l'entretien pour aller rejoindre la fille de l'orfèvre qui, sans doute, l'attendait dans les dédales des couloirs.

— Permettez-moi de me retirer, Majesté. Je dois voir le maquilleur que vous m'avez conseillé et il serait gênant que je le manque. Et, de suite après, l'habilleuse doit me faire essayer une tunique que je viens de commander dans l'un de vos ateliers de tissage où l'on travaille le plus beau lin d'Égypte.

Un brin méfiante, Tiyi la regarda. Cette jeune

femme se pliait-elle aux règles de l'oisiveté qui découlaient de cette vie sans problèmes ? Allait-elle se laisser abuser ? Tiyi se promit de doubler les présents, multiplier les attentions, la combler de richesses. Elle lui sourit et, d'un geste discret, lui signifia qu'elle pouvait se retirer.

A la porte de la chambre, Choutarna se heurta aux deux servantes qui entrèrent aussitôt, empressées à l'extrême de servir leur maîtresse. Satisfaite, elle pensa qu'ainsi ni l'une ni l'autre ne la verrait aborder Sekmet. Celle-ci l'attendait au détour d'un des couloirs qui menait à la terrasse sud-est des appartements de la reine.

— Viens, fit la jeune fille en lui prenant le bras avec autorité. Nous allons marcher tranquillement ensemble, comme si nous venions de faire connaissance.

— Allons près du bassin, acquiesça Choutarna. Les suivantes s'y baignent, les scribes passent et repassent et les servantes attendent une serviette à la main. Il y a toujours de l'agitation. Cela détournera l'attention.

— Si l'on me questionne, déclara Sekmet, car je sais que les espions de la reine te surveillent, je dirai que, séduite par le bijou que nos ateliers ont fait pour la reine, tu voulais un collier confectionné par mes soins.

Un temps bref, elles s'observèrent. Alors passa dans leur esprit le souvenir d'un bateau incendié sur lequel Sekmet et son amie Bastet avaient été autrefois prisonnières, enlevées par les hommes de Pérouhé parce qu'elles en savaient trop et détenues jusqu'à ce que Neby et Choutarna, sans le savoir, viennent les secourir.

— Je sais que la naine t'a prévenue, chuchota Sekmet. Je suis doublement intéressée par cette affaire.

D'abord, j'ai appris que Neby était une cousine par un lien qui nous vient d'une Seconde Épouse de feu le pharaon Thoutmosis III. Ensuite, j'ai promis à mon amie Bastet de veiller à ce que tu n'oublies pas ta position de princesse babylonienne pour que tes droits te soient rendus.

Elle se tut un instant, car venait le scribe préposé à la rédaction des rapports sur les allées et venues du palais. Il s'arrêta un instant auprès d'elles, se courba en jetant d'un ton poli et froid :

— Voulez-vous que j'appelle une servante ?

— Nous n'avons besoin de rien, répliqua Choutarna d'un ton innocent. Nous voulons simplement discuter de la confection d'un collier.

Le scribe passa sa palette et son calame dans l'autre main et ne rétorqua rien.

— Certes, un bijou de bronze avec quelques perles de faïence serait moins onéreux, fit observer Sekmet à voix forte, afin que le scribe qui s'éloignait lentement l'entendît. Je t'en ferai parvenir le coût exact par l'un de nos serviteurs.

Sa compagne acquiesça d'un geste de la nuque tout en libérant son opulente chevelure du bandeau blanc qui lui enserrait la tête. Puis elle retira sa tunique et ses sandales et, nue, étira ses bras.

— Viens te baigner, chuchota-t-elle en abaissant les bras. Il n'entendra plus rien si nous allons jusqu'au centre du bassin.

Sekmet l'imita et se dévêtit, laissant juste son bandeau autour de son front pâle recouvert de poudre d'albâtre — fard utilisé fréquemment par les jeunes femmes nobles d'Égypte pour s'éclaircir le teint. Ses fines sandales de cuir allèrent rejoindre celles de Choutarna sur le bord pavé du bassin.

Puis, elles s'élancèrent dans l'eau qui commençait

à fraîchir sous les rayons rougeâtres du soleil. Deux cygnes s'écartèrent et les canards allèrent s'ébrouer sur les bords du bassin où des roseaux les y cachèrent.

— Il faut que tu cherches Neby au temple de Ptah à Memphis, chuchota Choutarna en effectuant une grande brassée qui la projeta hors du bord de l'étang.

— Plus à présent. Elle est partie à ta recherche dès ton départ. Mais elle a été retrouvée par le Grand Prêtre qui semble ne plus pouvoir se passer de sa présence.

Choutarna chuta dans l'eau et, toussant brusquement, en avala une gorgée qui avait goût de fleur de lotus. Elle se rétablit cependant promptement et se rapprocha de sa compagne qui à petites brassées venait vers elle.

— Panehesy la cache dans l'une de ses résidences, mais il en a tant qu'on ne sait laquelle. Mon amie Bastet qui étudie actuellement à la Maison de Vie de Memphis va tenter de la retrouver pour lui faire parvenir un message lui expliquant que tu es prisonnière de la reine Tiyi.

— La reine, assura Choutarna, ne me rend nullement malheureuse. Mais à présent que le pharaon est malade, que son fils ceindra bientôt la couronne et puisque je suis trop âgée pour épouser le nouveau roi, il ne me reste plus qu'à désirer ma liberté. Avec Neby j'étais en sécurité.

— Hélas, fit Sekmet, je crains qu'elle soit introuvable, aussi t'ai-je préparé un plan des résidences du Grand Prêtre que j'ai dissimulé dans mon bandeau. Écoute, regagne le bord du bassin, sèche-toi et remets ta tunique. Puis, rejoins-moi à l'autre extrémité. Je pourrai alors te remettre le plan sans que personne ne s'en aperçoive. Si tu t'évades, il te servira.

CHAPITRE IV

Le grand corps de Panehesy se pressa contre Neby avec une force un peu violente qu'elle ne lui connaissait pas. Sa bouche vint se fondre dans la sienne et, à nouveau, elle sentit ce vertige qui la prenait de plein fouet avant même de pouvoir réagir. L'assaut amoureux qu'il lui imposait la laissait cette fois encore pantelante, éperdument accrochée à cette soumission mêlée de désir et d'incompréhension qui lui collait à la peau chaque fois qu'elle se laissait prendre au dépourvu par le Grand Prêtre.

Neby s'était pourtant juré d'aller à Thèbes pour y retrouver son amie Choutarna, prise dans le triangle d'un filet aux mailles serrées que formaient les prêtres de Karnak s'acharnant à la supprimer et ceux de Memphis qui, à l'inverse, cherchaient à l'imposer. Quant à la reine Tiyi, Grande Épouse d'Aménophis, elle préférait ne pas réveiller un scandale pouvant déclencher les conflits religieux en gestation depuis presque dix ans.

— Je te l'avais dit, petit scribe, que partout où tu irais, je te retrouverai.

— Je refuse d'être ta seconde épouse, pas plus que je ne veux être l'une de tes concubines. Tu le sais,

Panehesy, comme tu sais que je ne resterai pas avec toi.

Il la regarda d'un air étonné bien qu'il s'attendît à une telle réaction. Mais, le ton convaincu de la jeune fille lui laissa tout de même un doute qu'il s'efforça d'oublier et de remettre à plus tard. Seuls comptaient pour l'instant les yeux tendres de Neby posés sur son visage. Resserrant le buste étroit de sa compagne entre ses bras puissants, il la contraignit à l'immobilité, la menaçant, en balbutiant, de la séquestrer à tout jamais pour lui faire subir le meilleur des sévices, celui qu'elle attendait déjà, inerte et consentante.

Quand ils furent l'un et l'autre rejetés sur les bords de la couche, essoufflés, désarticulés, éblouis par tant de prouesses magnifiquement accomplies, ils s'efforcèrent de reprendre leur bon sens.

Panehesy se leva pour aller prendre une coupe d'eau fraîche. Il en but la moitié et tendit l'autre à Neby, nonchalamment allongée sur le lit, les deux bras sous la tête et les jambes tendues en une ligne sinueuse dont l'ocre délicat était avivé par la lumière du jour qui pénétrait la pièce.

— Non, Panehesy, fit-elle en redressant légèrement son buste dénudé, il faut te persuader que jamais je ne t'appartiendrai entièrement.

Il prit la coupe vide que lui tendait sa compagne et jeta d'un ton tranquille :

— Qui te parle de faire partie de mon harem ? Je t'offre une place de Grande Scribe sur l'un de mes domaines de Memphis.

— Je ne veux pas rester à Memphis.

— Où veux-tu aller ? Soit, je t'ai offert la possibilité d'acquérir un document qui te classe parmi les scribes de haut niveau, mais n'oublie pas que tu n'as aucune référence professionnelle et que, dorénavant, ton nouvel état de femme te compliquera amplement les choses.

Il toussota, puis se racla la gorge.

— A moins que tu ne veuilles rester un garçon ta vie durant ! poursuivit-il d'un ton ironique.

Il respira son odeur jasminée et la reprit contre lui. Elle se dégagea doucement. Mais, d'un geste contrarié, il la ramena sauvagement vers lui et la plaqua contre son buste, la contraignant à l'inertie totale.

— C'est la liberté qu'il me faut, Panehesy, dit-elle à voix basse. Pourquoi ne veux-tu pas comprendre que, pour moi, l'indépendance est comme une seconde peau sans laquelle je ne peux plus vivre ?

Il eut un sourire amer et relâcha un peu la pression de son étreinte.

— De quelle liberté parles-tu ?

— De celle qu'il te faut à toi aussi. Une liberté simple et normale. Celle qui nous fait respirer, vivre, apprécier le ciel et la lumière, effectuer chaque jour les tâches pour lesquelles on a été fait. Ton épouse, Panehesy, mène la vie qui lui plaît. Elle est riche, puissante et se promène d'un domaine à un autre, s'attachant à toi juste le temps qu'il faut pour combler ses désirs amoureux.

Elle reprit son souffle un instant et poursuivit du même ton grave et bas :

— Les danseuses et les musiciennes du harem de Memphis offrent leurs voix et leurs corps au dieu Toth comme celles de Karnak le font pour le dieu Amon. Ce sont des actes et des gestes qu'elles accomplissent pour leur plaisir car elles ont été endoctrinées pour ces tâches-là.

Panehesy voulut répliquer, mais elle lui coupa promptement la parole :

— Les concubines se prélassent, se parent, jasent

et fomentent leurs petits complots entre les murs de leur prison dorée en attendant que le maître veuille bien les recevoir dans sa couche. Moi, Panehesy, moi qui n'ai aucun argent, aucune famille et qui ne suis d'aucun parti religieux, je suis faite pour aller de ville en ville proposer le fruit de mon labeur à ceux qui ne savent ni lire ni écrire et ce n'est pas le document prestigieux que tu m'as généreusement donné qui m'en empêchera.

Il la relâcha tout à fait, plantant l'éclat de ses yeux gris dans les prunelles dorées de sa compagne.

— Vas-tu donc coucher toute ta vie sur le sol durci par la sécheresse des mois du Périt ou dans la boue limoneuse qu'engendre les crues de l'hiver ? Vas-tu sans cesse quémander du travail sur les champs de lin ou de papyrus, dans les ateliers ou près du petit peuple des villes qui n'a même pas les moyens de te payer ?

Il se leva, saisit la coupe qu'ils venaient de vider tout à l'heure et la fracassa contre le mur. Neby eut un sursaut. Jamais encore Panehesy n'avait eu devant elle un tel geste de colère. Elle murmura :

— On peut trouver du plaisir à dormir en regardant l'immensité du ciel sur les berges du Nil ou quelque part aux abords d'une ville, la tête calée sur une pierre ou sur une souche d'arbre.

Panehesy s'était repris, mais son visage restait rouge et une veine battait encore vivement à sa tempe.

— Si j'ai du travail, je n'en demande pas plus, affirma Neby en coulant vers lui un regard presque piteux.

Comme il ne répondait pas, s'efforçant de reprendre l'intégralité de son calme, elle poursuivit :

— Pourquoi veux-tu que je passe mon temps devant une glace à me huiler le visage et le corps, me toiletter, me coiffer, me maquiller, teinter les paumes de mes mains et la plante de mes pieds au henné et, pourquoi pas, jouer avec un petit chien ou un petit singe ou encore pérorer la journée avec des compagnes dont je n'apprécierais même pas la présence ? Je ne suis pas faite pour ce genre d'activités.

Enfin, il éclata de rire. Cette peinture triste à mourir, qui ne convenait nullement à Neby, l'avait détendu. Il s'assit auprès de la jeune fille et caressa la douceur satinée de ses jambes.

— Il est vrai, dit-il d'un ton redevenu normal, un brin désabusé et moqueur, que tu n'es guère habituée à friser ta coiffure depuis que, toute petite, tu te promènes sur les routes le crâne rasé comme un garçon qui étudie dans un temple !

— Cela m'a plutôt réussi, dit-elle d'une voix joyeuse.

Elle baissa la tête pour que sa bouche atteigne son buste et plaqua un baiser au creux de sa poitrine qu'il venait de faire épiler la veille et huiler soigneusement avec un onguent de myrrhe et de jasmin.

— Panehesy, je te serai éternellement reconnaissante du présent que tu m'as fait. Ce document officiel attestant que je suis scribe est beaucoup plus que j'espérais. La possibilité pour moi d'exercer mon métier sans scrupule et sans honte me comble de joie, d'autant plus qu'à présent, je n'aurai plus besoin de passer pour un garçon.

L'un cantonné dans l'incertitude, l'autre dans la détermination, ils reprirent leurs ébats amoureux. Elle souleva une jambe restée coincée sous la lourde musculature de son compagnon et il en profita pour la caresser de ses grandes mains brunies, carrées et chaudes. Des mains qui, lorsqu'elles offraient au dieu Toth les dons qu'il réclamait au peuple pour le bien-être de sa vie terrestre, se faisaient sans doute plus évasives et plus distraites. A présent que Neby connaissait bien le Grand Prêtre, elle soupçonnait en lui de piètres dispositions pour la vie religieuse. Mais, comme la plupart des membres du haut clergé, Panehesy exerçait ses activités religieuses pour étendre sa seule volonté de réussite et de pouvoir.

— Crois-moi, Panehesy, je ne veux rien d'autre. L'attestation fournie par le temple de Ptah grâce à toi et qui me donne le droit d'exercer mon métier partout où je me rends me laisse un bonheur au goût inestimable. Tu ne peux en soupçonner ni la valeur ni la portée. Pourquoi veux-tu me donner autre chose ? Je ne réclame rien. Je n'ai pas d'attache, pas d'époux. Je serai à toi au gré du hasard.

Il se racla la gorge avant d'embrasser la douceur de son ventre blanc qui se tendait d'une façon charmante et désirable. Le triangle de son pubis dont il réclamait l'épilation complète depuis qu'elle se donnait à lui s'offrait avec grâce à ses lèvres gourmandes.

La veille, alors que Panehesy venait de retrouver Neby fraîchement engagée comme scribe dans une fabrique de papyrus à Hermopolis[1] et qu'à nouveau il la faisait enlever par une police discrète, le destin la ramenait indubitablement à Memphis. Installée cette fois dans l'une de ses maisons et non plus au temple de Ptah, il l'avait laissée en garde sûre entre les mains de sa fidèle Kashtah qui, aussitôt, l'avait lavée, épilée, parfumée, ointe d'huile et d'onguent bénéfique et, plus tard, le barbier était passé pour raser son crâne qui commençait à se recouvrir d'une ombre que Neby avait longtemps redoutée.

Pourquoi Panehesy voulait-il que sa compagne gardât encore son aspect de jeune garçon, alors que le document qu'il lui avait fait remettre stipulait bien que

1. Lire : LES THÉBAINES *Le Chant de la Terre,* tome 7.

Neby était du sexe féminin, fille de Koushy et d'Isis originaire de Bouhen ? Comment pouvait-il feindre d'ignorer que Neby devait désormais reprendre son état de femme ? Ressentait-il un plaisir extrême à tenir entre ses bras un corps aux allures androgynes ? Le style garçonnier dont elle ne pouvait se défaire stimulait-il les sens exacerbés du Grand Prêtre ?

Il est vrai que pour Neby, cette histoire semblait ne plus avoir de fin. Depuis l'enfance, son père veuf l'emmenait sur les routes pour lui apprendre le métier de scribe public, exigeant qu'elle prît l'apparence d'un garçon pour mieux se faire admettre d'un public habitué à voir la silhouette d'un homme dans l'exercice de cette profession, Neby se sentait plus garçon que fille. Ces considérations établies depuis longtemps, elle ne s'étonnait guère que Panehesy la préférât en jeune mâle et elle savait qu'il lui faudrait du temps pour se sentir à l'aise dans sa peau de femme.

Neby remua son corps et les lèvres du Grand Prêtre pressèrent le délicat pubis de sa compagne. Il fleurait bon le jasmin et le lotus. Il remonta sa bouche et la fit courir sur les plis formés par le haut de ses cuisses à peine écartées tandis que sa main, guidée par un désir latent, courait vers les secrets intimes de son ventre.

— Je veux te garder, murmura-t-il.

— Je ne t'appartiens pas, Panehesy.

— Je t'ai faite et tu le sais.

Elle eut un souffle bref, un peu heurté, un souffle entre la surprise et la contrariété. Quand elle sentit contre elle le membre tendu, durci, à la limite de l'exacerbation de son compagnon, elle resserra les jambes, opposant un doux refus à son excitation extrême.

— Faite ? Non, Panehesy. Tu m'as inculqué l'art élégant de l'écriture, du dessin des hiéroglyphes. Tu m'as fait connaître la littérature ancienne de l'Égypte, enseigné la culture religieuse et appris comment il fallait se tenir dans une société de hauts dignitaires, ce qu'il fallait dire et ne pas dire, faire et ne pas faire. Mais avant que tu arrives, avec ton titre de Grand Prêtre de Memphis et tes autres distinctions, j'étais déjà faite, moulée, prête, décidée, motivée. J'ai roulé ma propre personnalité dans un fourreau que nul n'a pu déplier. J'ai mûri seule à l'ombre des arbres ou à la pleine heure du zénith. J'ai travaillé, réfléchi, appris chaque fois qu'une difficulté surgissait devant moi. Crois-moi, Panehesy, que je sois à toi ou non, que je sois fille ou garçon, je me suis faite seule.

— Non, ce n'est pas vrai ! rugit Panehesy en se redressant.

Toute sa vigueur amoureuse s'était éteinte. Il sentit son membre s'amollir et ses mains trembler. Sa belle prestance avait soudain disparu en une seconde comme un gardon qui glisse entre les mains d'un pêcheur malhabile.

— Et puis, poursuivit Neby, j'ai rencontré Choutarna et nous avons vécu côte à côte, sillonnant les chemins sablonneux du désert, les ports tumultueux et les berges du Nil, travaillant dans les champs, les fabriques, les ateliers. Nous avons pris peur ensemble, mais nous avons aussi éprouvé d'indicibles joies au cours de nos multiples périples.

— Ah ! Voilà que tu me jettes Choutarna en plein visage. Je m'attendais à cette réplique. Décidément, tu ne veux pas la sortir de ta tête !

— Pourquoi devrais-je l'en sortir ?

Il haussa les épaules. A quoi bon palabrer, expliquer, dire qu'il pensait que Choutarna était un alibi de taille pour lui permettre de revendiquer cette liberté qu'à tout prix elle voulait conserver. Il se tut, subitement conscient que, seul, l'immense pouvoir dû à son titre et à son rang lui permettait de la retrouver où qu'elle allât.

— Allons ! Mon petit scribe bien-aimé. Ne pensons plus à tout ceci et si, vraiment, tel est ton désir, alors bien des retrouvailles nous attendent.

A ces mots, elle frémit et, cette fois, se soumit sans plus de résistance, se laissant aller au flux mouvant de la passion qui les unissait.

CHAPITRE V

L'École de Vie de Memphis était la plus spacieuse de toutes celles qui existaient en Égypte. La raison essentielle résidait dans le fait qu'autrefois, avant que tout enseignement se précise et se regroupe en un lieu déterminé, Memphis avait abrité l'un des plus grands savants de son époque, le Grand Imhotep. C'était alors au temps du roi Djoser, un pharaon de l'Ancien Empire qui avait élevé la première pyramide. Imhotep avait été un si grand personnage que plus tard, le peuple l'avait élevé au rang des dieux.

C'était à Memphis, capitale du premier nom de la Basse Égypte, en ces temps bien lointains — car on effleure, là, les premières dynasties du pays, celles de l'Ancien Empire — que les pharaons vivaient, régnant sur un peuple serré à la base des branches du delta.

La ville avait été fondée par le souverain Menès, un roi qui avait unifié le pays, le sortant enfin de la mystérieuse préhistoire. En ce temps-là, Memphis qui avait pour nom Knounoum était entourée par un long mur d'enceinte en calcaire qui enfermait la ville afin de préserver ses habitants des agressions extérieures. Il y avait tant de pillages, tant de jalousies intestines, tant de pugnacité entre régions frontalières et tant d'épidémies en provenance des régions marécageuses du delta que ce mur était devenu une protection vitale.

Déjà, Memphis était autrefois une ville forte. En raison de sa situation privilégiée sur la rive occidentale du Nil, entre une zone cultivée et un plateau désertique, elle occupait une position stratégique à la charnière de la Haute et de la Basse Égypte. Dès que la suprématie fut étendue, les rois de cette époque que l'on appelait les Thinites, originaires de Haute Égypte, entendaient disposer d'un centre administratif à partir duquel ils pouvaient aisément gérer les domaines qu'ils implantaient en Basse Égypte.

Suivit alors un centre religieux où les rois construisirent leurs tombes dans une immense nécropole près de la ville. Un centre où l'on adorait Ptah, le doyen des maîtres, le dieu des artisans, l'inventeur des techniques auprès duquel Imhotep avait tant demandé recours. Et la vie s'était poursuivie tout au long de l'histoire égyptienne, écoulant dix-huit dynasties de guerres, de paix et de progrès permanents. Memphis était restée un centre de culture, d'art et d'activité intellectuelle. Le Grand Prêtre Méryrê et son fils Panehesy avaient la mainmise sur les bibliothèques, les officines et les ateliers qui conservaient et transmettaient la sagesse et le savoir. Ces connaissances indispensables au bien-être physique et spirituel des Égyptiens se léguaient par les nombreux traités, les manuels et documents que recopiaient inlassablement les élèves de l'École de Vie dont l'implantation jouxtait le temple de Ptah.

C'était de Memphis que venaient toutes choses se rapportant à l'art de l'écriture hiéroglyphique. Et c'était à Memphis que les prêtres enseignaient les secrets des textes sacrés, ceux que l'on retrouvait sur les monuments immortels et les bas-reliefs des temples. Car, si l'on y célébrait le dieu Ptah, c'était bien pour perpétuer les connaissances religieuses acquises au fil des ans.

Oui ! L'École de Vie de Memphis était bien la plus célèbre d'Égypte. Imhotep, le sage divinisé, y avait laissé tant d'ouvrages de médecine, de traités de sciences, d'algèbre et de géométrie, de rouleaux recouverts de calculs et d'études agronomiques qu'aucun lieu de culture et de savoir-faire ne pouvait rivaliser avec elle. N'avait-il pas été l'architecte de la première pyramide à degrés de Saqquarah ? N'avait-il pas innové une technique savante qui consistait à créer des canaux pour utiliser les crues du Nil avant de les maîtriser afin d'alimenter, par l'intermédiaire de ces voies d'eau, les terrains les plus éloignés du fleuve ?

Enfin, Imhotep, le dieu guérisseur, avait porté l'art de la momification à un haut degré de perfectionnement, avec possibilité de conservation bien plus grande. C'était bien là que résidait toute l'admiration que Bastet portait au génie d'Imhotep. Ce matin-là, elle recopiait aux côtés de son jeune époux Pentou un traité de médecine qui décrivait les maladies oculaires et les remèdes susceptibles de les atténuer, peut-être même de les guérir, du moins celles dont on pouvait cerner la cause.

La salle où travaillaient Bastet et Pentou était vaste, conçue pour que les étudiants ne fussent pas serrés les uns contre les autres, empêchant la proximité d'un voisin pouvant distraire par un bavardage inutile. Nulle entorse n'avait été faite au règlement lorsque les deux jeunes époux avaient été inscrits à l'école. Le couple avait beau être marié — la venue d'un enfant avait même concrétisé les multiples péripéties occasionnées par l'enlèvement dont ils avaient été les victimes[1] —

1. Lire : LES THÉBAINES *Le Chant de la terre*, tome 7.

pas un seul passe-droit ne leur avait été octroyé et les jeunes gens suivaient leurs cours séparément, à l'exception des séances de transcription de textes dont ils avaient besoin pour leurs connaissances personnelles.

— Je crois que j'en ai terminé avec la thérapeutique des gastrites, des entérites et des fièvres, jeta Pentou en étirant ses longs bras au-dessus de sa tête. J'ai là de quoi méditer plusieurs jours entiers.

— Eh bien, moi, je n'en ai pas fini avec la complexité des glaucomes et je ne vois toujours pas comment différencier une inflammation de la pupille d'un décollement de rétine. Imhotep, le savant, prescrivait pour les deux cas des ablutions de l'œil dans une décoction à base de chanvre additionné à de la coloquinte et à de l'extrait de racine de bryone.

— Et qu'as-tu contre ? s'enquit distraitement Pentou qui, visiblement, ne pensait plus qu'à quitter la salle d'écriture dans laquelle il était enfermé depuis plus de quatre heures.

— Ce que j'ai contre ? répliqua Bastet, c'est que le bryone est un poison mortel. Pour ma part, je le remplacerais plutôt par de l'extrait de fleur de pavot.

— Imhotep devait connaître ses dosages. Tout est là.

Sur cette conclusion un peu hâtive qui amena un sourire aux lèvres de Bastet, Pentou vint poser un bras sur ses épaules et déposer un baiser léger sur son cou.

— Quand pourrons-nous donc être ensemble ? murmura-t-il en la serrant davantage et en pressant plus fort sa bouche sur la peau tiède de son cou.

— Nous n'avons pas été pris en traîtres, remarqua la jeune femme, sans pour autant retirer son cou des lèvres gourmandes de Pentou. Nous savions fort bien que nous serions séparés. Toi, couchant et prenant tes repas avec les autres étudiants. Moi, hébergée par une cousine de la reine Tiyi qui m'offre généreusement les vastes espaces de son habitation.

Elle s'écarta de son travail un instant et se serra contre son époux. Il se pencha vers elle et saisit avidement la bouche fraîche et pulpeuse qu'aucune trace de henné ni autre fard ne venait rougir. Une étudiante de l'École de Vie de Memphis aurait été aussitôt écartée par les prêtres si elle avait osé se présenter perruquée, fardée, huilée. Elle avait échappé de justesse à la terrible menace du crâne rasé, contrainte hélas à laquelle Pentou avait dû se résoudre.

— Tout de même, maugréa le jeune étudiant, nous sommes mariés, nous avons un enfant et il nous est interdit de dormir ensemble. Parfois, je me dis que si tu n'avais pas voulu étudier, tu serais à Thèbes en train d'élever notre petit Khonsou.

Bastet s'écarta vivement.

— Cherches-tu à me culpabiliser ?

— Un peu.

— Mais tu sais que ma grand-mère s'occupe de Khonsou comme de son fils et que tes parents veillent aussi sur lui. Oh ! Pentou, je t'en prie, ne remue pas le couteau dans la plaie. Si tu savais combien le remords me tenaille et comme c'est dur de vivre entre deux sentiments contradictoires, celui d'étudier pour être un bon médecin et celui de ne pas élever mon enfant !

Le ton chagriné de sa jeune épouse remua les sentiments de Pentou. Mais à peine avait-il ouvert les lèvres pour amorcer une parole réconfortante qu'elle reprenait aussitôt :

— Tu n'as pas ce souci, toi, l'étudiant ! Toi l'homme et le maître ! Tu peux partir et étudier tout le temps qu'il te plaît sans aucun remords, aucun reproche à subir, aucune contrainte familiale à supporter. Personne ne dira que tu abandonnes ton fils si tu reviens au foyer la tête emplie de connaissances. Moi, l'épouse, la mère, je dois me justifier, me déculpabiliser à tout moment.

Elle le regarda de plein fouet, s'enivrant de ses propres paroles.

— Cela ne suffit-il pas que je doive prouver à la société que je pourrai être un bon médecin et, fort probablement, soigner tout aussi bien que toi et ceux qui suivent, ici, l'enseignement de Toth ? Non, vraiment, c'est injuste !

Et elle frappa du poing sur la table, ce qui fit sursauter le petit godet d'encre noire dont elle se servait pour transcrire ses copies. Surpris, Pentou la regarda, puis lâcha lentement ses épaules, laissant tomber ses bras le long de son grand corps dégingandé. Il avait soudain l'air d'un pantin désarticulé et Bastet vit sur son visage une expression de regret.

— Pardonne-moi, fit-elle d'un ton adouci. Je m'emporte alors que je suis fière et heureuse d'apprendre à tes côtés. Je remercie chaque jour le dieu Toth.

— Bastet, je n'ai jamais mis d'opposition à ce que tu viennes étudier à Memphis, malgré cet enfant qui nous est venu fort inopinément. Je veux que tu sois médecin.

— Je sais. Pardonne ma colère, Pentou.

Puis, elle jeta d'un ton serein, clôturant l'amorce de cette dispute venue contrarier leur journée :

— C'est une chance que cette salle d'écriture autorise un libre contact entre les étudiants et qu'elle permette de nous voir de temps à autre. Allons, Pentou ! fit-elle en se redressant. Si tu ne me quittes pas, tu vas manquer ton prochain cours et tu seras sanctionné à la fin de ce mois qui clôture la saison du Périt. Veux-tu donc que je sois seule à voir Khonsou ?

A regret, il s'écarta, planta encore un baiser sur ses lèvres et quitta la salle. Peu de temps après, alors que Bastet venait de se remettre au travail, cherchant la solution pour remplacer le mortel bryone par un produit autre que le pavot dont l'effet tenait plus du narcotique que du remède, elle se mit à passer en revue toutes les plantes qu'elle avait étudiées avec sa grand-mère Ahotep, au temps de son enfance, dans le jardin médicinal de sa maison de Thèbes.

*

Tani la Veuve résidait dans une belle maison au centre de Memphis, non loin de l'École de Vie qui jouxtait le temple de Ptah. Bastet y arriva en début de soirée. L'air diffusait d'agréables senteurs de jasmin et de tamaris que la saison du Périt avait fait généreusement fleurir. Les jardins s'étalaient dans une parfaite harmonie de couleurs qu'apportait la multiplicité des arbres, tilleuls, acacias, palmiers, sycomores, jujubiers. Le bassin, entouré de joncs et de papyrus, était couvert de lotus et de nénuphars entre lesquels des poissons venaient happer les insectes qui voletaient au-dessus.

Une grande volière à ciel ouvert d'où sortaient les cris et le bruissement des ailes d'oiseaux venait perturber le calme de l'étang. Pigeons, colombes, loriots, perroquets, ibis, autruches, tous déployaient sans mesure une extrême agitation qui ne s'atténuait qu'à la tombée du jour pour cesser complètement quand la dernière heure de Rê l'enveloppait tout entière.

Tani attendait Bastet sur la terrasse de marbre rose qu'ombrageaient les palmiers. Pour éviter les chaleurs insupportables aux heures du zénith, un angle se profilait sur la face nord-est du bâtiment, permettant aux rayons du matin de venir caresser les dalles de la terrasse. Dans un tintement qui ressemblait au grelot des sistres, une fontaine venait éclabousser de son jet d'eau bleutée les plantes aquatiques disposées tout autour.

Tani était assise devant une table basse en pierre sur laquelle était disposé un damier aux pions bleus et blancs. Derrière le siège d'osier dans lequel elle s'était installée, une jeune servante l'éventait avec une longue palme qu'elle balançait silencieusement de droite à gauche. En ce mois de Tiby qui terminait la saison du Périt, les mouches commençaient à s'agglutiner un peu partout et, pour être tranquille, il fallait les chasser avec ténacité.

— Ma chérie, fit Tani, en tendant sa joue à la jeune fille pour qu'elle y posât un baiser, un courrier s'est présenté ce matin et a laissé un document pour toi.

Elle se tourna vers la jeune servante.

— Va le chercher, Ahmès. Je l'ai posé sur le coffre en ébène de ma chambre.

Puis, reportant son regard sur Bastet, elle fit remarquer que l'air était lourd et qu'en attendant un peu de fraîcheur, elles pourraient peut-être faire une partie de sénet.

Ahmès revenait avec le papyrus enroulé. Elle le tendit à Bastet qui regarda aussitôt la provenance du sceau qui le cachetait.

— Est-ce de ton père ?

— Je ne crois pas, Tani.

— De ta grand-mère Ahotep, alors ?

— Je ne pense pas non plus.

Orpheline de mère, Bastet avait été élevée par sa grand-mère Ahotep, fille de médecin. Son père s'était remarié avec une jeune Thébaine superficielle et arriviste qu'elle n'avait jamais beaucoup aimée et qui s'était violemment opposée à son désir d'apprendre la médecine. Seule Ahotep l'avait farouchement soutenue et Bastet se demandait encore si, sans elle, son père aurait accepté l'idée de son entrée à l'École de Vie. Mais, bah ! Tout ceci était du passé et elle observa avec attention le document qu'elle tenait entre les mains.

Certes, elle avait tout de suite reconnu le sceau de la maison de Maât. Un scarabée qui tenait un soleil entre les pattes et dans lequel était inscrit le cartouche de son amie Sekmet.

— Qui est-ce alors ? insista Tani.

La jeune fille parut hésiter. Elle fit quelques pas distraits en direction du portique de la terrasse, juste pour s'éloigner un peu, déroula le document et en prit connaissance, le cœur battant et réfléchissant déjà à ce qu'elle devait faire. Puis, comme elle savait que Tani ne lui laisserait aucun répit avant de connaître le contenu du papyrus, elle revint vers sa compagne et dit tranquillement :

— C'est de mon amie Sekmet.

— Sekmet, la fille aînée de Maât ! Que dit-elle ?

— Oh ! Rien d'important, Tani. Elle m'invite chez elle pour les fêtes d'Hathor qui vont débuter la saison du Chemou.

Tani acquiesça de la tête.

— Peut-être voyagerai-je avec toi, fit-elle d'un ton enjoué. Ma cousine, la reine Tiyi, m'invite toujours à Malgatta et voilà plusieurs fois que je refuse. J'ai soudain envie de passer ces fêtes d'Hathor à Thèbes. Qu'en dis-tu Bastet ?

— C'est que, fit Bastet gênée de la tournure des événements, j'attendrai peut-être Pentou et je ne sais à quel moment exact nous pourrons quitter Memphis ! Il vaudrait mieux que tu partes avant nous.

« Ciel, pensa Bastet, comment vais-je faire pour me libérer d'elle ? Pire ! Comment vais-je trouver Neby dans cette situation embrouillée ? Où est-elle ? Choutarna, la princesse babylonienne, dit qu'elle se trouve au temple de Ptah et Sekmet affirme, dans ce document, qu'elle n'y est plus et que le Grand Prêtre Panehesy la séquestre quelque part. »

Elle enroula le document et le glissa dans la ceinture de sa tunique. Il ne fallait certes pas que Tani en connût la teneur. Cette affaire, sous aucun prétexte, ne devait arriver aux oreilles de la reine Tiyi. Ce serait l'échec de leur mission. Une mission dont elle s'était investie avec Sekmet depuis qu'elles avaient été prises en otage par les prêtres d'Amon et, surtout, depuis que le clergé de Karnak voulait supprimer toutes les idées novatrices en provenance des pays d'Asie.

Puis elle s'installa face à Tani et, pour éviter qu'elle ne s'étende davantage sur le sujet, jeta négligemment :

— Et si nous la faisions, cette partie de sénet !

Bastet joua plus distraitement que de coutume, laissant sa compagne mener le jeu pendant qu'elle réfléchissait à la façon dont elle se débrouillerait pour retrouver Neby.

Aussi, le lendemain, s'arrangea-t-elle pour se rendre au temple où un auxiliaire la mena près d'un scribe qui l'orienta vers un prêtre-lecteur lequel l'entraîna du côté des annexes où les prêtres postulants la ramenèrent à de plus hautes sphères. De retour aux sources principales, elle questionna un prêtre-comptable affecté à l'administration du sanctuaire d'Hathor, puis un prêtre qui portait les offrandes au temple d'Anubis et, enfin, quand le soir arriva, Bastet revint à la Maison de Vie, épuisée, anéantie par sa journée improductive.

Elle dut revenir quelque temps plus tard et, après avoir interrogé toutes les castes sacerdotales, elle tomba finalement sur un prêtre aveugle qui lui parla de Neby. D'après lui, elle était partie le matin qui avait suivi la disparition de la princesse Choutarna, mais avait été retrouvée sur la route de Thèbes dans une fabrique de papyrus. Des bruits couraient que Panehesy l'avait emmenée dans l'une de ses résidences de Memphis.

Il n'allait pas être facile pour Bastet de savoir dans quelle maison du Grand Prêtre Neby se trouvait. La plus éloignée du temple était celle qui surplombait le Nil sur la rive sud-ouest en descendant vers Hermopolis. Il fallait traverser le gué et passer de l'autre côté du fleuve. Si Bastet activait l'allure de son pas, elle arriverait avant que les passeurs fussent envahis par les premiers clients du matin.

Les quais étaient, ce matin-là, animés par les multiples activités qui s'y déroulaient. Trois bateaux venaient d'amarrer et deux autres se profilaient au large, balançant dans la brise matinale leur poupe gracieusement relevée.

Sur le port, les dockers déchargeaient les cageots de céréales, de légumes, les jarres d'huile, de bière, de vin, les troncs de bois débités en planches, les bottes de lin, de papyrus. Les cris fusaient de toutes parts, les hommes d'équipage lançaient des ordres vite exécutés par les marins au torse nu. Ils avaient tous un pagne de lin grossier et des épaules saillantes habituées à l'effort sous l'âpreté du soleil qui, dans un instant, allait tomber sur le fleuve. Les barques et les chalands allaient et venaient pour décharger hommes et marchandises.

Les passeurs hélaient les clients tant que leurs embarcations n'étaient pas pleines à ras-bord. Les bornes d'accostage étaient toutes prises. Pas une n'était libre et Bastet savait qu'à cette heure agitée de la journée aucun marin n'accepterait de la mener de l'autre côté du fleuve. Une ou deux heures plus tôt, la chose eût été possible, mais Tani lui aurait posé mille questions auxquelles Bastet ne voulait pas répondre. C'est donc avec une pointe de nervosité qu'elle s'approcha du quai afin de voir si le passeur qui se trouvait là où elle attendait pouvait se charger d'elle, malgré l'encombrement de son embarcation.

Ignorant où se trouvait l'emplacement exact de la maison du Grand Prêtre, elle devait s'informer avant de s'y rendre au plus vite. Son plan était organisé. Elle demanderait les annexes des serviteurs et, là, y cueillerait le personnel de la maison avant la dispersion de celui-ci à travers toute la résidence. C'était toujours par le bas qu'on obtenait des renseignements sur l'organisation d'une maison de noble.

Quand elle vit que le passeur semblait pouvoir la prendre à bord, elle leva les yeux sur les deux gros bateaux qui s'approchaient du port et eut un sursaut. Il lui semblait que le second avait une poupe dont elle connaissait l'effigie.

— Oui ! s'écria-t-elle les mains portées en écho autour de sa bouche.

Oui ! C'était le bateau de Minhotep. Par tous les dieux d'Égypte, Minhotep la batelière allait la sauver !

*

« La Croix d'Ankh » approchait lentement du port. Bastet en tremblait de joie. La haute proue griffait l'espace en s'élançant dans l'azur du ciel.

— Alors, on monte ou on monte pas ?

Bastet leva la tête. Le passeur la regardait d'un air bourru, la gaffe entre les mains, prêt à s'éloigner du bord.

— Je ne monte plus, fit-elle. J'attends le gros bateau qui avance. Là ! fit-elle en désignant du doigt le vaisseau qui tanguait légèrement.

Le passeur haussa l'épaule et d'un coup de gaffe dont l'habileté démontrait de longues années d'expérience, écarta promptement l'embarcation du quai où grouillaient gens et bêtes que l'on transportait pour les besoins de la cause. Anes, mulets, chèvres, cageots emplis d'oies et de canards assortis des inévitables nasses où s'entassaient les poissons fraîchement pêchés la veille s'accumulaient sur le port.

Quand « La Croix d'Ankh » se fut suffisamment rapproché pour que Bastet pût reconnaître la grande et forte silhouette de Minhotep sur le pont du bateau, la plante de ses pieds la démangea et, sautillant comme un jeune cabri, elle se mit à crier :

— Minhotep ! Minhotep !

Puis elle remua les bras au-dessus de sa tête tant et si bien que la batelière mit ses mains en visière et, attirée par la gracile forme féminine qui faisait tant de signes dans sa direction, s'efforça de la distinguer.

— Qui est-ce ? dit-elle à la femme qui se tenait près d'elle.

— C'est la jeune noble qui m'a soignée lors de l'incendie du vaisseau de Pérouhé. Ne t'en souviens-tu pas ? Elle étudiait la médecine. Par elle, je retrouverai peut-être Choutarna.

— Alors, faisons-la monter.

Bastet s'était jetée à l'eau. Elle nageait magnifiquement bien. Ses muscles se déployaient avec grâce et rapidité. Mais il était dangereux de nager dans le fleuve. Les crocodiles se hasardaient trop souvent sur le bord des quais à l'approche d'un gros vaisseau, attendant qu'un marin malhabile — il y en avait toujours qui ne savaient pas nager — tombât malencontreusement de la barque qui l'amenait sur le port.

— Kyos, détache la barque et va la chercher. Fais vite. J'aperçois déjà le dos écaillé d'un saurien qui avance sournoisement du côté de la poupe.

Puis elle saisit le gouvernail du bateau, l'actionna savamment pour le faire entrer dans le port et jeta l'ancre pendant que Kyos abordait Bastet. Elle le reconnut immédiatement et sauta dans le frêle esquif en criant toujours le nom de Minhotep.

Quelques secondes plus tard, la batelière la serrait contre elle et lui demandait des nouvelles de ses deux protégées.

— Oh ! Myriam ! s'exclama Bastet en se dégageant de la forte poigne de Minhotep qui l'écrasait contre elle, comment se portent ton dos et ton épaule ?

— Je n'ai plus que de légères cicatrices. Tout s'est guéri à merveille. Tu m'as bien soignée, Bastet !

La jeune fille inspecta les anciennes brûlures de Myriam et hocha la tête de satisfaction.

— Je savais que l'onguent passé sur tes plaies activerait une cicatrisation parfaite. Elle est à peine visible.

Elle se tourna vers Minhotep.

— Tu m'as demandé des nouvelles de tes protégées ? Je tentais justement de sauver Neby du traquenard dans lequel elle est tombée.

— Quel traquenard ?

Mais Myriam leur coupa la parole :

— Et Choutarna ?

— Justement. Tout est lié. Trouvons l'une et nous pourrons délivrer l'autre. Quel est ton chargement, Minhotep ?

— Des jarres crétoises, des urnes, des poteries diverses. J'ai des onguents aussi, des parfums et du henné pur comme seuls les Crétois savent le faire.

— Sais-tu si le Grand Prêtre doit être livré de quelques marchandises arrivées ces temps-ci ?

— Probablement. Il faudrait que j'aille me renseigner auprès du gardien du port. Il doit bien y avoir un bateau qui décharge pour lui ! Tous les nobles de Memphis en affrètent un lorsqu'ils repartent d'ici, vidés de tout.

— Comment peux-tu faire pour te présenter chez lui ?

— Je peux acheter une partie du chargement à un confrère et le lui livrer moi-même.

— Tu ferais ça ? fit Bastet en écarquillant les yeux.

Mais ses pupilles grandes ouvertes étaient braquées autant sur Minhotep qui réfléchissait déjà à la manière dont elle allait s'y prendre pour livrer le Grand Prêtre que sur l'homme qui se tenait, à présent, derrière Myriam. C'était Ayen, le fondeur d'or qui, recherché par les prêtres d'Amon pour avoir refusé de tremper dans l'affaire de la princesse syrienne, s'était enfui sur le bateau de Minhotep et avait contribué à libérer Bastet et Sekmet, prisonnières de Pérouhé.

— Ayen, fit-elle d'un ton joyeux, serais-tu devenu homme d'équipage ? Quand je vais dire à mon amie Sekmet que tu es en excellente forme, elle sera ravie.

— Myriam et lui me servent bien, fit la batelière en passant son bras sur les épaules d'Ayen et la bonne entente semble régner entre eux et Kyos. C'est l'essentiel. Avec Myriam, ma vie quotidienne est plus confortable. Avec Ayen, je développe mieux mon commerce. Quant à Kyos, il est un homme d'équipage parfait. Je me félicite chaque jour de l'avoir avec moi.

Elle tourna son regard vers lui tout en lâchant les épaules d'Ayen.

— Kyos, poursuivit-elle, personne ne se méfiera de toi. Tu iras chez le Grand Prêtre muni d'un document qui annonce que les provisions qu'il attend sont à quai. Et, comme tu es muet, tu feras l'innocent et tu refuseras de remettre le document à un autre que lui. On te promènera sans doute dans les dédales de la résidence et tu essaieras de trouver Neby. En te voyant, nul n'est besoin de lui remettre un message, elle comprendra aussitôt que mon bateau est à Memphis.

— Mais ne fera-t-on pas un rapprochement entre sa fuite et ton vaisseau ? objecta Bastet.

— Non, parce que je livrerai au Grand Prêtre une partie du chargement qu'il a commandé. Tiens, des onguents et du henné de grande qualité par exemple. Le clergé en est si friand que même s'il ne s'agit pas de sa propre commande, il est prêt à l'acheter.

Elle se tourna vers Kyos qui hochait de la tête, montrant qu'il avait parfaitement compris la mission imposée par sa maîtresse.

— Quand tu la verras, montre-lui simplement les dix doigts écartés de tes mains, puis indique-lui le soleil. Elle comprendra qu'avant de s'enfuir, il faut attendre dix jours.

CHAPITRE VI

Neby se leva et courut à la terrasse pour respirer une bouffée d'air frais. Que se passait-il depuis quelques matins ? Un sommeil agité la rendait nerveuse et quand elle posait le pied à terre, une forte envie de vomir soulevait sa poitrine. Puis, dès qu'elle buvait une gorgée de lait frais additionné de miel que lui apportait Kashtah dans une coupe en argent, l'enthousiasme lui revenait et les ardeurs de sa passion pour Panehesy semblaient reprendre.

Cependant, ses amours et sa lucidité ne faisaient guère bon ménage dans son esprit. Neby n'était pas sotte et elle savait que les nuits passées en compagnie du Grand Prêtre pouvaient lui causer des désagréments dont elle connaissait les complications, mais dont elle mesurait insuffisamment l'importance. Qu'apporterait la présence d'un enfant dans le déroulement de sa vie mouvementée ? Après s'être lavé la bouche et avoir bu de l'eau parfumée, Neby frémit et décida de ne plus y penser.

A présent que son corps avait évacué la nausée, ses jambes reprenaient des forces et son esprit de la clarté. Elle avait prévu, ce matin-là, de pousser ses investigations jusqu'à la limite du domaine de Panehesy afin de prendre quelques repères en vue de sa proche fuite. Elle n'avait cependant nulle idée de la façon dont elle s'y prendrait. Les ordres donnés à Kashtah, la servante, étaient de la surveiller où qu'elle allât et quoi qu'elle fît, une garde vigilante à la limite de l'exaspération. Kashtah se trouvait toujours sur son passage, l'œil rivé sur elle et Neby s'efforçait de lui faire bonne grâce afin de ne pas attirer l'attention sur ses folles envies d'escapades. La saison du Périt qui s'achevait laissait une floraison intense et colorée dans les jardins et les palmiers-dattiers regorgeaient de fruits mûrs dont la cueillette ne pouvait plus tarder.

Neby qui n'avait pas encore décidé de prendre l'apparence d'une femme s'acharnait donc à rester polie envers la vieille Kashtah qui, depuis longtemps, avait compris l'étrange situation. Elle voyait encore Panehesy comme le garçonnet qu'il avait été autrefois et qui réclamait un nouveau caprice de la vie. Ceci dit, et toutes positions remises à leur place, elle lui vouait une adoration telle qu'elle pouvait se faire tuer sans broncher pour le plaisir de son maître.

Neby attendit que les premières servantes apparaissent, volubiles et bourdonnantes, dans le sillage de Kashtah pour donner moins de poids au propos qu'elle s'apprêtait à lancer :

— J'ai envie de prendre l'air, Kashtah, et de me promener sur les terres de ton maître, d'y rencontrer ses scribes et ses intendants. Peut-être trouverai-je l'idée d'un travail qui me convienne ! J'en parlerai ce soir à Panehesy.

— De quel côté vas-tu ? fit la servante d'un ton revêche.

— Du côté des champs et des greniers à blé. J'aimerais rencontrer le Grand Intendant des récoltes. Il est temps que j'apprenne quelque chose, ici.

Comme elle la regardait d'un air méfiant, elle ajouta d'un ton tranquille :

— Ne m'attends pas avant l'heure du zénith.

Kashtah fit la grimace et avança la main.

— Tiens, ajouta Neby en riant, je te laisse ma sacoche de cuir qui enferme ma tablette, mes calames, mes godets et mes papyrus. Sans eux, je ne suis rien. Allons, tu vois bien qu'ainsi je ne m'enfuirai pas !

Kashtah restait méfiante, elle l'observa quelques instants et, sans un mot, soupesa la sacoche. Elle était lourde comme une pierre. La vieille femme trébucha presque et quand Neby la vit s'éloigner, l'une de ses épaules penchait légèrement.

Pensivement, elle traversa la terrasse, atteignit le bassin où les scribes personnels de Panehesy se baignaient paresseusement avant que le soleil chauffât l'eau. Elle leur fit un signe en passant auquel ils ne répondirent pas. Pour eux, elle était un jeune intrus qui troublait les sens de leur maître et en lequel ils ne voyaient que débauche et luxure. Il est vrai que le Grand Prêtre de Ptah leur avait imposé sa présence comme celle d'un confrère et que Neby n'avait encore rien fait de concluant depuis qu'elle était là. Une inertie d'ailleurs qui commençait à lui peser.

Mais Neby avait pris sa décision. Elle ne resterait certes pas avec Panehesy à travailler sur l'un de ses domaines. Tout d'abord, sa position était trop trouble pour qu'on la prît au sérieux. Comment pouvait-elle diriger des hommes et coucher le soir dans le lit du maître ? Et ce n'était là qu'une face du problème. L'autre révélait une complexité bien plus grande puisqu'elle mettait en cause un sexe qui se définissait mal. Scribe-homme un jour ! Scribe-femme le lendemain ! Il y avait de quoi se frotter les côtes de plaisir. Et Neby n'aimait pas plaisanter dans le travail. D'ailleurs,

Panchesy ne lui proposait plus de poste sur son domaine, se contentant, pour l'instant, de la choyer tendrement le soir lorsqu'elle était dans son lit.

Oui ! Neby allait quitter Memphis et la maison luxueuse du Grand Prêtre. Elle chercherait un emploi bien rémunéré puisqu'elle pouvait, à présent, prétendre à des postes plus lucratifs que ceux qu'elle avait obtenus jusque-là et qui ne lui rapportaient que quelques oignons par jour, deux ou trois poignées de fèves et de pois chiches, des gâteaux de miel et de froment, un bol de lait ou de bière et, parfois, un local abrité pour la nuit, souvent un appentis qui jouxtait une maison ou un atelier dans le village.

Arrivée au bout du bassin, elle traversa les parcs et les jardins de fleurs. Elle passa sous le petit kiosque en briques roses où le jet de la fontaine grésillait sur l'albâtre du large socle où elle était posée. Puis elle atteignit rapidement les premiers sillons du potager, contourna les allées de laitues, de radis, de melons, de poireaux, de courgettes et quand elle se trouva devant la grande palmeraie ondoyante de verdure, elle n'eut plus qu'à suivre les canaux qui irriguaient le sol. Elle savait qu'au bout de la palmeraie, il y avait une allée de pierres qui descendait jusqu'au Nil. Comme il n'y avait jamais personne, elle en profiterait pour s'y baigner tranquillement.

Elle ne se trompait pas. L'endroit était complètement désert. Elle observa quelque temps l'aspect insolite du lieu qui se conjuguait avec un étrange silence fait du bleu limpide d'un ciel serein et du clapotis léger de l'eau qui venait mourir sur la pierre du ponton. Ce serait peut-être par cette issue qu'elle s'échapperait. Il lui fallait simplement une barque.

Le ponton était étroit, recouvert d'une mousse grisâtre qui prouvait qu'il n'était guère utilisé. L'anneau d'arrimage avait été dessoudé et aucune embarcation ne pouvait s'y attacher. Il fallait avoir recours au premier tronc d'arbre éloigné de la berge d'une dizaine de coudées.

Neby faillit glisser sur le ponton tant il était moussu. Elle fut étonnée d'y voir que des déjections de pigeons y laissaient des traces fraîches. Elle pensa subitement que les volières étaient situées à l'autre extrémité de la résidence. Elle leva les yeux et une révélation frappa soudain son esprit. Une vision ! Un mirage ! Non. Tournoyant au-dessus de sa tête, un couple d'oiseaux s'abattit sur son dos qu'elle courba aussitôt. Quand elle se redressa, ils agrippèrent de leurs pattes griffues ses épaules et poussèrent des petits cris stridents.

— Dieu du ciel ! s'écria-t-elle. Vous êtes revenus ! Je n'y croyais plus. Où étiez-vous donc passés durant tout ce temps, mes beaux oiseaux ?

Elle caressa leur doux plumage blanc et, les prenant dans ses mains, elle embrassa leur bec orangé. Ils roucoulèrent l'un et l'autre de plaisir en tendant leur gorge palpitante. Puis Neby détacha les petits bouts de papyrus accrochés à leurs pattes et vit qu'ils étaient restés vierges. Les pigeons n'avaient pas trouvé Choutarna. Pourquoi étaient-ils revenus sans message ? Où était son amie, la princesse babylonienne ? Elle frissonna et reposa les oiseaux sur son épaule. « Dieu de Ptah ! soupira-t-elle, j'espère qu'elle n'est pas emprisonnée. Il est dommage que Panehesy ne veuille plus m'en parler et qu'avant de fuir, je ne sache rien. »

Elle prit le chemin du retour. « Venez, mes beaux oiseaux. Vous allez dormir ce soir dans la volière de mon ami le Grand Prêtre. Puis nous allons réfléchir à la manière dont nous allons nous y prendre. Mais je jure que je retrouverai Choutarna. »

*

Néfertiti sortit ruisselante du bassin. Ses longs cheveux mouillés se plaquèrent dans son dos, le balayant de longues tiges brunes dans lesquelles un lotus s'était accroché. Son visage ovale et blanc aux traits parfaits n'était pas maquillé. Un front haut et dégagé, des yeux en amande d'un vert extraordinairement lumineux, des pommettes saillantes qui remontaient avec une grâce extrême l'ensemble de son visage, le tout doucement parfumé, satiné, lustré comme la lune pâle quand on ne voit plus qu'elle dans un ciel trop obscur.

Néfertiti dont le nom voulait dire « La Belle est venue » rayonnait d'une beauté étonnante. Et pourtant, Néfertiti était la princesse venue d'on ne sait où ! Certes, pour l'instant, elle souffrait d'une angoisse bien compréhensible. Qui pouvait lui expliquer le mystère des choses, l'incompréhensible instant des secrets à dévoiler, le choc du vrai contre le faux ? Depuis l'aube, elle passait avec inquiétude la main sur son ventre. Un corps d'adolescente juste passé femme il y avait si peu de temps ! Quinze ans à peine et bientôt elle deviendrait reine d'Égypte. Néfertiti était un vrai soleil, l'astre dont elle s'était follement éprise.

Mais, à cette heure, Aménophis III s'accrochait à la vie. Il avait si peu le désir de voir son fils cadet prendre sa place qu'il s'efforçait, depuis quelque temps, de trouver quelque nouveau plaisir auprès de sa fille Satamon qu'il avait prise comme Grande Épouse et qui lui offrait les charmes de sa grande jeunesse. A présent, Tiyi ne passait que de rares nuits avec son époux. La dernière en date lui avait laissé un goût d'amertume et de regret bien que le pharaon l'eût honorée de sa semence divine.

Néfertiti refusa l'aide de Mouti, la servante, qui

s'avançait avec une serviette de lin et une tunique sèche. Puis elle décréta qu'elle voulait profiter de quelques instants de solitude pour rêver tranquillement. Aussi, quelques minutes plus tard, marchait-elle en silence à travers les petits bosquets de papyrus qui lui offraient au passage leur délicieux ombrage.

Depuis que Theyi, sa mère adoptive, avait mis au monde Moutjenet, une fillette capricieuse à l'énergie étonnante, Néfertiti se sentait plus distante et sa nature réservée prenait de l'ascendant alors que l'enfant qui n'avait aucun lien de sang avec elle prenait de l'âge. Certes, Néfertiti ne pouvait ni protester ni se plaindre. Son statut de Grande Épouse du prince héritier Aménophis IV lui conférait un prestige sans égal. Theyi était devenue déférente avec elle, trop respectueuse, comme si elle était devenue une étrangère vers qui l'on va avec beaucoup de réserve et de doute. Moutjenet avait à présent six ans et il était incontestable que sa mère partageait avec elle une intimité qu'elle n'avait jamais eue avec Néfertiti, sa fille adoptive.

A nouveau, Néfertiti ressentait le besoin de revenir à ses sources, du moins celles dont elle avait pu jouir dès que la terre d'Égypte l'avait accueillie. Il lui fallait voir sa chère nourrice Pensilhé qui l'avait tant de fois bercée quand elle ne pouvait s'endormir. Elle ressentait ce besoin comme un farouche appel à l'amour filial. Elle ! La fillette trouvée dans la boue du Nil un jour de crue dévastatrice. Oui ! Elle ressentait violemment le désir d'être auprès de Pensilhé. Sans doute parce qu'elle sentait, depuis quelques jours, les premiers indices d'une vie qui germait dans son sein et que seule Pensilhé pouvait l'embrasser, la rassurer, lui dire les mots qu'elle voulait entendre. Elle se promit d'aller très bientôt la voir et peut-être aussi irait-elle rire et discuter comme autrefois avec son frère de lait,

Sehotep, qui était apprenti chez Maya le potier au village de Deir-el-Médineh.

Néfertiti soupira. Depuis qu'elle était l'épouse de son fils, la reine Tiyi qui, auparavant, lui accordait de temps à autre un entretien amical, assez maternel parfois, se retranchait dans ses propres pensées. Les problèmes politiques expédiés — bien qu'elle y apportât toujours une extrême prudence — elle ne pensait plus qu'à raccorder son fils avec un père fermé à toute compréhension.

Elle s'écarta du bassin et se fourvoya dans des jardins plus éloignés où les bosquets touffus étendaient leurs branchages chargés de fleurs odorantes. Au milieu d'un boqueteau de tamaris, une jeune femme grande et belle était là, lui tournant le dos. Un bandeau blanc entourait son front et les deux pans qui le fermaient retombaient sur ses reins, laissant flotter aux extrémités deux petits disques d'or.

Elle était assise en tailleur et avait la main ouverte. Néfertiti glissa sans bruit derrière elle et vit briller un bijou au creux de sa paume. Silencieusement, la jeune femme semblait l'admirer. C'était un pendentif cerclé d'or représentant un scarabée ciselé.

Néfertiti se rappela soudain d'une anecdote qui lui avait frappé l'esprit le jour où Tiyi était sur le point d'accoucher de ses deux jumelles Isis et Khétaneb. Elle était seule avec elle et la reine s'était endormie. Néfertiti voulait rafraîchir son front embué de sueur et, ouvrant le petit tiroir de la table de sa chambre pour y chercher un linge fin, elle avait vu un bijou identique. Oui ! C'était le même joyau. Un scarabée en turquoise ciselé et cerclé d'or.

— Bonjour ! Qui es-tu ? demanda-t-elle en s'adressant à la jeune femme qui se retourna brusquement en refermant sa main sur le bijou.

— Je suis Choutarna.

La prunelle de ses yeux l'atteignit en plein visage. Néfertiti vit deux yeux verts allongés en amande. Des yeux pareils aux siens.

— Je ne t'ai jamais vue, fit-elle en souriant. Es-tu la nouvelle suivante de la reine, celle dont on parle dans tout le palais de Malgatta ?

Elle plongea son regard oblique dans celui de Néfertiti et lui rendit son sourire.

— Je ne savais pas que ma notoriété était si grande, répliqua-t-elle en lui tendant la main. Et toi, qui es-tu ?

— La princesse Néfertiti, Grande Épouse du prince héritier Aménophis.

Les présentations faites, elles se turent. Un grand émoi sembla les saisir. Comment pouvaient-elles se rendre compte que leur ressemblance avait quelque chose d'étrange à ce point et qu'un même bijou était à l'origine de leur naissance ? Comment pouvaient-elles savoir qu'elles étaient sœurs ?

Le même frisson les prit, mais elles n'en connurent pas l'origine. Leurs yeux ne se quittaient plus et les éclats qui en tombaient semblaient faire battre leur âme. Une voix les sortit de leur torpeur.

— Princesse ! Votre audience avec la reine. L'avez-vous oubliée ?

— Non, Mouti. Je viens.

Choutarna se leva. A nouveau, elle sourit, serrant dans sa main le scarabée de turquoise. Sans se quitter des yeux, elles s'écartèrent l'une de l'autre, un étrange pressentiment au cœur.

*

Quand Neby eut délicatement posé ses pigeons dans la volière et que ceux-ci eurent compris que ce n'était pas encore le temps pour eux de repartir, elle les regarda rêveusement voltiger tout en se posant mille questions sur la façon dont elle s'y prendrait pour quitter ces lieux. Après s'être désaltérés dans la fontaine située au centre de la volière et qui permettait aux oiseaux de boire, les deux pigeons se posèrent sur les branches des arbustes entourés par des joncs haut plantés au-dessus desquels un grand filet empêchait les volatiles de s'échapper.

— Quand je partirai, mes beaux oiseaux, murmura-t-elle, je vous attacherai un message à la patte. Cette fois, il faudra trouver Choutarna.

Neby les observa quelque temps. Les pigeons se mirent à roucouler, visiblement satisfaits du repos prolongé que cette pause leur offrait. Puis, passant par la grande terrasse à colonnes, elle revint dans le vaste appartement que Panehesy avait mis à sa disposition afin qu'elle s'y détendît tout à son aise. Le soleil était au zénith et la chaleur tombait dru sur le domaine du Grand Prêtre.

A peine fut-elle arrivée à la porte de l'une des pièces de réception qu'elle entendit des voix aiguës dans le corridor qui menait aux cuisines.

— Que veut cet homme ? cria Kashtah en accourant sur ses petites jambes enflées.

Elle s'arrêta dans l'encoignure qui séparait l'annexe, où l'on cuisait le pain, de la salle à colonnes, où l'on attendait les visiteurs. Quand Kashtah courait, elle perdait à coup sûr sa respiration et ne pouvait s'exprimer que passé quelques secondes.

Neby passa la tête au travers des deux colonnes d'albâtre qui ouvraient sur la pièce. Elles étaient ciselées d'arabesques, de feuillages et de fleurs de lotus et offraient un ombrage salutaire car les rais du soleil, en cette heure de plein zénith, arrivaient à pénétrer la salle à ciel ouvert.

Kashtah avait repris son souffle. Les deux servantes qui lui faisaient face parlaient en même temps. L'une, âgée d'environ treize ans, vêtue d'un simple pagne laissant à nu sa jeune poitrine à peine formée. L'autre, un peu plus âgée, avait passé sur son corps une tunique large retenue à la taille par une ceinture en perles de céramique. Leurs cheveux tressés de rubans jaunes tombaient sur leurs épaules et leurs pieds nus frôlaient silencieusement le dallage de marbre qui commençait à tiédir.

— Que veut cet homme ? répéta Kashtah.

— Il veut voir le maître, répondit la plus jeune en se plantant devant la vieille servante qui la regardait de ses yeux froids et sévères.

Trois autres adolescentes s'étaient accolées au mur et attendaient visiblement qu'un ordre leur fût donné. A voir Kashtah évoluer dans les lieux, imposer ses volontés, observer, épier comme un vieil aigle à l'affût d'une proie à saisir, on comprenait de suite qu'elle avait la mainmise sur ce bataillon de jeunes servantes qui ne pensaient qu'à rire et s'amuser.

La vieille femme avait les yeux cernés de khôl et ses joues flasques retombaient sur un double menton qui, lui-même, s'enfonçait dans les plis d'un cou rude et tanné. Sa tunique longue était suffisamment large pour camoufler les formes épaisses que lui avaient apportées les années.

— Et pourquoi veut-il voir le maître ? Qui est-il et d'où vient-il ? jeta-t-elle d'un ton bourru.

— Il vient du port, expliqua la plus jeune des adolescentes en se dandinant sur ses pieds nus.

— Il est muet, reprit l'autre en posant son doigt sur sa bouche. Mais, il nous a fait comprendre qu'une cargaison d'onguents arrivée à quai est destinée au Grand Prêtre.

— Eh bien qu'il nous la fasse livrer. Où est le problème ?

A peine avait-elle répondu qu'un grand costaud était devant elle et l'observait tranquillement. Vêtu d'un pagne rouge retenu à la taille par une ceinture blanche, son torse nu et ses épaules puissantes brillaient d'une huile de bonne qualité.

Si Neby n'avait pas entendu la servante annoncer que l'homme était muet et qu'en plus il venait du port de Memphis, elle eut sans doute rebroussé chemin, mais un pressentiment la saisit et, s'approchant du messager, elle le regarda fixement. Alors, elle sut qu'elle était sauvée. Son cœur se mit à battre violemment, car elle venait de reconnaître Kyos. Elle faillit se jeter de joie contre lui, mais l'œil aiguisé de Kashtah l'en empêcha. Et elle recula de quelques pas sans un mot.

Pendant quelques instants, Neby ne sut que faire. S'en aller ou rester là sans rien dire n'était certes pas la meilleure des solutions. Aussi, prenant de l'assurance, lança-t-elle d'un ton neutre :

— Que veut cet homme ?

— Livrer des onguents et du henné au Grand Prêtre, bougonna Kashtah.

— Oh ! s'exclama Neby, est-ce du henné de bonne qualité au moins ? D'où vient-il ?

Kyos plissa les yeux et eut un sourire complice envers la jeune fille. Puis, de la main, il fit un grand geste qui alla se perdre dans l'immensité de l'espace.

— Du Nord ! s'exclama-t-elle. Mais encore ?

Voyant qu'il s'activait à mouvoir sa main de droite à gauche en lui faisant faire de grandes ondulations, elle ajouta :

— Du grand large ! Des îles crétoises peut-être !

Dans un large sourire qui découvrait ses dents blanches, il fit un signe affirmatif de la tête et écarta ses doigts.

— C'est de là que vient le meilleur henné qu'on puisse trouver, dit Kashtah en retournant sa main droite dont la paume ridée avait été recouverte de ce fard fort coûteux. Le Grand Prêtre sera content.

Puis, elle rabattit ses mains le long de sa tunique et s'avança vers Kyos dont les doigts étaient toujours largement écartés.

— Fais-nous livrer cette cargaison, fit-elle d'un ton moins revêche.

De nouveau, l'homme remua ses mains aux dix doigts écartés. Puis, il en referma une et, de l'index, désigna le soleil. Neby comprit soudain que c'était un code qu'il tentait de lui faire comprendre. Mais elle ne parvint pas à le déchiffrer. Kashtah crut qu'il voulait se rafraîchir les mains et, en maugréant, réclama une aiguière. Quand l'une des servantes lui présenta le jet d'eau qui coulait doucement du broc pour aller se perdre dans le bassin d'argile, Kyos garda ses doigts écartés en observant Neby.

« Dix ! murmura-t-elle. Que veut-il me dire ? Et le soleil qu'il m'a montré ! »

— Quand vas-tu nous apporter ce henné ? s'enquit-elle pour tenter de comprendre.

Il se laissa essuyer les mains par l'autre servante qui venait d'apporter une serviette de lin et, quand elle eut fini, il écarta cette fois deux doigts, le pouce et l'index.

— Deux jours ! s'exclama Neby. Tu nous fais livrer cette cargaison dans deux jours.

De la tête, Kyos fit un grand signe affirmatif. Cette fois Neby avait saisi. Depuis tout à l'heure, il lui expliquait que « La Croix d'Ankh » quittait le port de Memphis dans dix jours.

C'était la date à laquelle elle devait s'enfuir. Jamais Panehesy ne viendrait la chercher sur le bateau de Minhotep.

*

Bâ et Kâ, les deux pigeons, ne restèrent pas longtemps dans la volière du Grand Prêtre. Neby vint les libérer deux jours plus tard après avoir revu Kyos qui, le sourire aux lèvres, lui confirma en écartant de nouveau huit de ses doigts que « La Croix d'Ankh » quitterait le port dans huit jours.

Puis des yeux, il lui fit comprendre qu'elle devait s'emparer de l'un des petits paquets renfermant le henné disposé dans le coffre qu'il avait déposé aux pieds de Kashtah.

— Panehesy a toujours désiré que je passe du henné sur mes mains, observa-t-elle avec un entrain qui étonna la vieille servante, bien qu'elle n'y vît aucune mauvaise intention. Elle parut même satisfaite.

— Il est grand temps que tu te plies à son désir. Allons, sers-toi. Prends le premier paquet, il m'a l'air plus grand que les autres. Il te fera un long usage.

Neby regarda Kyos qui battit aussitôt des paupières.

— Je veux te voir maquillée ce soir, dit-elle en regardant Neby prendre le petit paquet de henné. Panehesy sera content. Il aime que tu sois belle. D'ailleurs, il serait temps, à présent, que tu laisses repousser tes cheveux. Ce crâne rasé n'a plus de sens à présent que tu restes ici.

— Merci, Kashtah, fit Neby, faussement complaisante. Je crois que je vais suivre ton conseil.

Puis elle se tourna vers Kyos et jeta joyeusement :

— Tu diras à ton maître, le navigateur, qu'une jeune femme du harem de Panehesy, le Grand Prêtre de

Memphis, vient soudain de tout comprendre. Se farder et se maquiller est une chose essentielle quand on est de bonne société égyptienne.

Puis, quand Kyos fut parti après que Kashtah eut payé le prix du henné, elle s'en fut dans sa chambre, impatiente d'ouvrir le paquet. Il était serré par une feuille de papyrus dorée et il fallait en décoller les côtés pour libérer le fard qu'elle transvasa de suite dans un pot d'albâtre au col étroit. Sous la poudre de henné, elle trouva une petite fiole et comprit qu'elle contenait un soporifique pour endormir sa geôlière afin de pouvoir fuir aisément. Cependant, comme elle avait encore huit jours devant elle, elle préféra attendre le dernier moment pour éviter que Kashtah fît un rapprochement douteux entre Kyos et sa fuite.

A l'aube du huitième jour, Neby qui n'avait pas fermé l'œil de la nuit et qui avait déjà libéré ses pigeons après leur avoir attaché à la patte un message pour Choutarna prenait la direction du port.

Kashtah dormait encore profondément et la route lui sembla libre bien qu'elle dût soudoyer les deux servantes les plus fidèles à Kashtah. Elle leur donna quelques bracelets d'argent et une chaînette de cheville en or. L'une fut facile à convaincre, mais l'autre montra des réticences que Neby eut du mal à combattre. Elle eut alors l'idée de lui offrir le henné de Kyos qu'elle ne désirait pas et dont elle se moquait complètement.

La voie libre, son cœur lui sembla si réjoui et ses pieds si légers qu'elle courut presque en direction des quais. Ils lui parurent agités. Voilà longtemps qu'elle n'avait vu ce trafic intense dans un port de ville. On embarquait, on débarquait, les dockers se heurtaient, s'interpellaient, s'injuriaient. Les ânes étaient lourdement chargés des ballots de blé, de légumes, de jarres d'huile, de bière ou de vin et, menés par les âniers qui criaient à tue-tête en brandissant la baguette qui les faisait avancer, ils se rendaient chez les commerçants et dans les auberges des environs afin de livrer les produits.

Elle ne vit pas de suite « La Croix d'Ankh ». Il y avait trop de trafic sur le fleuve. Les péniches et les chalands passaient. De gros bateaux, rames sorties ou voiles carrées dépliées, filaient en direction de Thèbes, d'autres se dirigeaient vers le delta. Ils se croisaient en se défiant de la poupe dont certaines avaient une riche prestance. De petites embarcations venaient heurter les plus grosses et, quand un esquif de très grande importance accostait dans un bruit de clapotis qui faisait fuir les sarcelles et les oies sauvages réfugiées sur les berges bordées de bosquets, de multiples barques venaient s'agglutiner autour. Dans ces cas-là, il y avait toujours du travail à prendre quand on était un simple petit marinier.

Neby aperçut « La Croix d'Ankh » un peu plus tard, après avoir cheminé tout le long du quai. Il ancrait juste à la sortie de Memphis. Elle reconnut sa poupe élégante en forme d'ankh aux branches dorées qui se détachait sur le bleu azur du ciel.

Et puis, en apercevant Myriam qui, les mains en visière, observait l'horizon, son cœur se mit à battre follement. La fidèle Myriam ! Neby sentit un frisson lui parcourir l'échine et tout lui revint[1]. Les années où, sillonnant le grand désert aride, elle cherchait avec Choutarna la route de Babylone. Puis, l'agression des bandits qui avaient sauvagement assassiné les hommes de la petite expédition, emportant armes et vivres. Enfin, la fuite des trois femmes dans le mortel désert et la rencontre des Bédouins qui les avaient sauvées et

1. Lire : LES THÉBAINES *Le Chant de la Terre,* tome 7.

amenées dans leur tribu où elles étaient longtemps restées.

Fallait-il que Neby se remémorât la suite pour que son cœur battît plus fort. Les nuits à la belle étoile, les jours sans nourriture, les mains calleuses et les jambes lourdes. Enfin, le dur travail des trois femmes dans les diverses exploitations agricoles rencontrées au hasard du chemin ou dans les ateliers de lin ou de papyrus qui sillonnaient les routes.

Dans une volte-face subite, Myriam l'aperçut et, réclamant l'aide de Kyos, sauta dans l'une des barques accrochées encore à la coque et vola littéralement à sa rencontre. Quand Neby fut dans ses bras, elles ne surent laquelle des deux tremblait le plus. Au bout d'un long moment, Myriam écarta d'elle sa compagne et l'observa sans rien dire.

— Tu as changé, fit-elle d'un ton bas, on dirait que dans ton esprit tu n'es plus un garçon.

— Je crois que tu as raison.

Myriam accueillit cette réponse comme si une nouvelle détermination prenait racine en elle. Il paraissait évident que la jeune fille avait subi une métamorphose. Dans ses yeux s'allumait une lueur qu'elle ne lui avait jamais vue. D'un geste spontané, elle reprit Neby contre elle et celle-ci reçut avec un plaisir extrême toute l'affection qu'elle pouvait lui donner.

— C'est une longue histoire, murmura-t-elle, le visage levé sur celui de sa compagne.

Et, de nouveau, elles se détachèrent l'une de l'autre.

— Allons, ne perdons pas plus de temps en effusions, entendirent-elles dans leur dos, et prenons de suite le large !

Les jambes écartées et le buste droit, le visage pointé sur l'horizon qu'aucune tache ne venait perturber, si ce n'était le vol de quelques mouettes mêlé à celui de deux ou trois faucons, Minhotep avait pris la barre et manœuvrait son esquif avec aisance. Le navire dut éviter l'arrière d'une grosse embarcation qui semblait s'enliser dans un récif de papyrus non loin d'une borne d'arrimage. Un autre navire vint gêner le sillage de sa poupe et il fallut qu'elle s'en écartât avec prudence pour éviter de frôler sa coque contre la sienne, qu'un autre vaisseau avait dû déjà abîmer lors d'une récente collision, car les éraflures sur le bois enfoncé paraissaient assez fraîches.

Enfin « La Croix d'Ankh » s'écarta du bord et lentement prit le large. Quand le port de Memphis ne fut plus qu'un point lumineux dans l'espace, Minhotep passa le gouvernail à Kyos et prit Neby dans ses bras.

— Dieu du ciel ! Que tu as changé, Neby ! Montre-toi que je puisse voir ce qui te différencie du jour où je t'ai laissée sur le quai. Qu'y a-t-il de nouveau en toi qui te métamorphose à ce point ?

— Un enfant, peut-être ! chuchota Neby.

— Est-ce Panehesy, le Grand Prêtre ? s'enquit Myriam d'un ton qui laissait transparaître l'inquiétude.

La jeune fille hocha la tête d'un geste affirmatif.

— Ne crains rien, je me suis échappée pour partir à la recherche de Choutarna qui, à mon sens, doit troubler l'ordre des choses au palais de Thèbes. Je crains qu'il ne lui arrive un malheur si nous ne la sauvons pas.

Myriam et Minhotep jetèrent un bref coup d'œil sur la silhouette mince de Neby. Elles constatèrent avec soulagement que celle-ci n'accusait pas de rondeurs voyantes.

— Ne veux-tu pas donner un père à cet enfant ?

— Pourquoi ? rétorqua Neby dans un sourire ambigu. Penses-tu que je veuille élever l'enfant du Grand Prêtre dans un harem qu'il m'offrirait, cadeaux et caresses à l'appui ?

Minhotep hocha la tête.

— Évidemment ! Un tel sentiment aurait effleuré ton esprit que j'en aurais été fort surprise. Que comptes-tu faire ?

— Je ne sais pas encore. Tout d'abord, il faut que nous nous préoccupions du sort de Choutarna.

— Elle n'est plus assez jeune pour plaire au pharaon, dit Myriam.

— Choutarna est très belle encore, protesta Neby. A Memphis, au temple de Ptah, elle a réappris les usages qui se pratiquent dans toutes les cours royales qu'elles soient égyptiennes ou asiatiques.

— Hélas, fit Minhotep, je crains que Myriam ait raison. D'autres princesses étrangères ont dû arriver à la cour de Thèbes depuis le naufrage qui a causé la perte des gens de l'expédition du roi de Babylone. Choutarna a été sauvée et la petite Tahoukhipat a été probablement noyée. Pour tous, les deux filles de Kadashman sont mortes et, à mon sens, il n'est pas bon de réveiller cette histoire plus de dix ans après.

— Suggères-tu donc par ce propos, s'enquit Neby, que nous fassions sortir Choutarna de sa prison de Thèbes pour qu'elle puisse vivre en toute liberté ?

— C'est exactement mon idée, appuya fermement Minhotep en posant ses poings sur ses hanches qui, sans rondeurs excessives, présentaient la solidité de celles d'un homme.

— Est-ce aussi ton avis ? fit Neby en se retournant vers Myriam.

— Oui. Mais l'insoluble problème, c'est qu'une princesse ne peut s'unir à un homme du tout-venant. Elle sera condamnée à ne pas se marier ou à taire définitivement sa parenté royale.

Minhotep secoua la tête et poursuivit :

— Quant à retourner chez elle, c'est la condamner

à une fin bien triste. Elle se ferait enfermer au plus profond du harem de son père pour qui elle n'est plus négociable. Aucun roi n'accepterait de marchander un compromis en misant sur une fille partie à l'aventure depuis dix ans. Ils traitent sur la tête de plus fraîches filles.

Les yeux dans le vague, Neby soupira et dut admettre que Minhotep avait pleinement raison. A présent, Choutarna était une princesse déchue. Qu'on le veuille ou non, Kadashman, le roi de Babylone, avait dû engendrer d'autres jolies filles auprès de ses nombreuses épouses, d'autres princesses à offrir au pharaon d'Égypte. Sans parler des rois du Mitanni, du Hati, du Retenou, de Chypre ou de Crète même, dont les progénitures étaient nombreuses et Minhotep ne put que confirmer sa pensée en révélant :

— On parle beaucoup de la princesse Gilhouhebat du Mitanni, la sœur du jeune roi Tushratta. Elle est jeune et belle, dit-on et Choutarna, aux yeux du pharaon, est trop âgée à présent. Je crains qu'il ne la relègue au fond d'un harem fermé à toutes ouvertures sur l'extérieur, comme le ferait son père.

— Pauvre Choutarna ! s'exclama Myriam. Elle s'étiolera très vite. Elle n'est pas faite pour ce genre de vie.

— Je sais, soupira Neby. C'est pour cette raison que nous allons tout d'abord nous préoccuper d'elle. Mon sort viendra plus tard. L'essentiel est que je ne sois plus poursuivie par les assiduités de Panehesy et, plus encore, qu'il ignore mon état de femme enceinte.

— D'autant plus que, si je ne me trompe pas, affirma Minhotep d'un ton où frisait le sarcasme, son épouse ne lui a pas donné d'enfant. Voyant qu'il ne peut mettre la main sur toi, il pourrait te l'enlever.

— Cela me fait peur murmura Neby, songeuse. Je

ne veux pas faire de mon enfant le résultat des agressions d'un temple.

— Eh bien, décréta Minhotep en haussant les épaules, rien de plus simple. Tu accoucheras sur ce bateau et l'enfant y restera.

Elle passa affectueusement la main sur la tête rasée de la jeune fille et reprit d'un ton tranquille :

— Cela te convient-il ?

— Hélas ! Je crains que cela ne paraisse trop beau pour être vrai.

*

Dans la salle du trône que le pharaon Aménophis III désertait de plus en plus — la corégence du père et du fils avait été nommée quelques mois plus tôt — Anen, le Grand Prêtre d'Amon qui résidait à Karnak, faisait furieusement de grands pas, traduisant sa hâte de conclure cette épineuse affaire qui lui faisait perdre le sommeil depuis qu'elle avait été soulevée sans aucun ménagement.

Ses longs pas énervés, tous rythmés par une rage qu'il n'arrivait même plus à contrôler, se perdaient entre le fauteuil où le jeune Aménophis était assis et les deux énormes colonnes d'albâtre qui soutenaient la pièce.

— Jamais tu ne construiras ce temple, dussé-je détruire au jour le jour ce que tu t'efforceras d'élever. Il n'y aura ni nouveau temple d'Aton ni sanctuaire consacré au disque solaire de la manière dont tu le conçois.

— Pourtant, je le conçois fort modestement, riposta le prince d'un ton ironique.

— C'est une hérésie dont tu me parles.

— Une hérésie ! Soit. Crois-tu que cela me fasse changer d'opinion ?

— Une hérésie ! répéta Anen, rouge de colère contenue.

Ses yeux prenaient la teinte du fleuve quand la crue déborde et que les eaux se colorent de mille nuances indéfinissables, sombres et insondables.

— Tant que je serai le Grand Prêtre d'Amon, rugit-il, et pour ainsi dire tant que je serai en vie, tu ne feras rien de ce que tu demandes.

— Dans quelque temps, mon cher oncle, je n'aurai plus rien à te demander et je ferai ce que bon me semblera.

— Tu oublies que les caisses de Karnak dont tu sollicites les fonds pour élever ton sanctuaire n'appartiennent pas à la royauté, mais au clergé d'Amon. C'est un trésor inviolable.

— Inviolable ! persifla le prince. Veux-tu insinuer que le pharaon d'Égypte est inférieur au Grand Prêtre de Karnak ? Allons, mon cher oncle, c'est toi qui blasphèmes.

— Notre argent n'est pas à toi. Nous gérons nos biens depuis le début de cette dix-huitième dynastie.

— Eh bien, je mettrai fin à cette tradition.

— Jamais ! hurla Anen en agrippant le bord du gorgerin de cornaline qui entourait le cou de son neveu dont il s'était approché. Jamais ! Tu ne peux remettre en cause les traditions établies depuis que les princes thébains ont élevé cette ville et consacré Amon comme le dieu des dieux.

Aménophis saisit d'une main les doigts crispés de son oncle qui accrochaient les perles du gorgerin et de l'autre les frappa d'un coup sec. Anen lâcha aussitôt le collier.

— Les prêtres ont tous les pouvoirs. Les princes thébains les leur ont donnés sans limites quand ils ont chassé les Hyksos du delta. Le clergé d'Amon est si puissant qu'il est indestructible.

— Oses-tu dire que le pharaon leur est soumis ? souffla le prince au visage d'Anen, dont les yeux devenaient de plus en plus haineux.

— La puissance est de notre côté. Le royaume n'est qu'un jouet entre nos mains. Nous sommes les représentants d'Amon, le dieu suprême de l'Égypte.

— N'as-tu donc pas appris que le pharaon était dieu lui-même, jeta le prince d'un ton ironique, et que nul ne doit lui opposer de résistance ?

Le Grand Prêtre eut un sourire méprisant.

— J'ai appris que le pouvoir ne pouvait émaner que du plus fort et le plus fort, c'est moi. Moi en association avec le dieu de Thèbes.

— Je changerai tout quand je serai pharaon ! cracha le prince.

— Ton père n'est pas encore mort.

Aménophis se leva, un sourire mauvais aux lèvres. Son buste plat frôla celui d'Anen plus creux encore tant il était grand et maigre. Néanmoins, ils étaient de hauteur égale. Leurs souffles se mêlèrent, celui d'Anen était imprégné d'obsédants relents d'encens que le prince flaira comme un barrage incontournable.

— Ce n'est plus qu'une loque humaine, siffla-t-il, et tu le sais comme tu sais que la reine Tiyi dirige les affaires de l'État depuis qu'il ne peut plus en assumer les tâches. A présent, c'est avec moi qu'elle prend ses décisions. Or, il se trouve qu'elle est favorable à ce projet dont elle t'avait déjà parlé avec Ay et que tu n'as jamais accepté. Mais je suis plus acharné qu'Ay et ma mère sur ce point, et je construirai ce temple.

— Je m'y opposerai et tous les prêtres seront avec moi. Tu n'es rien, Aménophis. Même ton père exècre l'idée d'avorton que tu es. Oui ! Rien qu'un avorton de pharaon qui n'aurait jamais eu sa chance si son brillant frère était toujours en vie. Tu ne régneras pas longtemps, triste et lamentable prince !

Un glissement furtif derrière eux les fit se retourner. Ils tressaillirent ensemble de surprise, refoulant un instant leur tension commune exacerbée. Tiyi était devant eux, droite, inflexible, une lueur froide dans les yeux. Elle tenait en main un chasse-mouches à manche d'ivoire et le balançait lentement devant son visage impassible.

— Mon second fils régnera plus longtemps que tu ne resteras à Karnak, mon frère.

— Qui pourrait m'en chasser ? rétorqua acidement Anen. Certainement pas toi, ma chère sœur. Toi qui n'as aucun sang divin dans les veines ! N'oublie pas que le pharaon a pris ta fille Satamon comme Grande Épouse et qu'elle peut mettre au monde un petit mâle qui lui conviendra mieux que le second de tes fils.

L'insulte fit rougir Tiyi car à la cour, chacun savait à présent que Satamon était enceinte de son père Aménophis.

— Mon fils régnera, fit-elle d'un ton glacial. C'est à lui que revient le trône d'Égypte. Et c'est lui qui décidera si ce temple d'Aton doit être élevé ou non à Karnak.

Dans un accès de colère, Anen saisit le chasse-mouches des mains de Tiyi et le jeta à terre.

— Anen ! s'écria la reine. Cesse tes gestes d'enfant coléreux et capricieux. Tu es ridicule. Mon fils n'a aucun compte à te rendre. Il fera comme il l'entend.

Quand Aménophis prit sa mère par l'épaule, la faisant pivoter doucement pour qu'elle le regardât de plein fouet, quand elle vit briller dans son regard cette lueur étrange qu'elle connaissait pour l'avoir vue tant de fois, elle sut qu'il allait jeter des mots irréparables, des mots qui sèmeraient la discorde, le désarroi des prêtres, l'affolement de la cour.

— Peu importe, mère, s'il s'oppose à mes idées,

jeta-t-il d'un ton qui révélait subitement un changement d'attitude. Peu importe.

De haineuse et violente, sa voix était devenue douce et sereine. Il lâcha Tiyi et son sourire sinueux s'élargit en longueur sur son visage exsangue.

— Je construirai ailleurs ce temple dédié au dieu Aton.

— Ailleurs ?

— Oui. Ailleurs. Ton frère a raison, mère. Je ne puis régner ici où tout m'est indifférent, hostile même. Je ne m'y sentirai jamais à l'aise. Je hais Thèbes et ses prêtres. Je hais Amon, je hais Karnak et les temples qui s'y trouvent. Je hais mon père. Oh ! Tiyi, comment puis-je être heureux là où précisément ton époux t'abandonne ? Il n'a plus que le nom de Satamon en bouche. Il ne voit plus que par Satamon, ne respire plus que par elle et, à présent, parle du fils qu'elle peut peut-être lui donner et qui, mieux encore, régnerait à ma place ! Non, Tiyi. Suis-moi, je t'en prie. Là où j'irai avec Néfertiti et la famille qu'elle me donnera, il y aura du soleil et de l'air pur. Je bâtirai une ville neuve où je régnerai en toute quiétude. Une ville somptueuse où Aton sera le maître.

Puis, il se tourna vers Anen et le menaça du doigt.

— Je t'anéantirai. Je t'écraserai, mon cher oncle. Quand ma ville sera bâtie, je traquerai tous les prêtres de Karnak et s'ils ne se rallient pas à la cause d'Aton, ils mourront de faim, car leurs greniers à blé seront vides et il n'y aura plus aucun bétail pour les nourrir. Je reprendrai tous les biens du clergé que tu t'es appropriés, les champs, les vignes, les ateliers qui abondent, les carrières qui pullulent. Tout appartiendra à mon nouveau royaume.

— Tu blasphèmes, cracha Anen. Amon ne permettra pas une telle trahison !

— Aton sera le plus fort. Et toi, tu ne seras plus qu'un avorton de prêtre en tunique sale et grise et tu ramperas à mes pieds pour avoir quelques galettes d'orge et deux ou trois oignons.

Il regarda sa mère. Son visage était impassible, mais une blancheur soudaine venait de l'envahir. Il remarqua que ses mains tremblaient. Jetant ses yeux à terre où gisait le chasse-mouches que son oncle avait jeté avec fureur, il se baissa, le ramassa et le lui tendit. Elle eut envers lui un pauvre sourire impuissant.

— Je n'abandonnerai pas Thèbes, décréta-t-elle en détachant ses mots, et je ne laisserai pas le pharaon seul avec Satamon. D'ailleurs, moi aussi je suis enceinte.

Aménophis la regarda ébahi.

— Mais… bredouilla-t-il.

— Tu ne vois ton père qu'avec des yeux pleins de fureur et d'animosité. Mais c'est un bon époux pour moi. Il a été juste et généreux. J'ai régné et je règne toujours sans qu'il entrave ni renie mes idées. J'ai toujours mené la politique extérieure comme je l'entendais.

Elle fit une pause, prit une longue inspiration et regarda son frère qui s'était écarté, tremblant et pâle de rage. Puis, d'un ton tranquille bien qu'on sentît une émotion vive transpercer sa voix, elle poursuivit :

— Je n'abandonnerai pas Thèbes, mon fils. Ma place est ici.

— Alors, tant pis, mère. J'élèverai cette ville sans toi et je la consacrerai au dieu Aton que je rendrai unique. Amon ne sera plus rien. Rien.

— Utopie ! persifla Anen. C'est de l'utopie. Jamais tu n'y parviendras.

— C'est ce qu'on verra. Je rétablirai la toute-puissance du pharaon sur le clergé d'Égypte. Ma ville s'appellera la cité d'Aton et je prendrai moi-même le nom d'Akhénaton.

— Tu feras comme tu l'entends, mon fils, murmura Tiyi, et je puis t'assurer que si mon dernier enfant est un fils, il ne te portera pas ombrage.

CHAPITRE VII

La grande reine Tiyi était restée abasourdie par les propos de son fils sans pour autant lui en tenir rigueur, car depuis elle se repaissait à l'idée de sentir les prêtres d'Amon trembler devant les menaces du jeune Aménophis. Aussi hâta-t-elle l'intronisation de celui-ci afin qu'il fût sacré pharaon au même titre que son père affaibli, alité, parfois tombant dans une inconscience qui ne lui permettait plus de réagir.

Puis, elle refusa de se laisser aller à de funestes pensées et redressa le buste pour écarter d'elle l'éventualité d'une fragilité qui, en une fraction de seconde, pouvait frapper son corps et son esprit. Elle savait que son fils pouvait exécuter ses menaces. Dans quelque temps, il en aurait le pouvoir et les moyens. Las des abus du clergé de Karnak, le temple de Memphis regorgeait de prêtres qui ne demandaient qu'à le soutenir. Et Tiyi comptait sur la persévérance et la détermination de son fils pour qu'il peaufinât le moindre détail.

La reine fixait son regard au loin, sur la ligne des tamaris qui s'étageaient de la baie de sa terrasse jusqu'au petit bassin où, chaque matin, elle allait se rafraîchir. Hélas, rien ne pouvait affaiblir les prêtres d'Amon, si ce n'était un soudain désordre qui risquait d'engendrer une guerre intestine. Et, puisqu'il s'avérait que l'intention de son fils était la seule hypothèse pour trancher cette affaire, la reine ne ferait rien pour l'en dissuader. Elle veillerait simplement à ce que Thèbes n'en supportât pas les néfastes conséquences.

Le regard de Tiyi revint à sa correspondance. Des piles de documents occupaient la table. Ses encriers, ses calames, le sceau qui lui servait à cacheter ses plis se tenaient sur sa droite et des rouleaux de papyrus vierges enroulés attendaient sur sa gauche alors que la correspondance déjà écrite, celle qui serait remise dans la journée à ses coursiers, était placée devant elle.

Mais Tiyi ne s'attarda pas à poursuivre la rédaction de son courrier. Elle soupira et caressa son ventre à peine rebondi bien que sa nouvelle grossesse atteignît déjà son quatrième mois. Quelle ironie du sort ! Elle mettrait son dernier enfant au monde alors que Satamon accoucherait du sien. Et jamais plus sa fille ne pourrait enfanter, car une Épouse Royale ne pouvait s'accoupler à un autre homme, à moins que ce ne fût un autre pharaon. Dieu de Thèbes ! Qui d'elles deux allait donner un fils à l'Égypte ?

Dérision plus grande encore lorsque Tiyi pensait à Néfertiti qui, elle aussi, devait enfanter dans le même laps de temps. Elle soupira, saisit entre ses doigts un calame à la plume fine mais le reposa aussitôt, comme si elle n'était pas suffisamment prête à écrire. Elle réfléchit de nouveau au destin de sa fille et à celui de Néfertiti. Rien ne pouvait empêcher la tradition et si, dans cette brochette de nouveau-nés, il y avait un garçon, son fils Aménophis régnerait tout de même.

Avant de reprendre le calame, Tiyi se passa la main sur le front. Elle n'avait pas fermé l'œil de la nuit.

Trop de pensées encombraient son esprit, trop d'incertitudes la menaçaient, trop de doutes aussi. Sa mémoire revint quelques mois en arrière. Bien qu'affaibli, Aménophis ne l'avait pas repoussée, pas plus que son fils ne l'avait écartée et elle mêlait, au cours de ses nuits agitées, le dernier plaisir qu'elle avait pris avec lui et le regret qu'elle en tirait, à son âge, de voir son corps se déformer. A quarante ans, Tiyi serait à nouveau mère.

Secouant sa tête aux cheveux fraîchement coiffés, Tiyi esquissa un sourire qui se voulait rassurant vis-à-vis d'elle-même. Elle voulut appeler ses servantes, mais le petit sistre qu'elle agitait pour les sonner resta en place et elle s'accorda encore quelques minutes de réflexion. Trop de choses devaient encore se clarifier dans ses esprits.

Certes, sa vie de reine avait été fertile. Si son époux accumulait tant de titres de prestige conférés par les dieux, s'il totalisait à lui seul, en trente-huit ans de règne, le plus grand nombre de jubilés et si elle avait été, pour lui, la source d'inspiration des plus grands travaux royaux de son temps, c'était bien elle qui représentait la base de sa réussite et de sa gloire. Tiyi n'avait rien négligé. Sa grande diplomatie avait aidé à la puissance du royaume. Elle avait su prendre une place dominante dans la vie politique du pays et tous les grands de la cour le savaient. Depuis longtemps, son nom était inclus dans la titularisation officielle sous les termes de « Maîtresse des Deux Terres », termes qui représentaient la Haute et la Basse Égypte assorties de la couronne blanche et rouge qui s'imposait. Depuis qu'elle était au pouvoir, les cours étrangères ne faisaient pas un pas sans lui demander conseil.

Quels ambassadeurs n'avait-elle pas reçus ? Ceux du Mitanni, du Hatti, de Babylonie, de Crète, de Chypre étaient tous venus manger à sa table, assister à ses fêtes, témoigner de la richesse et de la grandeur de l'Égypte. Aucun n'avait failli à la tradition des cadeaux de bienvenue. Ils avaient déposé à ses pieds des fortunes, chuchoté à ses oreilles les promesses les plus flatteuses, accepté leur soumission comme un privilège dont ils la remerciaient par l'émission de documents qui rehaussaient sa grandeur en circulant aux quatre coins du pays.

Les chefs étrangers et les ambassadeurs avaient échangé avec elle des correspondances permanentes et régulières, toutes écrites d'un ton égal et poli. Les rois avaient présenté leurs plus jolies filles pour les harems d'Égypte, pris parti pour les idées nouvelles qui pénétraient l'Égypte. Depuis quelque temps, même, ils s'inquiétaient de la santé du pharaon et elle n'osait révéler son véritable état.

Tiyi passa sa main sur son front moite. Elle sentit, en même temps que la chaleur du jour monter, la rugosité de la bague qui encerclait son annulaire et qu'elle n'avait pas retirée pour dormir. Le cabochon de calcédoine encastré dans de l'or pur et posé sur son doigt lui rappela bien des souvenirs. Quelles importations de métal précieux n'avait-elle pas favorisées pour la grandeur de son pays ? Combien de marchés de cuivre, de basalte, d'argent, de turquoises, n'avait-elle pas osé passer avec un roi pour satisfaire la gloire de l'Égypte ? Thèbes était la grandeur de ce pays.

Non ! Elle n'irait pas rejoindre son fils s'il régnait ailleurs. Elle se devait à Thèbes, la capitale élevée par les aïeux de son époux, les libérateurs du pays. Déjà, pour s'éloigner des prêtres, elle avait autrefois déserté la proximité de Karnak pour vivre sur la rive opposée du fleuve, s'installant confortablement à Malgatta, y créant un centre de vie dont elle ne pouvait plus se passer. Les villages d'artisans de Médineh-Habou et de Deir-el-Médineh en étaient une image à la fois concrète et opulente. Des villages sains, fructueux, construits parmi les sites où l'on creusait les tombes des rois et des reines. Non ! Elle ne pouvait abandonner ce qui représentait sa vie. Au pire, si son fils s'éloignait trop de Thèbes — un pressentiment lui disait qu'il se rapprocherait de Memphis — elle ferait la liaison entre le nouveau royaume et l'ancien qui ne pouvait chuter aussi lamentablement.

Elle se cala au creux du coussin qui lui servait de repose-tête et posa ses coudes sur les bras du fauteuil terminés en gueules de lions à la crinière d'or. Le règne de son époux était-il terminé ? N'y avait-il plus ni faits ni actes qui pussent encore le rehausser au rang de grand pharaon ?

Elle haussa l'épaule en un geste d'impuissance. Consciente qu'elle avait trop favorisé les idées, les coutumes, les croyances étrangères, elle ne pouvait, à présent, faire marche arrière. Tiyi avait même véhiculé une écriture moderne où la cursive égyptienne fléchissait vers une forme nouvelle et, de cette audace, étaient venues se greffer bien des transformations dans la communication, entraînant une forte poussée cosmopolite et opérant un changement radical dans les mœurs de la société égyptienne. Tout ceci n'avait-il pas fortement affecté son fils dont l'esprit paraissait plus compliqué qu'elle ne le pensait ?

Oui ! Sans aucun doute, Tiyi était à l'origine de tout ce chamboulement dont elle ignorait où et quand il allait s'arrêter. Sans renoncer aux idées traditionnelles, elle avait trop favorisé l'accueil des divinités étrangères qui ne cessaient de croître et protégé le culte solaire sous le nom d'Aton devenu l'objet du fanatisme de son fils qui ne pouvait plus vivre sans concepts nouveaux. Jusqu'à Néfertiti qui l'avait suivi dans ses idées insolites, rêvant avec lui d'un dieu unique fait pour servir et comprendre les hommes au quotidien. Avec Néfertiti, tout changeait, bougeait, vivait. Les vêtements et les parures se transformaient, l'art évoluait vers une forme d'esthétique jamais vue. Le peintre et le sculpteur devaient s'inspirer différemment, prenant en compte les scènes quotidiennes de la vie qui, jusqu'à présent, n'avaient jamais été traduites dans les représentations officielles pharaoniques.

Depuis trente-huit ans qu'elle était au pouvoir, partageant le règne du pharaon, c'était la première fois que Tiyi s'inquiétait. Les pays asiatiques semblaient s'énerver. Devait-elle à nouveau provoquer des manifestations publiques étrangères afin de les calmer ? Souppiliouma, roi des Hittites, demandait audience. Azirou, roi du Retenou, exigeait une révision de sa sujétion envers l'Égypte et le roi Matiwaza parlait d'échanger sa jeune sœur Tahoudebat contre l'une de ses filles. Requête qui la faisait frémir, car c'était précisément l'un des points qu'elle n'avait jamais accordé à aucun roi étranger. Et, pour tout conclure, le roi Amourrou menaçait de former une coalition de petits États décidés à se soustraire de la mouvance égyptienne.

Tiyi décida qu'elle allait diffuser à travers les quatre coins de l'Égypte une série de scarabées annonçant qu'elle inviterait les ambassadeurs étrangers afin de discuter des modalités nouvelles que prendrait le nouveau pharaon. En ceci, elle était sûre que son fils la laisserait agir, prendre toute initiative et suivre toute manœuvre d'exécution à la seule condition qu'elle lui permît de poursuivre sa réforme religieuse comme il l'entendait.

Dieu d'Amon ! Ce n'était pas le moment pour Tiyi

de se relâcher en s'accordant un repos excessif. Trop d'énergie courait encore en elle. Et, si son fils ne pouvait accepter que son dieu universel coiffât le culte des dieux locaux pour n'être que « l'Unique », menaçant ainsi l'équilibre de l'Égypte, elle compenserait autrement. Tiyi se persuada que, pour l'instant, seule la politique étrangère comptait. Aussi n'allait-elle pas rester inactive devant la puissance nouvelle qui menaçait de prendre forme chez les Hittites. Certes, elle admettait avoir mené son fils sur un chemin dangereux. Elle avouait aussi avoir pris de trop gros risques avec lui, mais elle repoussait l'idée que son règne effaçât la prestigieuse image de son époux, celui qui était encore l'empereur de tout l'Orient.

Ces réflexions amenaient Tiyi à refuser que Thèbes tombât dans l'oubli et la médiocrité. Depuis le début de cette brillante dynastie où les princes d'Égypte avaient aidé les pharaons à chasser les Hyksos, faisant de Thèbes leur grande et unique capitale, la ville était restée la plus riche et la plus prestigieuse du monde et il ne fallait pas que, par le faux pas inventif d'un nouveau roi, il en allât autrement et qu'une nouvelle politique entraînât soudain la défection des alliés de l'Égypte.

Non seulement Tiyi devait trouver le moyen de contenter Azirou, Matiwaza et Amourrou mais il fallait aussi qu'elle veillât à ce que Souppiliouma ne rendît pas au Hatti son ancienne suprématie sur l'Asie Mineure. Depuis quelque temps — elle le savait par l'ambassadeur des Hittites — Souppiliouma recherchait une ouverture vers le Sud, pour se frayer un accès sur la Méditerranée. Il appelait déjà les princes syriens à se rallier à lui avec une promesse d'assistance militaire assortie de multiples avantages qu'il leur faisait subtilement miroiter au soleil. Mais de cela, le jeune pharaon son fils n'en avait cure. Fatalement, il en résultait pour Tiyi qu'entamer une politique de neutralité ou d'inaction serait catastrophique.

Quant à Kadashman, le roi de Babylone, il était pour l'instant plus préoccupé par la position de ses marchands que par la santé physique et mentale de l'Égypte. Tiyi en éprouvait une tranquillité momentanée lui permettant quelque répit dans l'affaire de la princesse Choutarna qui, tôt ou tard, réclamerait les droits qu'elle avait odieusement perdus. Rib-Addi, le roi de Byblos, l'un de ses alliés les plus sûrs, ne venait-il pas de l'informer des petites trahisons que fomentaient Kadashman et Azirou afin de l'amener à de plus amples générosités ?

D'un geste lent, Tiyi souleva la main, puis épongea son front en sueur et décida, cette fois, qu'il était temps d'appeler Mouti. Elle était allongée sur sa natte, derrière la porte, et attendait visiblement que la reine l'appelât. Aussi se leva-t-elle brusquement, faisant presque trébucher le petit plateau où elle avait disposé un pot de lait caillé aux fraises et un pain au miel que lui réclamerait à coup sûr sa maîtresse.

Mais, quand elle entra, elle vit de suite que ses intentions paraissaient plus énergiques qu'elle ne l'avait pensé.

— Va me chercher Kherouef et dis à Menna, le scribe, de venir. Nous allons préparer le plus grand jubilé de mon règne. Celui qui rehaussera ma grandeur et, par tous les dieux, mon fils ne pourra rien faire pour me contredire.

— Majesté, fit Mouti en se courbant devant la reine, votre conseiller attend déjà dans l'antichambre. Quant à votre scribe, il sera là dans quelques minutes à peine.

— Parfait ! Mouti, apporte-moi quelque chose à

manger et à boire. Il faut que je prenne des forces. Je veux organiser le plus grand jubilé de mon règne et, avant que Pharaon ne s'en aille rejoindre les dieux de l'au-delà, il me suivra une dernière fois où que j'aille.

— Et où irons-nous, Majesté ? questionna Mouti d'une voix légère qui montrait que de nombreuses années d'intimité l'avait rendue audacieuse envers sa reine.

— Ah ! Mouti, s'exclama Tiyi soudainement très enthousiasmée par cette perspective qu'elle venait de faire naître dans son esprit. Nous parcourrons tout le Nil, du Nord au Sud. Je testerai ainsi l'opinion publique. La foule me dictera les grandes lignes de ma future politique.

Comme Mouti la regardait avec un demi-sourire entendu, elle poursuivit en étirant ses bras :

— Je veux qu'Ahout vienne me coiffer et me farder ce matin, car j'ai envie de plaire. Va lui dire que je l'attends.

CHAPITRE VIII

« La Croix d'Ankh » voguait lentement sur le Nil en faisant juste osciller quelques petites vaguelettes, à l'arrière, qui venaient mourir sous la coque du vaisseau, là où la proue laissait un sillage creux qu'un saurien sournois et attentif venait parfois renifler.

Sur les berges, les villages passaient comme des images turbulentes et agitées aux couleurs ocrées tachées de la verdure des cultures qui commençaient à émerger du sol. Le fleuve filait tranquille. Des enfants faisaient boire les bœufs sur la rive herbeuse où venait mourir une eau claire. Ils les tiraient à l'aide d'une corde attachée au licol et, paisibles, les bêtes se laissaient mener en frappant le sol de leurs lourdes pattes.

Dès l'aube, des paniers pleins de linge étaient déposés à terre, à la sortie du village. Les blanchisseurs les emportaient sur les bords du Nil et les vidaient pour en jauger le contenu et évaluer le temps de leur besogne. Puis, s'agenouillant sur les plaques d'herbe luisante, ils attrapaient le linge dans un geste presque rituel, le roulaient en boule, le mouillaient, puis l'enduisaient de natron et le frappaient vigoureusement avec un battoir en bois avant de le frotter sur les pierres lisses. Puis les femmes prenaient le relais. Elles arrivaient un peu plus tard pour le rincer, l'essorer, le secouer et le mettre enfin à sécher au soleil.

Debout devant la poupe qui, orgueilleusement, élevait dans l'espace sa croix d'Ankh en bois doré, Neby les observait en silence. Dans le riche domaine de Panehesy où l'on attachait une grande importance à la propreté et à la blancheur du linge, les tâches manuelles étaient, bien sûr, effectuées par les laveurs de linge, mais elles étaient supervisées par un blanchisseur en chef dont la charge jouissait d'un certain prestige qui le plaçait juste en dessous du porteur de sandales dans la hiérarchie des professions attachées aux grands domaines.

Dans les habitations des paysans et des simples artisans, cette besogne relevait, bien entendu, du travail quotidien des femmes et des filles de la maison. La lessive familiale était une longue corvée fastidieuse à refaire chaque jour. Les scènes de blanchissage gravées sur les fresques funéraires montraient l'importance de cette activité.

Neby détourna son regard de l'agitation des blanchisseurs pour le reporter sur le gouvernail que maniait Minhotep avec autant d'adresse que de prudence. En cette période du mois de Hathor, le fleuve était à son meilleur niveau, ni trop bas comme en pleine saison du Chemou où la chaleur excessive annonçait parfois de graves sécheresses, ni trop haut comme en saison de crue où les bateaux devaient s'aider à la fois de la grande voile carrée et des longues rames en bois pour diriger l'esquif sans risque de dérive ou d'enlisement dans les massifs.

Neby se posait mille questions. Parcourir les rues de Thèbes dans quelques jours et arpenter les abords de Karnak la laissait curieusement dans un état de tranquille assurance qui n'était, bien sûr, qu'apparente, car son cœur bouillonnait à l'idée de retrouver Choutarna.

Minhotep tourna son visage vers elle.

— Comment puis-je mettre un nom sur ton visage, à présent que tes cheveux repoussent et que tu prends l'allure d'une fille ? fit-elle en dirigeant à tribord la barre de son gouvernail pour aborder le virage du fleuve qui s'amorçait en douceur.

— C'est beaucoup mieux ainsi, intervint Myriam qui s'approchait des deux femmes. Dans quelques mois, ta silhouette va s'arrondir et je me demande quelle vision tu aurais pu offrir avec un crâne rasé et un ventre de femme enceinte !

Elles se mirent à rire et Neby porta l'une de ses mains sur le voile de sa tunique à l'endroit où son abdomen prenait des formes rebondies.

— Et si Panehesy me retrouve ? jeta-t-elle en cessant brusquement de rire.

— Cesse de t'inquiéter, reprit Minhotep, nous avons tout calculé, tout prévu. Chaque détail a été mis au point et tu n'as aucune angoisse à avoir. Tu ne resteras que quelques jours à terre. Juste le temps de retrouver Choutarna. Ensuite, tu accoucheras sur mon bateau. C'est le seul endroit où la police de Panehesy ne pourra pas venir. Après, nous verrons.

— Après, fit Myriam, je pourrai m'occuper de Choutarna comme je l'ai toujours fait depuis que Pappalavizzi, le conseiller de son père, m'a trouvée autrefois sur le port cherchant une embarcation en partance pour la Crète.

Sur ce projet lancé d'un ton très assuré par Myriam, Neby sourit. Il lui paraissait bien peu probable que la brave femme pût seule subvenir aux besoins de la princesse Choutarna.

— Que feras-tu, Myriam, pour faire vivre ta protégée et la cacher des regards indiscrets et peut-être même des espions ? Pour l'instant, Minhotep te garde sur son bateau. Mais, après ? Choutarna ne pourra pas rester indéfiniment à se faire dorloter sur le pont de ce navire ! Non, crois-moi. Je travaillerai. Mon titre de Grande Scribe me permettra, dorénavant, de gagner suffisamment ma vie pour elle et moi, du moins le temps que nous nous organisions autrement.

Mais Myriam qui voyait autrement les choses entendait mener son projet différemment, aussi répliqua-t-elle :

— N'auras-tu pas suffisamment d'occupations avec cet enfant qui va naître et dont tu seras la mère ?

— Et toi, rétorqua Neby, ne veux-tu donc plus vivre avec Ayen devenu ton grand ami depuis qu'il t'a sauvée des flammes sur le vaisseau du prêtre de Karnak ?

Myriam haussa les épaules comme si cette constatation ne pouvait déranger son projet. Pourtant Neby disait vrai. L'affection qui unissait le couple pouvait fort bien se muer en union plus solide et ce n'était pas la présence de Choutarna qui pouvait changer cet état de fait. Pourtant, une gêne sembla s'inscrire sur le visage de Myriam.

— Pourquoi dis-tu cela, Neby ? Tu sais bien, hélas, que je suis toujours mariée à ce porc d'Égyptien qui me frappait quand il avait bu.

— Eh bien, tu divorceras.

— Cela me paraît peu probable, intervint Minhotep qui regardait l'horizon d'un œil tranquille.

— Et pourquoi ? s'enquit Neby. Nous aurons des appuis dans la famille de Bastet, la fille du Vizir de Thèbes, qui a permis que je m'échappe.

— Peut-être, mon bijou ! rétorqua Minhotep en souriant, mais ce n'est pas ce que je voulais dire.

— Qu'est-ce que c'est alors ?

— Si vous demandez de l'aide au Vizir de Thèbes, cela mettra votre vie à tous en danger. La tienne d'abord, car Panehesy apprendra où tu es. Celle d'Ayen ensuite, qui a trempé involontairement dans l'affaire du naufrage de Choutarna. Et enfin, celle de Myriam, dont l'époux intraitable pourra récupérer sa femme légitime envers laquelle il a sans doute gardé une rancune mortelle et dû cogiter quelque méprisable vengeance.

— Certes, appuya Myriam en hochant tristement la tête. Je crois que tu as raison. Une Crétoise qui abandonne son époux thébain et qui n'a pas été jugée ne peut qu'être fautive et condamnable.

— Hélas, pour l'instant, tu es bloquée, Myriam, affirma Minhotep en relevant l'épaule dans un geste d'impuissance. Tu ne peux que rester à bord de mon navire. Mais de quoi te plains-tu ? Ne vois-tu pas que ton ami Ayen a trouvé asile sur mon bateau en même temps qu'un travail assuré et plaisant, qui, de surcroît, me permet de commercer davantage ?

Se rangeant à l'opinion de sa compagne, Myriam secoua doucement la tête.

— Quant à toi, reprit la batelière en se tournant vers Neby, comment pourras-tu travailler et t'occuper de l'enfant que tu vas mettre au monde ? Ce ne sera certes pas moi qui pourrai le veiller, le langer ou le faire boire. Il faudra bien que Myriam le fasse.

— Mais… fit Neby en écarquillant les yeux d'étonnement.

— Si tu ne laisses pas ton bébé sur ce bateau, Panehesy te le prendra plus vite que tu ne le penses. S'il a les moyens de te retrouver, il aura ceux d'entretenir cet enfant. Il a suffisamment de biens et de fortune pour le faire vivre et l'éduquer dans d'excellentes conditions. Et ce n'est pas ta décision qui fera détourner la sienne. Ce serait, d'ailleurs, un excellent moyen de pression sur toi. Ne l'oublie pas.

Les joues de Neby devinrent pâles et ses mains, qu'elle venait de laisser mollement tomber le long de son corps, tremblèrent insensiblement.

— Ciel ! murmura-t-elle, je n'avais pas pensé à cette éventualité.

— Ce n'est pas grave, la rassura aussitôt la batelière. Tu travailleras comme tu l'as toujours fait et tu verras ton enfant chaque fois que je débarquerai à Thèbes.

— Mais, je veux l'élever ! s'écria Neby.

— Allons, trancha Minhotep, d'un ton autoritaire. Faut-il te rappeler que Panehesy n'a pas d'enfant et que son épouse semble ne pas pouvoir lui en donner ? Le tien ne peut que l'attirer et le séduire. Or, dis-toi bien que si cet enfant est entre ses mains, il te faudra choisir de façon définitive. Ou bien tu accepteras la position de seconde épouse ou bien tu renonceras à l'enfant.

Jambes écartées, elle se positionna devant elle et observa Neby d'un regard calme.

— Allons ! Choisis dès à présent.

Neby se jeta dans ses bras avec la fougue dont elle était coutumière.

— Oh ! Minhotep. Bien sûr, je veux que mon enfant soit en sécurité sur ton bateau.

La serrant contre elle, la batelière tapota doucement le dos de la jeune fille puis, prenant l'initiative de démêler cette affaire, elle l'écarta d'elle et se tourna vers Myriam.

— Où vit ton époux ? demanda-t-elle en voyant que celle-ci réfléchissait sérieusement à sa proposition.

— Au village de Deir-el-Médineh.

— Que fait-il ?

— Il est policier. Quand je me suis échappée, on venait de lui donner un poste de surveillance dans la montagne thébaine où l'on extrait la pierre pour construire les nécropoles dans la vallée. J'ai pu profiter de ses longues absences dans le désert pour m'enfuir.

— Qui était son chef ?

— Il s'appelait Mentmosé.

D'un doigt hésitant, Minhotep se frotta le menton. Puis, le remontant sur ses lèvres, elle se pinça la bouche entre le pouce et l'index et se mit à sourire dans le vague.

— C'est là qu'il te faut travailler, Neby, décréta-t-elle. Tu y seras bien cachée et tu y trouveras un travail assuré. Un Grand Prêtre ne fréquente pas un village d'artisans. Surtout celui de Deir-el-Médineh, beaucoup trop éloigné de ses domaines. Et, sans ton enfant, tu seras moins repérable.

Neby ne rétorqua rien et sa compagne poursuivit :

— De plus, tu seras à proximité de Malgatta où la reine Tiyi vit en permanence. Et de là, tu suivras mieux Choutarna.

— Tu as raison, fit Neby en hochant la tête.

Soudain, elle poussa un cri.

— Oh ! fit-elle en désignant le ciel de son doigt. Regardez ! Bâ et Kâ, les pigeons de Choutarna ! Ils ont dû suivre ton bateau, Minhotep. Pourquoi sont-ils restés dans le sillage ? Est-ce un mauvais présage ?

— Je ne crois pas. Nous les reverrons dans quelque temps, sans doute bagués d'un message.

CHAPITRE IX

Quand Sehotep vit le visage de Néfertiti s'encadrer dans la porte laissant passer à grandes brassées une lumière vive qui prenait la couleur du soleil, il lâcha le bloc d'argile qu'il était en train d'humecter afin qu'il prît la consistance voulue pour que Maya le transformât, en l'actionnant sur son tour, en une belle cruche à vin.

Sehotep se tourna vers son maître qui modelait une coupelle au bord très évasé, resserrée sur un pied en forme de poisson. Il arrêta un instant son travail et posa ses yeux sur la jeune femme dont le regard vif et clair, aux paupières bordées de khôl, l'observait en silence.

— Va, fit-il au jeune homme qui repoussa vivement le récipient d'eau avec lequel il mouillait son argile.

Néfertiti sourit à Maya qui la salua de loin en plongeant son buste presque à terre. Elle répondit en élargissant son sourire qui découvrait une belle rangée de dents blanches que Pensilhé, dans son enfance, avait parfaitement su soigner. Sehotep lui aussi avait une belle denture, droite et saine, qu'il frottait chaque matin au natron avec un petit bâton en fibre de papyrus, marque d'hygiène peu fréquente dans la société égyptienne où les dents mal soignées étaient souvent gâtées par une trop grande absorption de friandises au miel.

Néfertiti était seule comme chaque fois qu'elle venait au village de Deir-el-Médineh, sans aucune escorte, sans même la vieille servante qui avait coutume de se déplacer toujours avec elle. C'était une conception nouvelle, inaugurée sous le jeune règne de Néfertiti et d'Aménophis IV, car bouger comme ils l'entendaient, d'un endroit à un autre, sans la horde de gardes et de courtisans qui accompagnaient en principe le déplacement d'un pharaon et de son épouse, représentait pour les gens du peuple une extraordinaire poussée vers l'humanisme. Voilà, tout à coup, qu'on voyait le couple royal se promener main dans la main dans les rues de la ville, s'arrêter pour discuter avec un paysan, un commerçant, un habitant du village, s'inquiéter de sa famille, de son sort, faire un compliment, une promesse.

Bien que cette attitude nouvelle du jeune couple fût spontanée, elle n'était pas sans calcul. Le vieux pharaon n'était pas encore mort et, s'il ne gouvernait plus, beaucoup de gens considéraient la corégence de son fils comme inexistante.

Maya s'était relevé en murmurant des mots de bienvenue. Il savait que la jeune reine venait non pour lui, mais pour son jeune compagnon qui, autrefois, avait été son frère de lait, puisque Pensilhé avait, en même temps, nourri au sein les deux enfants[1].

— Va dehors discuter un peu, mon garçon, fit-il en retournant à sa place où l'argile attendait sa forme définitive.

Sehotep restait évidemment conscient que s'il ne

1. Lire : LES THÉBAINES *Le Chant de la Terre,* tome 7.

s'était agi de l'épouse du jeune pharaon, cette généreuse et soudaine permission ne lui eût certes pas été accordée. Mais il n'était pas un garçon à profiter à outrance d'un tel privilège. Sérieux, travailleur, ambitieux dans la voie qu'il s'était choisie, Sehotep ne rêvait que mouler de ses mains habiles, à l'exemple de Maya son maître, de belles jarres bien rondes, au col étroit et au bec pointu.

Sehotep était appliqué dans son travail comme Ouri son père qui, à présent, siégeait au conseil agricole du village. Il était réfléchi et sage aussi, à l'exemple de son frère Koren qui venait d'épouser une jeune ouvrière des ateliers de papyrus attenants au domaine de Malgatta. Mais le mérite réel de Sehotep, c'est que l'ambition tenaillait son jeune esprit et qu'il ne désirait rien de plus au monde qu'accéder un jour au titre de maître-potier.

— Quand cesseras-tu de grandir ? plaisanta Néfertiti en posant ses lèvres fraîches sur la joue de son compagnon lorsqu'ils furent à l'extérieur de l'atelier.

— Et toi, Majesté ! Quand cesseras-tu d'être aussi belle ?

— Majesté ! Tu plaisantes, Sehotep, s'offusqua Néfertiti en haussant le sourcil. As-tu donc oublié tous nos moments intimes ?

— Oh ! Néfert ! s'exclama le jeune homme en prenant soudain la main de sa compagne.

Il la serra de toutes ses forces et la porta promptement à sa bouche pour y déposer un baiser.

— C'est vrai, tu es un beau et séduisant parti, à présent, jeta la jeune femme en riant.

— Mes sœurs affirment qu'un garçon reste adolescent plus longtemps qu'une fille. Je crois qu'elles ont raison. Il me semble que tu es devenue femme alors que je ne suis encore qu'un enfant depuis si longtemps. Ah, Néfert ! Ma mère dit que l'ombre d'un homme pointe en moi. Comment dois-je prendre cela à ton avis ?

Elle s'esclaffa et Sehotep reconnut, sans qu'il eût besoin de s'en étonner, la grande cascade de son rire joyeux et communicatif qu'il avait tant de fois entendue. Mais elle redevint sérieuse et attacha de nouveau son regard calme et serein sur lui.

— As-tu une petite amie ?

Il resta stupéfait. Une telle question l'impressionnait et il dut chercher un instant sa réponse. Néfertiti sentit son jeune sang bouillonner et ses cils se mirent impunément à battre.

— Non, pas encore, fit-il d'un ton posé.

— Alors cela ne va pas tarder. J'en suis sûre.

Puis elle s'approcha vivement de lui et l'embrassa sur la bouche.

— Oh ! bredouilla-t-il. Tu n'es pas venue pour ça, je suppose ! Dieu d'Hathor, que tu es belle !

— Non. Je suis là pour te demander un service. Veux-tu m'aider ?

— Bien sûr, à moins que ton souhait ne soit pas en mon pouvoir.

— Si. Je veux que ton maître exécute une coupelle d'argile aux couleurs vives. Une coupelle creuse dans laquelle on peut déposer un bijou.

— C'est tout ? répondit Sehotep surpris.

— Pas tout à fait. Le plus compliqué reste à faire. Tu porteras cet objet toi-même à une personne dont je vais t'indiquer le nom.

— Qui est-ce ?

— Une jeune femme très belle qui m'intrigue. La nouvelle suivante de ma belle-mère, la reine Tiyi.

Il eut un sursaut imperceptible, mais elle fit mine de l'ignorer et poursuivit à voix basse :

— Elle s'appelle Choutarna. Quand tu lui remettras le vase, je veux que tu l'apprivoises, la questionnes. Je veux que tu me dises où elle vit, qui elle est et ce qu'elle fait.

— Ne pensera-t-elle pas que j'outrepasse mes fonctions ?

— Certes pas, si tu joues ton rôle avec une grande psychologie.

Tout en marchant, ils se dirigeaient vers un grand sycomore qui étendait ses branchages presque à terre tant il était vieux et noueux. Sehotep stoppa son pas.

— Ai-je le droit de te poser une question ?

— Simplement si tu promets que tu ne parleras à personne de cette requête.

— Néfert ! Pour qui me prends-tu ?

Elle lui prit la main et la serra tendrement.

— Je parle surtout de Pensilhé ta mère. Elle me connaît si bien qu'elle va s'inquiéter et trouver très étrange ma demande.

— Je ne lui dirai rien. Dis-moi, comment veux-tu que je procède ?

— Tu te feras annoncer au palais par l'entrée des domestiques pour ne pas attirer l'attention.

Sehotep hocha la tête comme si, dans son esprit, cette précaution était évidente.

— Quand tu seras introduit au palais, puis dans son appartement, tu feras en sorte de rester en son unique présence. Fais attention, c'est important.

Sehotep acquiesça.

— Alors, tu lui diras que c'est un cadeau de la jeune reine Néfertiti qu'elle a vue, un jour, sur le bord du bassin de Malgatta. Elle se souvient de moi, j'en suis sûre. Puis tu lui diras que cet objet a été exécuté pour qu'elle y range le scarabée de turquoise cerclé d'or que, ce jour-là, j'ai vu dans le creux de sa main.

Elle se tut, réfléchit un instant et poursuivit :

— Il faut qu'elle te parle de ce bijou. Je veux en savoir plus à son sujet. J'ai vu le même enfermé dans la chambre de la reine Tiyi. Il est tout simplement fascinant, splendide et, chose curieuse, elle ne l'a jamais porté.

Elle prit le bras de son compagnon.

— Maintenant, dis-moi. Quelle est ta question ?

Il hésita juste un instant puis avalant sa salive, il prononça dans un chuchotement presque inaudible :

— Y a-t-il un rapport avec les doutes que tu as sur ta naissance et dont tu me parlais quand nous étions enfants ?

— Je ne sais pas, répondit-elle. Je ne sais rien. C'est comme un pressentiment qui me submerge de façon étrange et implacable et dont je ne peux parler à personne. A présent, Sehotep, je dois te laisser pour aller retrouver Aménophis chez le sculpteur Bek. Dans quelques jours, je ferai parvenir à ton maître Maya le modèle du vase que je veux offrir à cette femme.

Il la retint par le bras. Surprise, elle s'arrêta dans son élan.

— Moi aussi, j'ai une requête à te faire.

— Oh ! Sehotep ! s'exclama-t-elle, tu ne m'as jamais rien demandé.

Il parut gêné par la réplique de sa compagne, mais elle le regardait avec une telle expression de sincérité qu'il poursuivit d'un ton tranquille :

— Il s'agit des jumelles. Elles ne veulent rien faire, sortent le soir sans rien dire et le jour, elles s'obstinent à se prélasser à l'ombre pour se raconter des histoires invraisemblables. Ma mère est désespérée. Elle dit qu'aucun de ses enfants ne lui a donné ces soucis-là. Elle ne sait plus que faire.

— Tes sœurs ne sont pas motivées, voilà tout.

— Mais, que peut-on faire ?

— Accepteraient-elles que je les prenne au palais ? Si elles deviennent sérieuses, je les engagerai dans ma suite personnelle quand Aménophis et moi aurons trouvé le nouveau site de notre palais.

— Oh ! Néfert. Ma mère va être rassurée.

— Dis à tes sœurs qu'elles viennent à Malgatta dès le début du mois prochain. Je ferai en sorte de leur trouver une occupation. A présent, il faut que je me sauve.

Elle plaqua un baiser rapide sur la joue de Sehotep et s'en fut en courant. Il vit disparaître ses longues jambes agiles recouvertes par le fourreau blanc et étroit qui enserrait sa silhouette du buste jusqu'aux chevilles. Par-dessus, une tunique légère et plissée l'enveloppait tout entière, laissant ses avant-bras nus encerclés par une multitude de bracelets d'or ciselés.

Néfertiti avait lancé cette mode féminine que l'on commençait à copier à la cour et chez les riches Thébaines. La tunique tombait à terre. Très ample, diaphane comme le fourreau qu'elle recouvrait, elle était impeccablement plissée, se nouait sous les seins, dégageait les épaules, mais recouvrait les bras jusqu'aux coudes.

Quant aux coiffures, elles aussi avaient subi une métamorphose. Plus courtes, elles s'arrêtaient aux épaules. Plus longues, elles étaient relevées au sommet de la tête.

Le cône d'onguent qui les surplombait était d'une taille plus volumineuse et pouvait diffuser une quantité de parfum plus grande et d'une durée plus longue. Les fards pour les yeux devenaient plus verts, le trait de khôl plus épais et plus allongé sur les tempes.

Tiyi avait pris soin de déléguer pour sa belle-fille toute une armée de couturières, de manucures, de parfumeuses, de perruquières, de maquilleuses et de masseuses. Chaque matin, celles-ci s'affairaient autour de la jeune femme comme les abeilles dans une ruche autour de leur reine. Sentant Néfertiti ouverte à toute proposition de changement vestimentaire, de transformation de coiffure ou de nouveautés spectaculaires dans les fards du visage, elles laissaient fuser autour d'elle leurs idées les plus fantaisistes. Un grand nombre d'avis restèrent ancrés dans son esprit novateur et l'on peut dire que dans les années qui suivirent, Néfertiti fut à l'aube d'une ère nouvelle.

Elle arriva presque essoufflée à la porte de l'atelier du sculpteur Bek et s'arrêta, indécise. Des groupes d'artisans et d'ouvriers travaillaient en silence. Quand il la vit, Aménophis se précipita vers elle et la prit par la taille. Puis, se tournant vers l'ovale pur de son visage qu'elle avait accentué d'un fard légèrement rosé, il l'embrassa passionnément sur la bouche. Nullement gênés, Bek et les deux hommes avec lesquels il discutait eurent un sourire complice. Comme le baiser passionné d'Aménophis se prolongeait, le sculpteur poussa une joyeuse exclamation et leva les bras au ciel. Cette attitude eût pu être impolie, voire déplacée en toute autre circonstance, mais Bek approuvait tant ce comportement inhabituel chez le jeune couple pharaonique qu'il ne pouvait le souligner sans un geste manifestement chaleureux. Délaissant les lèvres de sa jeune épouse, Aménophis s'approcha de lui tout en tenant Néfertiti par la taille.

Certes, Bek pouvait être content. Il exultait d'ailleurs ! Enfin, il allait pouvoir travailler en laissant courir son inspiration au gré de sa fantaisie et non plus respecter les vieilles et rigides traditions qui enfermaient l'art égyptien dans un carcan jusqu'à présent indestructible. Tout, en ce jeune couple, l'inspirait, le motivait, le faisait vibrer autrement. Les attitudes qu'il peindrait seraient nouvelles. Les couleurs, les formes, les dimensions de ses sculptures prendraient de la rondeur et de la décontraction, voire un relâchement qui laisserait deviner qu'un autre style apparaissait. Enfin, Bek pouvait s'adonner à ses idées novatrices et rejeter en bloc le vieux conformisme de l'art et de ses idées étriquées.

Passant d'un pas tranquille devant ses ouvriers qui, après une courte pause, avaient repris leurs maillets, leurs ciseaux, leurs brosses et leurs petites herminettes, il se dirigea vers un bloc recouvert d'un voile en lin qu'il releva d'un geste précieux.

Néfertiti et Aménophis en eurent le souffle coupé tant la sculpture leur parut étonnante. Elle était en basalte et représentait le jeune couple assis l'un en face de l'autre, se regardant dans les yeux et se tenant par la main. Le profil de leur visage était pur, mais celui de leur corps offrait un arrondi inhabituel plus proéminent encore chez Aménophis dont la coiffure était courte alors que celle de Néfertiti était rehaussée d'un large turban bleu en forme de trapèze. Bek avait coulé en eux une sorte d'harmonie paisible et communicative qui, visiblement, ne pouvait que s'ouvrir sur un nouvel art.

— Ah ! Mon cher Bek, que voilà de la belle œuvre ! s'écria Aménophis en caressant amoureusement le basalte somptueux. Cette année du début de mon règne verra le renouveau dans toute sa splendeur.

Puis, lâchant la taille de son épouse, il courut vers le sculpteur, se colla fougueusement à lui et le serra contre son buste creux. Durant ce temps, Néfertiti examinait avec ravissement la sculpture qui la représentait. La robe était identique à celle qu'elle portait. Très ample et transparente, elle dévoilait ses formes plus qu'elle ne les cachait. Le décolleté profond était encadré d'une large collerette en or sertie de pierres semi-précieuses imitant une couronne de fleurs de lotus bleus. Soudain, un personnage s'approcha d'elle. C'était un grand jeune homme à l'allure dégingandée qui se courba devant elle.

— Je suis Thoutmès, fit-il, le fils de Nakht et le bras droit de Bek. Cette sculpture vous plaît-elle, Majesté ?

Émue, Néfertiti acquiesça d'un léger signe de tête.

— Il faudra que je sculpte votre visage, Majesté. Uniquement votre visage. Me le permettrez-vous ?

CHAPITRE X

Après quelques jours de navigation, « La Croix d'Ankh » jeta l'ancre au port de Thèbes entre un gros navire égyptien qui, à la proue, portait le nom d'Isis et un cargo plus modeste achevant de débarquer son chargement sur le quai. Pour ne pas attirer l'attention, Minhotep avait décidé de rester à bord pendant les premières investigations de Neby. Elle préférait lui apporter secours par le refuge de son bateau et sa présence quasi constante, craignant que ses incessants va-et-vient n'alertassent les autorités officielles du port. Quant à Myriam et Ayen, suivant les sages recommandations de leurs amis, ils n'osaient se montrer dans les rues de Thèbes et, à regret, décidèrent de rester à bord.

Jetant ses yeux aux alentours pour tâter l'atmosphère du port et s'assurer qu'aucun incident ne pouvait arriver, Minhotep déroula la passerelle afin que Neby pût s'approcher du quai. Puis, tranquillisée par le va-et-vient normal qui s'y déroulait, elle cria à Kyos :

— Il serait peut-être bon que tu l'accompagnes, on ne sait où elle va tomber, cette petite. Ouvre l'œil et reste discret derrière elle, tout paraîtra normal.

On eût dit que Kyos n'attendait que cet ordre pour

rejoindre Neby qui, déjà, atteignait le bout de la passerelle. En deux bonds, il fut à son côté et la jeune fille apprécia la rassurante présence du matelot. Elle fit un signe d'adieu à Minhotep et celle-ci la vit, suivie de son homme d'équipage, s'engouffrer dans la foule qui s'agitait sur le port.

Ils se heurtèrent au flot des dockers qui chargeaient et déchargeaient les navires, des ânes qui ne cessaient de braire en se frayant un chemin à travers la cohue, des commerçants qui, de l'œil, comptaient les sacs et les cageots déposés à leurs pieds et des clients qui venaient directement chercher la marchandise à quai.

L'agitation du port de Thèbes était plus intense encore que celle du port de Memphis, mais on voyait moins de cargos étrangers. Ceux-ci s'arrêtaient plus volontiers à proximité du delta, à Bubastis, Héliopolis ou Memphis et les chargements étaient repris par des bateaux égyptiens qui descendaient le fleuve jusqu'en Nubie.

Alors que Neby se faufilait dans la foule, Kyos sur ses talons, elle sentit une pression sur sa cuisse. La foule était dense et des marchands ambulants harcelaient les passants pour vendre des grillades de porc ou des morceaux d'oie enrobés de graisse qu'ils enroulaient dans des feuilles de palmier ou de jujubier. A peine fut-elle happée par un marchand que sa cuisse gauche fut littéralement encerclée par des petits bras qui ne voulurent plus la lâcher. Surprise, elle se retourna, puis baissa les yeux.

— C'est toi, Neby ? entendit-elle en regardant la naine qui relâchait son étreinte.

La jeune fille ne répondit pas tant l'étonnement la saisissait.

— Habituellement, poursuivit la naine, je réussis mes filatures, mais j'ai toujours un mal de chien à les immobiliser le temps que je leur débite mon commentaire. Alors, je peux t'affirmer que, soit ils se mettent à rire et déguerpissent, soit ils attendent, m'écoutent et obtempèrent.

Elle se campa hardiment devant Neby, ses courtes jambes écartées, ses bras sur les hanches et poursuivit d'un ton goguenard :

— Ne me reconnais-tu pas ?

— Niny ! s'écria alors Neby dont les yeux s'étaient écarquillés de plaisir.

— Elle-même. Pour te servir, mon beau trésor. Tu es, certes, devenue une belle jeune fille bien que tes cheveux soient trop courts, mais je t'aurais reconnue entre mille.

— Pourtant, je n'étais qu'une enfant quand nous nous sommes séparées !

— Par la déesse Hathor à qui tu as emprunté un lapis-lazuli pour survivre, tu as toujours les mêmes yeux vifs et intelligents.

— Toi aussi, Niny, tu as gardé ton regard doré, pétillant et généreux.

Elle se baissa et la saisit dans ses bras. Ciel ! Toute une période de sa vie lui revenait à l'esprit. C'était après la mort de son père, durant ses années d'enfance passées au temple de Karnak, où, soumise et prisonnière, elle servait les prêtres et les prêtresses. Sans Niny, Neby n'aurait jamais pu fuir[1].

Kyos s'était approché. Son grand corps puissant et musclé qu'il avait copieusement enduit d'une huile parfumée avant de descendre à quai paraissait gigantesquc à côté de la naine et elle dut lever les yeux très haut pour s'apercevoir que le regard de Kyos réclamait une explication. Sans attendre, Neby la lui fournit :

— Niny travaille au temple de Karnak où elle sert

1. Lire : LES THÉBAINES *Le Chant de la Terre,* tome 7.

la Grande Prêtresse Ipény, chanteuse d'Amon. C'est grâce à elle si, autrefois, j'ai pu m'enfuir de cet odieux endroit qui me rappelle de si mauvais souvenirs. C'est une amie, Kyos, et je crois qu'elle va pouvoir nous aider.

Alors Kyos se baissa et enleva Niny de terre. Elle eut l'impression qu'elle s'élevait dans les airs et volait au-dessus d'une foule dont elle s'était détachée comme par enchantement. La tenant à hauteur de ses yeux, il plaqua son regard dans le sien. Puis, lèvres fermées, il lui dédia un large sourire qui étirait un long pli transversal sur son visage. C'était comme un grand fil dont les extrémités allaient se perdre au creux de ses joues imberbes.

— Kyos est muet et impuissant. Il n'a plus ni dents, ni langue, ni membre viril. Mais, quand il sourit de cette manière, c'est que la personne dont il vient de faire la connaissance lui plaît.

Elle se retourna vers son compagnon.

— Je pense que Minhotep a raison. Kyos, lâche Niny et reste un peu à l'écart. Les gens du port te connaissent. Il ne faut pas que l'on fasse la jonction entre nous.

Kyos reposa la naine en douceur sur le sol et ce fut, pour elle, un instant délicieux de sentir à nouveau la terre ferme sous ses petits pieds agiles, car les premières secondes d'euphorie étaient passées et, soulevée ainsi au-dessus de la foule, elle commençait à ressentir une bizarre impression.

Elle s'ébroua comme si elle sortait de l'eau et se mit à rire. Puis, elle se rapprocha de Neby et, de nouveau, lui saisit la cuisse en l'entourant de ses deux mains grassouillettes.

— Je savais que c'était toi, exulta-t-elle en battant, l'une après l'autre, ses petites jambes dans l'espace.

Et, sans l'avoir jamais vu, j'ai reconnu Kyos. Sekmet, la fille des joailliers de Thèbes, enlevée avec Bastet et son ami Pentou quand l'affaire des sceaux volés s'est déclenchée, m'a parlé de tout l'équipage de Minhotep.

— Alors, tu connais Myriam et Ayen ?

— Oui. Mais ce que j'ignore, c'est quand « La Croix d'Ankh » repartira.

— Oh ! fit Neby en levant ses deux mains, nous avons du temps devant nous. Minhotep doit organiser son prochain chargement. Elle dit que la saison d'Akhit arrivera avant qu'elle ne quitte le port de Thèbes. Elle attend du bois d'ébène en provenance de la Nubie. Comment savais-tu que son bateau était là ?

— Sekmet m'avait dit que l'arrivée de « La Croix d'Ankh » était imminente. Chaque matin, depuis une semaine, je viens sur le port et, chaque matin, Lydie attend à l'auberge de Min pour faire ta connaissance.

— Qui est Lydie ? s'étonna Neby.

— Elle va te le dire elle-même.

Comme Neby se taisait, intriguée par ce nom qu'elle ne connaissait pas, impressionnée aussi par ce qui l'attendait et dont elle n'avait aucune idée, pressentant confusément que, pour elle, tout allait basculer dans un sens qu'elle ne pouvait deviner, elle craignit, soudain, qu'un imprévu l'écartât de sa mission : sauver Choutarna de la prison dorée dans laquelle on l'avait enfermée.

— Allons-y, fit Niny qui avait retrouvé son autorité.

Puis elle agrippa sa compagne par le bord de sa tunique, au niveau des genoux, et l'entraîna dans les ruelles de Thèbes, l'ombre de Kyos derrière elles.

*

Quand elles furent à la porte de la taverne, Neby

sentit son cœur défoncer sa poitrine. Vers quoi allait-elle ? Que pouvait-elle apprendre d'autre que ce qu'elle connaissait depuis toujours ? Une impression étrange la saisit et l'immobilisa un instant.

Le patron s'avança vers elle avant qu'elle ne vît l'élégante femme qui, assise à une table basse au fond de la grande salle, buvait du vin au miel à petits coups nerveux avec des doigts tremblants.

Niny repoussa l'aubergiste.

— Laisse-nous, veux-tu et mets ton vin au frais. Nous boirons ensuite.

A l'approche de Neby, Lydie se leva si brusquement qu'elle faillit renverser la cruche posée devant elle. Ses yeux avaient pris une expression qu'elle s'était pourtant juré de ne pas laisser voir. Trop tard ! Ils étaient sans couleur, écarquillés de stupeur, des larmes suspendues à leurs bords frangés de khôl et de poudre de galène.

— Je te cherche depuis si longtemps… murmura-t-elle la gorge nouée.

Puis elle éclata en sanglots. Neby lui prit la main et la serra dans la sienne. Elle était fine, petite et douce. Une seule bague en lapis-lazuli venait en distraire le velouté et la blancheur.

— Qui es-tu ? Raconte-moi, je t'en supplie.

— Dieu d'Amon ! souffla Lydie en séchant ses larmes.

Elle inspira une large bouffée d'air et la fit pénétrer dans sa poitrine pour retrouver son assurance et son sourire. Puis elle parut plus détendue.

— Pardonne ma grande émotivité. Je viens de subir un tel choc. Voilà plus de dix ans que je te cherche.

— Dix ans ! s'exclama Neby.

— Oui. Tout d'abord, j'ai cherché un garçon.

— Il y a si peu de temps que je suis une fille, souffla Neby.

Lydie sourit. Son lourd chignon piqué de perles blanches acquiesça en même temps que sa tête. Puis, son visage s'immobilisa et ses yeux scrutèrent le regard de sa compagne.

— Oui. J'ai cherché un garçon. Puis un jour, Niny m'a appris que tu n'en étais pas un, mais que tu avais le crâne rasé et que tu fuyais Karnak où tu n'avais accumulé que des déboires. J'ai sillonné le fleuve de Bouhen à Memphis sans jamais te trouver. Et voilà qu'à présent, je suis devant une adorable jeune femme dont les cheveux repoussent. Que se passe-t-il ?

— Il se passe bien des choses, murmura Neby. Avant de te les raconter, je préfère que tu m'expliques qui tu es.

— Je m'appelle Lydie, je suis d'origine crétoise. Mon père… Ah ! Neby !

Elle eut un petit hoquet de désespoir, puis reprit :

— Ah ! Neby, mon père était aussi celui de ta mère.

— Mon grand-père ! Un Crétois !

Neby laissa retomber ses bras le long de son corps. Pourquoi lui laissaient-ils l'impression d'être en chiffons, mous, sans aucune consistance, incapables de réagir, comme son esprit encombré de mille questions alors qu'elle ne pouvait en poser aucune ? Elle prit une longue inspiration, la rejeta avec une patience infinie, cherchant ce qu'elle allait dire et, ne trouvant rien, elle observa silencieusement cette femme dont l'âge devait dépasser la quarantaine. Une femme au visage extraordinairement doux et à l'embonpoint raisonnable enveloppant une allure noble et distinguée.

Enfin, ses yeux bougèrent.

— Mais jamais Koushy, mon père, ne m'en a parlé, murmura-t-elle.

— Il l'ignorait. Ta mère aussi.

— Mais… insista Neby.

— Ta naissance, ma petite Neby s'est passée dans la plus grande discrétion pour ne pas dire une obscurité totale.

— Pourquoi ? Est-ce dû à mes origines crétoises ?

— Bien sûr que non. Thèbes fourmille d'étrangers, des Crétois, des Libyens, des Grecs, des Canéens, des Nubiens, rien de ce côté-là n'empêchait que ta famille t'ignorât.

— Je ne comprends pas. La tienne n'a pas semblé t'oublier, il me semble.

— Neby, nous n'avons en commun que cette origine crétoise. Si ton cas avait été identique au mien, tu n'aurais certes pas passé ton temps à courir de ville en ville pour gagner ton pain.

Neby eut un sursaut, presque un recul.

— Mon travail me plaît. Je me suis faite à lui, répliqua-t-elle, et lui à moi.

Elle avait jeté ces mots non pas d'un ton sec, mais affirmatif et déterminé. Gênée, Lydie se leva et fit quelques pas dans la salle. A l'exception de Niny et de Kyos qui s'étaient retirés dans un coin et buvaient silencieusement une bière fraîche à même la cruche, il n'y avait aucun client tant l'heure était matinale. Lydie s'arrêta, sembla réfléchir, puis revint à Neby sans rien dire. Alors, elle tendit sa main, ôta la bague de lapis-lazuli qui encerclait son doigt et l'offrit à Neby.

— Elle est à toi. Elle appartenait à ta grand-mère Satiah, la Seconde Épouse de feu le pharaon Thoutmosis III.

Une vapeur lourde enveloppa Neby. C'était un brouillard épais, chaud et glacial à la fois, qui se mua en sueur désagréable qui lui collait à la peau. L'air lui manqua, ses mains et ses jambes tremblèrent. Son cœur battit terriblement vite et fort, puis soudain s'arrêta et elle s'écroula dans les bras de Kyos qui semblait n'attendre que cet instant pour secourir sa protégée.

Neby sentit qu'on tapotait ses joues, qu'on aspergeait d'eau fraîche son front, sa gorge, son buste que Lydie avait dénudé. Puis, peu à peu, elle reprit conscience et vit qu'on s'occupait d'elle avec un air inquiet.

— Le pharaon Thoutmosis III, chuchota-t-elle.

Et les larmes coulèrent abondamment sur son visage, la libérant d'un poids dont elle ne connaissait même plus la portée tant les années lui avaient fait prendre du volume.

— Thoutmosis III, répéta-t-elle en saisissant le lapis-lazuli entre ses doigts tremblants. Ma mère était donc le fruit défendu d'une Seconde Épouse et d'un Crétois.

Lydie acquiesça silencieusement.

— Si tu n'avais pas eu ce sang étranger dans les veines, ta place aurait été parmi celles des princesses du royaume.

— Oh ! fit-elle, ébranlée à nouveau.

Et elle retomba dans les bras de Kyos.

Quand elle vit Niny lui tendre sa cruche de bière, elle y plongea sa bouche avec délices et but sans s'arrêter. Une onde étrange passa à travers tout son corps. Curieusement, le récit dont elle pressentait plus d'une exactitude commençait à s'imposer à elle. Cependant, elle en exigea les préliminaires sans plus attendre.

— Raconte, fit-elle en se tournant vers Lydie. Raconte-moi tout.

— A présent que rien ne s'y oppose, Neby, tu vas connaître toute ta famille. Ton oncle Bek, que j'ai élevé en partie parce que sa mère, trop occupée par ses activités d'artiste peintre, tenait un haut poste dans la société des artisans.

— Comment s'appelait-elle ?

— Beket. Elle a réalisé un nombre considérable de peintures dans les nécropoles de Karnak. Dans sa propre tombe, il y a une image du bateau de ton grand-père le Crétois, celui qui fut aussi mon père. Elle l'avait peint sur les instructions de sa mère Satiah qui voulait que les flots dévastateurs de la crue figurassent pour l'éternité dans sa propre nécropole. Ce sont ces flots-là qui ont emporté le bateau de mon père, l'amant de Satiah.

— Comment était Satiah ?

— C'était une jeune fille de haute noblesse élevée au palais de Thèbes. Très amoureuse du prince Thoutmosis dont elle avait partagé les jeux de l'enfance et de l'adolescence, elle fut très vite sa Seconde Épouse. Sa position hiérarchique venait directement après la Grande Épouse Royale Mérytrê, fille de la pharaonne Hatchepsout. Hélas, les années passant et le pharaon étant toujours parti en guerre contre les pays asiatiques, il ne rentrait plus que pour fréquenter son harem qu'il remplissait sans cesse, au retour de ses expéditions, des plus jolies filles étrangères qui soient. Ne voyant plus Thoutmosis, Satiah, qui disposait d'une grande liberté, se lassa et commença à fréquenter d'autres lieux et, le long des quais du port de Thèbes, un jour, elle rencontra mon père, un navigateur crétois qui la séduisit et dont elle fut amoureuse.

Neby avait la gorge nouée. Il lui semblait à tout instant que la salive qu'elle avalait faisait un bruit qui allait empêcher la poursuite du récit de sa compagne. Mais Lydie poursuivit :

— Ils se retrouvaient fréquemment sur le port et le bateau de mon père leur servait de refuge. Un lieu sacro-saint où personne ne pouvait les trouver ni perturber leurs amours, ni même soupçonner leur présence à bord. Du moins, chaque fois que mon père revenait à Thèbes pour décharger sa cargaison de marchandises. En ce temps-là, ma mère et moi vivions en Crète, sans soupçonner les éléments qui tissaient la double vie de mon père. Puis un jour, une crue du Nil, dévastatrice et mortelle, a brisé et englouti son bateau, comme tous les autres d'ailleurs. Après cette crue-là, il n'y avait plus aucune embarcation sur le fleuve. Il ne restait que des épaves. Tout avait été détruit. Mon père est revenu en Crète, ruiné matériellement et psychologiquement. Il s'est mis à boire, puis a raconté à ma mère qu'il avait une concubine et une fille en Égypte et que, dès qu'il pourrait, il retournerait les voir. Ma mère qui m'avait caché cette histoire a dû travailler et, quelque temps plus tard, j'ai dû la suivre. Nous avions trouvé un emploi dans une fabrique de poterie. La mort de mon père est intervenue peu de temps après, mais ce n'est qu'à la suite du décès de ma mère que j'ai appris toute l'histoire. Alors, j'ai décidé de venir en Égypte pour connaître la demi-sœur qui me tombait du ciel.

Sous la table basse, Neby allongea ses jambes et la crampe qui torturait le talon de son pied gauche disparut. Elle s'épongea le front. Ses yeux étaient soudés à ceux de Lydie qui semblait ne plus pouvoir arrêter son récit.

— Quand je fus arrivée à Thèbes, reprit-elle, après de multiples péripéties qui me firent échouer lamentablement sur la rive du fleuve, à deux pas de la résidence de Beket la fille de Satiah et, surtout, quand celle-ci m'eût recueillie, nourrie, aidée, il me fut impossible de dévoiler ma véritable mission et plus je m'installais confortablement dans cette nouvelle et généreuse famille, plus j'hésitais à divulguer mon secret.

— Que craignais-tu ?

— Sans doute qu'une telle confidence soulevât un scandale dans cette famille qui m'accueillait aussi chaleureusement. Mais, j'hésitais plus encore en raison du fait que je m'étais fortement attachée au fils de Beket, un garçon que j'ai dû élever en partie. Je craignais que la révélation de mon secret ne m'obligeât à quitter Beket et sa famille.

— Alors, tu n'as jamais rien dit ?

— Si, beaucoup plus tard, quand Beket était vieille et souffrante.

— Et elle ne t'a pas rejetée ?

— Au contraire. Son sang n'a fait qu'un tour et, immédiatement, elle a exigé de connaître la fille qui était sa demi-sœur par sa mère et la mienne par mon père.

— Mais, vous n'aviez pas le même âge toutes les deux !

— Non. Puisque Satiah eut Beket à dix-huit ans alors qu'Isis, ta mère, naquit presque vingt ans plus tard.

— Et quand Beket a su, qu'avez-vous fait ?

— Nous sommes descendues à Bouhen aussitôt pour commencer nos recherches. Là, nous avons appris qu'Isis était morte et qu'elle avait laissé un garçon. Toi !

— Je n'étais pas un garçon.

— La personne qui nous a renseignées t'avait vue alors que ton père avait déjà rasé ton crâne pour dissimuler ton sexe.

Neby soupira. Elle paraissait plus détendue, plus naturelle.

— Je crois qu'à présent, c'est à moi de poursuivre, exposa-t-elle d'un ton grave et encore agité. Mais, dis-moi, Sekmet que je connais est bien la fille de Bek ?

— C'est juste. Sekmet est ta cousine, ainsi que Bastet, mais par un lien plus éloigné, celui qui vous relie à une aïeule qui s'appelait Séchat et qui était un haut dignitaire, Grande Scribe à la cour de la pharaonne Hatchepsout. Elle était scribe tout comme toi, Neby. Mais elle a eu la chance de naître et d'évoluer dans un milieu tellement plus favorisé que le tien !

Lydie se tut pour prendre sa respiration. Ce long récit l'avait à la fois soulagée et fatiguée.

— Ah ! Neby. Nous t'avons cherchée si longtemps, Beket et moi ! Quand elle est morte, j'ai poursuivi seule mes enquêtes. Hélas, Bek, l'un des sculpteurs personnels de la reine Tiyi a beaucoup trop d'activités pour m'aider. Cependant, il m'a laissé toute latitude pour œuvrer et il a financé bien des recherches, car je ne suis pas très riche, bien que Beket ne m'ait nullement laissée dans le besoin.

*

Niny s'était approchée de Neby et l'interrogeait du regard. Soudain, elle passa la main dans les cheveux à peine repoussés de la jeune fille.

— Pourquoi as-tu attendu si longtemps ? s'enquitelle en prenant place à côté d'elle.

— Les aléas de la vie, soupira Neby.

— Allons, fit la naine en souriant. Le récit de Lydie n'était pas pour moi, mais le tien, celui que tu as vécu m'appartient. Je veux savoir ce que tu es devenue quand nous nous sommes quittées à la porte du temple de Karnak.

— Je crois, répliqua Neby que je vais commencer mon histoire à partir de ma naissance, car Lydie doit tout savoir. Quand ma mère vivait encore, nous étions à Bouhen. Mon père était un petit scribe public qui vivait de la rédaction de quelques documents effectués de temps à autre pour le petit peuple de Bouhen. Malgré ce travail peu rentable, nous vivions à peu près aisément, car une aide mystérieuse venait régulièrement entretenir notre foyer. Puis, un jour, cette ressource financière dont nous ne connaissions pas l'origine n'est plus arrivée.

— Bien sûr, soupira Lydie, c'était l'époque où Satiah est morte. Nous avons supposé, Beket et moi, qu'elle vous aidait en secret. Et, comme elle n'avait rien dit dans son entourage, personne ne pouvait prendre le relais.

— C'est pourquoi mes parents n'ont rien compris à ce brusque changement de situation. Nous sommes devenus soudainement pauvres. Puis ma mère est morte lors d'une année où la crue insuffisante n'avait pas ramené suffisamment de blé dans les greniers et je me suis retrouvée seule avec mon père. C'est alors qu'il a décidé que, pour m'apprendre le métier de scribe public, je devais paraître aux yeux des autres du sexe mâle. Il m'a rasé les cheveux et vêtu d'un pagne court de garçon qui s'attache à la taille et dont les pans de la ceinture tombent entre les cuisses. Je suis restée torse nu jusqu'à ma puberté.

— Pourquoi avez-vous quitté Bouhen ? Ton père y avait du travail.

— Il disait que tout lui rappelait ma mère et qu'il lui fallait un nouvel horizon pour pouvoir garder l'esprit libre. Nous sommes allés à Méroé où il avait encore une partie de sa famille assez éloignée. Mais celle-ci ne nous a pas recueillis et nous sommes revenus à Bouhen.

— Pourquoi les gens que nous avons vus et questionnés savaient si peu de choses sur vous ? questionna Lydie d'un ton étonné.

— Parce qu'à nouveau nous n'y sommes pas restés. Mon père avait décidé de sillonner le Nil de ville en ville pour y trouver du travail. C'est ce que nous avons fait pendant presque deux ans. Parfois, des paysans généreux nous hébergeaient dans une cabane durant le temps des moissons. Mon père était parfois recruté et travaillait pour les intendants-scribes qui surveillaient la besogne quotidienne. Il comptait les bottes de blé déposées en bordure des champs et les totalisait en fin de journée lorsqu'elles étaient placées aux portes des greniers. Mais, ce n'était là qu'un travail temporaire. La plupart du temps, il s'arrêtait sur la place des villages et attendait qu'un client vînt lui demander d'écrire une lettre ou un document dont il avait besoin.

— Oh ! s'exclama Niny, je me souviens ! Tu m'avais raconté tout cela.

Neby secoua la tête et reprit :

— Puis un jour, à Thèbes, mon père est tombé malade et il est mort près des berges du fleuve. J'ai pleuré et vomi de peur et j'ai dû errer plusieurs jours dans les rues de la ville sans manger. Un matin, j'ai suivi un défilé d'obsèques jusqu'à l'intérieur de Karnak.

Elle se mit à rire et pointa son index en direction de la naine.

— Je suis restée enfermée entre les murs du temple et n'en suis repartie que deux ans plus tard avec son aide. Sans Niny, je n'aurais jamais pu m'enfuir. J'avais huit ans.

— Pauvre Neby, soupira Lydie, il s'agissait des obsèques d'un membre de ta famille. C'était l'épouse d'un haut dignitaire de Thèbes, Grand Vizir du pharaon.

— Ah ! s'écria Neby, qu'aurais-je pu faire même si je l'avais su ? Je me suis faufilée parmi tous ces gens qui suivaient tristement le catafalque et quand je suis tombée sur le petit temple d'Hathor, la déesse au disque solaire encastré dans des cornes de vache, et que j'ai vu tous ces aliments disposés sur la table d'offrandes, j'ai cru que le ciel venait à mon secours. Alors, je suis restée là et j'ai mangé tous les jours, dormant au pied d'un bélier de pierre dont le socle me faisait de l'ombrage le jour et me servait d'oreiller la nuit.

— Hélas, tu n'aurais pas dû, murmura Niny.

— Non, car j'ignorais que voler de la nourriture déposée aux pieds des dieux était un sacrilège pour les prêtres du temple. Ciel ! Il y avait des oies grasses comme des hérons et farcies de purée de figues, des quartiers de bœufs rôtis, des poulets fourrés de farce au miel et au coriandre, des cailles, des galettes par dizaines, des melons, des concombres. J'ai mangé et dormi près du temple d'Hathor jusqu'à ce qu'un prêtre me découvre. Mais celui-ci m'a traînée chez…

— Chez Anen, le Grand Prêtre d'Amon, jeta précipitamment Niny.

— Cet homme m'a odieusement traitée. Ses mœurs contre nature étaient aussi celles d'un sadique. Il pensait, bien sûr, que j'étais un garçon et il me harcelait de gestes déplacés et de paroles doucereuses. Comme je n'acceptais pas les prémices de son vice, il me faisait fouetter et plusieurs fois j'ai frisé la mort.

— Dieu du ciel ! jeta Lydie en frissonnant, il cherchait à te corrompre.

— J'étais jeune, Lydie, j'ignorais les conséquences de ces pratiques malsaines. Mais, quoi qu'il en soit, garçon ou fille, mon corps et mon esprit comprenaient le danger que j'encourais en sa présence.

— Pourquoi n'as-tu pas dit que tu étais une fille ? Ce monstre t'aurait aussitôt laissée.

— Si j'étais jeune, Lydie, rétorqua Neby en souriant à sa compagne, je ne manquais ni d'intelligence ni de discernement et je savais que si l'on découvrait la vérité, deux solutions s'offraient à moi. Soit on me laissait à l'état de servante tout le reste de ma jeunesse, soit on me tuait pour le vol que j'avais commis. Pour être scribe dans mon état de pauvreté, il me fallait rester garçon.

— Par tous les dieux de l'écriture ! Par le dieu Toth lui-même ! Quelle volonté ! Quelle énergie, murmura Lydie l'œil humide. En te dévoilant telle que tu étais, tu aurais pu, peut-être, échapper à cet odieux marché.

— Non, affirma Neby. Ce n'était guère possible. La cruauté de ces prêtres-là reste légendaire. Et puis, j'avais mangé leur nourriture, celle qu'ils récupèrent dans le temple, après que les dieux s'en sont repus des yeux. J'étais très étonnée de cette certitude, mais je n'y pouvais rien.

Neby tourna la tête en direction de Kyos. Il buvait toujours de la bière, l'air tranquille et le regard tourné vers elle.

— Tout le temps que je suis restée au temple de Karnak, reprit-elle, j'ai pu dissimuler mon état de fille. Chaque matin, alors que l'aube se distinguait à peine dans le ciel et que personne n'était encore levé, je me lavais dans le bassin destiné aux serviteurs, loin des yeux de tous les indiscrets.

— Et après ? Raconte ! fit Niny qui se trémoussait sur son siège en agitant ses courtes jambes sous la table.

Elle savait que la suite du récit de sa compagne ferait intervenir son rôle dans un instant à peine.

— A cette heure matinale où je me lavais, placée au centre du bassin, reprit Neby, je ne rencontrais qu'une seule personne. C'était Niny.

— Oh ! fit la naine. J'étais cachée par des joncs qui

poussaient au bord de l'eau et, surprise de voir cet enfant que je prenais pour un garçon se laver de si bon matin, je restais là à l'observer. Quand j'ai vu son sexe de petite fille qu'elle passait délicatement à l'eau, je suis restée béate d'étonnement. Jamais une fillette n'était entrée au temple pour y suivre un enseignement de scribe. La profession avait beau être courante, elle n'était ouverte qu'aux femmes d'une classe privilégiée de la noblesse. Quand elle m'a aperçue entre les branchages des joncs, elle a voulu s'enfuir mais, sortant de mon abri, j'ai couru vers elle et je l'ai prise par le bras. Il m'a fallu du temps pour la convaincre que je ne dirais rien. Elle s'est apprivoisée et enfin s'est confiée.

Niny sauta de son siège et fit quelques pas nerveux en direction de l'aubergiste qui lui tendit une cruche de bière qu'elle porta à ses lèvres. Quand elle eut bu quelques gorgées, elle fit claquer sa langue et reposa le récipient sur la table. Puis, se piquant devant Lydie et la regardant de ses yeux bruns aux pupilles lourdes, elle reprit d'un ton aigrelet :

— Tu le sais, Lydie, j'étais l'une des servantes de la Grande Prêtresse Ipény. Je lui ai parlé de Neby, sans préciser, bien sûr, qu'elle était une fille. Elle a voulu se rendre compte jusqu'où pouvait aller le cynisme d'Anen, et s'est rendue chez lui pour un prétexte qui, plus tard, a fait l'objet de bien des remous.

— Laisse-moi poursuivre, insista Neby. Ipény m'a prise à son service sous prétexte qu'elle possédait d'autres moyens que ceux du Grand Prêtre Anen pour m'apprendre la soumission.

Impatiente, Niny ne put s'empêcher de la couper :

— Elle la terrorisait avec les reptiles apprivoisés au son des chants qu'elle leur murmurait aux oreilles. Hélas, ses cobras ne connaissaient qu'elle et jetaient leur venin sur quiconque était l'ennemi d'Ipény.

Quand l'un de ces reptiles charmés par la voix de la prêtresse s'approchait de Neby, la pauvre enfant était au bord de l'évanouissement.

Neby hocha la tête dans un signe affirmatif.

— A présent, Niny, fit-elle en soupirant, il faut me laisser parler si tu veux connaître mes pérégrinations après la fuite que tu as si bien organisée. Pour éviter les poursuites en raison des nouveaux vols que j'avais commis afin de survivre, non seulement des victuailles que j'emportais, mais de quelques bijoux déposés également en offrande aux dieux, il me fallait une palette complète de scribe, je dérobai donc la tablette, les encres et les calames d'un petit scribe sans envergure qui ne cessait de me narguer. Oui ! Je devais travailler pour ne pas me faire prendre.

— Aussi jeune ! fit Lydie consternée.

— Il est vrai que j'avais dix ans à peine lorsque j'ai fui Karnak et ses maléfices et que personne ne me croyait quand je proposais mes services.

— Pouvais-tu vraiment le faire ?

— Bien sûr, mon père m'avait tout appris. Je savais lire, écrire, compter. Je pouvais rédiger un titre de vente ou d'achat, un acte d'héritage, une lettre administrative, un document commercial pour ceux qui en avaient besoin.

Lydie gardait son œil humide en permanence. Parfois, elle se passait un doigt sur le bord de la paupière, l'y attardait quelque temps, mais reprenait vite une posture attentive.

— Où es-tu allée dès ta fuite de Karnak ?

— Pour être loin de Thèbes, je suis partie en direction de Memphis. Je fuyais sans cesse la police. Je dormais sur les bords du Nil à l'abri d'une souche d'arbre ou au creux d'une roche. J'ai dû errer pendant trois ou quatre saisons. Les bijoux emportés m'ont fait vivre, mais les commerçants me volaient, refusant de me rendre l'équivalent de ce qu'ils me devaient quand je leur tendais un bracelet de bronze ou d'argent.

— Dieu d'Amon ! Gardais-tu ton pécule sur toi ?

— Non, bien sûr. Je le cachais là où j'allais dormir. Parfois, sous une pierre, au creux d'un arbre ou dans le sable du désert. Souvent, des bandes de garçons cherchaient à se quereller avec moi. Je refusais, bien sûr, car dès qu'ils me fouillaient, ils ne trouvaient rien.

— Et le lapis-lazuli ? s'enquit Niny.

— Je l'ai gardé très longtemps. Tu m'avais dit de ne l'utiliser ou de m'en séparer qu'en cas d'extrême danger.

— N'as-tu donc jamais trouvé un toit, un abri, une couche confortable entre quatre murs ?

— Si. Un ciel favorable est venu, un jour, à ma rencontre. J'ai fait la connaissance d'un très vieil homme qui m'a fait travailler pour lui et qui m'a hébergée dans sa petite maison de pisé. Il connaissait tous les scribes de la ville surchargés de travail, réclamant des petites mains pour les menues besognes de comptage ou de transcription. Je suis restée longtemps avec lui. Il était juste et sage. Je crois qu'il avait deviné que j'étais une fille, malgré mon crâne lisse et mon pagne de garçon. Mais nous n'en avons jamais parlé. Il respectait mon secret. Puis, lors d'une saison d'Akhit, la crue a tout emporté, bateaux, maisons, clôtures, champs et jardins. Quand je suis rentrée le soir, la maison du vieux scribe avait été engloutie par les flots et je n'ai pas retrouvé le vieil homme. C'est là que j'ai perdu mon lapis-lazuli, disparu dans les eaux !

— Ciel, il te fallait tout recommencer, ma pauvre enfant !

— Je suis repartie sur les routes, mûrie de quelques années en plus. J'ai travaillé de ville en ville, de place en place, souvent aux côtés d'un barbier qui, pour un papier à remplir, me rasait gratuitement la tête. Cependant, je me heurtais dorénavant à un nouveau problème, car depuis quelque temps, je sentais les yeux des hommes fixés sur ma poitrine nue. Je compris que mes seins commençaient à se développer et qu'il me fallait, désormais, troquer mon pagne court contre une tunique à corsage qui recouvrirait mon buste.

— A nouveau, dormais-tu à la belle étoile ?

— Jusqu'au jour où je fis une autre rencontre. C'est là que mon destin a basculé. Cet homme m'entraîna dans le désert arabique, là où le sable n'en finit plus, où l'horizon se mêle à la blancheur de la nature inhabitée et solitaire. Au bout de quelques jours de marche, nous avons rejoint un petit campement d'une étrange composition. Il hébergeait une princesse babylonienne, une femme étrangère qui fuyait un mari brutal et deux prisonniers politiques échappés. Cet insolite convoi voulait traverser le désert et atteindre les bords de l'Euphrate pour rejoindre le pays de la princesse Choutarna, la Babylonie.

— Choutarna ! s'écria Niny excitée. Enfin, nous y voilà.

— Pas tout de suite. Laissez-moi tout d'abord poursuivre mon récit. Arrivée au campement avec cet homme curieux et réservé, j'appris que j'étais engagée pour enseigner la langue égyptienne à Choutarna. Elle voulait, pour je ne sais quelle raison, tout connaître de l'Égypte, son écriture, ses traditions, ses dieux, ses mœurs. Plus tard, j'appris que Choutarna, princesse de Babylone, avait été envoyée en Égypte par son père, le roi Kadashman, pour épouser en secondes noces le pharaon Aménophis. Son but était de se faire passer pour une Égyptienne, une fois revenue à Thèbes, ses richesses renflouées et son autorité retrouvée, afin de se venger de l'agression sauvage que l'on avait ordonnée pour la supprimer ainsi que tous les membres de son expédition.

— Elle est à Malgatta, Neby, souffla la naine. Je l'ai vue plusieurs fois et nous irons la délivrer.

Lydie leva la main et la fit taire. Puis elle se tourna vers Neby.

— Je t'en prie, avant que nous en parlions, termine ton récit.

— Un soir, notre campement a été attaqué par des bandits qui n'ont épargné que Choutarna, Myriam et moi, car ils m'avaient prise pour un eunuque. Tous les hommes avaient été égorgés. Ils baignaient dans l'horreur et le sang. Trompant leur surveillance, nous avons réussi à nous échapper, mais nous n'avions pas assez d'eau fraîche et nous avons été retrouvées à demi mortes de soif et d'épuisement par une caravane de Bédouins. Fiers de leur légendaire hospitalité, ils nous ont emmenées jusque dans leur tribu et nous y sommes restées plus d'une année. J'ai donc appris en même temps l'arabe avec un jeune Bédouin et l'akkadien avec Choutarna. Je suis riche de connaissances linguistiques.

Lydie se leva et ne put s'empêcher de serrer Neby dans ses bras. Elle la devina un peu tendue et il fallut qu'elle posât ses lèvres sur sa joue pour qu'elle la sentît plus apaisée.

— Cela t'a-t-il aidée au moins ?

— Bien sûr, assura Neby en reprenant son récit d'un ton plus calme, mais où l'on pouvait percevoir une certaine inquiétude. Nous sommes revenues dans le delta. Nous avons travaillé pour gagner notre vie. Myriam et Choutarna ont arraché le lin et le papyrus dans les champs, vanné le blé, tressé le jonc. Moi, j'ai écrit, compté, totalisé sur mes tablettes les bottes liées, les sacs de grains, les cuves de raisin et j'en oublie. Un jour, dans un petit village, alors que nous terminions la moisson, j'ai été confrontée au Grand Prêtre du temple de Memphis, propriétaire des domaines sur lesquels nous avions travaillé.

Neby se tut, hésita, puis avala sa salive et soudain il sembla à Lydie qu'elle lui cachait quelque chose. Leurs yeux se croisèrent et la jeune fille frissonna.

— Ce fut la fin de nos ennuis matériels et le début de nos séparations, fit-elle d'une voix morne.

Niny ponctuait tout ce que révélait sa compagne d'un hochement de tête.

— Après des péripéties que je préfère taire, nous nous sommes retrouvées, Choutarna, Myriam et moi sur le bateau d'un haut dignitaire, Capitaine de la Hotte Royale qui avait trempé dans l'affaire du naufrage au cours duquel périrent la sœur de la princesse, ses suivantes et tous les membres de son expédition. Le navire a pris feu, nous nous sommes sauvées grâce à Minhotep qui nous a recueillies sur « La Croix d'Ankh ».

— Mais pourquoi avez-vous été séparées de nouveau, Choutarna et toi ?

— Au temple de Memphis, le Grand Prêtre de Ptah avait pour mission d'inculquer à Choutarna les bonnes manières de la cour de Thèbes. Ne devait-elle pas devenir la Seconde Épouse du pharaon ?

— Plus maintenant, affirma Niny. Plus maintenant, j'en suis sûre. Un réseau d'espions tisse sa trame autour d'elle.

— Alors, il faut la libérer au plus vite.

— Sekmet nous aidera et Bastet s'il le faut.

— Hélas, soupira Lydie, elles ont déjà subi une agression qui a failli bien mal tourner.

Niny gigota nerveusement des jambes en fronçant les sourcils.

— C'est juste, déclara-t-elle d'un ton tranquille, mais nous allons peaufiner l'évasion.

CHAPITRE XI

A Karnak, l'assemblée des prêtres était agitée. La quinzaine de membres cléricaux composant le conseil se tenait dans la salle d'audience personnelle du Grand Prêtre d'Amon. L'atmosphère chaude et lourde, qu'aucun souffle ne venait alléger, appesantissait les épaules des quelques hommes qui n'avaient pas le crâne rasé, lesquels avaient le privilège de se passer de temps à autre un linge fin pour absorber la sueur qui coulait en perles épaisses sur leur peau luisante d'huile sacrée.

Le Grand Prophète d'Amon, le tout-puissant Anen, fit un signe au jeune prêtre qui se tenait non loin derrière lui. Celui-ci s'approcha discrètement et, balançant la grande plume d'autruche qu'il tenait entre ses mains, l'éventa par petits coups rapides et successifs. Quand il vit l'expression de contentement sur le visage du Grand Prêtre, il recula de quelques pas et reprit sa posture d'attente, l'œil attentif dirigé sur son maître.

La crue tardait, cette année-là, et le mois de Mésoré semblait se terminer sans que les prémices de l'inondation se fassent sentir. Les mouches et les moustiques exacerbés par la lourdeur de l'air voletaient avec acharnement autour des hommes, laissant traîner le bruit de leur désagréable bourdonnement dans les oreilles.

Il se passait rarement quelques minutes sans que le jeune prêtre ne s'avançât vers Anen pour l'éventer. Parfois, il prenait le linge doux et fin de son maître et lui épongeait lui-même le cou, le front et le haut du crâne. Ses gestes étaient délicats et attentionnés et quand il croisait les yeux de son maître, son regard soutenait hardiment le sien.

Depuis la mort de Ptahmose, les tensions entre grands prêtres se renforçaient. Bien qu'aussi déterminé et convaincu dans ses idées, le prédécesseur d'Anen était plus diplomate et ses jugements, beaucoup moins abrupts, ne départageaient pas autant les opinions.

— J'ai tout fait pour dissuader ma sœur, affirma le Grand Prêtre en défiant Sétouy qui relevait son vieux buste dans un geste de colère.

— Mais tu n'as pas réussi à convaincre Néfertiti.

— Elle refuse de me voir.

Sétouy laissa tomber sa colère pour laisser éclore sur ses lèvres un sourire glacé et méprisant.

— Sans doute ne trouves-tu pas le bon alibi pour qu'elle accepte de se déplacer en personne dans tes propres appartements !

— Et il est temps de réagir ! s'écria Noférê, un colosse de prêtre aux épaules nues et luisantes d'huile. Voilà que le petit temple d'Aton ne lui suffit plus et qu'elle veut en construire un plus grand.

— Près du deuxième pylône, à l'entrée de la salle hypostyle, rétorqua acidement Sétouy en plongeant un regard sulfureux dans les yeux bleus d'Anen. Cela ne te suffit-il donc pas pour prendre les mesures qui s'imposent ?

— Pire encore ! renchérit Penkefert, un prêtre aussi petit et maigrelet que Noférê était grand et fort. Elle a ordonné, en accord avec son minable époux, d'y élever des statues gigantesques les représentant dans des scènes quotidiennes absolument absurdes.

— Absurdes ! Tu veux dire obscènes et hérétiques ! s'exclama Noférê dont les épaules roulaient au moindre de ses gestes quand une mouche venait s'y poser. Jamais les représentations des temples n'ont offert des scènes aussi scandaleuses dont elle ordonne l'exécution à ses peintres favoris.

— C'est vrai, admit Penkefert en bombant sa poitrine creuse. Ah ! Si nous pouvions écarter d'elle ce Bek nourri d'idées anticonformistes et ce Thoutmès qui, aveuglément, suit ses traces ! Nous aurions déjà gagné une victoire.

— Qui peut les toucher ? jeta le Grand Prêtre Houy, un homme plutôt grassouillet dont le menton s'effaçait dans les plis de son cou qu'il essuyait pratiquement en permanence. Non seulement l'un est l'ami de Néfertiti et celui de la reine Tiyi, mais l'autre est le fils du Grand Nakht, Conseiller et Porte-Étendard de notre pharaon qui, je vous le rappelle, n'est pas encore mort.

— Ne nous écartons pas du sujet, vociféra Sétouy. La question des artistes qui entourent Néfertiti viendra plus tard. Revenons plutôt à l'origine de notre mécontentement.

Puis, de sa main décharnée, il écarta quelques insectes dont le bourdonnement venait agacer ses oreilles et, déployant sa grande carcasse osseuse, il se leva pour se piquer devant Anen qui l'observait sans rien dire.

— De quel droit, hurla-t-il, la reine Néfertiti nous oblige-t-elle à agrandir le temple d'Aton ? Elle ! une Asiatique !

— Ah ! Nous y voilà, lança une voix qui n'avait pas encore offert à l'assemblée son timbre haut et clair.

C'était Ipény, Grande Prêtresse et Chanteuse d'Amon, la seule femme qui, avec sa fille Sourrara assise à son côté, était présente à cette assemblée. Elles semblaient l'une et l'autre très à l'aise dans cette réunion d'hommes, ne perdant aucun des propos énoncés et, en les observant de plus près, il paraissait évident qu'Ipény et sa fille attendaient le moment propice pour placer leurs arguments.

Ipény releva sa taille qui, avec le temps, commençait à s'épaissir. Son visage restait cependant lisse et blanc et aucune ride profonde n'apparaissait encore sur la pureté de celui-ci qu'elle devait, certes, entretenir d'une façon aussi régulière qu'intensive.

— Comment Anen pourrait-il agir autrement ? ironisa-t-elle. Notre Grand Maître est lui-même asiatique !

Elle glissa un œil torve vers le Grand Prêtre pour s'assurer de l'effet de sa réplique.

— Je suis égyptien ! s'écria celui-ci. Prends garde à tes réflexions, Ipény. Tu as toujours murmuré dans ton sillage mes origines mitanniennes. Aujourd'hui, tu les jettes à mon visage. Cette fois, tu vas trop loin. Cela te jouera un tour. N'oublie pas que ton époux n'est plus là pour te soutenir.

— Le Grand Prêtre Ptahmose ne me soutenait pas, répliqua Ipény d'une voix forte. J'étais Prêtresse et Chanteuse d'Amon bien avant de l'épouser. Et je ne dis que la vérité en exposant tes origines du Mitanni. Chacun sait que ton père était un Asiatique ramené d'une expédition guerrière du pharaon Aménophis, celui qui, du nom, fut le deuxième.

— Où veux-tu en venir ? s'impatienta Anen. Chacun sait aussi que je suis contre les idées de ma sœur la Grande Épouse, la reine Tiyi, et que je réprouve également les opinions de mon frère Ay, le Grand Prophète du dieu Ptah. Depuis plus de quinze ans, je suis à vos côtés. Je combats les dieux étrangers. J'élève Amon dans sa gloire et sa splendeur, sans aucune restriction. Que vous faut-il de plus ?

Ipény se leva. Elle n'avait pu s'empêcher d'amener l'un de ses petits reptiles qui dormait tranquillement, enroulé autour de son cou. Sourrara, sa fille, enveloppée dans un fourreau blanc qui moulait son corps mince, tenait entre ses mains arrondies en coupelle une petite vipère des sables qu'elle affectionnait tout particulièrement et qu'elle avait apprivoisée d'une façon étonnante. Certes, ainsi protégées, ni l'une ni l'autre n'était indisposée par la présence désagréable et de plus en plus tenace des mouches et des moustiques qui tourbillonnaient autour des prêtres. Les insectes craignaient trop, en effet, les reptiles pour s'en approcher.

Sourrara tourna son regard vers sa mère et prit le parti d'adopter son attitude hautaine et vaguement arrogante qui laissait toujours flotter sur son visage cette expression désabusée et surtout très assurée de sa valeur. D'ailleurs, elle s'efforçait de l'imiter en tout, se persuadant qu'elle n'atteindrait les plus hautes sphères de la prêtrise féminine qu'en la copiant dans les plus stricts détails. Tout comme sa mère vingt ans plus tôt, elle recevait l'enseignement des Grandes Prêtresses et des Chanteuses de Karnak. Sa voix était plus haute encore que celle de sa mère et elle pouvait faire éclater, par le son cristallin qui sortait de ses lèvres, les verres les plus finement exécutés.

— Oui, reprit Ipény, tu es contre les idées de ton frère. Oui, avec notre complicité, tu as planifié, organisé, ordonné les intrigues les plus sordides pour tenter d'éloigner tout ce qui venait d'Asie. Oui, tu as su convaincre un pharaon à demi mourant d'épouser sa fille pour la rendre enceinte d'un produit plus pur que celui qu'aurait pu lui donner la Mitannienne Gilhouhebat, la fille du roi Tushratta. Oui, tu as soupçonné et soupçonnes encore, comme nous tous, que le fruit des accouplements de Satamon ne soit qu'un bâtard. Mais, tu n'as pas su écarter Néfertiti du prince Aménophis après la mort de son frère aîné.

— Qu'importe puisqu'elle ignore ses origines syriennes ? fit remarquer Anen d'un ton devenu plus tranquille, car il appréciait davantage les vérités dernièrement énoncées par Ipény.

Mais, malgré la justesse de sa réplique précédente, la Grande Prêtresse ne s'avouait pas vaincue. Aussi jeta-t-elle en regardant les autres :

— Croyez-vous qu'elle les ignorera toujours ? Pire ! Les ignore-t-elle encore ?

— Que veux-tu dire ? Explique-toi, intervint Sétouy.

— Que Kadashman, le roi de Babylone, n'a jamais réclamé sa fille et que, pour des raisons diplomatiques, il a toujours fait semblant de croire à cette histoire d'épidémie qui aurait fait périr toute son expédition en plein désert arabique.

— Pourquoi se réveillerait-il à présent ? s'enquit le gros prêtre Houy en épongeant son front avec délicatesse.

— Parce qu'il y avait deux de ses filles dans l'expédition, répliqua Ipény. Or, nous avons toujours su que l'aînée était en vie. Nous avons cru longtemps qu'elle était repartie chez son père. Puis nous avons appris qu'il n'en était rien et qu'elle vivait en Égypte.

— Ce n'est qu'une hypothèse bien aléatoire, souligna Anen en souriant.

— Si ton frère n'avait pas protégé ainsi Néfertiti, nous n'en serions pas là et nos craintes, au sujet de sa sœur aînée, ne nous atteindraient pas.

Anen reprenait toute son assurance à présent qu'il n'était plus question de ses origines asiatiques. About, son jeune serviteur, l'éventait avec grâce et le Grand Prêtre semblait satisfait.

— Ay ne sait rien de cette affaire, lança-t-il avec une grande réserve. Il ajuste adopté le bébé sorti vivant du naufrage en répercutant à la cour de Thèbes qu'il s'agissait d'une petite Égyptienne dont la mère était morte en couches. En revanche, je soupçonne Panehesy, dont nous aurons la présence tout à l'heure, d'avoir caché quelque temps son aînée qui elle non plus n'a pas péri dans le naufrage.

— Si tes espions n'ont rien trouvé à Memphis, rétorqua Ipény, il me semble qu'ils devraient plutôt tenter des recherches à Thèbes, à Médineh-Habou ou à Malgatta.

— Malgatta ! Certes non. Tiyi n'y loge que des suivantes. Aucune princesse asiatique n'y a jamais mis les pieds. Elles sont toutes à Médineh-Habou, répliqua Anen, sûr de lui.

— Quand t'es-tu déplacé la dernière fois pour voir la reine ? s'enquit Ipény d'une voix mielleuse.

— Il y a trois ou quatre saisons. Il n'y avait aucune princesse qui pût ressembler à la fille du roi Kadashman.

— Et si, à présent, tu l'y trouvais ? Que ferais-tu, Grand Prophète d'Amon ?

— Allons ! reprit de nouveau le vieux Sétouy d'une voix rêche, nous sommes là pour tenter d'amoindrir l'importance que prendra ce temple d'Aton. Laissons ce fantôme de princesse babylonienne planer au-dessus de nous. Tant qu'il n'apparaît pas, nous serons tranquilles.

— Ce n'est pas un fantôme.

Tous se retournèrent vers la voix qui venait de lancer cette affirmation bien audacieuse. C'était la fille d'Ipény. Elle avait jeté ces mots d'un petit ton pointu en serrant sa petite vipère des sables dans ses mains chaudes et creuses.

— Que veux-tu dire ? jeta sa mère.

— La vérité.

— Sourrara ! Je n'avançais qu'une hypothèse ! s'exclama Ipény d'une voix méfiante envers sa fille.

— Pardonne-moi, Grand Prêtre, fit la jeune fille en courbant la tête devant Anen, si je te contredis ! Ta noble sœur, Sa Majesté la reine Tiyi, héberge une femme qui n'est pas sa suivante et qui présente une ressemblance frappante avec la jeune Néfertiti.

— Qui est-ce ? demanda Anen d'une voix blanche.

— Je ne connais ni son nom ni ses habitudes. Mais je sais qu'elle vit à Malgatta où elle a ses propres appartements et qu'elle est traitée comme une princesse.

— Qu'as-tu encore appris sur elle ? questionna Ipény en refusant de montrer son désarroi devant une telle certitude qui, en fait, lui coupait le souffle.

— Peu de choses en réalité. On dit que, malgré le respect de la reine envers elle et les générosités multiples et grandioses qu'elle lui prodigue, cette femme reste enfermée entre ses quatre murs dorés.

— L'as-tu vue ? insista Ipény qui reprenait son assurance.

— Je l'ai juste rencontrée quand je suis venue chanter pour un banquet organisé par la reine à l'occasion des dernières fêtes de Toth.

Consciente du soudain intérêt que l'assemblée lui portait, elle se tourna vers elle et poursuivit :

— Voulez-vous que je la décrive ? Son teint est

blanc. Son long cou distingué se balance avec une grande grâce sous un visage aux traits parfaits. Ses yeux sont verts et très allongés. Je peux vous assurer que son allure est celle d'une princesse et que tous ses mouvements et gestes ressemblent étrangement à ceux de la jeune reine Néfertiti.

Dans l'assemblée, chacun se taisait. On n'entendait plus que le bourdonnement des mouches et le petit sifflet désagréable des moustiques dont le nombre était de plus en plus important. Sans l'annonce de l'arrivée du Grand Panehesy, le prêtre de Memphis, celui du temple de Ptah qui adorait aussi le dieu Aton parmi tant d'autres, bien des altercations auraient divisé les membres de ce conseil.

— Qu'il entre ! dit Anen au serviteur qui lançait le nom du nouvel arrivant avec emphase.

Panehesy se courba à peine devant le Grand Prêtre d'Amon, jugeant que son titre valait bien le sien.

— Je t'attendais, l'accueillit Anen en lui glissant un sourire ambigu, celui-là même qui déstabilisait tant de ses confrères lorsqu'il l'accompagnait de son regard hermétique. Ou plutôt, disons que nous t'attendions tous.

— Que veux-tu exactement, Grand Prophète d'Amon ?

— Ton avis sur un point bien précis, Grand Prophète de Ptah.

Panehesy se fit prudent, à la limite de la méfiance.

— Alors, je t'écoute.

— J'irai droit au but, déclara Anen. As-tu l'intention, selon les rumeurs qui courent à ton sujet, de développer à Memphis le temple d'Aton ?

Panehesy lui lança un regard direct qui n'excluait pas la suspicion.

— Ton frère Ay me l'a demandé.

— Sur les ordres de la reine Tiyi ?
— Sans doute.
— Et que vas-tu faire ?
Panehesy ne portait pas de perruque et, à l'exemple des autres prêtres, son crâne nu et lisse avait été passé à l'huile parfumée dégageant une odeur de myrrhe et de lotus. Sa tunique longue et droite, tissée dans un lin blanc dont la transparence laissait apercevoir son pagne du dessous, tombait jusqu'à ses pieds recouverts de fines sandales en cuir souple. Il tenait un chasse-mouches à la main et s'éventa quelques instants avant de répondre :
— Je réfléchis.
— Ne peux-tu me répondre plus précisément ?
Des yeux, Panehesy fit le tour de l'assemblée, mais il ne s'attarda ni sur les uns ni sur les autres. Puis, faisant légèrement pivoter sa tête sur la droite, il observa tranquillement la jeune Sourrara qui osa braver son regard. Il esquissa un fin sourire moqueur, reporta les yeux sur la mère, eut une brève inclination de la tête et revint à Anen.
— Si la jeune reine Néfertiti me le demande, déclara-t-il d'un ton serein, j'agrandirai le temple d'Aton.
Anen eut un tic qui s'apparentait fort à une grimace.
— Alors, laisse-moi te poser la question sous un autre angle. Es-tu pour ou contre nous ?
Panehesy s'éventa et laissa flotter sur ses lèvres une expression de plaisir. Ils en venaient tous au point crucial. Savoir de quel bord il était. Alors, soufflant à peine et prenant soin, cette fois, de regarder avec attention ses vis-à-vis, il aperçut des visages qui n'avaient qu'une envie : celle de l'anéantir, de le briser. A moins, se dit-il, que ce ne fût celle de le corrompre, ce qui aurait été certes plus subtil et, peut-être, eût

mieux porté ses fruits. Mais en étaient-ils capables ? Il eût fallu pour cela qu'ils eussent connaissance du point faible de Panehesy. Or, personne ne supposait que sa seule faille résidait quelque part à Thèbes, lovée douillettement dans un palais, une maison ou une simple cabane. Peut-être même cachée au creux d'un arbre ou derrière un rocher, un bosquet de papyrus, un monticule de sable. Elle était si imprévisible ! Qui, parmi cette assemblée de prêtres fourbes et cruels, ivres de pouvoir, avides de richesses, savait qu'il recherchait avec acharnement une jeune fille scribe dont il ne pouvait plus se passer ? Un seul aurait été capable de le détourner de sa vraie mission, un seul ! Celui qui aurait trouvé Neby là où elle se cachait quand ses propres espions avaient perdu sa trace.

En les observant tous, Panehesy prit le parti de laisser traîner dans l'atmosphère l'effluve d'une réponse évasive :

— Grand Prophète d'Amon ! Tu me demandes si je suis pour ou contre vous. Laisse-moi te dire que je suis pour l'ordre et la justice. Chaque dieu en Égypte a toujours été vénéré. Il y a une place pour Toth, Anubis, Ptah, Horus, Hathor, Sobek, Knoum et les autres et, plus encore peut-être, pour Amon. Pourquoi n'y en aurait-il pas pour Aton ?

*

Depuis qu'elle était entrée à « La Taverne de Min », trop d'émotions avaient perturbé Neby pour qu'elle décidât en toute quiétude de ce qu'il convenait de faire dans un proche avenir.

D'un côté, une famille de la plus haute noblesse lui tombait du ciel. Cela avait de quoi l'abasourdir, d'autant plus que l'aïeule en question qui remontait dans ses origines était la Grande Épouse d'un pharaon et que cette femme avait eu la faiblesse de se laisser séduire par un navigateur crétois et d'en tomber fort amoureuse au point de laisser derrière elle la trace d'une enfant.

De l'autre côté, se trouvait cette femme dont le père était ce même Crétois et qui semblait l'avoir prise en affection.

Cette soudaine ascension sociale la faisait frémir et elle ne pensait plus qu'à cacher ses nouvelles impressions sur le bateau de Minhotep où elle se sentait tant en sécurité. Niny venait la voir presque chaque jour en compagnie de Lydie qui tentait de la dissuader d'encourir de trop grands risques avec la mission dont elle s'était investie.

Le matin qui suivit cette journée fertile en émotions, alors que Minhotep parlait de partir pour Bouhen dès que la crue se montrerait, malgré le vent annonciateur habituel qui n'arrivait pas, Neby se laissa influencer par son amie la naine.

— Neby, fit-elle en agitant ses petites jambes par-dessus le parapet du pont, il est temps de passer à l'étape suivante. A présent, nous devons voir Choutarna au plus vite. Une assemblée de Grands Prêtres s'est tenue hier dans la grande salle d'audience. Ipény, ma maîtresse, y assistait avec sa fille aînée. Or, lorsqu'elles sont rentrées, elles avaient un air étrange. Ipény a même oublié de parler à son cobra royal. Par un biais habile, car elle ignore encore toute la ruse qui m'habite, j'ai essayé de lui soutirer quelques mots, mais elle n'a rien dit. Seule sa fille, en m'adressant un sourire ambigu, m'a assuré que tout allait changer à Malgatta.

Un coup d'œil jeté en direction de Lydie avertit Neby que celle-ci désirait prendre quelque précaution avant d'attaquer un projet qui se révélait périlleux.

— Choutarna ne vient à la clôture des jardins de Malgatta que le matin du premier jour de chaque mois. Or, le mois de Mésoré n'est pas encore passé et nous devons attendre le mois suivant. Or, c'est beaucoup trop tard !

— Que pouvons-nous faire ?

— Aller voir Sekmet, intervint vivement Lydie. C'est le seul moyen. Je peux vous y conduire.

— Tu ferais ça ! s'exclama Niny d'un ton chargé d'étonnement.

— Que voulez-vous faire d'autre ? J'ai de bonnes raisons de me rendre chez le père de Sekmet. Voici des mois que je n'ai plus de ses nouvelles. Autrefois, j'allais le voir fréquemment. Puis quand la reine Tiyi lui a commandé de s'installer à Malgatta pour y travailler, j'avais de ses nouvelles par son épouse Maât avec laquelle je me suis toujours bien entendue. Plus tard, quand il a ouvert son atelier à Deir-el-Médineh en s'entourant de ses élèves, je ne l'ai plus vu du tout. Mais Maât m'entretient toujours de ses travaux et me donne de ses nouvelles. Cette fois, c'est Sekmet qui me transmettra des informations.

— Et après ? interrogea Niny, sceptique sur l'idée de sa compagne.

— Si nous y allons dès maintenant, nous lui dirons de se rendre demain à Malgatta pour y rencontrer Choutarna et lui suggérer une commande qu'elle serait censée lui faire. Un bracelet, un collier ou des pendants d'oreilles, par exemple. Et le surlendemain, Niny et moi serons à la clôture qui ferme la résidence de Malgatta.

— Minhotep, je t'en prie, attends-nous pour partir à Bouhen. Si « La Croix d'Ankh » est un abri sûr pour moi, il le sera aussi pour Choutarna.

La batelière réfléchit un instant, puis acquiesça :

— C'est entendu, je vous attendrai.

— Bek peut aussi vous héberger dans la résidence qui lui vient de sa grand-mère, proposa Lydie. C'est un lieu plus confortable qu'un navire.

— Oui, rétorqua Neby, mais c'est sur le bateau de Minhotep que je veux accoucher.

Niny et Lydie la regardèrent, bouche ouverte.

— Qu'as-tu dit ? fit Niny en sautant sur ses jambes courtes.

— Elle a dit « accoucher ».

Minhotep s'approcha de Neby et lui caressa le ventre.

— N'aviez-vous donc rien remarqué ? fit-elle en se retournant vers les autres.

— Un bébé ! Tu attends un bébé ? Oh ! Neby, pourquoi ne m'as-tu rien dit ?

— Mais, Lydie, voilà à peine deux jours que je te connais !

— Dieux de tous les ciels, ce n'est pas une raison ! Et qui en est le père ?

Niny, Minhotep et Neby se regardèrent ahuries, puis éclatèrent de rire.

— Voyez cela, explosa Minhotep dans une joie débordante. La noblesse qui parle ! Il faut donc un père à cet enfant.

— Peu importe qui est le père, jeta Neby avec insouciance.

— Mais c'est important.

— Important ! Voyons Lydie, tu m'as parlé de scandale quand tu m'as raconté ce que ma grand-mère avait fait avec ton propre père. Il y a des naissances qu'il faut taire pour ne pas faire de débordements inutiles, même si l'enfant doit en subir toutes les conséquences, ce qui, tu le sais, a été le cas de ma mère. Il y en a d'autres qu'il faut cacher, mais cette fois pour laisser à la mère le soin de garder et d'élever son enfant comme elle le désire.

— Veux-tu dire que le père pourrait te voler ton enfant ! s'exclama Niny, médusée.

— C'est exactement ce que je tente de vous faire comprendre.

— Mais dis-nous au moins son nom !

Comme elle hésitait, Minhotep l'entoura de ses bras et pressa affectueusement ses épaules.

— Tu peux leur dire, Neby, car cela peut t'aider par la suite.

La jeune femme prit sa respiration.

— C'est le Grand Prêtre de Ptah, avoua-t-elle dans un souffle.

— Quoi ! s'écria Niny, le vieux Mérytrê ?

— Non, son fils Panehesy.

— Mais il est marié !

— Justement. Or, moi, je ne veux pas être sa concubine, ni devenir sa seconde épouse, même dans les règles de l'art, pas plus qu'il m'enlève mon enfant pour l'élever dans des idées que je ne partage pas.

— Mais, Neby, fit doucement Lydie, le viol est condamnable en Égypte et la justice est bien faite en ce domaine.

— Je n'ai pas été violée, lâcha Neby. J'ai été amoureuse et consentante.

— Mais qu'est-ce qui t'a pris de te laisser séduire par un prêtre ! s'emporta Niny. Je croyais que depuis tes aversions pour la religion, tu n'aurais pu tomber dans ce panneau.

— Panehesy m'aime et je lui suis reconnaissante de tout ce qu'il m'a appris et donné. A commencer par un document enregistré au Bureau Central de Memphis qui me donne le droit d'exercer mon métier de scribe partout comme je l'entends.

Elle s'arrêta quelques secondes et reprit :

— Et dans mon état de femme…

Niny s'essuya le front.

— Eh bien, ça alors !

— Après, poursuivit Neby sur le même ton, nous reviendrons à Thèbes et je travaillerai à Deir-el-Médineh. Personne ne viendra m'y chercher.

CHAPITRE XII

Il fallait traverser toute la ville de Thèbes pour accéder à la route qui menait à Coptos. Les ateliers de Mériptah, autrefois orfèvre et joaillier des Grands Travaux Royaux, dont il avait laissé la direction à sa fille Maât faute d'héritier mâle, offraient leur enceinte de briques crues dès la courbe du fleuve amorcée. Mais, du port de Thèbes, la route était longue et, pour éviter d'attirer l'attention, Lydie n'avait pas pris sa litière.

Voyant que, sur le chemin, Niny transpirait à grosses gouttes et soufflait en trottinant derrière elle, et que Lydie éprouvait de la difficulté à garder l'allure de la marche qu'elle leur imposait, Neby stoppa le pas.

— Il nous faudrait un âne. Nous pourrions en trouver un sur le marché. J'aperçois les premiers étalages des marchands. Arrêtons-nous et regardons. Les âniers ne manquent pas. Autrefois, j'en croisais à chaque détour du chemin alors que je n'avais pas les moyens de m'en procurer.

— C'est une excellente idée, approuva Lydie en s'épongeant elle aussi le front. Ce matin, j'ai pris la précaution d'entourer mes chevilles et mes bras de petits bracelets de bronze. Ils nous serviront à monnayer la bête.

Elle écarta les quelques mouches qui venaient s'agglutiner sur la peau luisante de son front. Avec des petits gestes précautionneux, Niny faisait de même. Une sueur abondante coulait jusque dans son dos et retombait le long de ses courtes cuisses. En plus, ces maudits insectes devenaient tenaces. C'était toujours ainsi quand la crue menaçait de tarder. Même les vipères commençaient à sortir de leurs repaires et les habitants bouchaient avec de gros oignons ronds les fissures et les trous par lesquels ils pouvaient s'introduire. Les reptiles qui ne pouvaient supporter cette odeur reculaient au plus profond de leurs abris. Cependant, il y en avait toujours quelques-uns qui osaient braver cette senteur.

Sur le marché, elles hélèrent un ânier qui tenait ses deux bêtes par le cou. L'une avait un chargement de paille, l'autre ne portait rien.

— Combien veux-tu pour ton âne qui ne porte aucun fardeau ? questionna Lydie.

L'homme la jaugea d'un coup d'œil averti et ses yeux avisèrent ses bras nus qu'elle laissait tomber le long de son corps.

— Je t'en donne trois débens, proposa-t-elle en accrochant son regard.

— Mon âne est jeune et vigoureux, il en vaut six.

— Quatre ! s'interposa Niny en sautant brusquement près de l'ânier.

Celui-ci, tout en reluquant les bracelets qui entouraient les avant-bras de Lydie, commençait à détacher la bête qui ne portait pas de chargement.

— Cinq, riposta-t-il en écartant ses grosses lèvres et en montrant sa bouche édentée.

Il souriait béatement, mais n'en restait pas moins vigilant sur la portée de sa proposition.

— Allons ! Va pour cinq, conclut Lydie en détachant ses bracelets. Tu pourras t'acheter deux ânes avec ce paiement-là.

L'homme porta l'un des cercles de bronze à sa bouche.

— Que veux-tu casser avec les dents qui te manquent ? lui cria Niny en explosant de rire.

L'ânier haussa les épaules et tendit à Lydie la longe qui entourait le cou de l'animal.

— Et toi, comment vas-tu monter sur cet âne avec tes courtes jambes ? rétorqua-t-il vivement.

— Ça ! Ce n'est pas ton problème.

En une seconde, elle fit ployer le cou de l'âne qui se laissa faire, agrippa l'un de ses flancs à l'aide de son pied et sauta prestement par-dessus sa tête pour se retrouver aussitôt installée sur le dos de l'animal.

— Monte derrière moi, Lydie, lança-t-elle en retenant la longe, et laisse-toi aller. Je sais faire avancer ces bêtes-là.

Neby saisit la bride que lui tendait Niny et elles avancèrent au rythme lent et régulier imposé par les sabots de l'âne. La chaleur excessive qui commençait à dessécher la terre indisposait Neby qui passait, de temps à autre, une main nerveuse sur son front, essuyant la sueur de son visage tout en écartant les mouches qui venaient s'y coller avec acharnement. Alors, elles décidèrent de se relayer sur l'âne toutes les heures.

La fatigue due à la pesanteur de l'air commençait à se faire sentir. Elles traversèrent Thèbes et arrivèrent à la porte nord qui menait vers la route de Coptos. Un ensemble de maisons blanches s'y agglutinait. Des chèvres attachées à des poteaux de bois bêlaient en regardant les chiens qui, museau à terre, reniflaient la moindre odeur, à l'affût des meilleures aubaines. C'était la zone des potiers de Thèbes, là où se tenaient les carrières d'albâtre. Mais les artisans y travaillaient aussi l'argile qu'ils modelaient. Leurs doigts se courbaient, s'étiraient, s'enfonçaient, couraient sur les jarres en formation. Les ateliers se jouxtaient et, devant leurs portes, les blocs d'albâtre s'entassaient.

L'âne et les voyageuses dépassèrent le village. Lydie savait que, passé les dernières maisons aux murs blanchis et peints de dessins aux couleurs vives, elles atteindraient le fleuve et pourraient s'y rafraîchir.

Sur les bords du Nil, les blanchisseurs s'affairaient, tapant de leur battoir les boules de linge qu'auparavant ils avaient mouillées et imprégnées de natron. Le soleil était si intense qu'ils étaient obligés de les humidifier sans cesse en les aspergeant de l'eau du Nil dont le niveau baissait chaque jour davantage. Les femmes déambulaient avec de grands paniers qu'elles portaient sur leurs têtes. Elles amenaient draps, pagnes, tuniques et robes sales, les déposaient auprès des blanchisseurs et repartaient le panier plein de linge lavé, essoré, propre, qu'elles étalaient ensuite au soleil pour en aviver la blancheur. Les Égyptiens, surtout ceux qui vivaient dans de grandes résidences avec les moyens de payer une équipe de blanchisseurs, étaient très pointilleux sur la blancheur irréprochable de leurs vêtements en lin.

Une femme qui, chaque jour, menait ses bœufs boire dans le Nil apostropha d'une voix criarde l'un des blanchisseurs ayant outrepassé ses droits sur l'emplacement où il battait son linge.

— Eh ! Ta place n'est pas ici. Va rejoindre les autres.

— Le fleuve est trop bas, rétorqua l'homme sans même lever les yeux sur la femme, et mon maître exige un linge bien rincé.

— Ton maître n'a qu'à te dire de laver son linge dans le canal qui côtoie sa maison.

— Le canal est sec.

La femme avait lâché ses bœufs. Elle pointa un doigt agacé sur le blanchisseur agenouillé, le battoir en main, levant enfin son regard neutre sur celle qui l'apostrophait.

— C'est là que mes bœufs se désaltèrent. Si tu ne bouges pas, je vais me plaindre au surveillant qui commande les blanchisseurs de ton maître.

L'homme haussa les épaules et poursuivit son travail.

— Tiens ! D'ailleurs, regarde, ces voyageuses ont besoin de se rafraîchir. Vas-tu aussi les en empêcher ?

Il est vrai qu'avec la crue qui ne venait pas, le niveau du Nil était si bas qu'il fallait s'éloigner loin de la rive pour aller s'y laver ou s'y désaltérer. La boucle du fleuve où s'était installé l'homme formait un décrochement qui permettait encore de ne pas trop s'écarter. Car celui qui prenait le risque de trop s'enfoncer s'exposait à la périlleuse rencontre avec l'un de ces maudits sauriens qui, en temps de crue tardive, hantaient sans arrêt les rives du Nil.

Lydie qui venait de sauter à bas de son âne s'approchait du fleuve avec ses compagnes pour s'y mouiller les pieds.

— Je connais la résidence de son maître, fit-elle en désignant le blanchisseur. Il est vrai que son canal est à sec, comme ceux de beaucoup d'autres Égyptiens, à l'heure actuelle. Je crois que nous devons tous faire un effort. Nous n'avons peut-être encore rien vu si la sécheresse doit tomber sur notre pays. Il faudra bien alors que nous nous entraidions.

— Tu n'es guère optimiste, se moqua la femme. J'en ai vu des saisons où la crue tardait sans pour autant amener la sécheresse.

Niny tenait l'âne par la bride et l'amena tranquillement sur le bord du fleuve. La bête hésita, renifla puis s'enhardit et, malgré l'odeur de natron qui entrait dans ses narines, but jusqu'à satiété. En entraînant ses bœufs sur le bord de la rive pour faire de même, la femme ne put s'empêcher de maugréer :

— Est-ce que j'ai besoin de laver ma tunique tous les jours, moi !

— Allons, fit Lydie en riant. Cet homme ne sera plus là demain. A voir l'imposant tas de linge qu'il lave aujourd'hui, il ne reviendra pas de sitôt.

Elles se rafraîchirent et se désaltérèrent, puis reprirent paisiblement leur marche sur la route de Coptos, laissant l'altercation se poursuivre entre la femme et le blanchisseur.

Un convoi de quatre chariots les dépassa quelque temps plus tard. Il transportait du sable. Un sable pur et fin avec lequel les joailliers façonnaient la pâte de verre. Ils ne la soufflaient ni ne la filaient. Un noyau central était simplement formé et les diverses parties de l'objet venaient s'y accoler après avoir été étirées, modelées, fabriquées par le verrier.

Maât, la fille de Mériptah l'orfèvre, confectionnait les plus belles perles de verre avec ce sable-là. Elles étaient colorées en bleu, jaune, rouge et ses ouvriers les enfilaient avec des tiges qui, en même temps, perçaient le centre.

Niny, juchée sur l'âne, le faisait avancer en frappant de sa badine ses flancs par petits coups successifs et réguliers. Ragaillardie par l'eau du fleuve avec laquelle elle s'était copieusement aspergée, Lydie marchait derrière Neby qui avait noué ses sandales à sa ceinture pour ne pas les user. Guère habituée à ce luxe, elle avait tant voyagé pieds nus dans sa vie passée qu'elle hésitait à les porter dès qu'elle effectuait une longue route.

— Où allez-vous ? cria le conducteur du dernier chariot, un gros homme à moitié chauve qui portait un pagne sombre dont la poussière dissimulait la vraie couleur.

— Chez Maât.

— Maât, la fille de l'orfèvre Mériptah ?

Depuis toujours, Lydie avait entendu cette réplique : « Maât ! La fille de l'orfèvre. » Elle haussa l'épaule. Comme si Maât ne pouvait pas être orfèvre elle-même ! Le gros homme avait un visage avenant et il détaillait les trois femmes avec bonhomie.

— Elle-même, acquiesça Lydie en pressant le pas pour parvenir à la hauteur de la roue arrière du dernier chariot. Est-ce à elle que tu livres ton sable ?

— Pour son intendant Kanitef. Si vous montez, je peux atteler votre âne à l'arrière. Nous ne roulons pas vite et il devrait suivre sans peine.

— Entendu.

L'homme descendit sur le sol. Il suait à grosses gouttes. Il détacha sa gourde pendue à sa ceinture et but quelques gorgées, puis il tendit l'outre à Lydie.

— Tu veux te rafraîchir ?

Comme Lydie hésitait, Niny sauta près d'elle et, en un saut de cabri, saisit la gourde pour y coller ses lèvres.

— Ah ! C'est bon ! fit-elle en s'essuyant la bouche d'un revers de main. Cette eau est meilleure que celle du Nil que nous venons de boire et qui sentait le natron.

Puis, passant l'outre à ses compagnes, elle s'agrippa là où deux planches mal assemblées offraient une aspérité et, à l'aide de ses pieds qu'elle recroquevilla pour mieux leur donner la prise dont elle avait besoin afin de réussir son exploit, elle s'accrocha au rebord et se hissa à l'intérieur.

Neby monta lestement, mais l'homme dut aider Lydie à grimper. Il la souleva facilement de terre et la déposa, plus délicatement qu'elle ne s'y attendait, entre deux monticules de sable derrière lesquels ses compagnes étaient déjà installées.

— Il vient d'où ton sable ? questionna Lydie.

— De là-bas, répondit l'homme en pointant son doigt en direction de la montagne thébaine que l'on apercevait sur le versant sud du fleuve. Une partie vient de Médineh-Habou et l'autre des collines de Deir-el-Médineh. Mais bah ! Pour nous, c'est toujours du sable.

— Je connais le sable de Deir-el-Médineh. Il est plus fin que partout ailleurs, car le village est plus enfoncé dans la montagne et traîne moins d'alluvions. Ce sable-là est fait pour confectionner la plus belle pâte de verre qui soit.

L'homme, tout agréable qu'il fût, ne rétorqua rien et Lydie pensa qu'il se moquait bien du pur raffinage de ce sable-là. Son épouse et ses filles, du moins s'il en avait, ne devaient pas porter de riches perles à leur cou.

Depuis quelque temps, le convoi ralentissait sa marche et le bruit des roues sur le chemin devenait moins percutant. Le premier des chariots s'arrêta et son conducteur descendit.

— Il faudrait faire boire les bœufs ! cria-t-il aux autres. Cette crue qui n'arrive pas assèche tout.

— Tu as raison, approuva le conducteur du second chariot. Mais nous allons perdre du temps. L'air est sec et le sol se craquelle vite. Notre chargement est si lourd que nous cahotons de plus en plus. Si nous passons sur une grosse fissure, l'un des chariots risque de verser.

— Je connais le chemin, leur signala Lydie et, à mon sens, nous devrions être dans une heure à peine chez l'orfèvre. Les bœufs peuvent attendre jusque-là.

— De toute façon, intervint le dernier conducteur descendu lui aussi pour donner son avis, le Nil est trop bas. Il va falloir poursuivre jusqu'au milieu du fleuve.

— Moi, je dis que les bêtes ont soif et qu'elles n'avancent plus, s'obstina le conducteur de file.

— Regardez ! s'exclama soudain Niny qui, extirpée de son monceau de sable, sautait sur ses petites jambes trapues. Regardez, il y a là-bas un canal.

— Il est à sec depuis longtemps, déclara Lydie. Je l'ai côtoyé plusieurs fois. Dès que la crue tarde, il n'a plus d'eau. Les propriétaires ne s'en préoccupent pas et ils ne le curent pratiquement jamais, car il est trop éloigné des cultures pour être utile.

— L'eau a dû stagner et peut-être en reste-t-il assez pour désaltérer les bœufs, insista Niny que rien n'arrêtait dans ses décisions.

— Allons voir, décréta Lydie dubitative, mais méfions-nous qu'il n'y ait pas un ou deux crocodiles attendant quelque proie facile à saisir.

Il y avait effectivement une petite cuvette au centre du canal, dissimulée entre les papyrus et quelques joncs asséchés, dont le niveau menaçait aussi de baisser. Mais, fort heureusement, il y en eut suffisamment pour tarir la soif des bœufs qui se désaltérèrent, les naseaux humidifiés à nouveau. L'âne but aussi et le convoi reprit sa route.

Lydie avait raison, une heure plus tard, ils arrivèrent à la porte de la résidence de Maât dont les murs en briques cachaient les ateliers. Toujours courtois, mais pleinement assuré de son autorité de Grand Surveillant des ateliers, Kanitef attendait le convoi. Quand il reconnut Lydie, il se courba devant elle.

— Nous ne t'attendions pas. Qui veux-tu voir, noble dame ?

Lydie sourit. Kanitef prenait toujours plaisir à la

bombarder « noble dame », sachant pertinemment qu'elle ne possédait aucun titre de noblesse contrairement à la Grande Beket, en son temps Intendante des Artisans, qui avait été son amie.

— Allons, Kanitef, tu sais bien que je ne suis que dame Lydie, rectifia-t-elle en riant. Pourquoi t'obstines-tu à m'appeler toujours « noble dame » ?

Il n'eut pas le temps de répliquer car Tou-Yi, la servante en chef de la maison, accourait d'un petit pas précipité, laissant derrière elle une ribambelle d'autres servantes auxquelles elle donna l'ordre d'attendre plus loin.

Tou-Yi avait une trentaine d'années. Elle était au service de Sekmet après avoir été à celui de sa mère Maât. Habituée depuis plus de dix ans à diriger son monde, Tou-Yi gardait sur son visage un air austère comme elle gardait sur son corps sa rigide tunique au plissé impeccablement amidonné.

— Dame Lydie ! Bek n'est pas là, s'exclama-t-elle. Pourquoi n'as-tu pas pris de renseignements avant de te déplacer ? Le chemin à pied est dur et cela t'aurait évité une peine désagréable.

— Non, Tou-Yi, ce n'est pas Bek que je viens voir. Je sais qu'il est à Malgatta ou dans son atelier de Deir-el-Médineh. C'est à Sekmet que je viens rendre visite.

— Sekmet ! répéta la servante.

Puis, comme elle regardait avec étonnement Neby que suivait la pertinente Niny dont les yeux bruns roulaient comme des billes, Lydie poursuivit :

— Je suis venue avec Neby, mon amie la scribe et…

— Sa conseillère, trancha la naine avec enthousiasme en se trémoussant de plaisir.

Tou-Yi acquiesça de la tête. Son visage était ingrat et ses yeux, malgré l'allongement du tracé au khôl, restaient assez globuleux pour en ôter toute séduction.

— Je vois que vous êtes fatiguées de votre voyage, dit-elle, les mains levées au niveau de son buste. Pourquoi n'avez-vous pas pris de litière ?

— C'est que je me suis décidée en cours de route, jeta Lydie. Fais prévenir Sekmet et dis-lui que Neby est là. Elles se connaissent. Elles se sont vues à Memphis.

Soulagée par cette entrée en matière plus rassurante qu'elle ne pensait, Tou-Yi frappa dans ses mains. La nuée de servantes composée de quelques Égyptiennes restées en retrait — les autres étaient de jeunes esclaves asiatiques et nubiennes — arriva comme un essaim de mouches. D'un ton sec, Tou-Yi distribua aussitôt ses ordres :

— Seket, apporte une aiguière et de l'eau fraîche. Naï, va chercher des linges fins et propres. Et toi, Kiâ, demande aux cuisines que l'on prépare du lait à la groseille et des sorbets au melon.

Puis Tou-Yi s'avança vers toutes les autres qui se trémoussaient en attendant un ordre.

— Quant à vous, attendez à la porte. Je vous appellerai si j'ai besoin de vous.

Après avoir lavé, essuyé et parfumé leurs pieds, Tou-Yi appela Zizou, une jeune Nubienne vêtue simplement d'une ceinture en perles de céramique qui s'approcha lentement avec un sistre dans les mains. Elle l'agita devant elle, laissant fuser un petit air aigrelet de clochettes.

— Non, Zizou, fit Tou-Yi d'un ton adouci, nos invitées ne veulent pas de musique. Va plutôt prévenir Sekmet que nous l'attendons dans la petite salle à colonnes.

Et, par le regard tendre qu'elle lui dédia, on vit instantanément que Zizou était sa protégée. La jeune Nubienne la regarda et lui sourit d'un air complice, comme si elle partageait quelque secret avec sa revêche maîtresse. Zizou était nue, à l'exception de cette large ceinture de perles qui cachait son sexe soigneusement épilé. Ses cheveux étaient brillants, crépus et noirs. Elle y avait attaché un mince ruban bleu turquoise dans lequel elle avait glissé une fleur de lotus blanche. Elle prolongea son sourire en direction des invitées et disparut silencieusement.

Peu de temps après, Sekmet arriva. Elle reconnut aussitôt Neby et s'élança vers elle. Sans mot dire, elles se tinrent quelques instants à distance, s'observant mutuellement, puis dans un geste spontané se rapprochèrent et se serrèrent l'une contre l'autre.

— Tes cheveux, bien qu'ils soient encore très courts, ne changent pas ton visage. Je t'aurais reconnue entre mille, assura Sekmet en lâchant sa compagne. Ton visage est le même. Mais, dieu ! Que tu étais attirante vêtue comme un garçon avec ces yeux de velours et ce sourire plein de charme !

— Ne sont-ils plus les mêmes ?

— Oh ! Que si, Neby.

Elle se tourna vers Lydie.

— Sans toi, je n'aurais jamais su que Neby était ma cousine. Si tu n'avais pas été aussi obstinée dans tes recherches, mon père ignorerait encore que Neby est sa nièce.

— Oui, murmura Neby. A présent, je sais que ton père était le fils de ma propre grand-mère. Ah ! Sekmet, si tu savais comme je suis touchée et perturbée par toute cette famille qui me tombe soudainement du ciel. Vous êtes toutes là à me prouver que ce n'est pas un rêve et que, dorénavant, je dois prendre la vie autrement.

— Bien sûr, admit Sekmet. Et mon père te le dira aussi. Je veux que tu le connaisses, car je sais qu'il appréciera tes qualités et la force de ton énergie.

— Un peu plus tard, Sekmet, concéda Neby doucement. Je veux tout d'abord m'acquitter de cette mission qui me ronge…

— Délivrer Choutarna ! Bien sûr, c'est devenu aussi notre mission et tu le sais. Nous avons suffisamment trempé dans cette affaire, Bastet et moi, pour ne pas te laisser lâchement tomber. Nous avons organisé notre plan.

— Bastet n'est donc plus à l'École de Vie de Memphis ?

— Non, seul Pentou y est resté, car il veut étudier la momification et la trépanation. Or, l'enseignement, dit-on, est long. Les bons embaumeurs sont rares et on les réclame d'un bout à l'autre du pays. Quant aux trépaneurs de talent, ils sont encore plus introuvables.

— Et Bastet ? s'enquit Neby en pensant soudainement à Myriam, autrefois brûlée sur le bateau de Pérouhé, et dont elle avait guéri la blessure purulente.

— Bastet veut être simple médecin et soigner avec les plantes dont elle connaît les propriétés guérisseuses. Pentou dit qu'aucun médecin d'Égypte ne connaît comme elle les dosages de ce qui sauve et de ce qui tue.

— Mais sait-elle qui je suis ? interrogea Neby, presque timide.

— Bien sûr, et suivant mon exemple, elle est prête à t'accueillir dans notre famille. Mais, ajouta-t-elle soudainement, ne nous perdons pas plus longtemps dans notre généalogie. Tu as raison, Neby, revenons à Choutarna.

Tou-Yi et Zizou apportaient une collation comprenant un breuvage doux, frais et sucré, quelques gâteaux au miel et aux amandes accompagnés de grenades et de figues fraîches. Rafraîchies et rassasiées, elles discutèrent, s'expliquèrent, examinèrent, puis échafaudèrent un plan astucieux qui devait laisser la reine Tiyi sans possibilité de cacher ailleurs Choutarna.

Il fut décidé que le lendemain à l'aube, Lydie rentrerait chez elle et que Neby rejoindrait le bateau de Minhotep. Quant à Niny, elle regagnerait sans esclandre la résidence de sa maîtresse Ipény, à Karnak, en supputant les chances qu'elles avaient de réussir leur entreprise périlleuse.

Dès que les premiers rayons solaires eurent percé l'espace, Niny fut debout. Ce fut elle qui garda l'âne pour rentrer à Karnak car Neby décréta qu'elle rejoindrait à pied le bateau de Minhotep. Quant à Lydie, elle n'accepta ni le serviteur proposé par Sekmet pour l'accompagner jusque chez elle ni la litière mise à sa disposition par la jeune fille. Le chemin, cette fois, n'était pas long et elle le connaissait suffisamment pour l'effectuer en quelques heures à peine.

Passé la grande courbe qui l'éloignait des ateliers de l'orfèvre, elle traversa le village des potiers de Thèbes et suivit quelque temps la ligne droite des grands sycomores qui la menaient au bord du Nil dont le niveau descendait chaque jour.

L'air était toujours aussi sec et la pesanteur étouffante. Cependant, l'ombre des arbres l'apaisait et son cœur bondissait de joie à l'idée que bientôt elle serait de nouveau avec Neby libérée de sa mission à laquelle elle n'adhérait que pour mieux la retrouver, quand tout serait calmé.

D'ailleurs, une idée prenait forme dans sa tête. Une idée dont elle s'était agréablement repue toute la nuit et qu'elle ne pouvait plus écarter de son esprit. Oui ! Elle léguerait sa petite maison à Neby. Sa maison ! Le seul bien que lui avait laissé son amie Beket en mourant. Une maison modeste, mais confortable et bien construite, en briques dures et solides moulées dans de l'argile mêlée à de la paille fine et dont chacune avait été séchée au four.

Car, si Neby se trouvait soudainement propulsée parmi les membres d'une riche et nombreuse famille, de surcroît avenante et compréhensive, lequel d'entre eux lui donnerait les biens auxquels elle pouvait prétendre ? Elle avait retourné ce point délicat toute la nuit et n'était arrivée qu'à de maigres conclusions.

Bek était bon seigneur. Il avait les idées larges, indulgentes, grandioses même. Mais jusqu'où irait sa générosité financière envers une jeune nièce qu'il ne connaissait pas encore ? Maât, son épouse, tolérante, bienveillante, accueillerait avec chaleur un événement aussi surprenant, mais Lydie savait que si Maât ne chercherait nulle histoire à Neby, elle ne lui céderait aucune part de ses immenses biens.

Quant à Sekmet, sa fille, elle était certes spontanée, impulsive, généreuse d'âme et, comme son père, aimait la provocation dans tout ce qu'elle entreprenait. Bek aimait braver ses confrères peintres et sculpteurs et Sekmet, qui n'avait pas encore trouvé sa vraie voie, aimait défier par ses gestes, ses paroles et certains petits faits qui tout en étant osés n'apparaissaient encore que bénins. Mais où irait sa générosité quand il faudrait doter Neby de biens qui mutileraient les siens ?

Côté Bastet, les choses paraissaient moins sombres. Son père, Ramose le Grand Vizir de Thèbes, resterait sans doute plus fermé à l'idée de faire entrer la jeune fille dans sa famille, mais une fois chose faite, il serait peut-être plus enclin à lui céder quelques biens.

La seule dont elle ne craignait ni l'étroitesse d'esprit ni la limitation de largesses financières était bien Bastet, toujours le cœur sur la main, ayant appris, dès sa plus tendre jeunesse passée aux côtés de sa grand-mère, qu'adoucir les peines physiques et morales de ses semblables était la meilleure chose qu'on puisse faire en ce monde. Mais, là encore, un fait nouveau viendrait peut-être changer l'état d'esprit de Bastet. A présent, il y avait son enfant, Khonsou, et rien sans doute ne devait léser les biens de son fils.

Alors Lydie ne pouvait penser qu'à sa propre maison de briques et l'idée que Neby en serait un jour propriétaire la réconfortait.

Quand elle atteignit les approches de sa maison et qu'elle aperçut au loin le canal qui longeait le jardin potager, elle était encore dans ses pensées. Comment aurait-elle pu voir l'ombre muette et sournoise qui se profilait derrière elle ? Elle l'atteignit de plein fouet. Lydie n'eut pas le temps de crier. Elle tomba presque instantanément, la bouche ouverte et les yeux exorbités par la peur. La petite hache qui venait de fendre son crâne avait un manche en bois et sa lame en silex était aussi large et plate qu'une main d'homme tendue.

CHAPITRE XIII

Depuis deux heures, Sehotep arpentait les annexes de Malgatta sans trop savoir comment aborder la situation. Il avait côtoyé les greniers à blé et les hangars de stockage d'huile, de légumes et de fruits que l'on faisait sécher pour les saisons d'hiver.

Soulevé par un violent haut-le-cœur qu'il tenta de maîtriser, il dépassa les boucheries où les hommes, dans une odeur de sang, découpaient de grands quartiers de bœuf qu'ils pendaient à des clous plantés dans les murs. Les bouchers ne pouvaient, hélas, éviter les mouches qui, avec acharnement, bourdonnaient autour des grandes carcasses sanguinolentes.

Courant à toute vitesse tant il voulait échapper à ce spectacle qu'il exécrait, il se retrouva devant les laiteries où de grosses femmes, penchées sur des bacs en argile, battaient le lait de chèvre avec énergie pour en faire du fromage. Elles levaient à peine les yeux et observaient leur travail jusqu'à obtenir la consistance souhaitée. Puis le produit battu était déposé dans les bâtiments annexes situés sur les bas-côtés de la cour pour y être affiné, tandis qu'au centre, d'immenses jarres de lait avaient été placées afin que le soleil puisse le cailler comme il se devait. On le mêlait ensuite à divers ingrédients, miel, coriandre, menthe, purée de figues, concombres, baies et fruits rouges, pour l'utiliser dans les plats préparés par les cuisiniers.

Une femme aux cheveux relevés, le pagne court et les seins nus, jeune et dodue comme une petite oie sauvage, vint à lui et lui demanda ce qu'il désirait. Quand il lui parla des boulangeries devant lesquelles il fallait qu'il se présente, elle lui désigna du doigt le chemin et le regarda un instant s'éloigner. Puis, hochant la tête, elle se remit à son travail qui consistait à passer le lait caillé dans des tamis très fins afin de séparer le liquide de la pâte laiteuse obtenue.

Sehotep pressa le pas. Il avait pris du retard. Mais les lieux étaient si vastes ! Malgatta était un véritable village où vivait le nombreux personnel du palais de la reine Tiyi. Serviteurs, domestiques, esclaves, intendants, surveillants, chambellans ordonnaient, exécutaient, s'affairaient en tous sens pour parfaire la bonne marche de ce gigantesque ensemble élevé vingt ans plus tôt sur l'autre rive du Nil, face à la ville de Thèbes.

Enfin Sehotep arriva devant les boulangeries. La grande salle où il atterrit lui parut grouillante. Ce fut à peine si on le remarqua tant le va-et-vient était agité. Il avança dans un vaste espace à ciel ouvert où les murs, noircis par la fumée qui sortait des fours, comportaient des trous creusés à même la pierre dans lesquels on déposait les multiples variétés de pains.

A cette époque, en Égypte, le pain était l'aliment de base. Les boulangers ne chômaient pas et, bien que la miche ronde au blé noir fût la forme la plus courante utilisée dans la basse classe de la société égyptienne, ils fabriquaient les pains et les gâteaux les plus divers mêlés aux ingrédients les plus variés. Trois formes de farine avaient cours et le pain dépendait de la céréale qu'on utilisait, le blé, l'orge, l'amidon et le froment. Selon ce qu'il voulait obtenir, le boulanger y introduisait du miel, du lait, des œufs, de la graisse d'oie, des fruits, du beurre, des amandes, des figues.

Sehotep s'approcha. Dans la chaleur suffocante qui lui faisait face, car tous les fours étaient en marche, une odeur de miel et de farine lui vint aux narines. Des servantes portaient des miches de pain, rondes et dorées, d'autres des paniers de gâteaux et des corbeilles de grandes galettes plates que les cuisiniers pouvaient fourrer ensuite de laitance de poissons, de purée de figues ou de viande de bœuf hachée, mélangée avec des poivrons, des oignons, des fèves ou des lentilles.

Une femme vint à lui et le regarda d'un air maussade.

— Que veux-tu ?

— Je veux voir la dame Choutarna.

La femme le regarda avec insistance et ricana.

— La dame Choutarna n'est pas ici.

Un rire sonore vint ponctuer cette réponse. Sehotep se retourna et vit un cuisinier aux yeux globuleux, gros et gras, le ventre proéminent dissimulé sous un pagne de lin grossier. Il venait chercher un panier de petits pains grillés aux amandes. Une jeune servante le lui tendit.

— Oh ! fit Sehotep d'une voix tempérée par la réserve, je sais que la dame Choutarna n'est pas ici.

— Ah ! Et où crois-tu donc qu'elle soit, la dame Choutarna ? lança la femme d'un ton encore très agressif.

— Au palais, bien sûr.

— Alors, si tu le sais, que fais-tu ici ?

— Tu le sais bien, rétorqua le jeune homme en souriant à peine, juste pour dissimuler sa gêne, si je passe par la porte centrale, les gardes ne me laisseront pas entrer.

— Il a raison, ce gamin, fit le cuisinier en saisissant Sehotep par l'épaule. Viens, je vais te conduire à une servante qui te fera passer par le centre du palais.

D'un ton autoritaire, la femme s'interposa :

— Et que veux-tu à la dame Choutarna ? Ici on la connaît à peine.

— Je dois lui remettre ça.

Et il désigna l'objet enfermé dans une feuille de papyrus qu'il tenait sous son bras.

L'homme se mit à rire et le poussa devant lui.

— Allons, dépêche-toi. Sinon, je te plante là et tu te débrouilleras seul.

Le jeune homme ne se le fit pas dire deux fois et suivit son protecteur. Ils traversèrent des cours, des entrepôts, des hangars. Dieux ! Que les annexes de ce palais étaient vastes ! Quand ils furent près des communs, là où se tenaient les cuisines, l'homme mit ses poings sur ses hanches et siffla comme une chouette en pleine nuit. Une servante accourut et se précipita vers lui.

— Sont-ils encore chauds ? s'enquit-elle en saisissant le panier. Ont-ils suffisamment d'amandes ? Il paraît que la reine en a réclamé ce matin. Elle qui, d'habitude à l'aube, ne désire que son lait aux groseilles.

— Ils sont croustillants à souhait. Tiens, conduis ce gamin à une servante qui le mènera vers la dame Choutarna. Il paraît qu'il a un présent à lui faire.

— Ce gamin est un jeune homme, fit observer la servante en riant.

Elle lança une œillade hardie à Sehotep et en se tournant vers l'escalier qui montait à la terrasse, là où séchaient le poisson, les haricots et les fruits pour les saisons d'hiver, elle cria :

— Kena ! Peux-tu venir un instant ? Remplace-moi le temps que je me rende aux appartements de la reine. Je reviendrai le plus vite possible.

Elle saisit le bras du jeune homme.

— Suis-moi, fit-elle d'un ton enjoué, nous allons arpenter les dédales du palais. Tu ne les connais pas, sans doute ?

Ils traversèrent des jardins ombragés de sycomores et d'acacias, des cours intérieures où des fontaines coulait une eau tranquille sur des vasques d'albâtre. Des petits kiosques soutenus par des colonnettes de marbre blanc où les pigeons venaient boire se disséminaient çà et là dans la fraîcheur de ces espaces ombragés. Parfois, un ibis se promenait sur le dallage de pierre et Sehotep regardait ces merveilles comme un enfant devant un jeu auquel il n'a pas droit de jouer.

Quand ils furent arrivés à la jonction des annexes et des appartements du palais, la servante posa son panier de petits pains sur le sol.

— Voilà, fit-elle en se retournant vers Sehotep. Moi, je vais par là, vers les appartements de la reine. Toi, tu vas tourner sur ta gauche et suivre les jardins que tu aperçois au loin. Puis tu trouveras la lingerie qui côtoie les logements des suivantes et ceux des dames de la cour. Il serait bien rare qu'une de mes compagnes ne vienne pas à toi.

Sehotep la remercia et s'éloigna dans la direction que venait de lui indiquer la jeune fille. Arrivé près de la lingerie dont elle avait parlé, il se heurta presque aussitôt à un groupe de jeunes esclaves qui balayaient le sol. C'était tous des adolescents. Ils étaient presque nus, ne portant qu'une ceinture autour de leurs hanches étroites dont les pans retombaient entre leurs cuisses brunes. Ils nettoyaient le sol en silence, le mouillaient avant d'y jeter du natron mêlé à de la graisse animale pour attirer et tuer ensuite les souris, les puces et autres petits insectes rampants qui sortaient de leurs repaires en cette saison trop aride.

Les adolescents regardèrent Sehotep, mais ne lui adressèrent pas la parole. Ils n'en avaient pas le droit. Il s'agissait de jeunes Asiatiques, fils de femmes esclaves capturées lors d'une expédition guerrière du précédent pharaon. Ils restaient serviteurs, destinés à cette besogne ingrate leur vie entière alors qu'un jeune Égyptien qui remplissait la même tâche pouvait, peut-être, échapper à ce bas travail s'il était sérieux, honnête et travailleur.

— Qui es-tu ? lança la voix maussade d'une femme qui s'approchait de Sehotep.

Le jeune homme se retourna et vit que la servante avait un air revêche, le visage ridé, les yeux mal maquillés, les mains sèches et les seins qui tombaient sous le voile de lin qui les recouvrait.

— Je suis Sehotep, fils de Ouri et Pensilhé, agriculteurs non loin du domaine de Malgatta.

— Depuis quand reçoit-on des paysans au palais de Malgatta ? fit la vieille femme d'un ton toujours aussi désagréable.

— Je ne suis pas un paysan, rétorqua Sehotep en rougissant. Je suis apprenti-potier chez le maître Maya, qui tient son atelier au village de Deir-el-Médineh.

— Que veux-tu ?

— Voir la dame Choutarna.

— Rien que ça, ironisa la vieille servante. Et que lui veux-tu, à la dame Choutarna ?

— Lui remettre un présent.

— Ne serais-tu pas un menteur ?

— Je dis la vérité. Tu sais bien que si j'étais passé par la porte centrale du palais, les gardes ne m'auraient pas laissé entrer. Pourtant, je dis vrai. Je dois remettre ceci à la dame Choutarna.

Il tendit la main et montra la feuille de papyrus qui enfermait la coupelle de Néfertiti.

— C'est bon, je te crois. Viens et suis-moi.

Ils pénétrèrent à l'intérieur du palais par une immense salle à colonnes d'albâtre. Elles étaient toutes surmontées de motifs en forme de lotus dont les corolles s'évasaient. Les coffres d'ébène étaient ciselés à l'or fin. Les chaises et les fauteuils avaient des dossiers incrustés de pierres précieuses. De grandes urnes en calcite, en onyx, en malachite se dressaient contre les parois des murs recouvertes de peintures vives représentant des scènes de chasse dans les marais giboyeux. Certaines étaient plaquées d'or et c'était une merveille de voir toutes ces splendeurs.

Sehotep écarquillait les yeux et regardait. A l'atelier de Maya, on ne modelait que l'argile, on fabriquait des objets pour un usage journalier, des urnes sans bec, sans anse pour enterrer dans le sable et préserver la fraîcheur des boissons, des jarres à vin, à huile, des plats pour la vie quotidienne. Mais Sehotep savait que le Grand Bek, artisan de la reine Tiyi, travaillait l'or et les turquoises dans son atelier de Médineh. On disait même qu'il plaquait d'électrum certaines portes pour le nouveau temple d'Aton à Karnak dont Néfertiti et son époux avaient ordonné la construction.

Plusieurs pièces se succédèrent ainsi, les unes rehaussant la splendeur des autres. Puis, Sehotep et la servante débouchèrent sur un petit jardin privé qui ouvrait sur deux colonnes taillées dans du jaspe aux veines vertes et luminescentes. Un petit singe, soudain, bondit devant eux. Il s'accrocha et grimpa le long d'une colonnette qui supportait une vasque à huile servant à éclairer la pièce quand la nuit tombait. Il exécuta quelques pirouettes et retomba brusquement sur le sol en tournoyant sur lui-même pour attraper sa longue queue qui remontait dans son dos en spirale.

— Lï-Lï, va me chercher Kyta.

Le singe fit un nouveau bond et retomba sur ses pattes. Kyta arriva sans qu'il eût besoin d'aller au-devant d'elle. Elle avait une vingtaine d'années et sa grâce juvénile contrastait avec la maturité vieillissante de sa compagne.

— Kyta, ce jeune potier aimerait voir ta maîtresse.

— C'est assez inhabituel, que veut-il ?

— Peux-tu m'introduire ? demanda Sehotep. J'ai besoin de voir dame Choutarna.

Puis il tendit la main et présenta l'objet enfermé.

— Je veux lui remettre ça.

— Eh bien, je vais lui donner moi-même.

Sehotep retira vivement sa main. Il serra ses doigts sur la coupelle d'argile, réfléchit un instant et remit vivement l'objet sous son bras.

— Non, c'est moi qui dois le lui remettre.

— Comme tu veux.

Et elle haussa les épaules. Elle le conduisit sans plus rien dire dans une petite pièce où tout respirait le luxe et le confort. Coussins, sièges, coffres, sofa, fauteuils, une harpe dans un coin, une cage vide dans un autre. Un petit bureau sur lequel reposaient des calames, des encriers et des papyrus. Tout exhalait le faste et l'abondance.

Quand elle le fit pénétrer dans la chambre où se tenait Choutarna, il eut le même choc qu'avait eu Néfertiti devant elle. Il recula de stupeur et son visage prit une pâleur extrême. Le vague de ces yeux-là était celui qu'il connaissait si bien dans le visage de Néfertiti quand elle se posait la question de ses véritables origines.

— Tu me sembles bien émotif, constata Choutarna en s'approchant de lui. Qu'as-tu ?

Dieu ! Cette femme se tenait de la même façon que

Néfertiti. Elle avait les mêmes allures, possédait un regard et un sourire identiques. Et cette façon dont elle balançait ses belles et rondes épaules attachées sur un cou si long et si fragile ! Quelle solennité ! Sehotep croyait que seule Néfertiti pouvait avoir cette silhouette inimitable, cette majesté dans le maintien qui faisait d'elle déjà une reine lorsqu'elle n'était encore qu'une enfant.

— Eh bien, qui t'envoie ? demanda la jeune femme.

— C'est la reine Néfertiti.

Choutarna eut un recul, un instant d'hésitation, puis du doigt congédia Kyta.

— Ne laisse personne entrer, fit-elle d'une voix basse, et reste à ma porte pour surveiller. Si j'ai besoin de toi, je t'appellerai.

— Que me veut la reine Néfertiti ? s'enquit-elle en faisant un pas vers le jeune homme qui semblait reprendre de l'assurance.

— Te faire ce cadeau.

Il lui tendit l'objet enveloppé qu'elle regarda un long instant avec un étonnement qui pouvait se comprendre, car elle n'avait jamais revu Néfertiti depuis ce jour où elles s'étaient rencontrées quelques minutes près du bassin des jardins de Malgatta. Elle ouvrit et déplia la feuille de papyrus qui le recouvrait, découvrant une petite coupelle d'argile de la couleur d'une coquille d'œuf. Pressentant le mystère qui allait fatalement tomber entre eux, Sehotep n'attendit pas qu'elle lui parle :

— C'est pour y mettre le scarabée de turquoise que tu tenais dans la main le jour où elle t'a rencontrée.

— Je ne l'ai jamais revue depuis. Pourquoi ?

Choutarna leva sur lui son visage. Quand il vit le flou de ses yeux et cette demi-détresse qui habitait soudain son regard, quand il perçut ce vague à l'âme qui empoignait parfois Néfertiti et la plongeait dans un mutisme dont il avait peine à l'en sortir, il flaira une énigme nouvelle. Choutarna eut un mouvement lent des épaules, puis ses bras soulevèrent le voile de son corsage. Combien de fois avait-il vu Néfertiti faire ce geste qui lui donnait tant de grâce ?

— Sors-tu beaucoup à l'extérieur de ce palais, dame Choutarna ? questionna-t-il la gorge sèche. A-t-on déjà vu ton visage ailleurs qu'ici ?

— Pourquoi ces questions ? Qui es-tu pour être aussi audacieux ?

— Je suis le frère de lait de Néfertiti. Nous avons eu la même mère nourricière.

— Je crois que c'est une chose fréquente. C'est un cas qui se pratique souvent avec les enfants royaux. Ils ont presque tous une nourrice. Les reines ne peuvent pas allaiter leurs enfants.

— Néfertiti n'est pas une fille de reine, affirma Sehotep. C'est une enfant adoptée.

— Adoptée !

Il vit que les doigts de Choutarna tremblaient en serrant la petite coupelle d'argile.

— Oui. Et personne ne connaît ses origines. Quand la crue arrive, Néfertiti est nerveuse. Elle et moi, nous n'avons jamais compris pourquoi.

Choutarna eut un vertige. La crue ! L'inondation ! Le naufrage du bateau des Grands Prêtres ! Cette enfant sans doute trouvée sur les bords du Nil était peut-être Tahoukhipat, sa jeune sœur, un bébé de quelques mois qui, tout comme elle, n'avait pas trouvé la mort dans le naufrage organisé par les prêtres d'Amon.

— Néfertiti te ressemble tant, murmura Sehotep.

Choutarna sentit ses jambes s'amollir. Une sueur glacée tombait sur ses épaules, un jet noir passa devant ses yeux. Elle tremblait de plus en plus. Aucune équivoque, à présent, n'était possible. Cette jeune reine au teint clair, aux yeux verts en amande, au cou long et majestueux de reine asiatique ne pouvait être que Tahoukhipat.

— Quel âge a Néfertiti ? chuchota-t-elle en essuyant la sueur qui coulait sur son front.

— Ses parents adoptifs, le Grand Ay, Capitaine des Armées de Pharaon et Grand Écuyer des Écuries Royales, et Theyi, sa noble épouse, disent qu'elle vient d'avoir dix-huit ans.

Choutarna saisit le scarabée de turquoise qui pendait à son cou. Il était cerclé d'or et, derrière, était gravé le sceau de son père Kadashman, le roi de Babylone. Quand les deux sœurs avaient quitté les bords de l'Euphrate, elles avaient le même bijou accroché à leur cou.

Tout était nébuleux devant les yeux agrandis de Choutarna. Elle réunit pourtant ses dernières forces afin de détacher le joyau qui scintillait sur son buste, encastré entre ses deux seins. Le tenant dans ses doigts tremblants, elle le détacha de son cou et le tendit à Sehotep.

— Regarde-le, murmura-t-elle.

Sehotep le prit, l'observa, le retourna.

— Néfertiti m'a dit qu'elle avait vu le même dans l'un des coffres de la chambre de la reine Tiyi. Il portait l'inscription d'un roi asiatique.

Ce fut l'instant précis où elle chancela. D'un bond de chat, Sehotep la rattrapa dans ses bras. Elle était inerte et molle, un bras tombant dans le vide.

— Kyta ! s'écria le jeune homme.

Comme si la jeune servante n'attendait que ce moment-là, elle se précipita sur sa maîtresse plongeant sous son nez un flacon de natron mêlé à de l'eau de lotus. Choutarna ne fut pas longue à reprendre ses esprits et lorsqu'ils redevinrent tout à fait clairs, elle ne pensa plus qu'à changer ses plans.

En aucun cas elle ne devait nuire à sa sœur, la Grande Épouse Royale du nouveau pharaon.

*

Quand Neby et Niny tombèrent sur le corps de Lydie gisant près de sa résidence, une horrible peur les saisit et elles restèrent un instant pétrifiées, incapables de réagir, observant avec stupeur le cadavre de leur compagne. Puis la panique les saisit, elles esquissèrent le mouvement de s'enfuir, mais brusquement se reprirent non sans frissonner d'angoisse et observèrent longuement la blessure béante qui entaillait le crâne de Lydie.

Certes ! Que pouvaient-elles faire d'autre que de retourner le plus rapidement possible d'où elles venaient ? Oui ! Faire demi-tour. Repartir. L'une à Karnak, l'autre au port de Thèbes. Elles restèrent cependant ensemble sur les lieux du crime et ce ne fut que bien des heures plus tard qu'elles commencèrent à réfléchir. Pourquoi Lydie avait-elle fait l'objet de cette vengeance ? Elle qui, justement, n'était que faiblement impliquée dans cette affaire. Et qui avait commis ce meurtre ? Neby pleurait à l'idée de ce qu'elle perdait. On la dépossédait, soudain, d'un élément vital dont elle n'avait pas encore eu le temps d'apprécier l'affection ni l'amour qu'elle était sur le point de recevoir. Une parente qui, depuis leur rencontre, ne se fixait plus qu'un seul objectif, celui de la chérir et de l'aider. Après le désespoir des larmes, vint celui des regrets et de l'amertume. Pourquoi le sort s'acharnait-il ainsi sur elle ? Quand cesserait de battre en elle l'énergie qui la soutenait ? Jusqu'où irait son combat ?

Prenant sa main dans la sienne, Niny la réconforta. Alors, elles décidèrent de changer le plan qu'elles avaient prévu initialement. Il fallait promptement se rendre à Malgatta en empruntant l'accès que Niny connaissait bien, le chemin qui débouchait à l'arrière du palais, aux confins des champs de culture fermés par un mur disposant d'une porte de bois qui n'était plus en service.

Le matin même où elles se mirent en route, Choutarna n'avait pas dormi de la nuit, se tournant et se retournant sur sa couche, repoussant nerveusement le voile qui la protégeait des insectes volants, se remémorant sans cesse les révélations de Sehotep. Après une nuit blanche, ses réflexions l'avaient amenée à prendre la seule décision qui s'imposait. Même si elle ne présentait qu'une chance mineure de réussite, elle devait la tenter.

La veille, écartant Kyta qui la surveillait de près, elle s'était levée bien avant l'aube, avant que sa compagne ne fût réveillée. Puis, Lï-Lï sur les talons, elle avait pris la direction de la volière où elle avait hébergé les deux pigeons blancs qu'elle avait aussitôt reconnus lorsque, épuisés par leur voyage, ils s'étaient posés sur son épaule.

Comment aurait-elle pu ne pas identifier les oiseaux offerts par les prêtres de Memphis ? Ce bec d'une couleur orangée, piqué d'un grain noir sur le côté ne la trompait nullement, pas plus que ce plumage blanc argenté que le soleil rendait fluorescent. Et puis, surtout, ils possédaient ce sens inné de la fidélité.

A présent, ils étaient devenus des pigeons voyageurs. Choutarna l'avait aussitôt compris. Elle savait que Neby les avait apprivoisés, car un petit morceau de papyrus était enroulé à leur patte. Et, comme le document était vierge, cela impliquait que Choutarna devait impérativement réexpédier les oiseaux à sa compagne pourvus du message qu'elle attendait.

La volière de Malgatta était impressionnante. Les plus grosses espèces se trouvaient au centre des grandes cages. Ibis, hérons, grues allaient et venaient en secouant leur plumage, claudiquant et poussant des petits cris qui excitaient leurs congénères. Les volatiles de plus petite envergure, oies, vanneaux, perdreaux, sarcelles dormaient encore à cette heure matinale où les premiers rayons du jour apparaissaient à peine. Quant aux pigeons, ils étaient dans une petite volière à part, située sur les bas-côtés.

Choutarna y entra. Ses deux pigeons la reconnurent et vinrent voleter joyeusement autour d'elle. Quand ils se posèrent sur son épaule, elle caressa leur plumage et leur parla doucement. Puis elle déroula les documents qu'elle avait pris soin d'emporter juste avant de quitter sa chambre. Sur l'un, elle avait écrit « Néfertiti n'est pas une Égyptienne » et sur l'autre « Les deux scarabées de turquoise ! » Elle les entoura délicatement autour des pattes arrière de ses pigeons qui se laissèrent docilement faire. Ils s'accrochèrent quelque temps à son épaule comme s'ils ne voulaient pas la quitter. Puis Choutarna sortit de la volière et, dans un grand geste mêlé de désespoir et d'enthousiasme, brava la nuit qui persistait et les lança dans l'espace.

La réaction des pigeons lui parut étrange. Ils voletèrent, revinrent à elle, hésitèrent et prirent à nouveau leur essor. Choutarna dut les suivre afin de s'assurer de la direction qu'ils prenaient. Mais elle dut se rendre à l'évidence, ils n'en prenaient aucune. Voyant qu'elle les suivait à pas prudents, ils revinrent à elle et repartirent.

Elle les vit survoler le bassin, passer au-dessus des grands sycomores qui bordaient l'extrémité du parc et revenir pour décrire de grands cercles dans l'espace, juste au-dessus des premiers champs de culture. Alors, elle se mit à courir, dépassa les petits kiosques à colonnettes qui terminaient les jardins, côtoya le canal d'irrigation et s'avança dans la zone des cultures qui sortait de la périphérie du palais. Enfin, essoufflée, elle arriva près de la clôture qui fermait le territoire de Malgatta.

Les pigeons qui n'arrivaient pas à se décider revenaient sans cesse à elle, puis repartaient. Choutarna gardait le visage levé vers le ciel. Il lui sembla soudain que l'aube arrivait. Une légère rayure bleu pâle balayait l'horizon. Quand elle fut près de la porte qui clôturait le domaine, elle scruta plus intensément le ciel pour suivre les circonvolutions des oiseaux.

Sans ce geste fatal, elle eut peut-être aperçu plus vite l'ombre qui l'épiait depuis quelques minutes. Elle poussa un soupir et vit les pigeons plonger de l'autre côté du mur, comme s'ils tombaient à pic. Mais ils reprirent leur envol et Choutarna, rassurée, fit demi-tour.

Ce fut l'instant que choisit l'homme pour l'agripper. Elle cria. La porte dans le mur de briques s'ouvrit et une autre silhouette s'abattit sur eux comme un coup violent de khamsin sur le sable. Surpris, l'homme chuta, mais se releva. Niny — car c'était elle — accrocha vivement l'une de ses cuisses, provoquant un nouveau déséquilibre. Quand, dans les premières lueurs du jour, l'homme vit la naine s'acharner sur lui, il ricana, la repoussa dans un rugissement de fauve et empoigna par les cheveux Choutarna qui tentait de s'enfuir. A nouveau, elle cria. L'écho répercuta son hurlement déchirant. Puis, quand elle reconnut Neby et qu'elle la vit s'approcher, sa bouche s'ouvrit, mais aucun son n'en sortit. L'homme la traînait brutalement sur le sol, la cuisse toujours prisonnière entre les mains crispées de cette naine qui refusait de lâcher prise.

Ce fut Neby qui, sans le vouloir, précipita les choses. L'homme la vit s'avancer et un mauvais sourire effleura ses lèvres minces. Il s'abaissa, malgré la poigne de Niny et la pression qu'elle exerçait sur sa jambe. Puis, levant sa petite hache, d'un coup sec, il fendit en deux le crâne de Choutarna, comme il avait fendu celui de Lydie.

Elle tomba, le visage contre le sol, dans une flaque de sang. Neby resta prostrée, incapable de bouger, le cri que n'avait pu pousser Choutarna restait bloqué dans sa propre gorge et elle n'arrivait pas à l'en sortir.

Niny s'accrocha de toutes ses forces à la cuisse du meurtrier et réussit enfin à le déstabiliser. Il s'affaissa sur Neby qui ne réagissait toujours pas. Dans sa chute, l'homme avait fait tomber sa hache. Niny s'en saisit prestement et lui entailla le mollet. L'homme hurla, gesticula et ne put se relever. Quand Niny aperçut Neby couchée sur le corps ensanglanté de sa compagne, elle comprit qu'elle venait de réagir. Alors, elle cracha sur le meurtrier, saisit le couteau qu'elle gardait toujours accroché à sa ceinture et le lui plongea en pleine poitrine.

Quand elle se releva, elle observa le visage de l'homme succombant dans les derniers tressaillements. Neby s'était ressaisie, bien que ses yeux restassent hagards. Quand Niny la détacha du corps de sa compagne, elle vit que, dans sa main serrée, elle tenait le scarabée de turquoise.

— Viens, fit-elle, ne traînons pas là plus longtemps. Sinon, on va nous mettre ce double crime sur le dos. Viens, partons vite.

CHAPITRE XIV

Depuis la mort de Choutarna, Neby n'arrivait plus à dormir. Elle s'enfermait le jour dans la cabine centrale et sortait la nuit pour traîner misérablement sur le pont, les yeux tournés vers le grand ciel étoilé.

Dès que la dernière heure de Râ tombait, chaude et lourde, emplie du vol des mouches qui s'acharnaient sur les corps en sueur, Neby quittait la cabine. Debout à son côté, près de la proue qui relevait sa pointe au-dessus d'un fleuve dont la crue n'arrivait toujours pas, Minhotep la réconfortait.

Quant à Myriam, elle persistait, sans toutefois réussir dans son entreprise, à cuisiner des plats que Neby ne mangeait pas. Certes, Myriam aussi avait été fortement choquée par la tragique fin de Choutarna et elles ressassaient ensemble les jours heureux que l'harmonie de leur trio avait laissé entre elles comme une trace qui ne pouvait plus s'effacer.

Que fallait-il dire ou penser en ces heures de désarroi ? La mission de Neby se terminait lamentablement sans qu'elle eût pu aider sa compagne. Sa promesse s'avérait caduque. Pourquoi irait-elle, à présent, tenter de démanteler un réseau de prêtres qui s'acharnait à détruire tout ce qui venait d'Asie ? Ce n'était plus son problème. Son histoire à elle, désormais, était ce ventre animé d'un enfant qui, chaque jour, prenait du volume. Un ventre empli d'un petit être qui allait bientôt voir le jour. Un ventre qui criait son envie de vivre. Elle passait distraitement ses mains sur la courbe volumineuse qu'il offrait à ses yeux et soupirait d'inquiétude. Tout ceci prenait une allure de vertige. On l'avait crue si forte derrière son allure de jeune garçon. On la croyait volontaire, protégée, aguerrie, intouchable, alors qu'elle n'était que délicatesse et fragilité. Oui, sa course devenait folle et son galop périlleux. De son faux état de garçon, elle se retrouvait enceinte. Comment pouvait-elle réagir devant cette grossesse inattendue ? Qu'allait-elle faire pour préserver en même temps la vie de l'enfant qui devait naître et la vie de scribe qui l'attendait ?

Elle passa à nouveau la main sur son ventre et sentit dans son dos la présence de Minhotep.

— Lydie est morte aussi, murmura-t-elle. Et je la connaissais à peine. Qui me parlera, désormais, de ce grand-père crétois mort dans la misère et la douleur ?

— Allons, Neby. Cela ne te va guère de rester ainsi plaintive et larmoyante. Tu as des cousines, à présent, rétorqua Minhotep en entourant affectueusement les épaules de sa compagne.

— Il faut que je venge Choutarna et, puisque son meurtrier est le même que celui de Lydie, je la vengerai en même temps.

— A quoi cela te servira-t-il ?

— A me libérer.

— Te libérer ! Ma pauvre enfant. Quand tu auras mis ton enfant au monde, tu ne penseras plus à cette vengeance.

Myriam qui arrivait lui tendit un plat de purée de fèves à la graisse d'oie.

— Tiens, mange plutôt. Tu n'as rien avalé depuis deux jours. Ce n'est pas bon pour le bébé que tu attends.

— Elle a raison, constata Minhotep en regardant le teint pâle de Neby. Dieux de tous les cieux ! Veux-tu donc tomber malade ?

Esquissant une grimace, Neby saisit le plat et prit entre ses doigts un morceau d'oie dont l'os recouvert copieusement de chair bordait alertement la purée de fèves. Elle le porta à sa bouche et le goûta du bout des lèvres.

— Allons, c'est un début ! lança joyeusement Minhotep. Voilà notre Neby qui reprend goût à la vie. Tiens, regarde qui vient !

De son allure décidée, dynamique — ses petites jambes l'entraînant toujours plus vite qu'elle ne voulait — Niny apparut à l'autre bout de la passerelle. Chaque fois qu'elle venait voir sa compagne, Kyos la hissait sur le bateau. Il lui souriait, tout d'abord, de sa grande bouche édentée et la saisissait comme si elle était une plume. Niny se balançait dans les airs quelques instants et Kyos la reposait en douceur sur le plancher du pont.

Ce jour-là, elle avait l'air excitée. Cela se remarquait par le battement nerveux de ses petites mains grasses sur le bord de ses hanches. Elle tapotait furieusement le haut de ses cuisses du bout de ses ongles coupés ras.

— Je t'emmène ! cria-t-elle du bout de la passerelle.

— Où ? hurla Neby en lâchant son plat qu'elle avait à peine touché.

Par-dessus la coque du navire, elle vit les courtes jambes de Niny aborder la passerelle, puis Kyos se précipita pour la soulever du sol.

— A Deir-el-Médineh.

— A Deir-el-Médineh, le village des artisans ?

— A cet endroit même. Là où, de toute façon, tu devais te rendre pour trouver du travail.

Elle vola littéralement par-dessus bord et Kyos la déposa en douceur près de Neby.

— Nous retrouverons le fin mot de cette histoire. Je te promets que nous allons mettre au jour cette affaire. Tu vengeras Choutarna comme tu le souhaites.

— C'est un risque trop gros, Niny, s'interposa Minhotep. Tu vas entraîner ta compagne dans une course mortelle et vous risquez d'y perdre la vie.

— Mais… commença Neby.

— Laissez tomber. Ce n'est plus important. A présent, d'autres priorités prennent le relais.

— Et Neby va avoir son enfant dans quelques mois, renchérit Myriam pour laquelle peine et tristesse ne donnaient pas pour autant des idées de vengeance.

— Justement, objecta Neby, je veux venger Choutarna avant qu'il vienne au monde. Après, il faudra que je travaille pour subvenir correctement à ses besoins.

— Par tous les dieux ! murmura Minhotep. Il faut donc que tu ailles toujours au bout de la ligne que tu te traces !

Neby haussa l'épaule et soupira :

— Que veux-tu, c'est ainsi que je suis faite. Oh ! Minhotep, comprends-moi !

Elle se jeta contre elle et attendit qu'elle refermât les bras sur son buste qui prenait de l'épaisseur. Elle le fit avec une grande douceur en l'écoutant marmonner :

— Quelque chose me dit qu'une de ces aïeules dont on m'a parlé tout récemment, et de qui je descends, me dicte cette conduite. Irais-tu à l'encontre d'un désir ordonné par l'au-delà ?

Minhotep la lâcha, toussota et reprit une attitude plus désinvolte.

— Pris sous cet angle, maugréa-t-elle, tu as probablement raison. Ce n'est pas moi qui agirais autrement. Il n'en reste pas moins que tu vas prendre un énorme risque qui peut être fatal. Défier le temple d'Amon reste une gageure qui ne me paraît pas de bon augure. Mais dis-moi, Niny, poursuivit-elle en se tournant vers la naine, pourquoi as-tu décidé d'aller à Deir-el-Médineh ?

— Pour deux raisons. La première a pour but d'utiliser un fait que nous ne pouvons écarter. La reine se rend aujourd'hui à Médineh où le sculpteur Thoutmès lui a demandé de poser dans son atelier afin de réaliser un buste d'elle.

— Et la seconde ?

— C'est très différent. J'ai reconnu l'homme qui a assassiné Lydie et Choutarna. C'est le frère d'un des prêtres d'Amon. Un homme sanguinaire, un tueur qui n'a aucun scrupule. Il est à la solde du Grand Prêtre Anen qui, à nouveau, est à l'origine de ce massacre.

— Comment allons-nous faire ? s'inquiéta Neby. Rencontrer la reine à Deir-el-Médineh me paraît réalisable. Mais chercher un tueur dans les rues étroites d'un village me fait trembler de peur. Par quoi va-t-on commencer ?

— Nous allons nous rendre de suite au village. Ce n'est pas loin. En suivant la bonne rive, nous y serons avant que le soleil soit au zénith.

— Mais après ?

— Nous regarderons, nous épierons, nous questionnerons. Cet homme a un ami tailleur de pierres qui l'héberge. Par lui, nous apprendrons des choses. Ensuite, il faudrait voir la reine Néfertiti.

— Mais comment s'y prendre ? s'enquit à nouveau Neby que l'impatience, à moins que ce ne soit la nervosité, commençait à titiller.

— Je sais ! fit Niny en redressant son buste. Cela ne semble guère facile. Mais, nous nous y prendrons de la façon la plus simple qui soit. Nous attendrons à la porte de l'atelier du sculpteur.

— Mais nous allons nous faire jeter comme des chiens ! s'écria Neby. Les policiers du village et la garde personnelle de la reine vont obstruer l'entrée de l'atelier.

— Nullement. Ses idées, comme celles de son époux, sont à l'opposé de tout ce qui s'est fait jusqu'à présent. Néfertiti se déplace toujours seule. Parfois, des amis l'accompagnent. Et si tel est le cas, nous passerons inaperçues.

— Et si son époux est là !

— C'est pareil, assura Niny. L'un et l'autre prônent la tolérance.

— Mais on dit que leur ami Horemheb jette un œil de lynx sur tout individu qui trouble leur chemin.

— Ne t'inquiète pas. Aménophis ne sera pas là et Horemheb non plus. Allons, ne tardons plus. Viens, partons.

— Oui, partons. A présent que nous savons que Néfertiti est sans doute la sœur de Choutarna, nous n'avons plus de temps à perdre pour le lui dire.

Niny l'arrêta d'un geste :

— En es-tu sûre ?

— Oui, comment peux-tu affirmer que Néfertiti est la même personne que Tahoukhipat, la sœur de Choutarna disparue dans les flots du Nil ? questionna Myriam qui tremblait à l'idée de voir repartir Neby.

— Les messages, Myriam ! Les messages ! Sur l'un, Choutarna a écrit « Néfertiti n'est pas une Égyptienne » et sur l'autre « Les deux scarabées de Babylone ». Or, Choutarna en avait un et Néfertiti doit avoir l'autre.

— Veux-tu dire que la reine Néfertiti est babylonienne ?

— C'est la sœur de Choutarna, j'en suis sûre.

— Alors, nous devons le lui dire.

*

Si la reine avait laissé transparaître sa décontraction, voire sa désinvolture, à sa première séance de pose, le jeune sculpteur Thoutmès avait eu peine à tenir en place et rien ne l'avait raisonné. Tant de jours, tant de nuits, il avait imaginé le buste de Néfertiti, caressant de ses rêves la rondeur de ses seins à la peau blanche et pulpeuse, la douceur de ce ventre joliment galbé depuis qu'elle était enceinte au risque d'encourir le danger du fantasme.

Il lui semblait que ce temps-là était hier. Thoutmès tremblait encore quand Néfertiti arrivait. Il ne se calmait vraiment que lorsqu'il saisissait devant elle ses burins, ses maillets, ses brosses et ses polissoirs.

Ce jour-là, il se tenait plus penché que d'habitude sur le bloc de basalte qu'il façonnait à son gré. Un reflet sous la pierre venait de le saisir en plein fouet. Il observa la lueur qui filtrait entre les veines du basalte et décida de s'en servir pour illuminer le visage. L'éclat devait remonter jusqu'aux yeux comme la sève monte aux branches des arbres.

De temps à autre, il se relevait et observait son travail. Bien qu'il façonnât uniquement son buste, Néfertiti était à moitié nue. Le voile plissé qui recouvrait ses épaules était posé à terre, celui qui revêtait son corps tombait sur ses cuisses fuselées découvrant un ventre rond et blanc. Seul, le triangle épilé de son bas-ventre était occulté par l'épaisseur du fin tissu amoncelé à cet endroit.

Néfertiti se tenait droite sous l'œil de Thoutmès, mais on sentait la souplesse de son dos agir au moindre de ses gestes, de ses soupirs, de ses regards. Thoutmès réfléchissait. Il posa sur le sol le maillet avec lequel il aplatissait une bosse récalcitrante dans le basalte et saisit le burin qui lui servait à dégrossir une partie qui n'était pas encore travaillée.

— Ne bouge pas, Néfertiti. Il faut que je saisisse rapidement le reflet de ton regard. C'est un impératif auquel je me soustrais rarement. Si l'expression des yeux n'est pas bonne au premier coup de ciseau, elle ne le sera jamais complètement.

Au début de leurs premiers entretiens, Thoutmès appelait la reine « Majesté ». Puis, l'intimité naissant entre eux, la jeune femme l'avait surnommé Thouty. Un lien étrange les avait alors unis. Une sorte d'attachement platonique s'il n'y avait eu entre eux la sensualité du regard et du toucher.

Il la fixait, la contemplait, frôlait de sa main chaude son sein tremblant ou sa hanche dénudée, redressait son épaule dans une caresse audacieuse et murmurait : « Ne bouge plus. » Il ne réclamait jamais davantage et Néfertiti n'offrait son corps qu'à son regard intense et à ses doigts habiles.

Soudain, un jeune homme entra dans l'atelier et s'approcha du bloc de basalte près duquel se tenait la reine.

— Sehotep ! s'exclama Néfertiti en s'élançant vers son compagnon. Que viens-tu faire ici ?

— Majesté, fit le jeune homme, deux femmes veulent te voir. Je les ai rencontrées à l'entrée du village et comme tu n'as pas ta garde personnelle, j'ai pensé que tu pourrais leur accorder l'entretien qu'elles demandent.

— Sehotep ! s'exclama de nouveau la reine, nullement contrariée par la spontanéité de son compagnon, de quoi s'agit-il donc ?

Il s'approcha d'elle, malgré le regard furieux du sculpteur qui ne semblait pas apprécier qu'on le dérangeât ainsi dans son travail et murmura lentement à son oreille :

— Choutarna.

Néfertiti fit un bond de chat sauvage. Tous ses voiles tombèrent à terre et sa nudité fut intégrale. Les deux hommes parurent un instant déstabilisés, mais Thoutmès se remit assez vite et jeta :

— Qu'y a-t-il de si important pour que ce jeune homme ose nous déranger ?

— Thoutmès, jeta la reine d'un ton serein, en enfilant rapidement sa tunique, je veux un coin tranquille pour parler, afin que nul ne me voie ni ne m'entende. Peux-tu faire cela pour moi ?

Elle s'approcha de lui et braqua ses yeux dans les siens. Il hésita.

— Toi seul peux entendre ce que ces femmes ont à me dire. Je crois en ton silence. Allons, Sehotep, fais-les entrer dans l'atelier de Thoutmès.

Mais un braillement dans la ruelle se fit entendre et estompa pratiquement tous les bruits des environs. Même le braiment des ânes et les aboiements des chiens se trouvaient couverts par les hurlements de Niny qui se débattait comme un félin que l'on veut faire entrer en cage. Sehotep se précipita au-dehors et vit que les policiers du village, Snoufrou et Seshi, tenaient solidement les deux femmes auxquelles il s'était adressé tout à l'heure.

Quand Niny faillit échapper aux rudes mains de Seshi, il la rattrapa par l'oreille et elle hurla de toutes ses forces, le gosier ouvert comme une oie qu'on égorge. Neby paraissait moins agitée et elle fut tout à fait tranquille quand elle aperçut la silhouette de Sehotep au travers de la porte de l'atelier du sculpteur.

— Laissez-les ! s'écria la jeune reine qui arrivait aussitôt derrière Sehotep. Laissez-les et repartez. Je n'ai réclamé aucune garde personnelle, encore moins l'aide de la police.

Elle s'avança vers les deux femmes que lâchèrent aussitôt les policiers.

— Que voulez-vous ?

— Vous parler, Majesté, répondit Niny en se courbant jusqu'à terre.

Neby la regarda, eut envie de sourire en voyant le petit tas informe que la naine, couchée à terre, la tête rentrée dans les épaules, offrait en spectacle, mais ne sut que faire quand Néfertiti se tourna vers elle. Jamais encore, elle n'avait eu à se courber devant quelqu'un. Elle baissa simplement les yeux.

— Qui es-tu ? fit la reine.

— Neby, fille de Koushy scribe public et d'Isis de Bouhen, tous deux morts. Je suis scribe et l'acte authentique qui m'autorise à professer est enregistré à Memphis.

Elle désigna du doigt Niny qui, voyant que la conversation s'engageait comme elle l'avait souhaitée, se relevait lentement.

— Et voici Niny, mon amie.

— Entrons chez le sculpteur Thoutmès, ordonna la reine. Nous parlerons plus à l'aise. A cette heure chaude de la journée, tous les hommes sont au repos.

Quand Neby releva les yeux sur Néfertiti, elle eut la même réaction que Sehotep avait eue la première fois face à Choutarna. Ses jambes tremblèrent et ses cils battirent de stupeur. Puis elle posa l'une de ses mains sur son buste, là, juste sous les seins où battait trop violemment son cœur. Tout en Néfertiti lui rappelait Choutarna. Les épaules, les yeux, les attitudes. Le geste de ses bras et de ses mains quand elle les élevait au-dessus d'elle. Le regard vert en amande, le front haut, le cou long et bien détaché. Sehotep qui regardait l'ébahissement de Neby commençait à comprendre. Il s'avança vers la reine.

— Néfert, dit le jeune homme, regarde cette femme. Elle est aussi stupéfaite devant toi que je l'ai été devant Choutarna.

— Pourquoi ? souffla la reine.

— Parce que la ressemblance est grande, Majesté, expliqua Neby en reprenant ses esprits. Vos gestes sont les mêmes, votre regard identique, même votre cou est le sien. Un tel sosie est stupéfiant.

— Qui es-tu en dehors de ton état de scribe ?

— Majesté, je suis la compagne qui, pendant presque dix ans, a partagé la vie de votre sœur Choutarna.

— Comment oses-tu ? s'indigna Néfertiti dans un cri qu'elle ne put étouffer.

Thoutmès et Sehotep avaient poussé les deux femmes à l'arrière de l'atelier, afin que personne ne les entendît. Seuls, les bruits de la ruelle leur parvenaient. Des cahots de chariots, des rires d'enfants, le rabot du menuisier qui travaillait encore et, plus pesant encore, le vol lourd des mouches exacerbées.

Néfertiti était à peine assise en tailleur sur le sol, offrant en face d'elle une place identique à Neby et à la naine, que toute la pesanteur de l'air faillit lui couper le souffle. Cependant, elle s'efforça de faire bonne figure et se concentra sur les mots que devait encore lui révéler cette scribe qui se disait l'amie de Choutarna. Mais ce fut Niny qui parla :

— C'est la vérité, Majesté, dit-elle en repliant ses courtes jambes sous son buste qui, ainsi ramassées, semblaient mutilées, comme si la partie inférieure de son corps n'existait pas. Vous êtes la fille du roi Kadashman, le roi de Babylone, et Choutarna était votre sœur.

— Arrête, cria Néfertiti en posant ses mains sur ses oreilles. Arrête, horrible naine, ou je te fais enfermer et fouetter jusqu'au sang.

— Ma compagne a raison. Majesté, reprit Neby d'un ton tranquille bien que son cœur battît à tout rompre, vous n'aviez que quelques mois quand l'expédition de votre père a péri dans le Nil. Votre sœur aînée a survécu et vous aussi. Chacune a suivi le destin que la vie d'ici-bas lui offrait.

Néfertiti abaissa lentement ses mains et les plaqua contre elle, décidée à écouter jusqu'au bout ce qu'elle craignait d'entendre depuis tant d'années. Alors, elle plongea son regard dans celui de Neby et l'écouta sans sourciller.

— Rescapés du naufrage, poursuivit celle-ci sans plus attendre, Choutarna et le conseiller de votre père, Pappalavizzi, ont voulu retourner à Babylone en regroupant une petite caravane avec les moyens du bord, car ils ne possédaient plus rien. Tout avait été perdu dans le naufrage organisé par les prêtres d'Amon.

— Les prêtres d'Amon ! murmura la reine. C'est impensable.

— Hélas, ils vous haïssent, comme ils haïssent tout ce qui vient du Mitanni ou de Babylonie.

Niny s'agita et ramena l'une de ses jambes en avant, ce qui déséquilibra son corps et la fit basculer sur le côté. Elle reprit son équilibre en posant la main sur le sol et jeta d'une voix pointue :

— C'est le propre frère de la reine Tiyi qui organise et mène les complots. Je le sais. Je suis la servante d'Ipény la Grande Prêtresse d'Amon. Par elle, qui ne s'est jamais méfiée de moi, je sais tout. Son époux, le Grand Prêtre Ptahmose, aujourd'hui parti dans le royaume d'Osiris, était le principal complice d'Anen. Ce sont eux qui, à Karnak, dirigeaient le réseau d'espions. J'ai connu Neby alors qu'elle n'était qu'une enfant. Elle travaillait pour Anen. Ensuite, la Grande Ipény l'a récupérée, mais…

— Mais, je me suis sauvée, coupa précipitamment Neby.

— Poursuis, je veux savoir plus.

— Pappalavizzi m'a trouvée dans les rues de Memphis, puis emmenée vers votre sœur pour lui apprendre la langue égyptienne. Je ne l'ai plus quittée depuis son enfermement à Malgatta qui s'est tragiquement terminé par son assassinat, voici quelques semaines à peine.

Les yeux fermés, les lèvres entrouvertes pour mieux respirer, Néfertiti se balançait doucement d'avant en arrière. Une onde glaciale lui parcourait le corps. Des larmes coulèrent sur ses joues. Son teint blanc habituel était devenu blafard, presque translucide.

— Majesté, voulez-vous boire quelque chose ? proposa Niny, nullement rancunière pour le terme de « horrible naine » qu'elle lui avait jeté en plein visage.

— Je veux bien, acquiesça la reine en ouvrant les yeux, presque gênée de se montrer aussi faible.

Elle essuya son visage, prit une longue respiration et se tourna vers Neby.

— Je me doutais que j'étais une Asiatique. Pourquoi n'ai-je pas parlé quand j'ai vu Choutarna dans les jardins de Malgatta ? Elle tenait dans le creux de sa main un scarabée de turquoise cerclé d'or. Cela m'intriguait car, un jour, j'avais vu le même dans le tiroir d'un coffre de Tiyi. Il portait au dos le sceau d'un roi d'Asie. Je ne savais pas que c'était celui de mon père, le roi de Babylone.

Néfertiti but lentement la coupe d'eau que lui apportait Thoutmès. Cela eut l'air de la réconforter. Du rose revint à ses joues et elle sourit à Neby qui, avec des gestes lents, découvrait son buste sur lequel apparut le scarabée de turquoise qui avait appartenu à Choutarna. Elle le détacha de son cou et le tendit à la reine.

— Il vous appartient, Majesté.

— L'autre sera pour toi. Je fais le serment de le récupérer un jour.

Elle referma les yeux quelque temps et s'enferma dans un profond silence que nul n'osa interrompre. Quand elle les rouvrit, elle parla d'un ton calme, presque froid, en se tournant vers Neby :

— Quel est mon nom ?

— Tahoukhipat, Majesté.

— Tahoukhipat, répéta-t-elle à voix basse. Tahoukhipat…

Elle reprit la coupe qu'elle avait vidée et la tendit à Thoutmès qui la remplit à ras bord. Et elle but à nouveau, les yeux levés au ciel, à petits coups rapides et successifs.

— Qui m'a trouvée ? Est-ce ton père, Sehotep ? Dans le limon du Nil durant l'inondation ?

Sehotep qui n'avait rien dit jusqu'à présent et était resté un peu à l'écart n'osait respirer. Il rougit et balbutia :

— C'est possible, Majesté, tu sais bien que mes parents ne m'ont jamais rien dit.

— M'aurais-tu avoué, si tu avais su ?

Le jeune homme secoua la tête dans un signe affirmatif.

— Pensilhé, ta mère, ne savait rien, reprit Néfertiti. Son rôle était de m'allaiter en même temps que toi. Elle aussi m'aurait expliqué si elle avait connu la vérité. Seul ton père était au courant. Il devait avoir reçu l'ordre de ne rien dire. Ah ! Sehotep, si ton père m'a vraiment sauvé la vie, je t'offrirai un atelier et des hommes pour travailler sous ton autorité. Tu confectionneras toutes mes urnes, mes poteries, mes plats et mes coupelles.

Sehotep s'était à nouveau reculé. Il se tenait à côté de Thoutmès qui écoutait, silencieux et prudent. Au début du récit, il était resté d'une incrédulité complète puis au fil de l'histoire, sa méfiance s'était transformée comme si les mots le forçaient à réfléchir et, de l'état sceptique, il était passé à l'opposé. Pire ! Il comprenait à présent les gestes, les regards, les silences, le mystère qui se dégageaient d'elle.

Malgré les battements violents de son cœur, Néfertiti reprenait son souffle et son esprit. Elle observa le pendentif que lui avait remis Neby et le passa autour de son cou.

— Je comprends, à présent, pourquoi les divinités d'ailleurs me préoccupent à ce point. Je comprends pourquoi j'aime tant le soleil et plus encore pourquoi j'ai fait d'Aton mon dieu de prédilection. Tout s'explique à présent.

Elle se redressa et prit la main de Neby.

— Je veux que tu me racontes tout sur ma sœur, lui dit-elle. Je veux tout connaître, tout savoir. Je veux retrouver son cœur et son esprit à présent qu'elle est morte. Si tu as vécu avec elle pendant dix ans, tu as dû contourner tous ses secrets, ses idées, ses joies, ses peines. Tu es scribe, dis-tu, veux-tu travailler pour mon service ?

— Pardonnez-moi, Majesté. Je ne puis accepter, car je dois accoucher tout d'abord. J'attends un enfant.

La reine jeta un coup d'œil sur la rondeur du ventre de sa compagne.

— J’avais cru comprendre que tu n’étais pas mariée.

— En effet.

— Alors, tu es libre !

Neby ébaucha un sourire qui laissa la reine dans l’incertitude.

— Qui est le père de ton enfant ?

— C’est un haut dignitaire, Majesté. Et je préfère taire son nom.

— Craindrais-tu le scandale ?

Neby sourit à nouveau. Que répondre à cela ? Oui, parce qu’elle était une pauvre scribe hissée dans la hiérarchie par un Grand Prêtre de Ptah ? Non, parce qu’elle venait d’apprendre qu’elle était la petite-fille d’une Seconde Épouse de pharaon ? Que pouvait-elle expliquer clairement quand tout s’embrouillait dans sa tête ?

— Non, jeta-t-elle. Je veux élever seule mon enfant.

— Tu as du courage, Neby.

— Bah ! fit-elle. Je suis habituée à me battre. La vie m’a suffisamment forgée pour cela.

— Alors, viens travailler pour moi lorsque tu auras mis ton enfant au monde. Il faudra que tu me parles de Choutarna. Je veux tout savoir d’elle.

— Je viendrai, Majesté. Je vous le promets. Nous parlerons de votre sœur ensemble.

— Veux-tu que je réclame une litière pour ton retour ?

— Nous allons rentrer à pied, Majesté ! s’écria Niny en sautant pour se mettre debout. Nous avons besoin de marcher.

Quand elles quittèrent la reine, elles eurent l’impression de se sentir plus légères. Mais ce sentiment fut de courte durée, car à la sortie du village, Snoufrou et

Seshi, les policiers du secteur, les attendaient de pied ferme, cachés derrière un chariot rempli de pierres fraîchement cassées provenant de la montagne thébaine. Surprises, elles n'eurent pas le temps de se débattre. Ils les traînèrent au bureau administratif du village, un local de deux petites pièces tenu par le Chef de Police. Grand, sec et bourru, Méry ne semblait ni méchant ni violent, mais il ne se laissa pas impressionner par les hurlements de Niny.

— La reine te punira et tu auras le nez coupé, rugit-elle en crachant sur le Chef de Police.

— Allons, cesse de crier, tu n'es pas en cause. Tu peux filer et retourner d'où tu viens. Ton cas ne m'intéresse pas. C'est celui de ta compagne qui me préoccupe.

— Que vas-tu faire d'elle ? Je ne la quitterai pas !

Il ne fallut aucun dessin, signe ou autre mot pour que Neby comprît. Panehesy l'avait retrouvée. Le risque qu'elle venait de prendre lui paraissait à présent démesuré.

— Rentre Niny, fit-elle d'un ton triste. Et ne t'inquiète pas. Ces hommes ne me veulent aucun mal. Je reviendrai.

*

Niny ne s'en tint pas là. Sortie du Bureau Central de Médineh, elle flâna quelques instants dans le village et tomba sur un enfant qui l'épiait derrière un âne sommeillant dans la ruelle, oreilles dressées et queue battant les flancs pour écarter les mouches malveillantes.

— Comment t'appelles-tu ? fit-elle à l'adresse du garçonnet.

— Koushy, répondit l'enfant.

— Pourquoi m'épiais-tu ?

L'enfant fit un bond et se planta devant Niny.

— Pourquoi es-tu si petite ? s'enhardit-il en lui jetant en coulisse un regard méfiant.

— Et toi, dit Niny en riant, pourquoi n'es-tu pas plus grand que moi ?

Koushy ne s'attendait pas à cette remarque et marqua un temps d'étonnement que Niny saisit au vol.

— Dis-moi, Koushy, connais-tu les deux policiers du village ?

— Çà oui, opina le gamin en se tortillant de plaisir.

— Ils ont enfermé mon amie Neby. Comment les choses se passent-elles quand ils font ça ?

— Ça dépend ! tergiversa l'enfant, redevenu méfiant.

— Écoute, poursuivit la naine d'un ton badin, je n'ai rien à te donner. Veux-tu m'aider quand même ?

— Je ne suis pas un mendiant. Je suis Koushy, fils d'Antef, le potier. Si tu veux savoir ce que les policiers vont faire de ton amie Neby, je veux bien te le dire, sans rien demander en échange.

— Alors, allons plus loin. Il me semble que là où nous sommes, on nous écoute. Si tu veux, je t'emmènerai un jour voir les obélisques de Karnak.

L'enfant sautilla d'une jambe sur l'autre.

— Et les pylônes gravés ?

Niny lui tendit la main.

— Oui, et les nécropoles de Karnak, promit-elle en serrant les doigts de l'enfant. Elles sont très différentes de celles que vous construisez dans la vallée, vous les artisans de Médineh ! Tu y verras les plus belles poteries qui soient.

— Plus belles que celles que mon père modèle ?

Il n'avait pas à lever son visage pour mieux la voir, car il était à sa hauteur. Alors sans trop savoir pourquoi, car Koushy ne se posait pas ce genre de question, il décida de la prendre sous sa protection.

— J'ai vu Sehotep entrer chez le sculpteur, dit-il en l'entraînant plus loin. Mon père dit que ses poteries, et surtout ses grandes jarres à huile, ont plus d'envergure que celles fabriquées par son chef Maya. Mais j'aime bien Sehotep, il est gentil avec moi.

Il attira Niny à lui en lui tirant la main et chuchota :

— On dit qu'il connaît la reine Néfertiti et que c'est son frère de lait. Mais il n'est pas prétentieux et n'en tire aucun avantage. Viens, on va aller chez Hopet, c'est mon ami, il travaille chez Kébi, le briquetier.

Hopet vivait seul depuis que ses deux sœurs étaient parties. L'une pour vivre sa vie avec Menwy, un Syrien — peut-être un Hittite ou un Babylonien — qui n'était pas très bien vu dans le village, l'autre pour travailler à Malgatta au service d'une lingère, comme il y en avait tant parmi les suivantes de la reine Tiyi.

Dès son entrée avec Koushy, Niny sentit que le jeune homme la regardait d'une façon étrange. Mais habituée à ce que son aspect surprenne au départ, elle n'y vit aucune méfiance de la part de Hopet et accepta la cruche de bière qu'il lui tendit. Depuis longtemps, Niny savait mettre les gens de sa condition à l'aise et les attirer par sa bonne humeur et sa jovialité.

— Elle veut savoir ce que l'on va faire de son amie Neby que les policiers retiennent au Bureau du village.

— Neby, murmura Hopet, les yeux écarquillés.

— Tu la connais ?

— Je l'ai vue entrer au village avec toi. Son visage me rappelle quelqu'un qui s'appelait aussi Neby.

Il semblait perturbé et but distraitement sa bière, les yeux dans le vague, sans rien dire d'autre. Un étonnement muet qu'il semblait ne pas pouvoir sortir au-delà de ses lèvres, même en le concrétisant par des mots.

Mais Koushy tenait, à présent, à remplir sa mission.

— Méry, le chef, jeta-t-il spontanément, va probablement rentrer chez lui pour faire la sieste, car c'est l'heure chaude du repos. Comme ce n'est pas le tour de garde de Snoufrou, ton amie Neby sera donc entre les mains de Seshi.

— Et alors ? s'enquit Niny.

— Alors, c'est ennuyeux, car c'est le plus agressif des deux. Il risque de la maltraiter un peu, sauf si Méry l'a formellement interdit.

L'enfant interpella son ami Hopet :

— Habituellement, tu donnes ton avis. Pourquoi ne dis-tu rien ?

Le jeune homme se tourna vers la naine.

— Que fait ton amie Neby ?

— Elle est scribe public.

Il eut un sursaut qui n'échappa pas aux deux autres.

— J'ai connu à Memphis un jeune scribe qui s'appelait Neby. C'était... C'était...

— C'était un eunuque, termina Niny en souriant.

Hopet rougit et bredouilla :

— Je ne sais pas. Sans doute.

— Non, répliqua Niny. C'était simplement un jeune garçon au crâne rasé.

— Sans doute, répéta bêtement Hopet éberlué.

— Beaucoup de gens ont connu Neby le jeune scribe public. A présent, c'est une femme.

Cette fois, Hopet faillit s'étrangler.

— Je ne comprends pas, ânonna-t-il.

— Écoute, Hopet. A cette époque, Neby s'habillait en garçon pour les exigences de son métier. A présent, elle n'a plus besoin de se travestir.

Hopet commençait à se remettre de ses émotions. Comment n'avait-il jamais pu comprendre que son compagnon d'autrefois était trop délicat, trop subtil, trop fin pour être un garçon ? Sa famille qui l'avait hébergée quelque temps n'avait posé aucune question.

Le salaire que Neby rapportait à ses parents leur paraissait suffisant pour qu'ils lui fassent confiance.

— Nous avions le même âge, se souvint-il. Les jours de repos, mon père nous emmenait pêcher sur le Nil, mais Neby n'était pas intéressé par cette activité. Il... Elle rêvait sur le bord du fleuve.

Il commença, enfin, à s'agiter.

— Il ne faut pas le... la laisser entre les mains de ce monstre de Seshi. C'est un violent qui ne peut s'empêcher de battre et de violenter. Écoute, Koushy, personne ne se méfie de toi. Fais le guet à la porte du Bureau Central et rapporte-nous tout ce que tu sais. Quand tu devras rentrer pour ne pas inquiéter ta mère, je te ferai remplacer par quelqu'un d'autre.

— Qui ? Hénout, le porteur d'eau des tailleurs de pierre ?

— Pourquoi pas ? Je lui fournirai en échange du foin pour son âne qui est maigre comme un sac d'os.

CHAPITRE XV

Quand Neby se retrouva devant Panehesy, elle crut que tout recommençait depuis le jour où elle l'avait vu pour la première fois près de Memphis, lors d'une fête de recensement du cheptel d'un village, lorsqu'il avait sollicité l'aide d'un scribe et qu'il avait remarqué son visage. A vrai dire, intrigué après avoir observé l'allure étrangement féminine de ce jeune éphèbe, il avait souhaité le connaître.

Panehesy semblait satisfait. Ses larges épaules, dont l'une, tout à l'heure, était encore recouverte de la peau de léopard qu'il revêtait pour les cérémonies du temple, roulaient sous sa puissante musculature.

Neby se laissa mollement prendre entre ses bras, humant l'odeur de la myrrhe qu'il venait de balancer en cadence au-dessus de la tête des dieux mêlée à celle du jasmin qui recouvrait son corps. Une odeur qu'elle respirait inconsciemment et qu'elle avait presque oubliée.

— Je t'avais dit, petit scribe, que je te retrouverais là où tu irais, murmura-t-il en la serrant contre lui.

Elle plaqua lentement ses mains sur son buste nu, soigneusement épilé, et le repoussa. Puis elle s'écarta de lui et, plongeant ses yeux dans les siens, jeta à voix basse :

— Comment m'as-tu retrouvée ?

— Cela n'a pas été très facile, petit scribe. Depuis ta fuite, mes hommes surveillaient en permanence les résidences de tes amies Sekmet, la fille de l'orfèvre et Bastet, celle du Vizir. Je savais que tu devais les voir. Elles seules pouvaient te faire entrer à Malgatta.

Elle eut un geste de recul, puis ses lèvres esquissèrent un rictus de déplaisir.

— Je me doutais que je n'étais pas assez vigilante. Mais toutes ces révélations que je venais d'apprendre m'avaient tant bouleversée que j'en ai oublié les règles élémentaires de la prudence.

Il la regarda sans comprendre mais comme elle arborait soudain un air moins contrarié, il expliqua en prononçant ses mots avec quelque réserve :

— Tout d'abord, mes hommes n'ont vu que cette femme sortir de chez ton amie Sekmet. Qui était-elle ?

Neby haussa l'épaule.

— Peu importe.

Panehesy se rapprocha d'elle et la prit par les épaules.

— J'ai besoin de savoir pourquoi ils l'ont tuée.

— Parce qu'elle était ma parente, sans doute.

— Ta parente ?

Il observa le visage de Neby et vit qu'une larme y coulait. Elle le regarda, hocha la tête d'impuissance. Comment pouvait-il comprendre que cette larme-là était une larme de regret et d'amertume ? Il lâcha ses épaules et la reprit dans ses bras.

— Je refuse que tu me laisses dans l'ignorance.

Cette fois, elle s'écarta violemment. La tristesse soudaine qui avait empoigné son visage se mua en colère.

— Et moi, je refuse que tu me caches pourquoi ils ont tué Choutarna. C'était ma sœur, ma compagne, mon amie. C'était toute mon adolescence. Ne l'as-tu donc pas compris quand je me suis enfuie de Memphis pour la rejoindre ?

Il haussa les épaules à son tour et tourna la tête du côté où il avait jeté sa peau de léopard. Le regard fixe, il réfléchissait. Cette histoire ne le concernait plus. Pourquoi en reparler ? Il décida d'oublier cette affaire et poursuivit d'une voix tranquille :

— Je te jure, Neby, que je n'ai jamais voulu qu'on supprime Choutarna. J'ai même tout fait pour empêcher ce massacre. Mais les prêtres d'Amon ont été plus rapides et plus forts que moi. Il a fallu que je compose avec eux.

— Composer ! répéta-t-elle d'un ton persifleur. Faut-il toujours que tu pactises et que tu cèdes, afin de conserver tes droits et tes privilèges ?

Préférant ne pas s'arrêter sur son ironie, d'autant plus qu'il remarquait les joues empourprées de sa compagne et ses mains agitées d'une fureur inhabituelle, il poursuivit d'une voix toujours calme :

— Mes hommes ont cru que tu étais partie de chez Sekmet avant cette femme qui t'accompagnait. Ils l'ont suivie et ils ont vu le massacre.

— Le crâne fendu par une hache, s'écria Neby au bord de la crise de nerfs. C'est horrible ! Et Choutarna, immolée de la même façon !

Elle se jeta contre le mur et ses cris redoublèrent. Il fallait qu'enfin elle ressortît cette fièvre brûlante et ces convulsions qu'elle gardait en elle depuis si longtemps. Elle frappa de ses poings le mur qui lui faisait face et Panehesy sentit qu'il devait la laisser se reprendre seule.

— Une petite hache nubienne. Je la reconnaîtrais entre mille. Elle avait un manche en bois de sycomore et une lame en silex. Mon père en avait une quand nous étions à Bouhen. Elle lui servait à tailler les arbustes.

Elle frappa le mur à nouveau de ses poings fermés. La rage ne l'avait encore jamais saisie de la sorte et Panehesy se trouva presque déstabilisé devant ce comportement qu'il ne connaissait pas chez Neby.

— Oui ! Je trouverai cet homme et je le tuerai. Oui ! Je vengerai Lydie et Choutarna.

— Qui est Lydie ? chuchota-t-il à son oreille, en s'approchant derrière elle.

Sa crise de nerfs s'arrêta instantanément. Mais elle ne répondit pas.

— Cette femme devait t'intriguer pour que tu sois sortie de ton repaire afin d'aller jusque chez elle, poursuivit-il à voix basse. Qui était-elle ?

Elle se retourna, les yeux baignés de larmes, le regarda et se jeta spontanément dans ses bras.

— La fille de mon grand-père. Un Crétois venu faire du commerce à Thèbes. Pourquoi tes hommes l'ont-ils suivie ?

— Mais pour te retrouver, petit scribe. Rien d'autre ne m'intéressait, tu le sais bien ! Qui était ce Crétois ?

— L'amant de ma grand-mère, répondit-elle tristement. Tes hommes m'ont-ils attendue là jusqu'à ce que je vienne avec Niny ?

— Niny ! Cette naine qui ne te quitte plus !

Voyant qu'elle reprenait peu à peu ses esprits et que le calme semblait l'habiter de nouveau, il observa son visage avec attention.

— Qui est ta grand-mère ?

Elle soupira.

— La Seconde Épouse du pharaon Thoutmosis le troisième, répondit-elle en posant son front moite sur l'épaule de Panehesy. Pourquoi tes hommes ne m'ont-ils pas interceptée de suite lorsque j'étais chez Lydie ?

— Parce qu'ils savaient que tu te rendrais aussitôt à Malgatta où était Choutarna. Ils avaient reçu l'ordre de la sauver, non de la tuer. Allons, dis-moi, d'où sors-tu cette histoire de Seconde Épouse ?

— C'est la vérité. Ma grand-mère s'appelait Satiah. Elle était la fille de Séchat, Grande Scribe Royale de la pharaonne Hatchepsout et de Menkh, officier de la Charrerie Royale. Satiah, ma grand-mère, était Seconde Épouse du pharaon Thoutmosis III[1]. Elle finit par se lasser des absences du pharaon son époux et, pour tuer le temps, elle alla se promener sur le port de Thèbes. Alors, elle y rencontra Mykos le Crétois, un homme séduisant qui tomba amoureux d'elle et, chaque fois qu'elle venait sur les quais de Thèbes, ils passaient le temps à s'aimer.

Les larmes avaient séché sur son visage. Elle paraissait plus sereine. S'arrêtant un instant, elle se passa la main sur les yeux et poursuivit :

— Sur le bateau de Mykos, ils ont même pris le temps de concevoir un enfant. C'était ma mère.

Elle parlait à présent d'un ton calme :

— Ah ! Panehesy. Pourquoi ces prêtres ont-ils tué Choutarna ?

— Tu le sais. Parce qu'elle représentait un danger pour le temple d'Amon. Qu'est devenue ta mère ?

— Je te l'ai dit autrefois. Ma prime enfance n'a pas été malheureuse. Ma mère recevait une aide d'une provenance inconnue. Puis, à la mort de Satiah, la source s'est tarie puisque personne ne connaissait

1. Lire : LES THÉBAINES *La Couronne insolente,* tome 1, Le Livre de Poche, n° 14886.

notre existence qu'il fallait cacher par crainte du scandale.

— Et ce Crétois ?

Une lueur amère passa dans les pupilles dorées de Neby. Elle eut un pauvre sourire.

— Peu de temps avant la mort de Satiah, fit-elle en soupirant, les inondations d'une crue trop forte ont détruit le bateau de Mykos. Plus tard, sa fille Lydie a voulu connaître sa demi-sœur. Elle a quitté la Crète et est venue à Thèbes.

Neby fit quelques pas vers la terrasse qui apportait de l'ombre dans la pièce. Elle sentait son équilibre revenir.

— Les prêtres d'Amon savent-ils que Néfertiti est la sœur de Choutarna ? s'enquit-elle d'un air plus assuré.

— Ils savent tout, hélas. Ils savent aussi que tu n'ignores rien de cette inextricable situation. Ils vont tout faire pour te retrouver. Mais ne crains rien, je vais t'emmener à Memphis et te protéger.

— Mais, Panehesy, je ne veux pas te suivre ! s'exclama-t-elle.

— Il le faut, petit scribe. Tu n'as aucun refuge pour passer inaperçue.

« Il ne connaît pas le bateau de Minhotep, pensa-t-elle soulagée. Il ignore que c'est au port de Thèbes qu'existe ma retraite et que " La Croix d'Ankh " va bientôt partir pour Bouhen. »

— Puisque tes hommes m'ont retrouvée près de Malgatta, pourquoi ne m'ont-ils pas enlevée de suite ?

— Parce que tes cris auraient attiré l'attention et que s'ils avaient été pris, ils auraient été aussitôt considérés comme les meurtriers de Choutarna. Ils ont pris peur et se sont sauvés. C'est par la naine qu'ils ont retrouvé ta trace. Vous vous rendiez alors au village de Deir-el-Médineh. L'intervention de Néfertiti les a déstabilisés. Mais ensuite, ils ont bien œuvré.

Elle entrouvrit les lèvres et jeta dans un souffle :

— J'aurais dû accepter la litière de la reine.

— Non, petit scribe. Ils l'auraient arrêtée. Allons ! Tout finit bien puisque je t'ai retrouvée.

— Oh ! Panehesy. Pourquoi t'accroches-tu à moi de cette façon ? Je te rendrai toujours responsable de la mort de Choutarna.

— L'aimais-tu donc plus que moi ?

— Différemment, soupira-t-elle. Mais je l'aimais. Oui, je l'aimais.

— Allons, ma Neby, dit-il en la serrant dans ses bras. Choutarna était dangereuse pour toi. A présent, je vais te protéger. Avec le temps, les prêtres d'Amon oublieront.

— Dangereuse ? Choutarna ! Elle qui ne voulait que s'éclipser et vivre sereinement. Si tu ne l'avais pas amenée à Malgatta quand nous étions à Memphis, elle serait encore en vie, mêlée, intégrée dans la société de l'Égypte, même dans une classe plus basse que celle à laquelle elle appartenait.

— Non, petit scribe. C'était irrémédiable.

— Et pourquoi ?

— Parce qu'un jour ou l'autre, tu aurais appris tes origines par cette femme crétoise que tu appelles Lydie. Et ta vraie famille t'aurait récupérée. Que serait devenue alors Choutarna ?

— Me crois-tu donc aussi peu déterminée ? Je croyais que tu avais vu en moi des qualités d'intelligence, de sens pratique et de clairvoyance. J'aurais su intégrer Choutarna comme il le fallait, dans une société qui nous convenait. Mais, vous, les prêtres ! il faut que vous dirigiez tout, que vous commandiez la destinée des hommes, que vous supervisiez l'Égypte entière. Le pouvoir vous rend exécrables, totalitaires, rigides.

Elle redevenait nerveuse, têtue, agitée.

— Ah ! Certes, tu ne voulais pas la mort de Choutarna. Ah ! Certes encore, tu cherches à amoindrir la puissance d'Amon et en même temps celle des prêtres de Karnak, mais ce n'est qu'au profit d'un autre dieu, Ptah ! Un autre dieu qui vit chez toi, à Memphis, là où tu règnes en toute-puissance. Et les autres grands prêtres font de même, ils œuvrent pour Osiris, Anubis, Horus. Peu leur importe le peuple et sa misère. Ils veulent tuer Amon pour être les maîtres à leur tour. Voilà ce que je pense des temples et des prêtres. Je les hais. Tu entends, je les hais !

Elle courut précipitamment vers la terrasse tout en saisissant au passage un chasse-mouches en plumes d'autruche, car la chaleur imprégnait tout son corps.

— Et je m'en vais ! cria-t-elle. Je m'en vais et ne veux plus te voir.

D'un bond, il la rattrapa et faillit déchirer le bord de sa tunique.

— Lâche-moi ! Je te hais comme les autres. Quand j'étais fillette, un prêtre d'Amon, retors et dénaturé, a failli me violer alors qu'il croyait que j'étais un garçon. A présent, je ne veux pas plus d'un prêtre de Ptah. Je ne veux pas vivre avec toi.

— Mais, Neby, balbutia Panehesy interloqué par le propos qu'elle venait de lancer, les yeux pleins d'une flamme qu'il ne lui connaissait pas, tu ne peux me comparer à cet odieux personnage qui a massacré Choutarna. Je n'ai toujours désiré que ton équilibre et ton bonheur. Je t'aime, petit scribe.

Il caressa ses cheveux dont la longueur n'atteignait pas encore ses épaules et l'attira sur le lit de la chambre.

— Ne peux-tu donc oublier ces intrigues ? Toute cette affaire est terminée. La boucle vient de se fermer.

Il venait de la coucher doucement sur le lit, mais prenant appui sur ses avant-bras, elle se releva vivement, entraînant au passage le fin drap de lin blanc qui vint s'enrouler autour de ses chevilles.

— C'est faux, tu mens ! Tu me disais tout à l'heure que les prêtres d'Amon allaient me poursuivre. Tu cherches à me faire peur pour mieux me capturer, m'apprivoiser et me rendre telle que tu le désires, une concubine, une seconde épouse.

Il ôta le drap qui s'enroulait autour de ses pieds et la bloqua contre la tête du lit plaqué de bois doré.

— Je n'oublie pas, reprit-elle, que tu me chercheras partout où je m'enfuirai. Mais n'oublie pas à ton tour que je ne vivrai jamais avec toi, dussé-je être dans la misère.

— Tu ne seras jamais plus dans le besoin puisque tu as ton titre de Grande Scribe.

— Grâce à toi, je le sais. Mais, cela ne te donne nullement des droits sur moi.

— Qui te parle de m'appartenir ? Je veux t'aimer, c'est aussi simple que cela.

Il paraissait si désemparé tout à coup qu'elle oublia sa colère et se pressa contre lui.

— Moi aussi, Panehesy, je veux t'aimer. Mais, avant tout, je veux ma liberté. Pourquoi ne veux-tu pas comprendre ?

— Ta vie n'est plus sur les routes, Neby.

— Mais je veux travailler. Je refuse de faire la concubine, belle et soumise, dans ton harem aux abords de Memphis.

— Tu sais bien que je n'ai qu'une seule femme et aucun harem.

— Justement ! Il n'est pas question que je devienne

ta seconde épouse. Souviens-toi, Panehesy, avant, je repoussais déjà fermement cette idée. A présent, c'est pire. Je ne veux pas imiter ma grand-mère Satiah.

Il commença à la dévêtir lentement, prenant le temps de caresser ses épaules, son cou, son buste. Neby se détendit et décida de se laisser aller aux tendres attouchements de son compagnon. Appuyant tendrement ses lèvres sur la peau douce de sa gorge, Panehesy descendit la main sur sa taille et releva sa tunique qu'il ôta dans un geste délicat en poursuivant ses caresses.

Puis il s'allongea près d'elle et posa sa tête sur son ventre. Soudain, sa main effleura sa taille ronde, épaissie par la maternité qu'elle lovait en elle depuis quelques mois. Il fit un bond et son teint devint blanc de stupeur.

— Ce n'est pas possible, murmura-t-il.

Une rougeur apparut sur le visage de Neby et elle posa ses deux mains à plat sur la rondeur de son ventre.

— Est-ce vrai ? jeta-t-il en scrutant ses lèvres qui semblaient vouloir se taire.

Il observa la lueur qui scintillait dans ses prunelles mais ses yeux restaient muets, eux aussi, incapables de dévoiler le secret qu'elle voulait conserver pour elle seule.

— Est-ce vrai ? s'écria-t-il cette fois en redressant le buste. Elle ne put garder plus longtemps son impassibilité et eut un bref sanglot qui n'appelait pourtant que sa propre énergie et ses propres ressources.

— Oui ! Je vais avoir un enfant.

Il avala une grande gorgée d'air puis sans rien dire, il l'enlaça presque violemment et elle se laissa faire. Quand il fut allongé entre ses jambes, humant le parfum de ses cuisses, de son sexe, il calma la brutalité de ses instincts et s'efforça d'adoucir la passion de ses gestes. Elle l'accueillit d'abord avec réserve, puis comme il retrouvait la délicatesse de ses caresses, elle ferma les yeux et se soumit à ses désirs avec toute l'exaltation qui bouillonnait en elle.

CHAPITRE XVI

A Malgatta, Néfertiti et Tiyi s'affrontaient. Belle-mère et belle-fille n'avaient eu, jusqu'à présent, que de légers conflits d'ordre quotidien.

Il s'agissait d'actes qui amusaient plutôt Tiyi. Par exemple, une mode vestimentaire trop osée que voulait propager la jeune reine au sein de la cour de Malgatta. Néfertiti s'habillait de robes plissées, amples et fluides, ouvertes devant et laissant transparaître la nudité parfaite de ses dix-huit ans, plus tard au palais de « la cité d'Akhet-Aton » ce style devait faire fureur. Une coiffure originale d'une coupe plus courte transportait de joie les perruquiers obligés de créer et de vendre de nouveaux modèles. Enfin, un maquillage plus fin et plus subtil demandant de nouveaux cosmétiques que Néfertiti faisait venir de Crète ou des pays voisins.

C'était aussi une façon de vivre au jour le jour en communication directe avec la nature. Il arrivait souvent que le jeune couple décidât de partir tôt le matin, juste accompagné de quelques serviteurs qui emportaient nourriture et boisson. Aménophis et Néfertiti se promenaient, main dans la main, sur les bords du Nil et s'attardaient à l'endroit qu'ils choisissaient. Ils disaient à qui voulait les entendre qu'ils cherchaient un endroit pour construire leur nouveau palais. Ne s'arrêtant que lorsqu'ils étaient fatigués, ils passaient la journée au bord du Nil, sous les rayons ardents du soleil qui ne les gênaient nullement.

Il y avait aussi les représentations, dont le caractère officiel s'effaçait, des arrêts prolongés auprès d'une foule qui, étonnée, les regardait s'arrêter, discuter, passer. Aménophis et Néfertiti prenaient volontiers leur char personnel et se rendaient sans escorte dans les rues de Thèbes où ils apprenaient, disaient-ils, à connaître les gens.

Autant d'actes semblables ne s'étaient jamais vus à la cour du pharaon et s'ils n'entraient pas dans les traditions, Tiyi s'efforçait toujours de les comprendre et de les excuser.

Mais aujourd'hui, la jeune reine et la femme vieillissante se heurtaient de plein fouet. Il n'était plus question de faits anodins qui s'opposaient aux traditions quotidiennes d'un palais devenu trop poussiéreux pour un jeune couple plein d'énergie et de vitalité. Des faits qui ne remettaient même pas en jeu les rites consacrés aux dieux de l'Égypte, car tout au long de son règne, Tiyi avait toujours tenté d'affaiblir la puissance d'Amon pour hausser celle des autres divinités. Chacun savait aussi qu'elle n'était nullement opposée au dieu Aton et à son disque solaire. Après des nuits de réflexion, Tiyi avait même accepté que le couple recherchât un autre site pour créer une nouvelle cité, leur capitale.

Néfertiti se tenait devant sa belle-mère, rouge de colère et, les doigts tremblants, elle tendait sa main au creux de laquelle était posé un bijou en turquoise cerclé d'or.

— Où est son double ? Je veux le voir, jeta-t-elle d'une voix où perçait la fureur.

Néfertiti s'approcha. Dans sa main, le scarabée que lui avait remis Neby brillait de mille éclats qui, aux yeux effarés de Tiyi, étaient autant d'impertinence et de provocation relevées par le courroux de la jeune reine. Elle s'efforça de calmer ses esprits qui, depuis tout à l'heure, étaient en ébullition. Elle fit quelques pas malhabiles en direction d'un petit coffre coincé dans l'angle d'un mur entre deux sièges en bois d'ébène dont le dossier était serti de pierres précieuses.

Elle se pencha, puis retenant son souffle comme si elle devait encore hésiter, elle l'ouvrit et saisit une cassette d'albâtre dont elle souleva le couvercle qui dissimulait un petit ressort qu'elle actionna avec une extrême précaution. Aussitôt, un double fond apparut et le bijou tomba, lourd et silencieux, dans la main de Tiyi.

— Ainsi voilà le médaillon que je portais au cou quand vous m'avez trouvée dans les inondations du Nil, fit-elle d'un ton amer. Pourquoi ne m'avez-vous jamais parlé de ce naufrage ? J'avais le droit de savoir.

— Tu es la Grande Épouse Royale désormais, que veux-tu de plus ?

— La vengeance !

— Pauvre petite, murmura Tiyi dont la colère était entièrement tombée. Que peuvent t'apporter des représailles qui ne feront que contrecarrer tes idées ? Veux-tu donc mettre à feu et à sang le temple d'Amon ?

— Oui, quand j'en aurai les moyens.

— Allons ! C'est de la folie. Enterre cette histoire. L'essentiel, à présent, n'est-il pas que tu saches qui tu es et d'où tu viens ?

— Comment avez-vous expliqué ce naufrage à mon père, le roi de Babylone ?

— J'ai toujours été en bons termes avec lui et je le reste avec son fils qui, maintenant, lui succède.

— Il me semblait, ma chère mère, lança Néfertiti d'un ton sec, que Babylone et l'Égypte battaient froid depuis que le roi Kadashman, mon père, était mort.

— Certes, les accords que nous avons passés sont de plus petite envergure. Mais, je compte bien renforcer à nouveau nos liens de sympathie.

— Et qu'allez-vous entreprendre ?

— Ce n'est plus à moi de tenter cette affaire.

— C'est à qui ? demanda Néfertiti d'un ton plus adouci.

— A toi.

— Voulez-vous dire votre fils ?

— Tu sais bien, ma fille, soupira Tiyi, qu'Aménophis n'a aucun don pour s'occuper des affaires étrangères.

— Il apprendra.

— Non ! Il n'apprendra pas parce qu'il refuse obstinément ce genre d'enseignement. Il ne pense qu'à réformer la religion.

— Moi aussi, je veux rétablir le soleil dans toute sa force intégrale. Moi aussi, je veux qu'Aton soit le seul maître de l'univers.

Néfertiti s'approcha de Tiyi et lui prit la main.

— Je vous excuse, ma mère, d'avoir caché mes origines à la cour. Je vous pardonne parce que je suis, dorénavant, Grande Épouse Royale et que rien ne peut plus m'atteindre, ni les regrets, ni les soupçons, ni même les craintes qui m'étreignaient quand les crues montaient à l'assaut des villages et devenaient d'immenses étendues d'eau, cruelles et foudroyantes.

Elle laissa retomber mollement la main de sa belle-mère et poursuivit d'un ton qui avait repris tout son calme :

— Oui ! Et puisque je suis en vie et que vous m'avez fait couronner Grande Épouse, j'excuse votre faiblesse envers les prêtres d'Amon qui sont à l'origine de cette affaire. J'excuse tout, sauf une chose que je ne peux vous pardonner.

— Ne parle plus. Je sais.

Mais Néfertiti insista d'une voix qui, à présent, avait retrouvé son timbre normal, toute sa fureur étant éteinte :

— Pourquoi avez-vous laissé massacrer ma sœur que je n'ai pu approcher qu'une seule fois, parce qu'elle était à demi-prisonnière dans les mailles de votre filet ?

— Ma fille ! Ce que tu appelles d'une façon trop légère « mailles d'un filet » était tout simplement sa seule protection, rétorqua Tiyi un peu sèchement. J'ai toujours favorisé les unions diplomatiques entre les princesses asiatiques et le pharaon d'Égypte. Mon époux en a plein son harem.

— Alors ? fit Néfertiti d'un ton interrogateur.

— Alors, je n'ai jamais voulu qu'il arrive malheur à la princesse Choutarna, ta sœur qui, à l'origine, devait être la Seconde Épouse du pharaon, mon époux. Si Panehesy, le Grand Prêtre de Ptah à Memphis ne l'avait pas amenée à Malgatta, elle serait peut-être encore en vie.

— Pourquoi l'a-t-il fait ?

— Pour marquer son désaccord avec les prêtres de Karnak. Il n'a pensé qu'à lui, comme le font d'ailleurs tous les autres.

— Les autres !

— Tu l'apprendras à tes dépens, ma chère fille. Comme tu comprendras vite que la guerre intestine que se font d'un côté les prêtres de Karnak et de l'autre ceux de Memphis, d'Héliopolis, d'Abydos et de Denderah agira en ta faveur quand tu voudras imposer ton dieu Aton et son disque solaire contre lesquels d'ailleurs, je ne m'oppose nullement. C'est le seul point qu'a compris depuis longtemps mon fils. C'est pourquoi, il ne punira pas ceux qui sont à l'origine du massacre de ta sœur. Il préfère que s'installent les conflits entre les prêtres d'Amon et ceux des autres dieux. Il pourra mieux agir ensuite.

Têtue, Néfertiti objecta :

— Ce Grand Prêtre de Ptah aurait dû vous informer de son intention.

— Là, tu as raison. D'autant plus qu'il s'occupait, à l'époque, d'une jeune scribe qui, dit-on, se travestissait en homme dont il était amoureux. Ah ! Ces prêtres, poursuivit-elle, ils deviennent complètement dépravés, à commencer par mon propre frère Anen, ennemi farouche de tout ce qui vient d'Asie.

« Neby ! C'est elle dont Tiyi parle, j'en suis sûre, pensa Néfertiti. Ainsi l'enfant de Neby aurait pour père le Grand Prêtre de Ptah ! »

Puis elle se dit qu'il lui fallait Neby auprès d'elle, afin qu'elle lui parlât de Choutarna. Elle décida tout aussi brusquement qu'elle apprendrait l'akkadien pour correspondre avec la Babylonie, le Mitanni et les pays du Hatti et qu'elle porterait, désormais, la coiffe des reines asiatiques, un large turban bleu en forme de trapèze et barré en son milieu par une bande ornée de cornaline et de lapis-lazuli.

— Ne provoque pas les prêtres, ma fille, intervint à nouveau Tiyi. Ils sont puissants. Laisse-les faire, ils se détruiront eux-mêmes. Et quand ce sera chose faite, tu installeras ton dieu soleil avec le plein assentiment de mon fils.

— Hélas ! soupira Néfertiti, pourquoi Choutarna a-t-elle été la victime ?

— C'était son destin, répondit Tiyi, comme le tien est celui d'être reine d'Égypte.

— On peut changer un destin, le détourner, l'améliorer ou l'anéantir.

— Voudrais-tu, à présent, changer le tien ?

Une telle réplique sidéra la jeune reine et, sous le regard placide de Tiyi, Néfertiti capitula.

*

Niny avait remué ciel et terre pour connaître la résidence où vivait Panehesy, lorsqu'il descendait dans la région thébaine. Ne se doutant pas de l'espionnage que Niny effectuait dans son dos, c'était de la bouche même d'Ipény, sa maîtresse, qu'elle avait appris le lieu où celui-ci cachait Neby.

Mais les choses ne s'avéraient pas faciles pour la naine et il fallut qu'elle réfléchisse de longues heures avant de trouver la solution car, à présent qu'on la savait dans le sillage de Neby, comment pouvait-elle se rendre chez le Grand Prêtre sans attirer l'attention ? Sa trop petite taille serait de suite remarquée. Les hommes de Panehesy — peut-être même sa propre police — la surprendraient sans difficulté, la séquestreraient sans doute et, pourquoi pas, la tueraient froidement pour éviter d'autres récidives. Car Niny soupçonnait Panehesy d'être en partie responsable du meurtre de Choutarna.

Niny réfléchissait donc à la façon dont elle allait s'y prendre pour libérer Neby. Minhotep avec son navire « La Croix d'Ankh » ne pouvait, cette fois, lui être d'une utilité quelconque car la batelière, arrivant au bout de ses subsides, avait dû quitter Thèbes pour descendre jusqu'à Bouhen afin de ramener le chargement qui la ferait vivre jusqu'à la saison suivante. Et ce n'était pas Kyos, le marin muet, parti avec elle, qui pouvait la secourir, pas plus qu'Ayen et Myriam restés à bord.

Alors, à force de remuer les solutions dans sa tête, Niny pensa soudain à Hopet, le jeune briquetier qui semblait avoir connu Neby autrefois lorsqu'il était adolescent.

Sans plus attendre, elle se rendit à Deir-el-Médineh, surprise d'y trouver une atmosphère tendue. La chaleur écrasante, due à la crue qui n'arrivait toujours pas, excitait davantage les esprits des artisans. Une révolte couvait. Il faut dire que les ouvriers de Médineh profitaient du nouvel état d'esprit, particulièrement bien tourné en faveur des travailleurs, du jeune couple pharaonique pour émettre leurs griefs en espérant bien, cette fois, être écoutés. Ne voulaient-ils pas vivre un peu plus confortablement, même si leur condition n'était pas celle des milliers de miséreux qui traînaient dans les rues des villes ou les ruelles des villages à la recherche d'une poignée de fèves ou de quelques oignons desséchés ?

Non ! Les artisans de Deir-el-Médineh n'en étaient pas à ce point. Ils vivaient dans des petites habitations, certes serrés les uns contre les autres. Mais les terrasses construites au-dessus des maisons leur apportaient toujours un confort d'espace un peu plus grand où ils dormaient la nuit, où ils stockaient leurs provisions d'huile et de céréales et, souvent, où les enfants venaient jouer pour ne pas être sous les yeux d'une mère réprobatrice. Par ailleurs, nombreux étaient ceux qui vivaient devant la porte de leur maison, y cuisant leur pain, y brassant l'orge pour faire leur bière, y tissant un lin grossier pour confectionner leurs vêtements.

Quand Niny arriva près de la maison du jeune briquetier, le village était plongé dans un silence anormal. Surpris de la voir ainsi à sa porte, le jeune homme la fit entrer. La petite habitation ne comportait qu'une seule pièce. Un four pour cuire les aliments s'encastrait dans un angle. Contre l'un des murs était calé un coffre en bois délavé dans lequel le jeune homme devait ranger ses quelques pagnes, ses plats et ses ustensiles. Soigneusement roulée dans un autre coin, la natte sur laquelle il dormait prenait trop peu de place pour être remarquée et, près de la porte ouverte, se tenait le seul tabouret qui devait servir de table au jeune briquetier quand celui-ci voulait un support pour travailler. Pour l'instant, un bol rempli d'huile y était posé laissant dépasser une mèche flottante qui lui servait d'éclairage quand la nuit s'installait au village.

Niny ne prit aucun détour pour annoncer le but de sa visite et Hopet la fit entrer aussitôt dans sa modeste demeure.

— Nous sommes tous à l'intérieur de nos maisons, dit-il en lui tendant une cruche de bière fraîche, car Niny tirait la langue d'épuisement. Tous sauf le Grand Bek et Maya le potier. Ils sont partis hier quand le soir tombait et ce matin, Kébi, le surveillant des briqueteries les a rejoints.

— Bek, le sculpteur n'est pas toujours là, admit Niny. Mais, les deux autres ! Pourquoi ont-ils quitté le village ?

— Peut-être pour se concerter. C'est vrai, Bek était le seul à pouvoir sauver la situation qui risque de s'envenimer dans les jours qui viennent. Ah ! Il a beau prôner avec un grand art ses nouvelles méthodes et ses idées modernes, cela ne l'empêche pas de s'esquiver au moindre incident.

Il regarda la naine qui collait sa grande bouche à l'orifice de la cruche et hocha la tête.

— Tanefert, l'intendant des cordonniers, et Minkef, celui des menuisiers, sont restés avec nous. Même Minhesy, le cordier, qui n'est guère solidaire est dans sa maison. Tanefert nous a conseillé de rester tranquilles pendant quelques jours. Après nous annoncerons la grève.

— Pourquoi cette décision ? s'enquit Niny. Que voulez-vous acquérir ?

— Tous les nobles de Thèbes qui construisent leurs tombes désertent Karnak. Leurs nécropoles s'installent de plus en plus dans la vallée de Deir-el-Bahari et ce surplus de besogne réclame trop d'efforts pour un gain insuffisant. Avant, on ne travaillait que dans la vallée occidentale. A présent, on nous demande de creuser la roche dans la vallée orientale.

Niny approuvait de la tête et pour mieux se fondre aux explications de Hopet, elle claqua de la langue contre son palais.

— Ah ! C'est que je les connais, les nobles dont tu parles, jeta-t-elle d'un ton convaincu. Jamais satisfaits, ils en réclament toujours plus. Et, crois-moi, Hopet, les pires ce sont les prêtres.

— Eh oui ! répliqua le jeune homme. Les tombes dans la vallée se multiplient à vue d'œil. Si ce n'était qu'une affaire de décoration intérieure, tout irait pour le mieux. Mais il faut creuser les puits de plus en plus profondément, incliner chaque jour davantage les galeries souterraines, construire de fausses portes pour égarer les voleurs. Il faut prolonger de plus en plus loin les couloirs, ouvrir de nouvelles pièces pour les murer ensuite, puis les rouvrir pour tromper l'ennemi. Il faut déplacer sans cesse les coffres qui y sont installés, le mobilier funéraire, les canopes, les sarcophages qui sont en albâtre ou en pierre et d'un poids excessif. C'est à peine si nous pouvons les transporter.

Niny compatissait en hochant sans cesse de la tête comme si elle comptait les points qui faisaient l'objet d'une telle récrimination.

— Tiens ! Par exemple, expliqua Hopet qui s'excitait dans l'exposé de ses griefs, oui, par exemple, dans la tombe d'Aménophis le deuxième, qui régna vingt-cinq ans, les artisans de la reine Tiyi nous ont fait déplacer le chemin qui débouchait sur le couloir barré par un puits de six mètres. Après l'avoir franchi pour atteindre l'appartement funéraire du pharaon, il a fallu transporter dans une autre salle le lourd sarcophage en quartzite.

— Je suppose, rétorqua Niny, que les artisans se sont plaints que ce n'était pas là leur travail !

— Exactement. Et moi qui suis briquetier, j'ai été nommé avec des menuisiers et des potiers pour les aider à faire cette besogne.

— Vous avez raison, il faut vous révolter.

— A présent, ce sont les nobles comme Nakht, Ramose et les familles de Rekmirê ou de Ouah, grands dignitaires d'autrefois qui réclament d'incessants travaux à l'extérieur et à l'intérieur des tombes regroupées dans la vallée. Le mois dernier, il y a même un tout jeune scribe, du nom de Menna, soutenu par la reine Néfertiti, qui nous a imposé ses volontés.

— Combien de temps allez-vous arrêter le travail ?

— Je ne sais pas, répondit Hopet. Le temps qu'il faudra pour obtenir gain de cause. Nous faisons neuf journées de huit heures consécutives, nous voulons une journée supplémentaire de repos par décade. Les chefs, les délégués, les intendants, les surveillants et les scribes consacrent cette journée à la construction et à la décoration de leurs propres tombes. Nous, simples ouvriers, qui n'avons pas ce privilège, réclamons ce jour-là en surplus de repos.

— C'est normal, approuva Niny. Les chefs sont les chefs ! Libre à eux de passer leurs congés à construire leurs tombes.

— Nous voulons aussi un baril d'huile supplémentaire par mois et par famille de quatre enfants, deux rations de céréales en plus par personne et par jour et, enfin, une pièce de lin de dix mètres, ou l'équivalent de fil à tisser, par an et par famille.

— Évidemment. C'est normal, répéta Niny, qui commençait à se demander à quel moment elle pourrait placer sa requête.

Hopet ne s'arrêtait plus :

— Enfin, nous réclamons qu'on repousse les remparts de Médineh, qu'on augmente le nombre des ouvriers et que l'on construise des maisons supplémentaires dans le village pour loger tous ces gens. Et nous réclamons la construction de nos propres tombes en dehors du village. Nous voulons les élever de nos mains, les décorer et les embellir nous-mêmes.

On annonça l'arrivée des policiers du désert, les redoutables Metjaï, la police des polices placée directement sous les ordres du pharaon.

Hopet et Niny cherchaient encore le moyen de libérer Neby quand un hurlement écorcha leurs oreilles. Ils sortirent précipitamment et aperçurent les deux policiers qui tenaient un jeune garçon par l'oreille.

— Mais, c'est Koushy ! s'écria Hopet en s'élançant vers les hommes de police.

— Koushy, le fils du potier ! s'exclama Niny en courant aussi vite qu'elle pouvait derrière lui.

— Je n'ai rien fait ! criait l'enfant que Seshi traînait par l'oreille. Je te jure que je n'ai rien fait.

Son jeune compagnon, Hénout, le porteur d'eau qui trimballait ses seaux dans la montagne pour les tailleurs de pierres, gesticulait derrière eux et tentait d'amoindrir la colère des policiers.

— Je t'assure qu'il n'a rien fait ! protestait-il.

— Lui peut-être pas, rugit Snoufrou en attrapant

l'enfant par l'autre oreille, mais son père est fautif. On l'a trouvé devant la tombe de Neb-Amon.

— Qui est Neb-Amon ? souffla Niny en s'arrêtant une seconde pour se reposer.

— Il paraît que c'est un haut dignitaire qui a vécu sous le règne d'une grande reine qui s'appelait Hatchepsout.

— Hatchepsout n'était pas une reine ! s'indigna Niny en reprenant sa marche. C'était une femme pharaon.

Comment pouvait-elle ignorer ce règne ? Elle ! Niny qui vivait dans un temple, le plus grand d'Égypte qui fût, celui de Karnak — qu'elle exécrait pourtant parce qu'elle n'y était qu'une vile servante — comment pouvait-elle renier un tel règne, outrageusement effacé par ses successeurs ?

Soufflant et dandinant des hanches, elle reprit sa course derrière Hopet. Hénout s'acharnait à protéger son compagnon.

— Ah ! Oui. La tombe de Neb-Amon, rugit-il, en agitant ses bras dans l'espace. Certes, Antef est allé à la tombe de Neb-Amon. Mais il n'a rien dérobé.

— C'est faux, cria de loin un garde qui s'avançait vers eux. Il a volé une coupe d'or.

— Non ! hurla Koushy que l'on martyrisait toujours par les oreilles. Mon père n'est pas un voleur.

— Que faisait-il là-bas, alors ?

Hénout voulut encore plaider pour son compagnon, mais quand il s'avança vers le policier Snoufrou qui ne se contenait plus, il reçut un coup de matraque dans le dos qui le fit trébucher. Il insulta les deux hommes, puis il hurla en se relevant :

— Il voulait simplement faire la grève près de la tombe où il travaillait ces temps-ci. Oui ! La grève ! Comme d'autres la font dans leur maison.

— Dans notre maison ! Pas pour longtemps, s'écria un grand gaillard qui se détachait du groupe dont il faisait partie.

Une bande compacte et dense composée d'une cinquantaine d'artisans parmi les plus grands et les plus forts du village s'avançait. Tous munis d'un bâton, ils criaient en se dirigeant vers les policiers, les injuriaient et hurlaient qu'ils obtiendraient gain de cause même s'ils devaient en rendre l'âme.

— Que nos carcasses soient dévorées par les chacals, brailla le chef de bande. Mais, avant, nous gagnerons !

— Tu gagneras la prison. On te coupera les mains et le nez et après tu seras empalé, pauvre idiot ! s'écria Seshi que la colère étouffait.

Puis ce fut le début de l'attaque. Aussitôt, une meute de soldats et de gardes sortirent d'on ne sait où. Ils venaient de partout, casqués, cuirassés, sandales à lanières croisées sur les chevilles et bouclier posé devant eux. Alors, une horde en furie sortit des maisons. Tout le silence qui couvait dans le village depuis que Niny était arrivée explosa d'un seul coup. On eût dit que les hommes sortaient par tous les trous du sol. Sans doute étaient-ils cachés dans le sable du désert. Ce fut un soulèvement général, un déferlement de la masse. Les artisans de Thèbes étaient venus pour apporter leur soutien et exprimer leur mécontentement.

Séparés en groupes, ils avaient chacun un meneur qui avançait devant eux, le bras levé et tenant fermement un bâton qu'il brandissait en jetant des mots pleins de hargne.

Le grand gaillard — un géant exalté aux muscles d'acier — qui commandait le groupe de Médineh stoppa un instant sa marche menaçante et, dévisageant les deux policiers du village, hurla dans un cri que commençait à recouvrir l'ensemble des braillements :

— Lâchez Antef, il n'a rien fait.

— Et lâchez aussi son fils, tonitrua un autre en faisant pirouetter sa massue au-dessus de sa tête.

Une armée de scribes en provenance de Thèbes débarquait du bac qui venait de traverser le fleuve. Calame déjà dans une main, écritoire dans l'autre, ils se mirent à écrire tout ce qu'ils voyaient, rencontraient, entendaient. Certains même, dans cette débandade effrayante de cris et de rumeurs, osaient décrire leurs impressions personnelles, ce qui, en temps normal, eût été incorrect. Derrière eux s'avançait le délégué du village, un homme petit et trapu qui essaya d'arrondir les angles, mais voyant la force de l'événement s'accroître de minute en minute, il disparut bien vite derrière le bloc des maisons du village. De là, il pouvait atteindre la montagne thébaine qui offrait le tranquille repaire de ses vallons de sable.

— Attention, les Metjaï !

— Oh ! murmura Niny qui courait toujours derrière Hopet, comment vais-je repartir ?

— Je crains bien que ce ne soit guère possible à présent, fit le jeune homme en se retournant vers elle. Regarde.

Les Metjaï commençaient à s'agiter et les artisans, stimulés par les nouveaux arrivants de Thèbes, hurlaient de plus en plus fort. Les deux gardes qui avaient saisi le père de Koushy le traînaient lamentablement sur le sol. Il était à moitié assommé et ne pouvait plus se tenir debout.

— Lâchez le fils d'Antef, ce n'est qu'un enfant ! hurla une voix à demi-couverte par les rugissements de la foule.

Deux autres gardes délégués par l'intendance de Médineh étaient en train de bastonner le jeune potier qui travaillait avec Antef et qui, pour le défendre, s'était interposé un peu violemment.

Quand Hopet se fut approché de l'un des policiers qui traînait toujours Koushy par l'oreille, Niny tenta son coup bas, celui qu'elle réussissait toujours quand, dans la rue, elle se trouvait mêlée à une bagarre dont il fallait sortir indemne. L'enfant hurlait de douleur et se tortillait dans tous les sens. Niny planta son petit couteau dans le mollet de Seshi sans qu'il la vît arriver. Il trébucha pendant que Hopet s'abattait sur Snoufrou qu'il déséquilibrait à son tour.

— Vite, Koushy, va-t'en !

— Mais, mon père… sanglota l'enfant.

— Rentre et enferme-toi avec ta mère. Ne crains rien, on s'occupe d'Antef.

Maya le potier et Kébi le briquetier, enfin réapparus, tentaient de calmer la foule des artisans et celle des gardes dont la pression s'avérait de plus en plus forte. S'avançant vers un garde de façon trop imprudente, Maya reçut un coup de matraque sur l'épaule et poussa un cri de douleur. Mais il continua d'avancer sous les hurlements de ses confrères.

Hénout, le jeune porteur d'eau, avait été saisi par des poignes solides et tentait de se dégager à coups de poing. Soudain, il réussit à agripper l'un des gardes qui tenaient Antef par un bras, le traînant toujours à terre. Mais l'autre s'en aperçut et lui asséna sur la tête un coup de poing qui le laissa inerte quelques instants. Furieux, l'autre garde s'en prit à Antef et lui jeta son pied en plein ventre. Le pauvre homme gémit, s'affala comme un chiffon mou. Koushy se mit à hurler en voyant que son père ne se relevait pas. Puis il vit sa mère arriver en hurlant. Alors, il se jeta sur le corps d'Antef et se mit à pleurer.

Hopet le releva et cria à la pauvre femme qui essayait de se frayer un passage jusqu'à eux :

— Pars avec ton fils, sinon ces fous vont vous tuer.

Mais la femme fit de la tête un signe négatif et serra Koushy contre elle. Voyant le corps étendu et inerte de leur compagnon, les artisans se déchaînèrent, hurlant des mots qui réclamaient leur dû, un renfort dans le travail, des jours de repos supplémentaires, des rations de nourriture plus importantes.

— Par tous les dieux, poussez-vous ! s'écria une voix féminine dans la foule.

Une voix claire, nette qui se détachait des cris et des hurlements.

— Poussez-vous, je suis médecin. Je veux soigner l'homme qui est tombé à terre.

Aussitôt, les artisans qui se tenaient à proximité des policiers concernés s'écartèrent, laissant la place à Bastet. Mais Seshi s'interposa, l'œil mauvais et le bras levé.

— Qui es-tu ? cria-t-il.

La jeune fille se planta hardiment devant le policier.

— Non seulement je suis la fille de Ramose, le Vizir de Thèbes, mais je suis médecin et je veux soigner l'homme qui gît sur le sol.

— Cet homme n'est plus qu'un cadavre, jeta Seshi d'un ton hargneux. Tu ne peux plus rien faire pour lui.

La jeune femme se baissa, puis se pencha sur Antef et, tristement, ne put que constater sa mort. Elle lui ferma les yeux avec douceur.

— C'est toi qui l'as tué, constata-t-elle froidement en se relevant, et je jure que tu en seras responsable.

Seshi ricana :

— Cet homme est un voleur, et tu le sais.

Bastet le dévisagea avec une audace dont elle commençait à comprendre l'efficacité.

— Alors, laisse-moi te dire que non seulement je suis la fille du Vizir de Thèbes, mais je suis aussi l'arrière-petite-fille du Grand Dignitaire Neb-Amon dont tu accuses cet artisan d'avoir profané la tombe en volant une coupe en or pendant qu'il la restaurait. Or, c'est une énorme méprise. Le voleur a été attrapé, ce matin, dans les rues de Thèbes.

— C'est ce que tu veux faire croire, répondit Seshi d'un ton arrogant.

— C'est la vérité. Et tu seras jugé pour ce meurtre dès que les choses seront rentrées dans l'ordre.

— Tu mens.

— J'ai reconnu la coupe. Cet homme a été tué pour rien.

Snoufrou s'approcha de son compagnon et, à son tour, regarda Bastet d'un air méprisant.

— Il y a d'autres coupes identiques à celle-ci.

Bastet pointa son index nu sur le buste du policier qu'il avait pris soin de recouvrir, à l'exemple des soldats, d'un bouclier solide confectionné en cuir d'hippopotame.

— L'homme a avoué. Je regrette. Tu devras expliquer ton méfait devant la justice.

Soudain, alors qu'elle tournait la tête, elle vit Niny et la dévisagea. La naine se tenait aux côtés d'un grand jeune homme dont le visage lui parut sympathique. Dans ses yeux ne brillait nulle agressivité et nulle envie de tuer.

— C'est toi Bastet ? s'enquit Niny.

— Oui. Tu me connais ?

— Je connais Neby, la scribe.

En un instant, la mémoire de Bastet se déclencha, mais la naine reprit précipitamment :

— Nous n'avons guère le temps d'en parler. Mais nous reviendrons plus tard sur la question. Et, puisqu'il m'est impossible de quitter ce lieu maudit pour rejoindre Karnak où je suis l'une des servantes de la Grande Prêtresse d'Amon, il ne me reste plus, pour l'instant, que la solution de t'aider.

— Alors, prends ma sacoche et suis-moi. Il y a des blessés dans la foule et nous devons les secourir. Ton compagnon veut-il aussi m'assister ?

— Oui, oui, fit Niny en regardant Hopet et en répondant à sa place.

— Koushy souffre des oreilles, je crois, dit le jeune homme hésitant.

Bastet regarda l'enfant qui, à côté de sa mère en pleurs, avait posé ses mains à plat sur ses oreilles. Elle l'attira à lui et ôta doucement les doigts de Koushy. Les oreilles de l'enfant étaient violacées, presque noires. Elle réclama la sacoche que tenait Niny, l'ouvrit et prit une bande de lin dont elle coupa un morceau qu'elle badigeonna d'un produit extirpé d'un petit flacon de verre.

— C'est un mélange de mélilot et de mandragore, dit-elle en passant le linge humide sur les oreilles de l'enfant. Cela va te soulager et, demain, si tu souffres encore, viens me revoir, j'ajouterai de l'extrait de feuille d'acacia.

— Seras-tu là longtemps ? s'enquit la mère dont le visage était encore blanc de frayeur.

— Le Bureau Central du village doit être plein de blessés. Je resterai ici cette nuit et les jours suivants et, s'il le faut, je demanderai du renfort.

Quand les femmes de Médineh apprirent qu'un médecin était parmi eux, elles organisèrent vite un quartier général où Hopet et Niny ramenaient les blessés. Deux hommes furent pris de coliques après avoir reçu un coup de matraque en plein ventre et Bastet réclama du jus de caroube qui, avec de l'extrait de fleur de pavot, devait les soulager. La jeune femme en connaissait le dosage infime pour en maîtriser les effets. Il lui suffisait de surveiller la respiration du malade et les contractions de son ventre.

Oui, Bastet savait maîtriser les dosages. Toute jeune, sa grand-mère Ahotep lui avait appris les bienfaits des plantes qu'elle cultivait elle-même dans son jardin de simples. L'enfant connaissait déjà le nom et la fonction des plantes curatives, le nom de celles qui, mal utilisées, pouvaient aussi tuer. Plus tard, à l'École de Vie de Memphis, elle en avait fait sa spécialisation alors que Pentou, son mari, s'orientait vers un art scientifique plus délicat encore, celui de la chirurgie.

Une partie des artisans s'était repliée derrière le mur d'enceinte de Deir-el-Médineh. Séparés en plusieurs camps, les plus jeunes surveillaient les portes du village afin de ne laisser pénétrer que les sympathisants venant de Thèbes ou des villages avoisinants. Un autre groupe évacuait les blessés et les dirigeait sur le quartier général qu'avait organisé Bastet et les femmes du village.

Quant au camp qui se composait des plus forts et des plus virulents, il parait les coups les plus ardus, les plus mortels, mais ne capitulait pas.

Après les premiers soins, Bastet dut panser de multiples plaies faites à coups de couteau, car dans ces émeutes incontrôlables où le sang coulait, des rôdeurs et des brigands de toutes sortes se mêlaient toujours à la bagarre. Leur intention était de semer un plus grand trouble encore et profiter des dégâts pour voler le peu que possédaient les artisans. Les plus audacieux profitaient du désordre pour tenter de pénétrer dans les tombes de la vallée et y voler ce qu'ils pouvaient trouver.

Casqués et solidement cuirassés, soldats, gardes et policiers échappaient à tous les coups. Hopet avait recruté déjà toute une bande d'adolescents qui traînait les blessés jusqu'à la femme médecin dont on parlait à tous les bouts du village. S'organisant d'heure en heure, et assistée de Niny, la jeune femme avait mobilisé quelques volontaires parmi les épouses des artisans pour se faire aider. On lui apportait des linges propres, des récipients d'eau chaude, des ingrédients curatifs dont elle manquait parfois.

Hélas, après Antef, elle dut fermer les yeux d'un jeune apprenti menuisier dont le crâne avait éclaté sous le coup très fort d'une matraque et ceux d'un vieux briquetier qui, trop hardi, avait nargué un soldat. Celui-ci l'avait tué net en lui plantant son couteau en plein ventre.

Elle dut aussi réduire la fracture de quelques bras cassés, utilisant des attelles, petites planches de bois qu'on allait chercher directement dans les ateliers de menuisiers les plus proches.

On entendait de toute part les cris des émeutiers et leurs vociférations se répercutaient à présent jusque dans la montagne. Les coups sanglants et mortels pleuvaient sans cesse. Un adolescent vint rapporter à Bastet que le Bureau Central de Médineh n'était pas plein à ras bord de blessés comme elle l'avait supposé, mais de prisonniers jetés à terre, pieds et poings liés, qui attendaient une libération fort peu probable. Dans ces cas d'extrême rébellion, les plus virulents étaient emprisonnés plusieurs années et condamnés à extraire les pierres dans le désert.

— Bastet ! Bastet ! s'écria soudain Niny, qui revenait d'une expédition périlleuse où elle avait dû ramasser un vieil homme agressé par deux pilleurs du désert cherchant à lui voler ses quelques biens, il paraît qu'il y a une femme qui accouche ! Quand elle a vu son mari étendu sur le sol, battu à mort par les gardes, elle s'est mise à perdre les eaux. Et l'accoucheuse du village a quitté Médineh juste avant la grève.

— Peut-on la transporter et me l'amener ?

— Sans doute, si l'on m'aide, fit Hopet.

Quelques matrones du village se proposèrent d'aider Hopet. A quatre, ils réussirent à la déposer en douceur sur le sol, près de Bastet qui tâta son ventre en hochant la tête. La femme hurla de douleur pendant presque deux heures. A côté d'elle, les matrones en sueur se passaient la main sur le front. La chaleur était excessive et la crue qui tardait toujours multipliait les mouches qui bourdonnaient sans cesse dans les oreilles et se collaient aux peaux moites.

Bastet pressa doucement le ventre de la femme et palpa les côtés pour essayer de sentir sous ses doigts la tête de l'enfant. Une suée envahit son front. L'enfant semblait se présenter mal. Des coups agitaient le bas-ventre, ce qui laissait prévoir que ses pieds sortiraient tout d'abord. Si l'enfant ne s'expulsait pas rapidement lui-même, il risquait d'arriver au monde étouffé.

Bastet sentit les veines de son cou battre à tout rompre. C'était là son premier accouchement. Qu'allait-elle devenir si elle ne parvenait pas à faire naître correctement cet enfant ? Et elle n'avait aucun instrument sous la main pour pratiquer une césarienne. « Oh ! Déesse Hathor ! pria-t-elle à voix basse, que cet enfant sorte sain et sauf du ventre de sa mère. »

Après quelques instants de calme, la femme avait repris ses cris. Bastet et ses compagnes l'aidèrent à respirer en lui faisant faire des mouvements de bras qui actionnaient les contractions du ventre. C'était à peine si le petit groupe qui s'affairait pour soulager la jeune mère entendait les cris des artisans, les coups de matraque et les hurlements qui fusaient autour de lui.

— Que deux femmes la soutiennent, ordonna Bastet d'une voix où elle cachait son inquiétude. Je sens que le bébé descend. Dieu du ciel ! Il semble s'être retourné sur le côté. Maintenez-la debout.

Mais l'enfant reprit sa place initiale et sa petite tête revint se loger en haut du ventre de sa mère. Bastet serra les lèvres et la sueur coula dans son dos.

— Il faut la rallonger et recommencer le travail. Les exercices des bras semblent faire descendre l'enfant.

La femme hurla pendant une heure encore, puis Bastet réclama qu'on la soutienne à nouveau, agenouillée et jambes écartées. Comme elle l'avait prévu, les petits pieds de l'enfant apparurent entre ses cuisses. Il y eut quelques instants de silence. Niny et les matrones suspendaient leur respiration, épiant le petit corps gluant qui descendait lentement entre les mains de Bastet. Hélas, celle-ci savait qu'au passage de la tête tout allait devenir crucial. Quand elle retira une épaule, le blocage se fit. La seconde épaule n'arrivait pas et la tête resta coincée dans le corps.

— Une à deux minutes encore et l'enfant va étouffer, murmura-t-elle.

— Pousse, pousse ! crièrent les femmes. Allons, pousse plus fort si tu veux que ton enfant sorte.

— Voici l'autre épaule ! triompha Bastet. Pousse très fort. Plus fort encore. Ah ! C'est bien, je vois le visage.

Un frisson de joie parcourut son échine et quand on entendit l'enfant crier dans ses mains, un héraut annonçait l'arrivée de Néfertiti et du jeune pharaon Aménophis.

Certes, Bastet n'entendit pas le héraut sonner de la trompe et peu lui importait, d'ailleurs, que le pharaon vînt en personne calmer les choses sur les lieux mêmes de la tourmente. Elle venait de pratiquer son premier accouchement et, le cri de la vie poussé, l'enfant perdait peu à peu la couleur violacée du visage resté trop longtemps coincé dans le corps de sa mère.

Sidérée par une telle annonce, la foule se tint coite. Les coups cessèrent presque instantanément. Jamais encore un couple royal ne s'était déplacé pour une émeute d'artisans. En principe, des délégués étaient nommés pour amorcer les discussions avec les chefs de bandes qui représentaient les artisans et, si les événements tournaient mal, les gardes et les policiers, matraques en main, tentaient de les mater. Mais, jamais le pharaon ne venait s'en mêler pas plus, d'ailleurs, que les Grands Dignitaires.

Pourtant, bien que l'annonce fût faite à haute voix avec sonnerie de trompette à l'appui, ce ne fut ni Aménophis ni Néfertiti que l'on vit se pencher sur la terrasse du grenier à blé élevé au centre du village. Ce fut Ramose, le Vizir de Thèbes, qui se montra en personne, debout, les bras levés dans un geste de conciliation. Bastet, qui commençait à se remettre de la gloire de son premier exploit, sentit son cœur battre à l'idée de savoir que c'était son père qui allait tenter de contenir la révolte.

Elle se posa cependant deux questions. Apprenant que sa fille se battait pour soigner les blessés du village, avait-il voulu l'assister pour être à son côté en cas de difficultés ou avait-il été simplement pris de remords à l'idée de la laisser seule dans cette cage à fauves alors qu'il restait à Thèbes sans rien faire ?

— Artisans, s'écria-t-il, que le calme et la tranquillité reviennent habiter ce village ! Le sang n'a jamais rien prouvé. Mes paroles, elles, vous apaiseront.

— Et quels sont les mots que tu vas prononcer ? fit l'un des délégués du village.

— Des mots de paix.

— Tu vas nous jeter de la poudre aux yeux ! s'écria un artisan le poing levé.

Derrière l'homme en colère, Ramose vit la masse

onduler lentement. Elle n'avait ni forme ni couleur. Elle s'avança, puis s'arrêta au pied du grenier à blé. Dans les yeux de tous, Ramose détecta une lueur trop suspicieuse pour réussir à les mettre en confiance. Pour eux, c'était comme un examen qui devait déboucher sur un inévitable et farouche affrontement.

— Oui, tes paroles sont celles d'un aristocrate menteur et profiteur.

— Nous tenons des couteaux, des poignards, ceux-là mêmes que nous fabriquons pour les tombes de vos familles. Prends garde de ne pas en recevoir un en plein cœur.

Des huées se firent entendre, ponctuant ces propos menaçants. La foule hurlante ne tenait plus en place et c'était à peine si elle ressentait les rayons mortels du soleil. De l'ombre, surgit la police du désert qui, jusque-là, ne s'était pas encore manifestée. Elle restait en rangs serrés, tenant en laisse des grands chiens beiges. Des chiens élevés à l'attaque qui, gueules ouvertes et oreilles dressées, reniflaient l'atmosphère.

Surpris par une telle harangue et voyant que les bras brandissaient dans sa direction bâtons, couteaux et pieux, Ramose mit les mains en porte-voix autour de sa bouche, attendit quelques instants, prit sa respiration et cria :

— Je ne vous veux que du bien, à l'exemple de ma fille qui, depuis des heures, soigne tous les blessés parmi vous.

L'agitation de la foule se mua aussitôt en attention, puis l'attention devint concentration soutenue. Les cris cessèrent et les bras retombèrent.

— Ma fille est médecin, reprit Ramose d'une voix haute et forte, soulagé de voir que la meute s'était tue. Elle vient d'organiser avec les femmes de votre village un quartier général où elle panse les blessés, réduit les fractures, éponge le sang et calme le mal avec les pommades et les onguents qu'elle connaît.

Il observa le silence brutal de la foule et comme il voyait qu'elle persistait à se taire, il continua, les bras levés vers elle :

— Avant que je monte sur cette terrasse, on m'a dit qu'elle venait d'aider à mettre un enfant au monde. Un enfant de votre milieu, de votre village. Or, je suis son père et je suis avec elle, à ses côtés quoi qu'elle fasse. Alors, ne voulez-vous pas me faire confiance ?

— Que proposes-tu ? fit l'Intendant des Potiers du village en imposant le silence à la rumeur qui reprenait de l'intensité.

— Parlez, répondit le Vizir, je vous écoute.

— Ces hommes veulent un jour de repos supplémentaire.

— Accordé ! jeta Ramose.

— Double dose d'huile et de céréales.

— Accordé ! jeta de nouveau Ramose en inspectant la foule de ses yeux plissés par le soleil qui dardait ses rayons brûlants.

— Des équipes de travailleurs supplémentaires.

Le Vizir baissa les bras et, cette fois, ne répondit pas.

— Tu nous donnes un jour de repos supplémentaire, rugit un artisan potier, mais devrons-nous, les autres jours, travailler double pour récupérer ce congé accordé ?

Comme Ramose inspectait toujours la foule sans rien dire, l'artisan cria :

— Tu n'es qu'un mystificateur ! Tu nous jettes les qualités de ta fille au visage pour mieux cacher ton hypocrisie.

— Et toi, tu réclames trop ! s'écria enfin Ramose. Je vous donne du blé, de l'orge, de l'huile, du lin en quantité double pour manger et vous vêtir l'année entière. Voulez-vous donc ne plus travailler et en demander le triple ?

— On veut des équipes d'ouvriers supplémentaires ! gronda une voix dans la foule.

— On veut que tu agrandisses ce village, répliqua une autre voix qui fut accueillie par la foule non comme une faveur, mais un ultimatum.

— Repousse les murs de l'enceinte et construis de nouvelles maisons. Nous en avons besoin.

— Ta propre tombe est dans cette vallée, Grand Vizir, fit l'Intendant des Potiers.

Une voix forte, mais cependant sans agressivité le coupa :

— Et tu nous y fais travailler. Alors, donne-nous les moyens d'accomplir au mieux cette tâche. Sois généreux et nous travaillerons bien pour toi.

A cela Ramose sembla réfléchir. Il dardait sur la foule son regard inquisiteur. Allait-il tout leur accorder ? Il ne pouvait céder à un moment où l'on mettait en cause la construction de sa propre nécropole. Cela pouvait passer pour de l'abus de pouvoir tourné pour son compte personnel.

— A salaire plus important, travail plus important, jeta-t-il.

Un silence glacial tomba sur la foule. Puis ce fut la reprise des huées, des cris, des hurlements. La police faisait tournoyer ses matraques et tapait à l'aveuglette. Des corps tombèrent ensanglantés, des crânes furent fracassés, des bras saisis par les gardes tordus dans des gémissements de douleur. Puis, gueule ouverte et crocs sortis, les chiens de la police du désert attaquèrent sur les ordres de leurs maîtres.

On ne cessait d'amener à Bastet le corps de tous ces hommes dont certains étaient morts. Hopet et Niny l'assistaient efficacement, prenant même, parfois, des initiatives que Bastet appréciait. Les femmes du village leur apportaient des linges propres et des bassines d'eau chaude. Le sol sec et craquelé absorbait rapidement les flaques de sang qui coulaient des blessures.

Il fallut que, dans l'air asséché, sonnât un nouveau son de trompes pour permettre aux policiers les moins virulents de stopper leur massacre.

— Le pharaon Aménophis et la Grande Épouse Royale ! annonça Ramose qui, surpris par la reprise de la rébellion et ne sachant plus que faire, poussa un soupir de soulagement.

Le premier rang de l'assemblée se calma, imité rapidement par le rang suivant. Mais comme l'on entendait encore les coups de bastonnade parmi les derniers rangs des artisans, Ramose cria d'une voix forte :

— Le pharaon Aménophis et la Grande Épouse Royale !

Cette fois, ce fut le calme presque complet. Il fallut encore quelques minutes d'attente avant que les derniers cris s'estompassent.

— Artisans de Médineh ! clama le pharaon, j'ai besoin de vous comme vous avez besoin de moi. Vous êtes les mains précieuses de ce village et d'autres en sont la tête. Vous gagnerez, vous aussi, votre place dans l'au-delà si vous travaillez bien. C'est entendu, nous vous construirons de nouvelles maisons, nous vous donnerons une poignée d'hommes en plus pour compenser le temps de repos supplémentaire que vous prendrez. Tenez, voici le gage de ma bonne volonté.

Et il jeta à la foule éberluée une poignée de bijoux en pâte de verre colorée que se pressèrent de ramasser le délégué du village et ses assistants.

Quand Néfertiti jeta la seconde poignée de bracelets et d'anneaux divers — certains étaient en or, d'autres en argent — ce fut le Surveillant Général du village qui s'abaissa pour les ramasser. Puis, le pharaon se tourna vers Ramose :

— Allons, mon ami. Jette-leur ce qu'ils attendent.

Et ce fut Ramose qui lança la troisième poignée de cercles en bronze sertis de petites pierres qui fut cueillie au passage par le Grand Intendant des Artisans, le même petit homme trapu qui s'était échappé au début des émeutes pour se mettre à l'abri dans la montagne thébaine.

— Le fourbe, murmura Hopet les yeux écarquillés devant ce spectacle tellement inhabituel. Il s'enfuit et revient pour s'emparer de ce qui devrait revenir au peuple.

— Bah ! fit Niny penchée au-dessus d'un blessé qui gémissait. A présent, la foule a obtenu ce qu'elle voulait. N'est-ce pas là l'essentiel ? Regarde, le pharaon Aménophis et Néfertiti sa Grande Épouse Royale poursuivent leur geste magnanime.

Même Bastet leva les yeux pour regarder, effarée elle aussi, l'image insolite qu'offrait le couple royal, assisté du Grand Vizir, jetant les bijoux à la foule.

CHAPITRE XVII

La révolte des artisans de Deir-el-Médineh s'éteignit en même temps que le pharaon Aménophis III, laissant le pays dans un désarroi qui remit aussitôt les choses en place.

Le vieux pharaon s'était accroché à la vie tant qu'il avait pu, mais avec cette santé qui déclinait de jour en jour, ses forces qui, peu à peu, disparaissaient malgré la présence de Tiyi et de Satamon à ses côtés, il fallait bien que les dieux s'emparassent un jour de son âme pour la peser dans les plateaux de la balance d'Osiris. Surveillants, chefs et intendants reprirent leur poste de commandement et la noblesse de Thèbes put, en toute tranquillité, montrer son visage dans les cérémonies officielles qui se préparaient pour la circonstance.

Le pharaon Aménophis le troisième laissait le trône à son fils Aménophis le quatrième qui, depuis deux ans, régnait en corégence avec lui. Mais à présent que, seul, le jeune roi détenait le pouvoir, les prêtres tremblaient en même temps qu'ils épiaient, scrutaient, espionnaient, conspiraient afin de sauvegarder les droits et les pouvoirs immenses que leur avait octroyés plus de cent ans de tradition thébaine.

Le temps de momification passé, les dignitaires de Thèbes et des autres villes, accompagnés des membres de leurs familles, s'installèrent dans la capitale pour suivre les obsèques avec la dignité et le chagrin qui s'imposaient, ponctués par une armée de plus de trois cents pleureuses. Vêtues d'une tunique bleue, les cheveux dans le dos qu'elles recouvraient de sable et de poussière, elles criaient, pleuraient et gémissaient, comme la tradition l'exigeait quand un être humain quittait la terre pour aller rejoindre les dieux de l'au-delà.

Quand l'heure d'accompagner le pharaon dans sa tombe éternelle sonna, tous les prêtres se rassemblèrent devant le catafalque d'Aménophis et, pour un temps du moins, semblèrent se réconcilier. Figés dans leur attitude solennelle, le crâne luisant d'onguent sacré, la tunique de léopard sur l'épaule, les pieds nus, l'encensoir dans leurs mains se balançant au rythme des incantations, sans doute réfléchissaient-ils à leurs prochaines altercations. Au premier rang figuraient les représentants du dieu Ptah et tous les prêtres de Memphis, immobiles aux côtés du Grand Prêtre Panehesy dont l'œil et l'ouïe accrochaient chaque geste et chaque mot insolites.

Les représentants d'Anubis et d'Osiris, tenant leurs bannières d'Hermopolis et de Denderah, avaient délégué l'un des leurs afin de lire les hymnes consacrés à leurs dieux pour que le pharaon puisse trouver un asile bienheureux et immortel auprès d'eux. Les prêtres de Toth, de Horus et de Hathor ne manquèrent nullement à leurs devoirs et, suivant en silence le clergé d'Amon tout-puissant, ils présentèrent leurs offrandes.

La tombe d'Aménophis n'était pas terminée. Mais elle était si vaste qu'on pouvait se demander si elle le serait un jour. Cependant, les salles qui se succédaient étaient recouvertes de peintures qui montraient des scènes d'offrandes, de batailles, de victoires, de chasse, de pêche et de la vie quotidienne.

Les couches sociales étant ce qu'elles sont, Aménophis avait bien rétribué les peintres et les architectes qui avaient travaillé à l'élaboration de son tombeau. Ces artisans, nobles pour la plupart, dont la charge était souvent héréditaire et qui faisaient partie de la classe dirigeante, avaient tous reçu un salaire important et avaient été dotés de quelques aroures de terre — champs, vignobles, plantations de lin ou de papyrus — et d'un équipement funéraire. Mais, il avait totalement oublié les artisans de second ordre qui travaillaient à Deir-el-Médineh, ceux-là mêmes qui venaient de faire grève.

Le tombeau d'Aménophis se trouvait dans la vallée de l'ouest, appelée Vallée des Singes en raison de l'existence d'une nécropole de petits primates sacrés qui s'y étaient installés et qui vivaient grâce à la nourriture qu'on leur apportait, bien qu'ils s'aventurassent fréquemment sur les bords du Nil pour y chercher un plus grand confort alimentaire.

Aménophis avait voulu se distinguer de ses ancêtres en aménageant une tombe plus complexe que celle de ses prédécesseurs, composée de salles à piliers et de nombreuses chambres. La salle du sarcophage comprenait deux parties. La plus haute, supportée par six piliers, offrait d'importantes représentations astronomiques. La plus basse comportait deux pièces annexes, lesquelles étaient réservées pour ses épouses Tiyi et Satamon.

Aménophis III avait été un pharaon laxiste, charmeur, indolent malgré l'ardeur qu'il déployait dans ses multiples chasses, se reposant autant sur la gloire de ses trois ancêtres que sur la vigilance assidue de son épouse Tiyi. Et, si sa mort laissait une femme attristée, elle ne marquait pas moins dans l'esprit lucide de celle-ci une ferme détermination à prendre les rênes du pouvoir aux côtés d'un fils dont les actes allaient sans doute perturber bien des choses. Ce que le jeune homme avait fait à Médineh prouvait déjà la marginalité de ses idées. Certes, Tiyi avait toujours offert à son peuple une image débonnaire et, lorsqu'elle se montrait dans les villes et les campagnes, les foules l'ovationnaient dans une euphorie qui frôlait parfois le délire. Mais de là à lui jeter de l'or et des perles, qu'avaient aussitôt ramassés les délégués et les surveillants du village et non les artisans ! Il y avait de quoi réfléchir.

Oui ! Aménophis III avait coulé une vie largement dispendieuse dans les dédales de son puissant harem. A présent, plus de mille femmes attendaient le sort que le nouveau roi devait leur assigner. En effet, la coutume exigeait qu'à la mort d'un pharaon, son fils reprît tout ou en partie le harem royal dont l'inquiétude ne cessait de croître jusqu'au moment où son sort était fixé. S'il refusait, le harem devait éclater. Une partie des princesses étrangères pouvait retourner dans les harems de leur pays. Les autres étaient disséminées dans les harems de provinces qui restaient à la charge de l'État. Il était strictement interdit à une femme ayant eu un seul rapport sexuel avec le pharaon d'appartenir à un autre homme, durant toute sa vie. Quant à celles qui étaient restées vierges, elles obtenaient l'accord d'épouser un Égyptien, un dignitaire si la jeune fille était de haute condition, un soldat de la garde royale ou un artisan attaché aux travaux royaux si elle était de plus basse classe. Quoi qu'il en fût, il arrivait parfois qu'un pharaon, au cours de sa vie, offrît à son fils une ou plusieurs de ses concubines.

Le jour où Aménophis IV prit les pleins pouvoirs du royaume, il refusa catégoriquement de toucher à une seule femme du harem de son père, comme il refusa d'ailleurs d'en constituer un nouveau. Aménophis allait prôner désormais la monogamie de la même façon qu'il allait installer la religion d'un seul dieu, celui du soleil, bannissant tous les autres, Amon en tête.

Face à ce harem imposant, Tiyi se trouva devant un dilemme qu'il lui fallut résoudre rapidement. Elle refusait de renvoyer dans leurs familles les princesses asiatiques et africaines pour ne pas blesser la susceptibilité des cours étrangères avec lesquelles elle entretenait de bons rapports.

Refusant donc de se constituer un harem et trop préoccupé par l'unique objet qui encombrait ses esprits : chercher un lieu paisible et désertique pour construire son nouveau palais, Aménophis laissa sa mère devant les multiples questions délicates qu'occasionnait la politique intérieure et extérieure du pays.

Mais, en ces premiers jours de règne du jeune pharaon, Tiyi eut aussi à résoudre bien d'autres problèmes. Satamon, sa fille que le pharaon avait épousée à la fin de sa vie, venait de mourir en laissant au monde un garçon que l'on prénomma Semenkarê. Mais l'enfant était-il le fruit du pharaon ? La cour murmurait qu'on avait souvent vu Satamon en compagnie d'un soldat de la Garde Royale.

Au lendemain de la mort de sa fille, Tiyi avait lâché un soupir d'amertume, de regret peut-être ! Elle se trouvait à nouveau confrontée aux règles de la succession d'Aménophis par la seule présence de cet enfant issu du ventre de sa fille.

L'enfant semblait assez chétif, bien qu'il ne présentât pas les signes précoces d'une maladie infantile.

Tiyi l'avait nommé Semenkarê pour honorer le dieu soleil, le dieu Rê qui était à l'origine de la vie et de la création.

Car, en bonne intelligence, Tiyi préférait que son fils fût en harmonie avec cet enfant. Tiyi avait donc décidé d'élever Semenkarê avec la dernière de ses filles, Bakétaton. Des deuils ! Des naissances ! Voilà ce qui faisait tourner l'Égypte pharaonique. Peu de temps après, Néfertiti accoucha de sa première fille, Méritaton. Restait à naître l'enfant qui arrondissait le ventre de Tiyi. Elle ne frémissait ni ne tremblait. Pouvait-on lui reprocher de recevoir son fils dans une intimité que seuls les membres d'une famille de pharaon pouvaient se permettre sans porter atteinte à la morale ?

Le cycle du soleil commençait. Par les prénoms des enfants royaux qui allaient suivre, le dieu Aton s'élevait plus haut chaque jour. Irrémédiablement un nouveau mouvement se dessinait et Tiyi s'y trouvait mêlée. Un cercle qui allait se fermer en rassemblant les forces solaires en une divinité unique.

*

Rêveuse et nonchalante, Neby coulait des jours paisibles. Myriam la dorlotait, elle et l'enfant qu'elle venait de mettre au monde. Tant de jours s'étaient écoulés depuis que, à nouveau, elle s'était enfuie de la luxueuse demeure de Panehesy !

Bloquée par les grèves de Médineh, Niny n'avait pu se rendre à Thèbes. La révolte des artisans l'avait empêchée de réaliser son plan. Et, plus tard, quand elle était arrivée avec Hopet à la demeure de Panehesy, ils avaient appris qu'elle n'y était plus. Déroutée, elle s'était confiée à Bastet puis à Sekmet qui, hélas, préoccupées elles aussi par les artisans en colère, n'avaient rien pu entreprendre pour aider la naine à concrétiser son affaire.

Entre-temps, « La Croix d'Ankh » était revenue de Bouhen chargée à ras bord de bois africain que la batelière devait écouler dans le delta. C'était Kyos, envoyé par Minhotep, qui avait encore réussi à libérer Neby de sa luxueuse prison. Ils avaient profité de l'agitation des temples occasionnée par la mort du pharaon et de l'organisation de ses obsèques qui nécessitait la présence prolongée de Panehesy pour trouver l'astuce qui l'avait délivrée.

Neby avait accouché sur le bateau. Venue au monde sans aucune difficulté, avec la seule présence d'une sage-femme trouvée à proximité du port, l'enfant respirait la vie à pleins poumons.

Les eaux montant enfin, la crue arrivait, chassait mouches et moustiques et réapprovisionnait le Nil en poissons, ce qui éloignait les crocodiles des bords du fleuve dont ils avaient fait depuis quelque temps leur lieu de surveillance attentive. Même les couleuvres, les serpents et les petites vipères du désert commençaient à rentrer dans leurs repaires. L'atmosphère devenait respirable, la chaleur s'amenuisait et les nuits se firent plus fraîches.

Installée entre deux stères de bois dont les bords lui faisaient de l'ombre, Neby regardait avec extase le petit visage qui ne ressemblait à personne. De qui tenait-elle ce teint si sombre ? Le Crétois, son grand-père, avait-il une peau si brune pour l'avoir ainsi transmise à son arrière-petite-fille ? A qui appartenaient ce petit menton triangulaire plein de charme et ces yeux si clairs qui contrastaient dans ce visage mat et déjà bruni ? A l'exception de son père, Koushy le scribe dont elle se rappelait encore chaque trait du visage, Neby ne connaissait rien de sa famille. Ces yeux-là étaient-ils ceux de Satiah, la Seconde Épouse de ce Thoutmosis qu'elle ne connaissait pas ? Elle devait être une très jolie femme pour avoir été choisie par un pharaon !

Neby observa sa fille qui lui dédia un innocent sourire. Elle crut soudain reconnaître la bouche charmeuse de Panehesy et cela lui déplut un peu. Nephtys semblait déjà gracieuse, presque rieuse et Neby eût préféré que l'enfant héritât du sourire rare et profondément sincère de son père.

Mais bah ! Quelle stupidité ! Qu'allait-elle s'imaginer chez une enfant qui venait de naître ? En observant encore Nephtys, elle se dit qu'après tout, elle avait peut-être pris la couleur dorée de ses yeux et que la petite bouche aux lèvres charnues était peut-être aussi la sienne.

Elle regarda Myriam qui s'approchait, le visage marqué par un air inquiet.

— Toutes ces émotions t'ont perturbée et tu n'as pas assez de lait, fit-elle d'une voix sombre. Il faudra prendre une nourrice.

— Demandons à Ayen d'aller en quérir une, proposa Minhotep qui, voyant que le vent commençait à souffler, déroulait avec Kyos la grand-voile carrée. Je suis sûre qu'il va nous ramener une belle fille tout en rondeurs, avec de grosses et belles mamelles. Mon bateau est assez grand pour l'héberger avec son enfant.

— Je n'ai pas l'argent nécessaire pour payer une nourrice, tu le sais bien, dit Neby en secouant la tête. Il faudrait que je retravaille.

— Qui te parle de payer ? Tu me rembourseras plus tard, voilà tout. Regarde tout ce bois que je vais aller vendre dans le delta. Il va nous rapporter ce qu'il faut pour élever Nephtys.

— C'est impossible, Neby ! s'écria Myriam. Si tu

recommences à travailler sur les places publiques des villes dans lesquelles nous allons nous arrêter, les hommes de Panehesy vont sillonner les rues à ta recherche et, par toi, ils trouveront ta fille.

— Je travaillerai seulement quand nous serons dans le delta.

— Ma chère petite, fit la batelière en redressant son torse aussi puissant que celui d'un homme, je te le déconseille. Attends donc un peu avant de prendre une telle décision.

— Elle a raison, intervint Ayen que Minhotep avait engagé comme docker sur son bateau.

L'homme au pied mutilé montrait cependant une résistance à toute épreuve au travail. Il aidait Kyos et Minhotep et leur rendait de multiples services.

— Repose-toi, pour l'instant, reprit la batelière en regardant Neby qui berçait son enfant. Nous discuterons de cela plus tard.

Mais le soir, Ayen revint au bateau sans nourrice. Penaud et déconcerté, il fit le bilan improductif de sa journée.

— Ah ! Si je pouvais moi-même aller quérir cette nourrice ! fit Myriam en soupirant.

— Tu n'y penses pas, rétorqua Ayen en fronçant le sourcil, ton abruti de mari te reconnaîtrait à mille coudées de là. Que feras-tu s'il te trouve dans les rues de Thèbes et t'oblige à rentrer chez lui ? Tu n'as fait aucun constat, aucune demande de divorce et, pour l'instant, il a tous les droits sur toi.

— Je ne pouvais pas faire de déclaration à la police puisqu'il est policier lui-même. D'ailleurs, personne ne savait qu'il buvait et me battait. Toujours sobre au travail, il n'attirait pas le scandale. On m'aurait jetée comme un vulgaire paquet de linge sale. La seule solution pour moi ne s'offrait que dans la fuite.

La discussion sur la nourrice fut reportée à plus tard mais les choses s'aggravèrent, car le bébé perdait du poids, ne souriait plus et pleurnichait presque en permanence. Ce fut Neby qui, malgré sa décision de ne pas quitter le bateau avant qu'il fût apponté dans le delta, partit à la recherche d'une jeune femme capable d'allaiter sa fille. Ce jour-là, les dieux furent avec elle, car sur la place du marché, une voix graveleuse l'accosta :

— C'est ton frère qui, autrefois, venait se faire raser la tête avant de proposer son travail ?

La jeune femme se retourna et reconnut un barbier avec lequel, en effet, elle conversait autrefois pendant qu'il peaufinait le poli de son crâne. Assis devant l'échoppe de sa boutique, il l'observait d'un air tranquille.

— Oui, tu le connais ? fit-elle en s'approchant de lui.

Grand et fort, le visage bruni par le soleil, l'homme paraissait affable. D'ailleurs, Neby avait entretenu avec lui de bons rapports, parlant des gens, du temps, de la crue insuffisante ou excessive, des mouches qui se collaient au crâne qu'il rasait avec scrupule et honnêteté.

— Tu lui ressembles comme deux gouttes d'eau.

— A présent, il travaille pour le patron d'un atelier de Deir-el-Médineh, dans la vallée thébaine.

— Il l'a bien mérité. C'était un sacré petit besogneux. Il m'avait tiré d'un mauvais pas en rédigeant un acte dont j'avais besoin pour récupérer la maison de ma mère qu'avait usurpée ma belle-sœur.

— Mon frère a toujours été habile pour manier le calame et il connaissait les lois.

— Depuis que j'ai récupéré la maison de ma mère, j'ai ouvert mon commerce et, comme tu vois, je le pratique à présent devant le pas de ma porte. Ah ! C'est que j'ai une bonne clientèle maintenant !

Il l'observa tranquillement de ses gros yeux allongés bordés de khôl et poursuivit :

— Tu lui diras mille choses, à ton frère.

— C'est entendu.

Comme Neby lui tournait le dos, il poursuivit :

— Si je peux t'aider à quelque chose !

— Je crains que tu ne le puisses.

— Et pourquoi ?

— Alors, reprit-elle en revenant sur ses pas et en se piquant devant lui, connais-tu une nourrice qui pourrait allaiter mon enfant ? Je n'ai pas assez de lait et mon bébé perd du poids.

Le barbier se gratta la tête et prit une attitude pensive. Puis, soudain, il leva la main et la porta à son menton qu'il avait lisse et imberbe.

— Il y a bien la famille au bout de la place. Ils sont dix enfants et l'une des filles, l'aînée sans doute, vient d'accoucher.

Il se mit à rire.

— Il paraîtrait qu'il n'y a pas plus de père que de cheveux sur le crâne de mes clients lorsqu'ils sont passés par mon rasoir.

A nouveau, il s'esclaffa et posa ses mains sur sa taille épaisse.

— Dis-leur que tu viens de ma part. Et dis à ton frère que je t'ai aidée. Il sera content.

Certes, Neby avait aidé tant de barbiers dans les villes et les villages, au hasard de ses pérégrinations quand il lui fallait un crâne impeccablement rasé ! Les barbiers étaient comme les scribes publics, ils allaient de ville en ville proposer leur travail, tenant le rasoir en main comme les scribes tenaient le calame. Et Neby n'avait eu que de bons rapports avec les barbiers.

Combien de fois s'étaient-ils aidés mutuellement, assis l'un à côté de l'autre sur les places des marchés, entre les pots de grès, les ânes, les poissons fraîchement pêchés, les oignons, les poireaux, leurs cris se mêlant à ceux du marché agité.

La maison dont parlait le barbier était en limon séché comme la plupart de celles qui étaient situées en bout de ville. Construites en contrebas, là où les crues du fleuve s'infiltraient facilement, ces maisons avaient un sol humide qui menaçait de provoquer la désagrégation des murs.

Quand Neby fut devant la petite habitation, elle s'aperçut qu'elle était si exiguë que la ribambelle d'enfants vivait pratiquement à l'extérieur. Même la terrasse qui recouvrait l'unique pièce était insuffisante pour apporter le supplément d'espace nécessaire à toute la famille.

Une maisonnée qui non seulement comportait la nichée des parents, mais s'augmentait de la vieille mère du mari et de ses deux vieilles sœurs.

En ces temps-là, c'était chose fréquente en Égypte de vivre à dix ou douze dans une seule pièce. Il était rare qu'une famille laissât tomber de vieux parents dans le besoin. La vie communautaire chez les paysans et les ouvriers était ainsi faite qu'elle présentait l'avantage d'une répartition des tâches entre les différents occupants de la maison. La taille de chaque foyer variait sans cesse. Elle diminuait en fonction du décès des vieux ou du départ d'un fils qui se mariait. Par contre, elle augmentait quand c'était une fille qui ramenait un époux. L'établissement du nouveau couple occasionnait fatalement des naissances.

Neby vit une nuée d'enfants criards et dénudés se précipiter vers elle. Mais, obsédée par ce qu'elle voyait, elle les regarda à peine. Oui ! Son cœur bondissait et battait à tout rompre. Contre l'un des murs extérieurs de la maison, une jeune fille, collée à son enfant, lui offrait le lait qui jaillissait de son sein brun et généreux.

Devant la porte, une femme âgée brassait l'orge dans une cuve en y mêlant de l'eau. Une autre femme en pagne long, plus vieille encore, cuisait un pain dans un four d'une simplicité extrême, fait de trois grosses pierres montées en pyramide. Ce four assez rudimentaire avait été élevé devant la porte de la maison, trop petite pour l'y contenir. Le pain cuisait directement sur les braises et la fumée disparaissait dans l'espace qui sentait l'oignon et le poisson.

Neby leva les yeux sur la terrasse et aperçut quelques sacs de céréales et une grosse jarre qui contenait sans doute l'huile nécessaire à toute la maisonnée. Elle vit aussi une grande corde tendue sur deux piquets sur laquelle séchaient les poissons.

Neby reporta ses yeux à terre. Les enfants l'avaient littéralement assaillie et la vieille femme qui brassait la bière leur cria de s'éloigner. Puis, émergeant de la pénombre de la porte, Neby vit une autre femme s'avancer. Elle était plus jeune, portait des cheveux courts, une tunique grise à rayures blanches, ample et sans manches, qui lui cachait tout le corps. Elle devait être en train de filer dans l'ombre fraîche de la maison, car elle tenait en main le fuseau sur lequel s'enroulait encore le fil qu'elle n'avait pas eu le temps de détacher.

Agée d'une quarantaine d'années, sa silhouette alourdie par les multiples maternités contrastait avec la fraîcheur de son visage. Neby pensa aussitôt que c'était la mère et elle se dirigea vers elle.

— Ce sont tes enfants ? interrogea-t-elle en désignant d'une main les petits qui circulaient bruyamment autour d'elle.

Méfiante, la femme s'arrêta, la regarda, puis se mit à inspecter d'un air soupçonneux l'allure de l'inconnue qui venait perturber leur travail quotidien. Ce fut la vieille qui brassait la bière qui répondit :

— Oui, ce sont les siens, mais trois d'entre eux sont les enfants de mon fils. Nous sommes bien trop nombreux dans cette misérable maison, ajouta-t-elle en reprenant son brassage.

Neby tourna la tête vers la jeune fille qui allaitait son enfant. Aussitôt, la femme qui cuisait le pain tout en l'observant à la dérobée se mit à gémir :

— Et celle-ci ! maugréa-t-elle en la désignant du menton. Elle nous ramène un enfant qui n'a pas de père.

— N'a-t-elle aucun travail ?

— Quel travail ? Il faut qu'elle s'occupe de son bébé et qu'elle fasse la part de sa tâche quotidienne, répliqua la mère qui, enfin, se décidait à ouvrir la bouche. Ici, nous avons tous une besogne à remplir et nous n'avons pas le temps de nous occuper de son enfant.

— Veux-tu gagner un salaire ? proposa Neby en s'approchant de la jeune fille.

Dieu ! Qu'elle paraissait jeune ! C'était presque une adolescente, quinze ans sans doute ! Quatorze peut-être !

La jeune mère fixa sur elle un regard neutre, presque indifférent. Elle avait des yeux noisette, un fin visage, mais sa silhouette était ronde. Elle écarta l'enfant de son sein et releva prestement l'épaulette de la chemise qui recouvrait son buste. Elle ne répondit pas et ce fut la vieille femme qui brassait la bière qui répliqua :

— C'est toi qui veux la payer ?

— Oui.

— Avec quoi ? rétorqua-t-elle en arrêtant son travail.

Neby détacha un bracelet de bronze enroulé autour de son avant-bras et le tendit à la jeune fille.

— Ceci pour commencer.

Brusquement la mère se précipita sur elle et arracha le bijou qu'elle tenait entre les mains. Elle l'observa attentivement, le soupesa avec méfiance, le fit miroiter dans les rayons du soleil qui, de là-haut, tombaient dru.

— Ça vaut combien ? s'enquit-elle en esquissant une grimace.

— Dix débens.

Les deux vieilles femmes avaient lâché leur travail. Pain et bière attendraient que l'on précise les données du problème, puis que l'on instaure l'évolution du marchandage afin d'aboutir à une conclusion efficace.

— Que veux-tu qu'elle fasse en échange ?

Neby sentit qu'elle ne devait pas poser ses conditions de suite. Ces femmes avaient besoin qu'on les aide, mais elles tenaient sans doute à ce que la fille restât au domicile. Il fallait œuvrer avec prudence, ne pas les brusquer, présenter l'offre avec diplomatie et réserve, mêlée de ruse pour emporter l'affaire.

— On t'a dit qu'elle effectuait sa part de travail à la maison, rappela la mère toujours soupçonneuse.

— Alors, rends-moi mon bracelet et n'en parlons plus.

Les deux vieilles s'approchèrent. L'une tenait en mains sa baratte avec laquelle elle brassait la bière, l'autre avait saisi le pic avec lequel elle enfournait ses pains dans le four.

— C'est le barbier du village qui m'a envoyée vous voir. Mon frère le connaissait. Autrefois, ils se sont rendu des services mutuels.

Elle vit que les trois femmes semblaient se détendre. Dans leur regard s'allumait un peu moins de méfiance.

— On t'a dit qu'elle devait s'occuper de son enfant, rétorqua pourtant la plus vieille.

D'un bond, Neby se planta devant la jeune fille.

— Et du mien, si elle veut.

Un brusque silence se fit.

— Ah ! Tu as un enfant et tu ne peux pas l'élever !

Neby hocha la tête dans un signe attristé. Puis, levant ses mains, elle les posa sous ses seins.

— Je n'ai pas assez de lait et mon enfant dépérit. Cette jeune fille, bien que très jeune…

— Elle a seize ans. Elle est en âge d'allaiter son fils ! s'écria vivement la mère.

— Bien sûr, approuva Neby. Je vois qu'elle est saine, forte et que ses seins sont bien gonflés.

— Cesse donc de tourner autour du pot. Que proposes-tu ?

— Tu gardes ce bracelet. Je lui en donnerai un autre.

Comme la jeune fille l'observait sans rien dire, ne sachant trop si elle devait donner son avis ou non, Neby reprit de l'assurance et continua d'un ton affirmatif :

— Je la nourrirai, la logerai et m'occuperai d'elle. Si tu acceptes, poursuivit-elle en se retournant vers la mère, je te donnerai chaque mois la valeur d'une jarre d'huile, un sac de farine d'orge, un autre de vingt poissons séchés, un sac de fèves et un autre de lentilles. Je pourrai même vous donner un peu de bois d'allumage pour la cuisson de vos pains.

— C'est bien payé. Qui es-tu pour offrir un tel salaire ?

— Je suis scribe, je travaille et me déplace beaucoup. Il est possible que, parfois, je lui laisse mon enfant, mais ce ne sera jamais à sa garde complète car ma fille sera toujours avec Myriam, ma suivante, qui doit s'occuper d'elle durant mes absences. Pour faciliter mes voyages, je vis sur un navire…

— Sur un navire ! s'exclama la jeune fille.

C'était la première parole qu'elle osait proférer. Surprise de cet élan inattendu, Neby se demanda avec angoisse si cette clause au contrat serait un handicap ou un atout supplémentaire. Elle eut subitement peur de la réponse.

— Vas-tu supporter ? demanda la mère à la fille.

— Bien sûr que je vais supporter.

Puis elle berça son enfant et Neby vit qu'elle avait des gestes tendres et attentifs envers lui. Alors, elle fut pleinement rassurée.

— C'est un grand navire qui s'appelle « La Croix d'Ankh », Minhotep fait le commerce de bois, de poteries, de vin, d'huile, parfois d'onguents lorsque le navire va jusqu'en Crète ou dans les îles grecques.

Comme les trois femmes semblaient croire que Minhotep était un homme et probablement le père de l'enfant, Neby crut plus judicieux de ne pas les détromper. Il serait toujours temps d'expliquer la situation à cette jeune fille.

— Comment t'appelles-tu ? Moi, je suis Neby.

— Elle s'appelle Thoueris, lança la mère brusquement.

— Thoueris ! Tu es donc le symbole de la maternité, la déesse hippopotame. As-tu déjà vu des hippopotames ?

— Non.

— Alors, tu en verras sur le Nil lorsque nous atteindrons le delta. Thoueris ! Tu as un nom qui me plaît et c'est un excellent présage. Nous nous entendrons bien.

Elle avait pris de l'assurance, la petite Neby, depuis qu'elle se sentait mère. Cependant, elle se prit à penser qu'elle promettait trop de choses à cette famille, un bien gros salaire qu'elle ne pouvait pas supporter sans l'aide de Minhotep et de Myriam. Pour se déculpabiliser, elle se dit qu'elle leur rendrait tout au centuple. Il lui suffisait de travailler. Le temps de quitter ces lieux dangereux pour elle et de s'en aller dans le delta. Minhotep livrerait son bois et chercherait d'autres marchandises. Peut-être retournerait-elle en Crète, laissant la jeune femme à Bubastis, Tanis ou Héliopolis.

— Allons ! Puis-je t'emmener ?

A l'inverse des précédents instants, les trois femmes semblaient à présent pressées de conclure cette affaire comme si elles craignaient tout à coup que Neby se rétracte.

— Vous aurez de ses nouvelles dès que je trouverai un messager qui passe par votre village.

La jeune fille quitta sa famille sans rien dire, son enfant dans les bras.

— N'emportes-tu donc rien ? lui demanda Neby.

Elle haussa les épaules.

— Je n'ai que mon bébé et ce que je porte sur moi.

*

Quand elles arrivèrent à « La Croix d'Ankh », Minhotep l'attendait sur le pont du bateau. Sekmet était à son côté et, derrière elles, Myriam et Ayen se tenaient debout. Plus loin, Kyos tendait la voile.

— Ah ! Neby ! s'exclama Sekmet en se précipitant vers elle.

Devant l'air consterné de Myriam, Neby comprit qu'un nouvel incident allait encore contrarier le cours de son destin. Sekmet paraissait pourtant joyeuse et porteuse de bonne nouvelle.

— La reine Néfertiti te demande, Neby. Elle veut que tu travailles pour elle.

— Mais, je refuse ! s'écria Neby, la voix tremblante.

— Tu ne peux pas laisser faire ça, fit Ayen en s'avançant vers Minhotep. Levons l'ancre tout de suite et filons.

— Et dis à la reine que tu ne l'as pas trouvée, ajouta Myriam en posant sa main sur l'épaule de Sekmet.

— C'est impossible, se défendit celle-ci. Je ne peux pas lui mentir.

— Ils ont raison, approuva Neby. Pourquoi veux-tu que je te suive, là, sur-le-champ, sans même prendre le temps de peser les avantages et les inconvénients de cette affaire ?

— Hélas, objecta Sekmet, tu ne peux te soustraire au désir de la reine. Tu dois travailler pour elle. Cela va te couvrir d'honneurs et de gloire, sans compter les immenses privilèges.

— De quel privilège parles-tu ? Celui de m'ôter ma fille ? Plutôt encourir sa colère au risque d'être bannie d'Égypte. Je suis scribe. Je connais la langue akkadienne et la langue arabe. Je peux travailler dans un pays étranger.

— Et si elle t'enlevait ton titre de scribe ?

— Il faudrait aussi qu'elle m'ôte l'usage des mains et de la langue. Le ferait-elle ?

— La Grande Épouse Royale a tous les droits envers ses sujets. L'ignores-tu, Neby ?

Comme elle voyait les joues de sa compagne blanchir et ses mains trembler, elle ajouta précipitamment :

— Neby ! Elle propose de garder ton enfant au palais. Que veux-tu de mieux ?

— Au palais de Malgatta, dis-tu ! explosa Neby. Là où Panehesy va me retrouver le jour même qui suivra mon arrivée ! C'est insensé.

Mais, dieu du ciel ! Travailler pour Néfertiti, la reine d'Égypte ! Voir s'ouvrir devant elle toutes les archives du palais, correspondre avec les ambassadeurs des pays étrangers, le Mitanni, la Babylonie, le Hatti, la Crète. Offrir les plus grands marchés commerciaux à son amie Minhotep, en la faisant naviguer dans les pays les plus lointains. Tirer Niny de son affreux temple où personne ne la considérait comme un être normal. Payer à Myriam le procès dont elle avait besoin pour divorcer de son infect époux. Enfin, pouvoir redonner à sa fille les origines de sa noble naissance. Ah ! Ciel, que la liste des bienfaits était longue !

Travailler pour Néfertiti ! Quel programme séduisant ! Des projets identiques à ceux qu'avait dû édifier son aïeule Séchat quand elle travaillait pour la pharaonne Hatchepsout. Certes, son cœur criait non et sa tête disait oui. Ses membres fusionnaient avec l'ardeur qui courait en elle, son sang refusait de couler là où il devait s'épandre. Elle découvrait des élans qu'elle ne pouvait plus arrêter et des feux qu'elle ne voulait plus éteindre. C'était comme d'infernales vibrations qui la secouaient de part en part, démesurées et incontournables.

Quelle était donc cette nouvelle route se profilant devant elle, sachant qu'elle ne pouvait aller contre le désir de Néfertiti ? Elle devrait à nouveau jongler avec les circonstances, les aléas, le soutien des uns et le calcul des autres. Où allait-elle atterrir avec de telles cartes en main ? Comment allait-elle s'y prendre pour ménager le maintien de ses idées et la tranquillité de sa fille ?

— Je n'irai pas, s'entendit-elle prononcer, alors qu'elle savait qu'une heure plus tard elle suivrait Sekmet.

— Mais réfléchis, Neby, tu ne peux te soustraire au désir de la jeune reine.

— Moi non ! Mais ma fille, si !

Et, se tournant vers la batelière, elle désigna la jeune fille qu'elle avait amenée et qu'elle n'avait pas encore eu le temps de présenter. Elle tenait son bébé dans les bras.

— Voici Thoueris, expliqua-t-elle en désignant la jeune nourrice. Elle allaitera Nephtys pendant toute mon absence. Ah ! Minhotep, si je travaille pour la reine, je pourrai te rembourser au centuple. Toi aussi, Myriam. Soigne bien ma fille. Je te la confie, comme Pappalavizzi t'avait confié Choutarna[1].

Une larme glissa dans l'œil de Myriam et elle se précipita sur Neby pour la serrer contre elle.

— Je la suivrai du regard comme mon ombre. Ne crains rien, Neby. Thoueris lui donnera le sein. Quant à moi, je lui apporterai la vigilance de toute ma protection.

— Et moi, mon bateau !

Minhotep qui venait de jeter ces mots d'une voix tranquille regarda la jeune Thoueris. Celle-ci écarquillait les yeux sans comprendre l'enchevêtrement des faits et des paroles que l'on balayait devant elle comme un tas de poussière, alors qu'elle s'attendait à une situation beaucoup plus simple. Tout d'abord, il n'y avait pas de batelier, mais une batelière. Puis il était question de la reine d'Égypte, des générosités ou des cruautés qu'elle pouvait dispenser comme bon lui semblait. Enfin, elle regardait tout ce monde dont Neby n'avait pas parlé et qui semblait prendre part dans la situation qui s'imposait.

— Allons, ne t'inquiète pas, la rassura Neby en lui prenant amicalement la main. Tout ceci ne te concerne pas et tu seras rétribuée comme je l'ai dit. Donne le sein à ma fille. Elle doit reprendre du poids sous quel-

1. Lire : LES THÉBAINES *Les Dieux indélicats,* tome 6, Le Livre de Poche n° 15357.

ques jours. Je compte sur toi. Oh ! Sekmet, pourquoi faut-il que je quitte ma fille aussi vite ?

Elle saisit Nephtys dans ses bras et la serra contre elle. Le petit corps était doux et chaud, mais le visage renfrogné de l'enfant s'apprêtait à pleurer et montrait qu'il désirait autre chose.

— Je reviendrai très vite, ma chérie, pour m'occuper de toi.

Malgré le bercement et les caresses qu'elle lui prodiguait avec insistance, elle sentit que sa fille ne répondait pas à son désir. Alors, dans un soupir de regret, elle la tendit à Thoueris :

— Occupe-toi d'elle. Elle a besoin de ton lait.

CHAPITRE XVIII

Après les tumultes de la révolte, le village de Deir-el-Médineh avait repris son agitation normale et le mois de Khoyak se poursuivait sous les assauts d'une crue trop insuffisante pour permettre aux récoltes, cette année-là, d'être prospères.

Certes, le grenier à blé du village était plein et si les rations des ouvriers venaient à diminuer, la réserve commune prendrait le relais. Quant aux légumes et aux fruits, seuls les plus avisés seraient mieux pourvus que les autres, car ceux-là faisaient sécher sur leur terrasse fèves, lentilles, figues et poissons, ce qui les tirait d'embarras en cas de restriction, du moins les premiers mois et si la sécheresse ne se prolongeait pas très longtemps.

Mais, ce matin-là, Hopet refusait d'assombrir ses esprits par de tristes pensées d'insuffisances alimentaires. Viendrait bien assez vite le temps où il faudrait y réfléchir. Levé tôt, il avait vu passer la file des carriers qui se dirigeait vers la montagne thébaine. Hénout suivait, conduisant son âne qui transportait les deux seaux d'eau. Ah ! Il n'était pas loin le temps où c'était lui-même qui les portait sur ses épaules, harassé et le dos courbé, comptant les pas pesants qu'il effectuait pour arriver en haut de la montagne !

Puis il vit les deux policiers Snoufrou et Seshi. Ils allaient relever la garde et montaient, eux aussi, à l'assaut de la montagne. Hopet savait que la vue des deux hommes de police qui se dirigeaient, eux aussi, dans les carrières de pierres signifiait pour lui le moment où il fallait quitter le pas de la porte de sa petite maison. En effet, la briqueterie de Kébi où il était employé était l'un des premiers ateliers qui, dès l'aube, ouvrait son échoppe. Les bruits commençaient à monter dans l'espace en même temps que la chaleur et l'agitation s'ouvrait à de multiples cris, braiment des ânes, aboiement des chiens, bêlement des chèvres, claquement des récipients contre le puits du village et, dans les ruelles, le passage des chariots qui apportaient du fourrage, des jarres d'huile et de bière. Et, pour clore ces multiples cris, celui des enfants qui commençaient à envahir le village.

Les potiers démarraient leur journée un peu plus tard que les briquetiers puis suivaient les cordonniers, les vanniers, les tisserands, les cordiers et enfin les menuisiers. Ils avaient tous, à cette heure matinale, leurs stocks de matières premières déposés devant leurs échoppes. Bois, racines et feuillages de papyrus, seaux d'argile, branches de joncs, peaux tannées et, un peu plus tard, ils rentraient tout à l'intérieur pour éviter les vols lorsqu'ils ne pouvaient garder un œil sur leurs précieuses marchandises.

Depuis les accords passés entre artisans et dignitaires, bien des choses s'étaient améliorées. Tout d'abord, l'un des côtés des remparts de Médineh avait été abattu pour permettre d'agrandir le village et abriter un plus grand nombre d'ouvriers, si bien qu'une poignée de peintres, maçons et menuisiers avaient déjà été engagés et on attendait encore cordiers, verriers et potiers en nombre suffisant pour réduire les équipes de travail existantes.

C'est ainsi que, depuis peu, les habitants de Deir-el-Médineh se heurtaient au coin des ruelles à de nouvelles têtes et croisaient sur la place des familles entières qui venaient s'installer, leurs maigres bagages sur le dos. Parfois, un âne et quelques chèvres suivaient, parfois c'était une marmaille d'enfants qui traînait dans le sillon des attelages.

De tout ce changement, Hopet se trouvait satisfait. Non seulement le village s'agrandissait, mais s'équipait de commodités supplémentaires.

Un puits avait été creusé à chaque extrémité du village, si bien qu'à présent, il y en avait trois et les femmes ne s'insultaient plus lorsqu'elles venaient faire leur réserve quotidienne, chacune prétextant qu'elle était arrivée avant l'autre.

Le grenier à blé édifié au centre de Médineh allait se rehausser de deux étages. Il deviendrait, disait d'un air satisfait le surveillant du village, un énorme silo à larges rampes qui contiendrait plus de deux fois la quantité qui s'y trouvait déjà accumulée.

D'autres améliorations s'étaient faites et l'on voyait à présent, à chaque bout du village, des files de muletiers avec leurs badines et leurs ânes qui attendaient à l'ombre des arbres ceux qui n'en possédaient pas. Il se trouvait toujours des artisans pour vouloir descendre dans la vallée quand leur jour de repos arrivait.

Oui ! Tous ces changements allaient rendre la vie des artisans moins dure. Dans la foulée, Hopet avait gagné un logis beaucoup plus grand. Ah ! Certes, il était temps pour lui de fonder une famille ! Quand il aurait amassé assez de biens, il repartirait dans le nord, du côté de Memphis, sur les bords du Nil, peut-être avec une femme et un enfant ou deux. Puis il chercherait un travail de surveillant ou d'intendant dans une grande briqueterie — à chaque étape d'âge, Hopet mesurait sa compétence au travail, certain qu'un jour il serait un excellent maître d'atelier. Enfin, il chercherait une maison spacieuse avec un jardin à l'arrière pour cultiver lui-même ses fruits et ses légumes et une terrasse pour faire sécher son poisson.

Imprégné de ces idées pleines d'optimisme, Hopet décida de passer voir son ami Sehotep le potier pour lui poser quelques questions d'ordre tout à fait personnel qui le tourmentaient depuis le passage de sa nouvelle amie Niny la naine. Quand il arriva sur le pas de l'échoppe, il aperçut une jeune fille assise aux côtés de Sehotep. A la vue de son compagnon, il rougit, mais ne broncha pas.

— Ciel ! s'exclama Hopet. Deviendrais-tu le maître à présent ?

Sehotep rougit à nouveau et se redressa vivement. La frange noire et touffue qui balayait son front sembla remuer et sa bouche esquissa un léger mouvement contrarié. L'instant précédent, il était penché sur la jeune fille et lui apprenait à faire fonctionner le tour sur lequel il modelait l'argile.

Sehotep pétrissait la pâte avec une telle dextérité que l'objet prenait forme presque instantanément. A côté, un seau d'eau servait à humecter l'argile lorsqu'elle s'asséchait trop vite. Il avait placé un bloc de terre glaise sur le tour, composé d'un simple disque de bois qu'il faisait tourner sur un pivot. Sous ses doigts agiles le bloc prenait forme. Non loin d'eux, Koushy l'apprenti, attentif à son travail, poursuivait le polissage de l'objet façonné.

La jeune fille leva les yeux sur le jeune homme qui s'avançait et dont l'attitude ne semblait nullement gênée.

— Je suis Nésert, la fille de Maya, et toi ?

— Je m'appelle Hopet. Je suis un ami de Sehotep et je travaille à la briqueterie de Kébi. Juste à côté.

Nésert était grande, mince et ses yeux clairs allongés, passés au khôl, semblaient aussi futés que ceux d'un petit renard des sables. Elle les jeta un peu effrontément dans le regard sombre de Hopet et lança d'une voix aiguë :

— Sehotep m'apprend à modeler. Tiens, regarde, nous sommes en train de façonner une cruche à petit bec verseur. Mais ce que j'aime surtout, c'est dessiner et décorer les objets, y mettre des couleurs dès qu'ils sont cuits. Mais voilà ! Sehotep veut à tout prix me communiquer le plaisir qu'il prend à pétrir sa glaise avant qu'elle ne prenne forme.

Au fond de l'atelier, le travail façonné cuisait dans un grand four en briques chauffé par des braises que le jeune Koushy allait de temps à autre activer. Puis, quand il voyait le feu rougir à nouveau, il revenait à son polissage. Depuis que son père était mort dans la mêlée de la grève, il avait bien fallu que Koushy en terminât avec les jeux et les plaisirs de l'enfance et sa mère l'avait placé apprenti chez Maya le potier.

— Tiens, regarde ! fit-elle en se levant et en lui tendant une coupelle à onguents décorée de fleurs et d'oiseaux. C'est moi qui ai dessiné tous les motifs. Sehotep dit que je suis très douée.

— Et ton père ? lança Hopet en souriant. Est-il du même avis ?

Elle se mit à rire, plissant ses yeux malicieux et découvrant largement ses dents blanches. Un rire osé, mais qui semblait ravir son compagnon qui la dévorait du regard.

— Mon père ! Il préférerait que je reste à la maison à tisser ou même à brasser la bière, ce que j'ai horreur de faire, surtout depuis que ma mère est morte. Mais, ajouta-t-elle en reprenant sa place devant le tour, tu voulais sans doute parler à ton ami. Tu peux te confier à lui devant moi. En principe, je suis silencieuse comme une tombe.

— C'est vrai ! appuya Sehotep en lançant à la jeune fille un regard plein de sollicitude.

— Écoute, dit Hopet en s'approchant de son compagnon, je voulais juste savoir si tu as vu…

Il parut embarrassé et se tut.

— La reine Néfertiti ! s'écria Nésert en riant. Ne parle pas si bas, tout le village sait que Sehotep est son frère de lait et qu'elle se déplace toujours en personne, sans escorte, pour le voir. C'est même pour cette raison que mon père considère d'un œil attendri ma bonne entente avec lui.

— Eh bien, tu es directe au moins, reprocha calmement Sehotep.

La jeune fille s'élança sur lui et lui plaqua un baiser sur la bouche.

— Mais ça tombe bien puisque tu me plais.

Sehotep écarquilla les yeux et ses doigts tremblèrent un peu sur la masse d'argile qu'il pétrissait. Il n'était pas difficile de comprendre, pour quiconque le voyait, que c'était la première fois que la jeune fille l'embrassait.

Remarquant l'effet de surprise qu'elle déclenchait, elle lui appliqua un second baiser dans le cou et se retourna vers Hopet.

— Je peux te dire qu'il a vu Néfertiti. C'était avant-hier. J'ai tout entendu derrière le rideau de papyrus qui nous séparait.

— Que veux-tu savoir ? s'enquit son compagnon.

— T'a-t-elle parlé d'une jeune femme scribe ?

— Oui ! acquiesça le jeune homme. S'appelait-elle Neby ?

Hopet secoua la tête dans un signe affirmatif.

— Qu'a-t-elle dit à son sujet ?

— Qu'elle désirait la faire venir à Thèbes. Pourquoi veux-tu savoir ça ?

Il tourna son visage vers Nésert et, comme visiblement elle ne semblait pas vouloir partir, il se laissa aller aux confidences en souhaitant que la jeune fille ne le troublât pas dans le cours de ses aveux.

— Ah ! C'est une longue histoire dont je ne t'ai jamais parlé, avoua-t-il. Je connais Neby. Nous avons vécu ensemble quelques années pendant notre adolescence. J'aimerais la retrouver.

Puis, soudain, il ne voulut pas en dire davantage. A quoi bon expliquer qu'il ne pensait qu'à sa troublante image depuis que la naine lui avait révélé que c'était une femme ? Il revoyait ces instants d'autrefois où il partait à la pêche seul, ayant essuyé le refus de Neby à partager ce plaisir. Pas étonnant ! Une fille ne pêche pas dans le fleuve, elle s'y baigne. Et ciel ! Toutes ces soirées débordantes de plaisanteries que s'amusaient à jeter ses sœurs quand Neby refusait de montrer son buste imberbe. Et son crâne lisse qui ne s'accordait pas à ses hanches rondes ! Un bien curieux garçon ! disait à l'unanimité la maisonnée. Mais Neby était si prévenante, si discrète. Elle rapportait toujours un salaire à la maîtresse de maison, si conséquent que nul n'osait en savoir plus[1].

Ah ! Hopet revoyait aussi le jour où sur les berges du Nil, il avait voulu se mesurer physiquement à Neby. C'était un jour du mois de Pharmouti, en pleine saison du Périt, quand les labours et les semailles commencent. L'eau du Nil était fraîche. Elle avait pris cette couleur bleutée dans laquelle se reflétait un ciel azuré, sans nuage. Hopet était nu et, en riant, il avait tiré

1. Lire : LES THÉBAINES *Le Chant de la Terre,* tome 7.

sur le pagne de Neby qui s'était décroché. Elle l'avait rapidement réajusté sans qu'il eût le temps de voir un sexe de fille se dessiner sous ses yeux. Neby s'était éloignée de son compagnon prétextant son aversion pour ces jeux brutaux. Hopet n'avait pas insisté. D'ailleurs, Neby avait affirmé en le quittant que c'était l'heure de la leçon d'Inéni, sa jeune sœur, à laquelle elle apprenait à lire et à écrire. Oui ! Il se rappelait chaque détail de ces permanentes anecdotes qui les surprenaient tous.

Et ce qui frappait le plus Hopet, à présent qu'il connaissait le secret de Neby, était le souvenir d'une complicité partagée. Des confidences échangées, des soupirs jetés ensemble, des mots murmurés. Hopet s'était toujours étonné qu'un tel compagnon fût si doux. Il comprenait à présent que si Neby avait avoué son vrai sexe, sa famille l'eût aussitôt mise du côté des filles et non du sien. Or, Hopet avait quatre sœurs et il était évident qu'à ses côtés Neby avait disposé d'une liberté que n'avaient pas les filles.

— Merci, dit-il d'une voix tranquille. C'est tout ce que je voulais savoir. Je suis heureux de pouvoir bientôt la rencontrer.

*

Hopet pressa le pas pour ne pas s'attarder davantage, mais il était dit que, ce matin-là, pour lui et son ami Sehotep, la journée ne devait pas être comme les autres. Après tout, la faible crue qui se terminait annonçait la période des labours et des semailles et, même si les récoltes devaient être médiocres, il n'en était pas forcément de même pour la saison des amours.

En pénétrant dans la briqueterie, Hopet vit une

jeune fille qui entassait de la paille. Cela lui enleva instantanément l'image de Neby qu'il n'arrivait pas à ôter de son esprit.

La paille que la jeune fille amassait par petits coups successifs sous les fibres de papyrus de son long balai était peut-être fine et légère — sans doute l'une des plus belles chaumes de tout le pays — mais cette fille, elle aussi, était l'une des plus jolies qu'il eût jamais vues.

Surpris par cette apparition à laquelle il ne s'attendait pas, il regarda le monceau de paille qu'elle accumulait contre le mur. Une paille qui, finement hachée et mêlée à l'argile, servait à faire les plus solides briques qui fussent. Le mélange qui se formait devait être copieusement mouillé d'eau pour demeurer parfaitement lisse et homogène avant de le couler dans les moules.

Elle leva les yeux sur lui et sourit quand il passa devant elle. La distançant de quelques pas, il rebroussa soudain chemin, se retourna et l'accosta sans brusquerie :

— Tu n'es pas là depuis longtemps ? demanda-t-il d'une voix tranquille.

— Je suis arrivée hier. Tu devais être parti, car je ne t'ai pas remarqué non plus.

Il hocha la tête dans un signe de compréhension. Avec cette nouvelle agitation qui s'installait à Médineh, il n'était guère étonnant de voir, çà et là, des ouvriers inconnus. Cependant, peu de femmes travaillaient à la briqueterie, à l'exception de celles qui mouillaient les moules quand le mélange y avait été déposé.

Ah certes ! Cet atelier, Hopet le connaissait bien. Il regarda les grands récipients d'eau qu'on avait remplis la veille pour les utiliser dès l'aube suivante. Il examina aussi, mais sans vraiment les voir car son esprit était ailleurs — et il sentait le regard de la jeune fille posé sur lui — la paire de grands bœufs qui venaient de transporter les lourds seaux remplis de limon arraché aux bords du Nil. Les bœufs étaient attachés à l'unique arbre qui dispensait son ombre près de la porte de l'atelier. Ils semblaient paisibles et l'ombre paraissait leur plaire. Ils balançaient tranquillement leur queue qui, de temps à autre, venait battre leurs flancs pour en déloger les mouches.

— Qui doit hacher cette paille quand tu l'auras toute amassée ? questionna Hopet d'une voix au timbre toujours tranquille.

— C'est moi, répondit la jeune fille sans cesser son travail. Hier, un homme m'a montré comment faire. Ce n'est pas difficile. Il suffit de tourner l'appareil d'une façon constante et régulière.

— Et qui va mêler l'argile à la paille ? s'enquit à nouveau le jeune homme dans un demi-sourire.

— Moi aussi.

— Tu ne vas donc prendre aucun repos dans ta journée ?

— Il le faut bien, prononça la jeune fille en s'arrêtant juste quelques secondes pour observer son compagnon. J'ai besoin d'un double salaire pour payer la maison où nous sommes.

— Tu es mariée ?

— Non, je vis avec ma mère.

Hopet s'approcha d'elle et désigna du doigt le monceau de paille qui s'élevait à mi-hauteur du mur de briques.

— C'est un chaume léger. Mais le mélange n'en reste pas moins une tâche dure et astreignante. Je l'ai faite longtemps quand j'étais apprenti.

— Je sais que c'est un pénible travail, répondit-elle

en levant les yeux sur lui. Et je suis inquiète car je n'ai jamais fait cette besogne et si je ne la fais pas bien, on ne me gardera pas.

Elle avait des cheveux longs tressés en multiples nattes qu'elle avait ramenées sur le haut de sa tête. Un turban bleu les retenait, faisant ressortir l'intensité de ses pupilles sombres.

— D'où viens-tu ? De Thèbes ?

— Non, de Memphis.

— Moi aussi, fit-il en reculant de quelques pas. Pourtant, je ne t'ai jamais vue.

— C'est que je n'ai jamais travaillé dans une briqueterie, répondit-elle sans cesser d'assembler la paille qui, à chaque pelletée, faisait grossir le tas qu'elle accumulait.

— Que faisais-tu alors ?

— J'étais à la maison et j'aidais ma mère aux travaux quotidiens pendant que mon père était aux champs.

Il observa quelques instants ses yeux. Ils étaient pétillants, noirs et bordés de grands cils qui ombrageaient doucement le haut de ses joues. Certes, quelques défauts venaient troubler les critères de la parfaite beauté féminine égyptienne, mais Hopet venait de décider que c'était la plus jolie fille de la région thébaine.

Alors, il se mit à la détailler avec soin. Sa bouche était trop petite mais quand ses lèvres s'étiraient, elle avait le plus gracieux des sourires. Son nez était un peu large, mais son grand front pâle et ses pommettes relevées en atténuaient la disgrâce et, surtout, elle avait une silhouette longue, fine, un buste mince et un cou aérien.

— Pourquoi es-tu là ?

— Mon père est mort et son frère nous a fait venir

à Médineh parce qu'on y recrute beaucoup en ce moment. J'ai trouvé une place ici et j'en suis heureuse et, à présent, ma mère travaille chez Minhésy le cordier.

Hopet inspecta le tas de paille qu'elle avait amassé au pied du mur.

— Comment vas-tu t'y prendre pour mêler l'argile à cette paille ? C'est un travail d'homme.

Elle haussa les épaules.

— Je sais. Mais j'ai dit au surveillant que j'étais forte et résistante et que je pouvais faire cette besogne. Au village où nous étions, c'est moi qui brassais la bière pour plus de dix familles.

Elle eut un léger soupir et reprit :

— Peut-être que les hommes de la première équipe, ceux qui doivent remuer le mélange avec les pelles et les pioches m'aideront. Je les ai vus hier. Ils sont grands, costauds et leurs épaules sont roulées comme des balles de cuir serré.

— Ils sont braves. Je les connais, répliqua Hopet en acquiesçant de la tête. Je leur dirai de te venir en aide, si tu n'y arrives pas.

D'un air protecteur, Hopet lui sourit. Ah oui ! Que sa silhouette était fine ! Elle n'avait pas plus de dix-huit ans. Vêtue d'un court pagne brun et d'une tunique grise à corsage qui dénudait l'une de ses épaules, elle se mouvait avec grâce. Il remarqua que sa peau n'était pas brunie par le soleil, ce qui indiquait qu'elle n'avait pas dû travailler beaucoup à l'extérieur et qu'elle devait même accomplir sa besogne du brassage de bière à l'ombre d'un dais ou d'un arbre.

Oui ! C'était un travail ardu que de mêler l'argile à la paille. Et Hopet se dit qu'elle ne peinait peut-être pas sur ce travail de simple balayage mais qu'elle s'épuiserait, tout à l'heure, à remuer pendant des heures le lourd mélange de chaume et limon.

— Et toi, que fais-tu ? s'enhardit-elle à demander.

— Je fais ce travail depuis presque dix ans. Je suis devenu un habile briquetier et Kébi m'apprécie. Je verse le mélange dans des moules accolés les uns aux autres. Il faut constamment nettoyer les bords quand la préparation limoneuse déborde, car il est difficile de l'ôter quand tout a séché et cela fait des briques irrégulières. Ce travail de nettoyage t'aurait mieux convenu.

— Mais le surveillant ne m'en a pas parlé !

— Parce que je fais cette besogne moi-même. Mais, si je demande de l'aide, accepterais-tu de m'assister ?

— Oui. Si je gagne le même salaire.

Il se mit à rire.

— Alors, je crois que tu dois rester là où tu es. Tu ne gagnerais pas autant, car si j'ai quelque influence sur Kébi, je ne suis pas le chef et je ne décide pas la répartition des salaires.

La regardant dans les yeux, il fit un pas en avant.

— Quel est ton nom ?

— Nout.

— Moi, c'est Hopet. Accepterais-tu que l'on se voie après le travail ?

— Si tu veux, répondit-elle en souriant.

— Il y a des muletiers et des ânes à chaque bout du village, ils peuvent nous emmener sur les bords du Nil. Aimerais-tu faire une promenade ?

— Oui, mais je ne pourrai pas rentrer tard, car il y a du travail à la maison. Ma mère doit cuire le pain et saler le poisson et moi je dois aller chercher de l'eau au puits et laver le linge. Et puis, nous n'avons plus d'huile pour nous éclairer, ce qui nous empêche de travailler tard. Alors, on se couche dès que la nuit tombe et on se lève aux premiers rayons du jour.

— De l'huile d'éclairage ! J'en ai plus qu'il n'en faut. Veux-tu que je t'en prête un peu ?

Elle rougit légèrement.

— Nous n'avons plus de lampes. Nous avons été obligées de les vendre.

— Je peux t'en donner une, j'en ai plusieurs.

A vrai dire, Hopet n'en avait que deux. Mais il pouvait fort bien s'éclairer avec la plus grande qui servirait à l'ensemble de ses pièces.

— Nous coulons de la graisse de loriot fondue dans un bol, fit Nout en reprenant son assurance, et nous l'épargnons avec des mèches flottantes en fibres de papyrus. Elles durent plus longtemps. Mais, si tu me prêtes une lampe, je pourrais te la rendre dès que mon premier salaire me sera payé.

CHAPITRE XIX

Quand Neby et Sekmet pénétrèrent dans la salle d'audience, on ne sut laquelle des deux tremblait le plus. Jamais Sekmet ne s'était encore trouvée dans cette pièce somptueuse au dallage plaqué de lapis-lazuli et aux murs recouverts de fresques en or. Au fond de la salle était posé le trône de Tiyi qui, à présent, devenait la reine mère du royaume. A côté d'elle se tenait Néfertiti, silencieuse mais attentive. Ce fut Tiyi qui parla la première :

— Sois la bienvenue, Sekmet. Je ne t'ai pas fait venir uniquement pour que tu me présentes cette jeune personne, fit-elle en désignant Neby qui, prudemment, restait en retrait. J'ai le plaisir de t'annoncer que la reine Néfertiti a décidé de te prendre comme Grande Trésorière personnelle.

Néfertiti acquiesça de la tête et Tiyi poursuivit :

— Si ta mère, la Grande Maât, fille de Mériptah, le trésorier de feu Aménophis mon époux, reste sous ma tutelle, toi tu seras désormais sous celle de la Grande Épouse Néfertiti. C'est un très grand honneur pour toi.

Sekmet s'avança et se courba profondément devant

la jeune reine qui lui tendit les mains. Un geste que fit semblant d'ignorer Tiyi tant celui-ci, autrefois, eût été déplacé à la cour. Tiyi ne put que soupirer. Dieu de Horus ! Jusqu'où iraient les fantaisies de ce nouveau couple ? Rien ne semblait arrêter leur fougue pour enfreindre le protocole quotidien.

— Relève-toi, Sekmet, ordonna Néfertiti en lui lâchant la main. Je pense que nous ferons du bon travail ensemble. Je sais que tu as parfaitement suivi l'enseignement de ton grand-père Mériptah et que ta mère ne cesse de te conseiller judicieusement. Mais, à présent, c'est avec moi que tu travailleras. Ma cour est grande, mes suivantes sont de plus en plus nombreuses, les nourrices qui élèvent ma fille Méritaton le sont aussi et il va de soi que mes besoins augmentent sans cesse.

Néfertiti tourna légèrement la tête en direction de Neby et poursuivit :

— Ils s'accroîtront plus encore quand nous aurons quitté Thèbes et que nous serons installés dans notre nouveau palais. La cour sera brillante et mes besoins en bijoux insatiables. Il faudra y venir, ma mère, vous ne pourrez rester indéfiniment enfermée dans votre palais de Malgatta.

Se tournant à nouveau vers Neby, elle bougea légèrement son buste en gardant ses jambes collées l'une contre l'autre. Au mouvement qu'elle fit, la fente de sa robe transparente s'écarta et laissa voir des cuisses blanches dont la rondeur se fondait dans un ventre doux et tiède. Néfertiti aimait à se vêtir de robes amples et plissées s'ouvrant largement sur le devant et qui, lorsqu'elle se déplaçait, laissaient apercevoir ses seins plantés haut et ses jambes fuselées.

— Nous diffuserons tout d'abord une série de scarabées qui renseigneront le peuple sur le règne que nous allons établir. Puis nous informerons les prêtres de tous les temples d'Égypte que nous voulons bâtir un nouveau palais loin de Thèbes. Nous commencerons par ceux d'Amon. Ils doivent être les premiers avertis. Cela anéantira les souhaits qu'ils pourraient formuler avant même qu'ils aient pu les envisager.

Elle tourna son visage vers Tiyi.

— Cela crèvera l'œuf dans le nid, ne pensez-vous pas, ma mère ?

— Ne vas-tu pas un peu vite ? Vous n'avez encore trouvé aucun site qui vous plaise.

— Si, ma mère, nous avons repéré un endroit désertique entre Thèbes et Memphis où la verdure prendra le pas sur le sable. Aménophis vous y emmènera un jour. Vous verrez, vous serez séduite.

Tiyi balaya négligemment l'espace de sa main ornée d'une grosse bague à chaton d'or qui enfermait une énorme turquoise. Vivre sur un autre site que Malgatta ! Non ! Elle savait qu'elle resterait là, dans ce palais dont elle avait suivi personnellement l'entière construction. Là où les deux colosses de pierre, gigantesques et immortels, qui représentaient son époux assis sur le trône, veillaient sur elle.

— Oui ! Mère, nous avons trouvé l'endroit idéal. Nous y bâtirons un site extraordinaire où l'eau coulera en abondance et où le soleil explosera de toutes parts. Les parcs seront pleins de végétation luxuriante. Je ferai venir d'Afrique et d'Asie des végétaux rares, des tapis luxueux, des parfums, des épices, des onguents.

A ces derniers mots jetés avec une désinvolture calculée, Tiyi ne broncha pas.

— Nous construirons des lacs artificiels, poursuivit Néfertiti. On y fera nager des poissons rouges et des canards sauvages. Nous y multiplierons les temples dédiés au disque d'Aton. Nous y percerons une allée centrale qui reliera les résidences des grands dignitaires et le palais royal. Elle sera si large que nous pourrons y faire courir de front une dizaine d'attelages. Les fenêtres de notre palais seront si spacieuses qu'elles laisseront pénétrer la clarté dès l'aube jusqu'au coucher du soleil. Et, lorsqu'elles seront grandes ouvertes, nous nous montrerons, gracieux et attentifs, au peuple qui nous acclamera.

Elle sourit à Tiyi.

— N'approuvez-vous pas cette idée, ma mère ?

La reine mère hocha la tête et ne répondit rien, laissant l'euphorie de sa belle-fille se poursuivre en des termes de plus en plus grandiloquents.

— Ces apparitions seront salutaires, d'autant plus que le quartier des ouvriers et des artisans se regroupera en bout de ville. Plus près du palais, nous installerons les ateliers des sculpteurs qui modèleront mon visage et mon buste. Nous aménagerons un bureau de police qui se chargera de veiller sur la sécurité de tous et un bureau d'archives et de documentation où les scribes travailleront dans de grandes salles claires et ensoleillées.

Elle appuya son regard sur Neby et lui lança un sourire bienveillant.

— Et, acheva-t-elle d'un ton enthousiaste, quand tout cela sera fait, le pharaon prendra un autre nom. Il ne s'appellera plus Aménophis, mais Akhénaton.

Étonnées par tout ce qu'elle venait d'annoncer, les trois autres femmes l'écoutaient. Tiyi prêtait l'oreille avec une certaine réserve. Sekmet et Neby avec un mélange d'appréhension et de doute.

— Voilà, j'ai tout dit. Inutile de vous préciser que vous entrerez dans ma suite. Car c'est là ma volonté.

Néfertiti observa les visages tournés vers elle et l'œil de Tiyi, vaguement inquiet, l'arrêta. La jeune reine toussota. Son regard revint à Sekmet puis, lentement, se tourna vers Neby.

— Mère, voici la jeune scribe dont je vous ai parlé.

La reine mère se leva et vint se planter devant Neby qui piqua hardiment ses yeux dans les siens au lieu de les abaisser comme la bienséance l'exigeait.

— Ainsi, jeta-t-elle aussitôt, c'est donc toi le fruit qui nous vient de cette étrange union qui aurait pu faire scandale à la cour ? Une Seconde Épouse et un roturier !

— Majesté, un roturier ! s'exclama Neby d'une voix étouffée en ne lâchant pas le regard de la reine mère, dont l'acuité semblait de plus en plus accrue. Un roturier ! C'est faux.

— Certes. Pas complètement, précisa Tiyi avec un léger haussement d'épaule. Mais, nous garderons en mémoire l'image d'une Seconde Épouse à laquelle il était interdit de partager la couche d'un homme autre que le pharaon Thoutmosis. Elle a eu raison de cacher son méfait, la justice de Maât l'aurait sans doute châtiée. Allons ! Jeune femme. Ne crains rien. Je ne la blâme pas. Tout ceci est de l'histoire ancienne.

Elle attendit un instant avant de poursuivre d'une voix tranquille :

— Cependant, il est dommage qu'elle ne se soit pas intéressée à la politique, cela l'eût sans doute écartée du chemin de l'infidélité.

Dardant ses yeux sur ceux de Neby qui n'osait couper ses paroles bien que sa langue tournât effrontément dans sa bouche, elle eut un sourire équivoque.

— D'autant plus, reprit-elle, qu'avec une mère comme celle que les dieux lui avaient donnée, c'eût été possible. Séchat avait été Grande Scribe de la pharaonne Hatchepsout. Avec le titre de Seconde Épouse, sa fille aurait pu s'attacher facilement aux affaires du royaume. On dit que son intelligence était grande, mais que ses idées n'étaient tournées que vers les chevaux de la Charrerie Royale. Elle les soignait d'ailleurs fort bien. Ma mère, la noble Thouya, a souvent rapporté qu'elle préparait elle-même les pommades et les remèdes qui les soulageaient en cas de fatigue ou de maladie. En ceci, le pharaon Thoutmosis lui était redevable. Ses chevaux, disait-on, étaient toujours au mieux de leur forme.

Elle se leva, prit son chasse-mouches et vint vers Neby.

— On dit que ton grand-père était un navigateur crétois. Est-ce vrai ?

— C'est exact, Majesté. Mais je ne l'ai appris que depuis peu.

— Bah ! fit-elle en esquissant un geste de la main. Je suis au courant. J'ai entrepris des recherches sur lui. Il avait un très grand navire et faisait un commerce prospère. Sa fille était à Thèbes, le savais-tu ?

— Hélas, je ne l'ai vue que très peu puisque les prêtres de Karnak l'ont assassinée comme ils ont assassiné Choutarna.

Les joues de Tiyi s'empourprèrent.

— Tais-toi ! Ce n'est pas chose à dire.

Elle toisa durement la jeune femme, attendant de celle-ci une réplique qui ne vint pas, mais qu'elle perçut comme une remise en cause que Neby n'allait pas tarder à lui jeter au visage. Sans baisser les yeux, elle s'éventa quelques instants avec le chasse-mouches en plumes d'autruche qu'elle tenait dans sa main droite et, le balançant lentement devant son visage, elle poursuivit d'un ton direct :

— Ton héritage, ma pauvre petite, me semble bien compromis.

— Je ne réclame rien, Majesté. Mon père, en mourant sur les bords du Nil, m'a légué son trésor. Cela me suffit amplement.

Tiyi la regarda d'un air ironique.

— Son trésor ! Et que t'a-t-il laissé ?

— L'enseignement des scribes.

— Ah ! C'est vrai. Tu as travaillé de longues années en te mêlant aux gens du peuple.

— Ce sont les gens du commun, Majesté, qui m'ont appris ce que je sais. Et mon savoir est grand.

Tiyi s'approcha de Neby et lui souleva le menton.

— Tu me plais, petite, car tu réagis comme j'aime. D'ailleurs, tu as raison sur tous les points. Ton grand-père n'était pas un roturier, mais un commerçant et un navigateur qui connaissait son travail. Quant à ton père, il t'a appris à lire, à écrire, à compter et sans doute à réfléchir et à discerner. C'est ce qu'il avait de mieux à faire. Il t'a donné le moyen de te sortir du rang.

Elle esquissa un sourire à demi désabusé et laissa retomber sa main le long de sa tunique blanche. Le chasse-mouches pendait presque jusqu'à ses pieds recouverts de sandales fines, ornées de petites cornalines.

— Reste donc le petit peuple ! Là encore tu as raison. Je sais fort bien qu'il constitue une source d'enseignement plus grande qu'une cour de pharaon enfermée dans ses ennuyeuses traditions.

— Dans cette discussion, il ne reste pas que le peuple, Majesté, coupa enfin Neby. Il reste Choutarna.

Néfertiti se leva à son tour. Elle vint précipitamment aux côtés de sa belle-mère, redressa la tête et jeta spontanément :

— Vous savez bien, mère, que vous aurez des comptes à rendre sur cet assassinat.

— Des comptes à rendre ! objecta Tiyi d'une voix acerbe. A qui ?

— Mais à moi.

Tiyi se calma. Les yeux clairs de sa belle-fille s'assombrissaient toujours lorsqu'elles mettaient Choutarna en jeu. Néfertiti devenait nerveuse, ses mains tremblaient et elle ne pouvait plus garder son calme. Rien ne la mettait plus en fureur. Ah ! Il était bien question de vengeance et non plus de belles hypothèses et de grands espoirs sur la construction d'un palais de rêve.

— A toi, certes. Mais si nous commencions par nous documenter un peu ?

Elle se tourna vers Neby.

— Que sais-tu d'elle ?

Cette question avait de quoi étonner Neby. Elle haussa d'agacement les épaules et braqua impitoyablement ses yeux dans ceux de la reine mère qui, d'un noir toujours aussi intense, s'allumaient tour à tour d'une lueur curieuse, impatiente, inquiète, parfois même quasiment méfiante.

— Ce que je sais d'elle ! s'écria Neby. Mais tout.

Puis, s'écartant de Sekmet à côté de laquelle elle se tenait toujours et qui, attentive, les écoutait, elle s'approcha des deux reines.

— Tout ! répéta-t-elle d'une voix orageuse comme pour mieux se faire entendre. Tout !

Puis elle se planta hardiment devant Néfertiti et la toisa de façon fort audacieuse, le buste relevé, le visage déterminé, prenant presque plaisir à lui disputer l'avantage qu'elle avait sur la pauvre princesse morte.

— Majesté ! Choutarna était peut-être votre sœur de sang, une princesse babylonienne ! Une fille de roi ! Mais elle était devenue, avant tout, ma sœur unique, ma sœur de cœur, celle que je ne pourrai plus remplacer par une autre. Depuis le jour où Pappalavizzi, le conseiller du roi Kadashman, seul survivant du naufrage avec Choutarna, me l'a présentée, nous ne nous sommes plus quittées.

Elle éleva sa main dépourvue de bague et la passa sur son front.

— Comme c'est loin déjà, Pappalavizzi et Choutarna ! murmura-t-elle. Nous ignorions, bien sûr, que sa sœur, la princesse Tahoukhipat avait été, elle aussi, sauvée du désastre et qu'on l'avait appelée Néfertiti.

Elle laissa retomber sa main le long de son corps et reprit d'une voix basse, presque éteinte tant les souvenirs affluaient à sa mémoire :

— Nous ne nous sommes jamais quittées jusqu'à ce jour où le Grand Prêtre de Ptah nous a séparées au temple de Memphis.

— Vraiment ! fit Tiyi en plissant les yeux.

— Nous avons grandi ensemble dans les sables du désert et vécu en Arabie dans un camp de Bédouins. Plus tard, nous avons échoué sur les rives de la Méditerranée, puis dans les marais du delta où nous avons dû travailler dans des fabriques de papyrus pour survivre. Enfin, revenues en Égypte, nous avons sillonné les routes jusqu'à Thèbes. Nous avons tout partagé, notre pain, nos enthousiasmes, nos idées intimes jusqu'à nos désirs de vengeance.

— Partageait-elle aussi ton secret ? s'enquit Néfertiti d'un petit ton dégagé.

— Mon secret ! Ah ! Mon secret ! Il y a bien peu de temps que je l'ai mis au jour. Il a fallu pour cela que j'attende un enfant.

— Et je sais qui en est le père, fit Tiyi en secouant la tête.

— Oui, Majesté, mais vous ne saurez pas où je cache cet enfant.

Elle soupira.

— A présent, plus rien n'est comme avant, car Choutarna me manque.

— Certes ! Mais à présent, déclara Tiyi d'un ton presque autoritaire, tu n'auras plus à vivre comme autrefois. Je réclamerai pour toi la maison de Lydie, la Crétoise.

Se tournant vers Sekmet restée en retrait des trois femmes, elle précisa :

— Beket, ta grand-mère la lui avait donnée et, comme elle n'a pas d'héritier, elle revient de droit à cette jeune femme qui se trouve être sa nièce.

Comme Sekmet acquiesçait lentement de la tête, elle se retourna vers Neby.

— Cependant, je ne pense pas que tu obtiennes autre chose. Mais nous nous reporterons aux lois égyptiennes. Elles nous dicteront celles qui sont en cours.

— Je vous ai dit, Majesté, que je ne voulais rien, sauf la maison de ma tante Lydie si vraiment il n'y a aucun autre héritier. Je la prendrai comme un bien venant de mon grand-père crétois pour lequel je veux garder une tendre pensée. Je ne réclamerai jamais rien venant de ma grand-mère la Seconde Épouse.

Elle fit quelques pas vers Néfertiti qui, redevenue sereine, l'observait sans rien dire.

— D'ailleurs, Majesté, n'allez-vous pas me donner du travail ? Vous m'avez bien fait venir dans ce but ! Je vais donc toucher un salaire !

— C'est exact. Je vais t'emmener là où nous allons construire notre nouveau palais. Nous appellerons ce lieu « la Cité d'Akhet-Aton ». Tu te chargeras des archives et du bureau de documentation, ainsi que des rapports et de la correspondance qui concernent les pays extérieurs. Tu connais plusieurs langues, je crois ?

— Je sais lire et parler l'arabe et l'akkadien. Je connais aussi le grec et le crétois. Mais tout ceci ne me dit pas ce que je devrai faire en attendant que votre merveilleux palais soit construit.

— Merveilleux ! Tu l'as dit, Neby, répliqua Néfertiti en souriant. Cette légère ironie te va bien. Garde-la. Tu en auras besoin dans la délicate mission que je vais te confier.

— Délicate !

— Oui. Une tâche que je vais particulièrement bien te payer.

Elle tourna vers Tiyi son visage aux traits réguliers que les ombres délicates d'un parfait maquillage rendaient plus beaux encore. Tiyi semblait attendre la requête de sa belle-fille comme un ultimatum auquel elle devrait se résoudre, comme tout ce qui venait, dorénavant, d'elle et de son fils. Elle ne fit donc aucun commentaire et se contenta de s'éventer avec ses plumes d'autruche.

— Ma mère, votre fils ne vous a encore rien dit sur le sujet dont nous allons débattre. En fait, je pense qu'il préférait que je vous en parle moi-même. Ceci va donc être chose faite.

— Néfertiti, fais attention de ne pas encourir la colère des prêtres.

— Hélas ! Ma mère, c'est pourtant ce qui va se passer.

Inquiète, cette fois, Tiyi regarda sa belle-fille et vit passer sur son visage, au pâle teint de faïence vernissée, une expression qu'elle connaissait bien. Cela devenait, d'ailleurs, une attitude que la jeune reine se plaisait à développer. C'était comme une infaillible certitude qu'elle posait dans l'un des plateaux de la balance, jetant le doute dans l'autre. L'infernal doute de sa naissance qui avait empli jusqu'à présent toute son existence.

Tiyi observa sa belle-fille. Celle-ci redressa son

buste, avançant son long cou de cygne qu'elle balança majestueusement avant de jeter d'un ton calme :

— Aménophis et moi avons l'intention d'effacer Amon partout où il figure dans les temples d'Aton élevés à Karnak.

— C'est ton droit, fit Tiyi soulagée, les temples d'Aton vous appartiennent.

— Ce n'est pas tout, mère. Le nouveau pharaon, votre fils, veut faire d'Aton un dieu unique.

— C'est impossible, rétorqua Tiyi, jamais il n'y arrivera.

— Vous le connaissez bien peu, mère.

— Sur ce point, tu as raison, ma fille. Je ne connais de lui que sa volonté d'enfant, puis d'adolescent et de jeune étudiant. Je ne connais pas encore sa volonté de pharaon. Mais, je lui expliquerai qu'il n'a pas le droit d'imposer un seul maître. Je lui dirai que je suis attachée aux dieux de l'Égypte.

— C'est faux ! rugit Néfertiti en plaquant durement sa main sur l'avant-bras de Tiyi. Vous exécrez les prêtres d'Amon tout comme lui, tout comme moi.

Elle pointa le doigt en direction de Neby.

— Et tout comme elle.

Le silence devint pesant.

— Maintes fois, reprit-elle, vous m'avez dit qu'ils étaient trop puissants, imbus de leur prestance et de leurs prérogatives. Chaque jour, vous m'avez convaincue qu'ils possédaient trop de richesses et que leurs pouvoirs écrasaient l'Égypte. En conclusion, mère, vous désirez leur déchéance tout comme moi et votre fils.

— Tu frappes un peu fort, ma fille, alors que moi je travaille dans la nuance.

— C'est pareil. Seul le résultat compte et plus vite nous l'obtiendrons, mieux l'Égypte se portera. C'est pourquoi, nous commencerons par l'effacement et le martelage du dieu Amon sur tous les temples d'Aton, puis ensuite nous procéderons à tous ceux des temples de Karnak. Lorsque la Cité d'Aton sera construite, il ne faut plus qu'Amon transparaisse à Karnak. Le pharaon et moi désirons nettoyer tous les bas-reliefs, les colonnes, les obélisques, les murs des temples. Amon et Aton ne doivent plus s'enchevêtrer. Amon doit disparaître peu à peu.

— C'est impossible, murmura Tiyi effrayée par l'annonce d'un tel plan. Vous n'y arriverez pas sans éclats, sans heurts, sans collisions.

— Eh bien, tant pis ! Nous commencerons la guerre.

Elle accrocha Neby par le bras et l'entraîna près de son trône. Puis elle l'enjoignit à s'asseoir à ses côtés. Le cœur battant, Neby s'installa en position de scribe et, médusée, attendit.

— Tout d'abord, assura Néfertiti, tu entreras à Karnak avec ton titre de Grande Scribe. Je sais que le prêtre Panehesy te l'a donné et c'est là l'essentiel.

Comme Neby s'apprêtait à ouvrir la bouche, elle lui imposa, de la main, le silence et poursuivit d'un ton tranquille :

— Je sais que tu es enregistrée en tant que femme et scribe au Bureau Central de Memphis. Tu es donc apte à faire ce travail.

— C'est insensé ! protesta Tiyi.

— Laissez-moi poursuivre, mère. Il s'agit, du moins dans un premier temps, de recenser toutes les inscriptions qui portent sur Amon. Plus tard, nous mettrons une équipe d'ouvriers et d'artisans qui les efface-ront. Mais, je veux tout d'abord la liste complète de tous les éléments qui se rapportent au dieu Amon ainsi que les lieux exacts où ils se trouvent.

— C’est une tâche considérable, jugea Neby en esquissant une grimace.

— Je te paierai une équipe de scribes. A toi de la chercher, de la trouver, de la former selon tes besoins et tes désirs.

— Je n’ai jamais commandé.

— Tu apprendras.

Certes, cela Neby ne pouvait qu’approuver. Oui ! Commander, ordonner, elle apprendrait. Cependant, elle rétorqua :

— C’est un travail dangereux.

— Je te donnerai une police qui surveillera en permanence tes allées et venues et assurera ta protection ainsi que celle de ton équipe.

— Alors, je ne puis que m’incliner. Pourtant…

— Pourtant ? répéta Néfertiti.

— Si le Grand Prêtre Anen me reconnaît, cela compliquera la tâche.

— Pourquoi te reconnaîtrait-il ?

C’était Tiyi qui venait de jeter ces mots.

— Vous voyez, Majesté, vous ne savez pas tout, lança Neby d’un ton qui n’offrait aucune réserve, je ne vous ai pas encore divulgué mon jardin secret.

— Alors, parle.

— A la mort de mon père, je n’étais qu’une enfant à la recherche de nourriture, traînant dans les rues de Thèbes, le pagne court, les pieds nus et le crâne rasé, trop jeune pour exercer le travail que m’avait enseigné mon père. Quand survint un jour où, suivant incidemment les obsèques de l’épouse d’un Grand Dignitaire, je fus enfermée au temple de Karnak, précisément dans la résidence personnelle de votre frère Anen, Majesté.

— Continue, fit celle-ci d’un ton péremptoire.

— Votre frère est un monstre.

— Je le sais. T'a-t-il violée ?

— Non ! La Grande Prêtresse Ipény a réussi à me sortir de ses griffes avant qu'il n'arrive à ses fins. Mais elle était aussi sordide que le Grand Prêtre. Tous deux m'ont toujours pris pour un garçon. C'est Niny qui m'a sortie de ce trou à vipères. Aussi, c'est la première personne qui fera partie de mon équipe.

— Accordé, approuva Néfertiti précipitamment. Accordé.

— Niny est une naine. Il lui faut des garanties pour quitter le temple où elle est à l'abri.

— Dis-lui que je lui verserai un salaire si elle me reste fidèle. En deux mots, qu'elle renie Amon et qu'elle adopte Aton.

— Elle le fera.

— Alors, dis-lui que je la protégerai jusqu'à la fin de ses jours et dis-le aussi à tous ceux que tu jugeras utile d'engager.

— Jusqu'où vas-tu aller, ma fille ? murmura Tiyi.

— Jusqu'à payer tous ceux qui se rallieront à ma cause.

— Et qui vas-tu ramasser ainsi ?

— Le peuple, Majesté ! ne put s'empêcher de crier Neby. Le peuple !

CHAPITRE XX

— Active les braises, Koushy ! Le feu va s'éteindre.

Koushy dirigea son regard vers le four où cuisaient les cruches et les pots à vin que venait de modeler Sehotep. Ses pieds pétrissaient avec une vitesse inouïe la masse de terre glaise que Koushy venait mouiller de temps à autre. Tout l'art du potier résidait dans ce premier contact avec l'argile. Il fallait savoir la pétrir avec les pieds avant de la saisir avec les mains pour façonner la forme désirée. Quand Sehotep avait modelé un objet, il détachait du bloc qu'il pétrissait avec les pieds une masse de terre glaise, la posait sur son tour et commençait le modelage suivant. Ses doigts agiles se courbaient, se dressaient, s'allongeaient, s'étendaient et l'argile prenait forme. Les becs des cruches s'affinaient, les bords des pots se galbaient, le haut des coupelles s'évasait. Dès qu'un objet était prêt, Sehotep le tendait à Koushy qui allait le poser délicatement dans le four. Les braises qu'il activait cuisaient doucement l'argile.

Certes, depuis que son père était mort dans les agitations des grèves de Médineh, Koushy était triste et si

Maya, en souvenir de son ami Antef, avait pris l'enfant comme apprenti pour lui apprendre le métier, il s'avérait que Koushy n'était pas un débutant. Antef avait déjà fait un bon travail auprès de son fils et l'enfant montrait une vive intelligence et une agilité déjà grande. Il savait correctement mouiller l'argile, activer les braises sans qu'elles fissent des flammes trop hautes, ou s'éteignissent par manque de surveillance, pétrir la glaise jusqu'à obtenir une parfaite consistance. A présent, il lui fallait apprendre à modeler et Sehotep était un bon maître.

Tout en remuant les braises, Koushy réfléchissait. Sa vie était devenue si différente depuis qu'il avait vu, les yeux emplis d'effroi, son père étendu mort sous les coups des policiers. Oui ! Depuis ce temps, Maya aidait généreusement Ipwet sa mère, la réconfortant à tout instant, lui proposant son soutien pour de multiples services, la secourant lorsqu'elle ne pouvait plus payer son pain, son huile ou ses légumes. Enfin, il avait insisté pour prendre Koushy dans son atelier et lui enseigner le métier en attendant qu'il fût en âge de reprendre l'échoppe de son père. Mais n'avait-il pas une idée derrière la tête ? C'est à cela que Koushy réfléchissait en activant les braises.

Les jours qui avaient suivi la grève des artisans, Ipwet était restée prostrée derrière la porte de sa maison. Puis, les allées et venues de Maya l'avait sortie de son mutisme et ses yeux avaient repris une lueur d'espoir. Depuis, Maya le veuf ne la quittait plus. Certes, Ipwet avait gardé toute la grâce de sa jeunesse. Ses trente ans tout juste passés offraient encore le charme d'un corps qui réclamait de la volupté et de l'amour. Grande, mince, les yeux noirs et les hanches rondes, elle savait regarder Maya avec une sollicitude mêlée de tendresse qui ne demandait qu'à être partagée.

Koushy ramena les braises au centre du four et comme elles menaçaient de s'affaiblir, il saisit le soufflet en peau d'hippopotame qui en décuplait l'énergie chaque fois qu'elle baissait. Les yeux rivés sur le four, Koushy ne voyait plus la flamme du feu, mais celle du désir dans le regard de Maya lorsqu'il posait ses yeux sur Ipwet redevenue heureuse.

— Koushy ! cria Sehotep, il y a deux poteries à cuire.

L'enfant soupira et, à regret, se détacha de son rêve. Ah ! Où donc était sa vie d'autrefois ? Il avait tant joué dans les ruelles du village, tant couru dans la montagne pour s'y cacher, tant chapardé d'éclats d'argile pour les revendre aux peintres qui en avaient besoin afin d'ébaucher leurs dessins. Il avait tant surpris de bruits et de ragots aux portes des maisons, des échoppes, des ateliers, qu'il connaissait tout du village. Il n'en parlait qu'avec son ami Hénout, le porteur d'eau et Hopet le briquetier.

Il s'approcha de Sehotep et saisit le pot qu'il lui tendit. A ses côtés, Nésert lui sourit. Depuis quelque temps, elle cherchait une inspiration qui ne venait pas. A quoi rêvait-elle ? Au jour qui allait l'unir à Sehotep ? Il est vrai que le jeune homme offrait de brillantes perspectives d'avenir avec la considération que lui apportait la nouvelle reine Néfertiti, sa sœur de lait. A présent, Maya pouvait abandonner son idée de prendre pour gendre un riche fils de commerçant. Choisir Sehotep, bien qu'il fût fils de paysan, lui offrait mille autres avantages. Bientôt, sa fille irait rejoindre les suivantes de la cour à la Cité d'Akhet-Aton et Sehotep aurait son propre atelier près des appartements du couple royal.

Oui ! Koushy réfléchissait. Pas plus tard qu'hier il avait entendu Sehotep et Nésert murmurer que Maya mûrissait l'idée d'agrandir son échoppe avec celle d'Ipwet et, que s'ils se mariaient, ce serait Koushy qui, plus tard, en hériterait.

A présent Nésert ne rêvait plus. Elle se concentrait sur un dessin. Le motif de lotus qu'elle venait de choisir ne lui donnait pas entière satisfaction. Elle l'observa et le rectifia en évasant le haut de la corolle. Puis elle allongea les feuilles qui venaient tomber en cascade sur le rebord de la cruche. L'ocre qu'elle utilisait était de bonne qualité. Nésert diluait ses couleurs dans de l'eau additionnée de gomme. Les verts malachite lui arrivaient en poudre et les oxydes de cuivre qui fournissaient les rouges et les bruns lui venaient directement en pains qu'elle devait diluer selon la teinte qu'elle désirait obtenir.

Elle observa l'objet décoré qu'elle tenait entre ses mains. Il devait être parfait pour plaire aux dieux qu'il aurait à satisfaire. Destinée — comme tant d'autres — à l'ornementation de la nécropole du Grand Dignitaire Mérymose, mort soixante jours plus tôt et dont la momification venait d'être achevée, cette cruche irait rejoindre le mobilier funéraire du mort dans sa tombe éternelle.

— Sehotep, dit Nésert en agitant entre ses mains la cruche dont la décoration était terminée, crois-tu que le fils de Mérymose, pour lequel nous décorons la tombe actuellement, pourra épouser la fille de l'orfèvre ? C'est un chagrin que d'avoir à se marier après la mort de son père.

— Mérymose, le Grand Scribe, a tout préparé pour le mariage de son fils. A mon sens, Sekmet, la fille de Maât ne voudra pas attendre plus longtemps.

— Je trouve qu'ils ont raison.

Elle le regarda malicieusement.

— Pourrais-tu attendre, toi, si l'on devait remettre notre mariage à plus tard ?

— Non, répondit-il en lui souriant et Any, le scribe, a bien raison de ne pas vouloir patienter davantage.

— Viendront-ils aussi s'installer à la Cité d'Akhet-Aton ?

— Certainement, fit Sehotep d'un ton convaincu, la reine Néfertiti a demandé à Sekmet d'être sa trésorière personnelle.

— Et Any, le scribe ?

— Il devra la suivre.

— Comme moi je devrai te suivre, dit-elle d'un ton mutin.

Koushy tourna la tête dans leur direction et les regarda. Pourquoi allaient-ils tous partir pour la Cité d'Akhet-Aton ? Médineh deviendrait un bien triste village quand la moitié des artisans ne serait plus là pour faire tinter le bruit des maillets et des marteaux.

Non ! Vraiment, Koushy ne saisissait plus. On venait tout juste d'agrandir le village en repoussant les remparts et voilà qu'à présent, on parlait de le déserter. C'était à n'y rien comprendre.

*

Pourquoi Neby avait-elle accepté de se rendre à Médineh ? Niny, qui ne la quittait plus, assurée de l'aide que lui apporterait la reine Néfertiti, avait irrémédiablement quitté son poste de servante auprès de Ipény, la prêtresse d'Amon.

Or, voilà qu'elle entraînait Neby au village des artisans. Neby dut se convaincre que sa compagne avait ses raisons qui, probablement, devaient aller dans le sens qu'elle souhaitait. Ce n'était pas tant la tâche périlleuse que lui avait assignée la reine qui inquiétait Neby, c'était la façon dont elle devait s'y prendre pour recruter une équipe de scribes. Des hommes qui ne la contraindraient pas à leur céder la moindre défaillance. A Médineh où elle trouverait les scribes dont elle avait besoin, comme ailleurs.

Certes, tout allait se compliquer. Neby était parfaitement consciente que, dès le départ de sa mission jusqu'à la réalisation finale, les difficultés s'enchevêtreraient à plaisir. Tout d'abord, il lui fallait trouver une équipe jeune, active, motivée, acceptant de surcroît une femme pour chef. Puis, ce point délicat admis, le pire restait à faire. Comment allait-elle s'y prendre pour leur expliquer qu'il leur faudrait rayer définitivement de leur esprit le dieu Amon pour n'adorer qu'un seul maître, désormais, le disque solaire qui s'appelait Aton ?

Or, Niny la naine avait fort bien pesé la chose. Ce n'était pas à Thèbes que sa compagne trouverait le recrutement dont elle avait besoin. Thèbes était trop attachée à son dieu tout-puissant Amon. Thèbes ! Autrefois élevée par l'autorité et la force de ce dieu dont la puissance n'avait fait que grandir au fil des siècles.

Niny avait raison. C'était parmi les artisans de Deir-el-Médineh qu'elle trouverait les hommes qu'il lui fallait. N'y avait-il pas de simples scribes qui seraient ravis de trouver le moyen de sortir de leur pauvre condition ? Neby le savait pour l'avoir vécu. Rien n'était pire qu'un petit scribe de basse envergure qui ne trouvait jamais aucun appui, aucune aide pour monter dans la hiérarchie des Grands. Elle arpenterait donc le village, chercherait, observerait, questionnerait, puisque tout lui était permis pour la réalisation de sa mission.

Bien que Neby eût déjà trouvé une aide appréciable auprès de Sekmet, laquelle avait demandé à son futur époux Any, le scribe, de l'aider dans sa tâche, elle n'avait, pour l'instant, personne d'autre. Fils de Grand Dignitaire, Any lui serait d'un secours efficace, si, du moins, leur sympathie allait dans le même sens. Toutefois, ses réflexions l'amenaient à penser qu'Any n'avait aucun intérêt à l'écraser par ses connaissances puisque, de toute évidence, il devait lui aussi travailler pour la Cité d'Akhet-Aton.

Ah ! Certes, son père Mérymose, le Grand Scribe Royal, dont le kâ venait de s'en aller au pays d'Osiris, n'aurait pu approuver le choix de son fils. Comment, d'ailleurs, les Hauts Dignitaires de Thèbes, élevés à leur rang de noblesse grâce à la puissance d'Amon, pourraient à ce point renier les vieilles coutumes religieuses de l'Égypte ? Et la tradition s'appliquait aussi bien à Maât, la mère de Sekmet, dont la naissance était empreinte du culte d'Amon. L'effacer sur les parois des temples était une imposture, un sacrilège, une hérésie.

Neby, elle, n'avait ni dieu ni maître. Adorer Amon, Aton ou un autre ! Peu importait ! L'essentiel était d'être scribe à part entière et de conserver une liberté sans laquelle elle n'était plus rien. Neby ne tremblait que pour sa fille laissée sur le bateau de Minhotep par crainte que Panehesy la retrouvât pour la lui enlever. Il lui fallait se faire un nom, s'établir, se constituer des biens, des richesses, une gloire peut-être ! Pour cette unique raison, elle avait accepté la périlleuse mission de Karnak. Et, dès que celle-ci serait achevée, elle reprendrait Nephtys et resterait à la Cité d'Akhet-Aton sous la protection de Néfertiti. Panehesy ne viendrait pas les y chercher.

Quand Niny prit le chemin de la maison d'Hopet, Neby réfléchissait encore à la façon dont elle devait s'y prendre pour former son équipe. Si bien qu'elle pénétra, sans même se rendre compte, dans la petite maison tassée contre les autres, à l'intersection de deux ruelles où clopinaient quelques canards à la recherche d'un point d'eau pour boire. Les quelques mares disséminées çà et là s'asséchaient vite dès que le soleil dardait ses rayons impitoyables sur le sol.

Surprise de ne pas voir Hopet, le briquetier, sur le pas de sa porte, d'autant plus que c'était l'heure de la pause, Niny regarda la femme qui venait vers elle, ses deux seaux vides à la main. Sans doute allait-elle puiser de l'eau à l'extrémité du village. Un âne était attaché à la borne de la maison. Il n'y avait pas d'arbre, pas d'ombre et le soleil tombait brutalement sur l'échine de l'animal.

— Hopet n'est donc pas là ? cria Niny de sa voix aiguë.

— Hopet, le briquetier ! répondit la femme en déposant les deux seaux sur le dos de son âne qu'elle détacha d'un geste rapide. C'est qu'il n'est plus ici. Il a obtenu du Grand Intendant une maison de trois pièces.

— Ah ! fit Niny d'un ton au timbre moins aiguisé. Où est-il à présent ?

La femme observa la naine puis Neby, restée en retrait.

— C'est que, maintenant, il ne vit plus seul, fit-elle en rajustant le bandeau qui enserrait sa tête et retenait ses cheveux noirs.

— Ah !

— Eh ! Oui. Il s'est marié et la mère de sa femme vit avec eux.

— Ah ! répéta Niny sottement.

La femme planta ses mains sur ses hanches rondes et se mit à rire.

— Il fallait bien que ça arrive un jour ! Hopet est un beau garçon, solide, sérieux et travailleur.

On entendit un enfant pleurer dans la maison.

— Ouaset ! cria-t-elle, donne du lait au petit s'il pleure.

Puis elle saisit la longe de l'âne et, d'une main, le tira en avant. De l'autre, elle désigna le bout du village.

— C'est là-bas qu'il est à présent. A cette heure-ci vous devriez le trouver.

Les ruelles de Médineh étaient étroites et sentaient l'oignon et le poisson séché quand ce n'était pas du cochon dont l'odeur de grillade venait irrésistiblement chatouiller les narines de Niny. Elle renifla en plissant le nez et voulut s'en procurer un morceau contre le peigne qu'elle avait dans les cheveux.

— Avec ça, fit-elle à l'homme qui grillait sa viande sur une pierre au creux de laquelle il avait mis sa braise, tu m'en donnes deux, un morceau pour moi et un pour ma compagne.

Elle lui tendit le peigne grossièrement taillé dans du bois de sycomore. Il l'observa, le retourna dans ses mains grasses et accepta.

Mises en appétit, elles dépecèrent de leurs dents impatientes la chair grillée du cochon sur la côtelette qu'elles tenaient entre leurs doigts, sans pour autant s'arrêter de marcher.

Elles traversèrent le village. Des charrettes pleines de paille longeaient les ruelles. Une botte tombait parfois et l'homme qui conduisait l'attelage arrêtait bœuf et charrette, descendait pour la ramasser et repartait sans attendre. Des chiens en liberté reniflaient l'urine que les ânes et les chèvres déversaient à chaque tournant de rue. Un énorme chariot qui contenait des pierres extraites de la montagne leur barra le passage. Elles durent faire demi-tour et, prenant l'axe parallèle, une ruelle longue, étroite et bosselée, elles s'aperçurent qu'elles étaient arrivées au bout du village et qu'elles avaient évité le quartier malodorant des cordonniers et des tanneurs.

Les maisons étaient si serrées qu'elles semblaient se tenir en équilibre les unes sur les autres. Tout se tassait dans un désordre presque méthodique tant on apercevait chaque chose, charrois de marchandises, tas de paille, tas de pierres, appentis, maisons, terrasses, échoppes, ateliers parfois plus cossus et plus vastes, aérés par les multiples ouvertures que constituaient les portes et les fenêtres ouvertes en permanence.

Neby et Niny arrivèrent sur un terre-plein où les bruits commençaient à s'amenuiser. C'était la pleine heure du zénith et les ouvriers prenaient une pause bien méritée. Seuls, les artisans qui travaillaient dans les tombes, et qui partaient tôt le matin, ne rentraient pas à l'heure de la pause. Ils se reposaient directement sur place, à l'ombre d'une grosse roche s'ils étaient à l'extérieur, ou à l'abri dans une salle de la nécropole, s'ils étaient à l'intérieur.

Durant ce temps de repos qui coupait leur longue journée de travail, alors que le soleil plaquait ses rayons intraitables sur le sol, les ouvriers se rassasiaient et se désaltéraient, bien que le repas principal fût servi le soir quand la famille était rassemblée. Le village, à cette heure où chacun somnolait un peu, paraissait moins bruyant. On entendait pourtant, çà et là, quelques bruits de marteaux, de ciseaux, de maillets, ponctués par le braiment des ânes et le bêlement des chèvres.

Les dernières maisons du village étaient plus cossues, car elles étaient habitées par ceux qui possédaient un poste de commandement ou de surveillance. Elles avaient même un minuscule carré de verdure où deux ou trois poireaux poussaient à côté de quelques oignons et de quelques salades. Parfois, bien que ce fût rare, un sycomore ou un acacia, planté au centre, venait dispenser à ces quelques légumes son ombrage bienfaisant.

Quand Hopet fut devant Neby, il ouvrit la bouche sans rien dire. Ses bras retombèrent le long de son pagne dont la ceinture laissait pendre un petit couteau à manche de bronze — un luxe qu'il s'était offert dernièrement — et, le regard étonné, il l'observa tout en semblant ne pas la voir.

L'attitude de Neby devant son ancien compagnon d'enfance était à peu près identique. Elle le regardait, un air étrange sur le visage et n'osait ouvrir la bouche comme si les mots qu'elle s'apprêtait à prononcer devaient aller à l'encontre de ce qu'elle pensait.

Et tout défila devant leurs yeux. Une adolescence sur laquelle on ne peut revenir sans regrets, leurs jeux et les menus plaisirs qu'ils prenaient à les échafauder. Un temps où Hopet et Neby partageaient une vie de famille, avec le pain et la cruche de bière sur la table. Une vie semblable à celle que Hopet voulait à présent fonder avec la femme qu'il venait de choisir. Neby vit dans les yeux de Hopet un étonnement qui croissait de seconde en seconde. Elle bougea cependant sa prunelle et c'est à cet instant qu'elle vit la jeune femme qui se trouvait à son côté.

Alors, ils firent un pas chacun. Un pas chancelant, indécis, étonné encore et, sans plus réfléchir, se jetèrent dans les bras l'un de l'autre.

— Hopet ! s'exclama Neby. Mon doux ami ! Que je suis heureuse de te revoir !

Il sentait le sable chaud et la sueur due à sa matinée de travail. Son épaule était sécurisante et confortable. Elle pensa un instant à celle de Panehesy qui sentait le musc et le jasmin. Ah ! Dieu d'Aton ! Le dieu qu'elle allait désormais adorer ! Que cette jeune femme qui les regardait sans comprendre devait être jalouse de ces débordements de tendresse ! Elle lova sa tête dans le creux de cette épaule que lui offrait Hopet et sentit sa bouche chaude contre son cou.

— Neby, murmura-t-il, pourquoi ne m'as-tu jamais dit la vérité ?

A regret, elle s'écarta. Il la lâcha et recula d'un pas pour observer sa compagne alors que Niny entraînait Nout à l'écart pour lui expliquer à demi-mots ce qu'ils éprouvaient l'un pour l'autre…

— Ah ! Hopet ! dit-elle en lui prenant la main, m'en veux-tu vraiment ?

— Bien sûr, Neby. Nous aurions pu comprendre.

— Comprendre quoi, Hopet ? Que je devais me ranger côté femmes et suivre une voie qui ne me concernait pas, effectuer un travail pour lequel je n'étais pas faite ? Non ! J'aimais trop mon métier pour risquer le plus petit désaccord qui m'eût aussitôt renvoyée au four ou au lavoir avec ta mère et tes sœurs.

Elle lui sourit et caressa ses grands doigts brunis par le soleil.

— Et puis, Hopet, oublies-tu que ton grand-père m'avait formée à un travail dont j'ignorais l'intérêt et la complexité, celui des petits scribes attachés aux temples de province ? Je ne connaissais que l'enseignement de mon père.

A présent, c'était Hopet qui triturait nerveusement les doigts de Neby dans ses grandes mains carrées. Il fallut que Nout s'approchât d'eux et que Neby toussotât pour que les faits revinssent à leur juste valeur, c'est-à-dire au véritable motif de leur visite. Pourtant, reprise par la nostalgie, Neby murmura :

— Ah ! Hopet, quelle époque ! Te souviens-tu de nos longues discussions sur les bords du Nil ?

Hopet secoua la tête.

— Je me souviens du jour où mon père t'a ramenée chez nous. Tu semblais si désemparée, si perdue. Cette année-là, le mois d'Hathyr avait pris trop d'avance et la crue sauvage avait emporté la maison de mon grand-père. Quand tu racontais l'accident, les larmes coulaient de tes yeux. Ah ! Dieu de Seth ! Je croyais que tu étais un garçon et ta fragilité me plaisait, car je pouvais mieux te protéger.

— Je pense que ton grand-père avait deviné que j'étais une fille. Il ne m'a jamais posé de question. Je le respectais et je crois qu'il m'aimait. Je travaillais correctement, je ramenais le salaire dont il avait besoin pour payer sa maison, pour manger et vivre. Cela suffisait à créer une bonne harmonie. Cette crue qui l'a emporté avec la maison m'a beaucoup peinée. Oh, Hopet ! Que de souvenirs ! Te souviens-tu des nuits où, côte à côte, sur la couche que nous partagions, nous discutions des heures entières ?

Neby tourna son visage vers Nout qui les regardait d'un air intrigué mêlé d'inquiétude.

— Et te voilà marié à présent ! Oh ! Mon ami, mon compagnon d'autrefois, je te souhaite tout le bonheur qui existe en ce bas monde et les plus beaux enfants qui soient.

Elle se tourna vers Nout et lui sourit :

— Vous serez heureuse avec Hopet, car toutes les qualités sont en lui.

— Alors, parlons plus efficacement à présent, intervint Niny qui ne perdait pas de vue le but de leur visite ni l'objet de leur mission. Hopet ! Connais-tu quelques scribes à Médineh qui aimeraient sortir de leur basse condition ?

— Ils ne sont pas tous de basse condition, assura Hopet. Certains même ont la considération des grands dignitaires.

— Alors, reprit Niny, je parle des jeunes engagés qui n'ont pas encore eu le temps de se faire valoir.

— C'est au temple qu'ils œuvrent le plus. Certains reportent sur leurs tablettes des listes qui sont dix fois transcrites ailleurs. Ils énumèrent inlassablement les outils dont ont besoin les artisans, ceux qui sont usés, ceux qui sont neufs. Ils dénombrent du matin au soir les jarres d'eau déposées par les muletiers et leurs ânes, les pierres empilées dans les chariots qui descendent de la montagne. Ils comptabilisent vingt fois les sacs de céréales et les jarres de bière pour la nourriture de ceux qui restent à demeure et qui ne rentrent chez eux qu'après leur semaine de travail.

C'était ainsi, les ouvriers qui restaient dans la montagne à creuser, construire, orner les tombes des pharaons, des reines et des hauts dignitaires travaillaient dix jours d'affilée, ne prenant simplement que le temps du repos pour dormir et la pause qu'on leur accordait à l'heure du zénith.

— Alors, décréta Neby sans ambages, je vais m'y rendre dès aujourd'hui et nous en trouverons bien un ou deux qui nous suivront.

Afin de mettre la chose au point, il fallut entrer dans les détails pour entrevoir clairement une solution. Aussi, Neby s'enquit-elle :

— Au village, Hopet, qui puis-je trouver ?

— Il y a bien Anthor. C'est un jeune scribe ambitieux qui ne veut pas rester à Médineh.

— Que fait-il ?

— Bah ! Son travail n'est guère agréable. Il inscrit tous les ânes qui sortent du village et ceux qui, le soir, y reviennent. Il est chargé aussi de dénombrer le cheptel de Médineh. Alors, chaque semaine, il fait l'inventaire des animaux qui restent quand les bouchers ont tué les bêtes qui servent à la nourriture, il inscrit aussi les naissances. Tout y passe, bœufs, chèvres, ânes, chiens, chats. Ah ! Ses comptes sont exacts !

— Accepterait-il de venir avec moi ?

— Travailler avec une femme ! Je crains qu'il refuse, mais nous pouvons lui demander, répondit Hopet en esquissant une grimace. Le surveillant du village dit que c'est un bon scribe et qu'avec le temps il devrait monter dans la hiérarchie.

— Je ne l'aime pas, fit Nout, il est arrogant et impoli. Pourquoi ne demanderais-tu pas au délégué, il connaît tous les scribes du village.

— Il ne fera rien pour aider Neby. Bien au contraire. Je penserais plutôt à Khéti.

— Khéti ! N'est-ce pas le vieux scribe qui travaille avec l'intendant des greniers à blé ?

— C'est lui. Il veut repartir à Thèbes parce qu'il ne supporte plus le climat trop sec de Médineh.

— N'est-il pas trop vieux ?

— Oh ! s'exclama Neby. Le travail à Karnak sera sans doute périlleux, mais pas éreintant. Il devrait le supporter.

— Bah ! s'écria Niny tout à coup. Allons faire un tour dans les nécropoles, nous ne serons pas déçues. Nous trouverons bien un scribe ou deux qui, moyennant un bon salaire, accepteront de redescendre dans la vallée thébaine. Je les connais, ces petits scribes de temples, ils feraient n'importe quoi pour se faire remarquer.

— Niny a raison, je crois que c'est plutôt là qu'il faut les recruter.

— Alors, demande à Menen. C'est lui qui s'occupe de recopier les rares textes dédiés au disque solaire dans la vallée des tombes royales.

— Menen ! s'exclama la naine surprise. Je le connais ! N'a-t-il pas un frère qui travaille à Karnak ? Un scribe qui s'appelle Néhéry ?

— Je ne sais pas, fit Hopet en hochant la tête.

— Si c'est lui, c'est ton homme, Neby ! Car lui et son frère sont des inconditionnels du nouveau dieu Aton. Néhéry s'est querellé maintes fois avec les prêtres d'Amon pour des questions d'intérêt religieux.

Hopet se gratta silencieusement la tête, puis jeta vers Neby et sa compagne un regard sceptique.

— Cette situation est plus complexe qu'elle ne paraît ! fit-il. Vous ne pouvez pas vous aventurer seules dans un désert que vous ne connaissez pas.

— Tu oublies, Hopet, objecta Neby avec fermeté, que j'ai sillonné l'Égypte entière avec mes seuls outils de scribe pour compagnon.

— Tu n'as jamais parcouru le désert.

— Si, Hopet, et c'était un désert plus aride et plus cruel que celui où sont installées les nécropoles de nos rois et de nos reines. Mais c'est un épisode de ma vie que tu ne connais pas. Je te le raconterai un jour.

— Neby, intervint Niny, il a tout de même raison. Il est inutile que nous perdions du temps à chercher Menen, alors qu'il peut, sans doute, nous fournir un guide.

— Peux-tu nous en donner un ?

— Oui. Je pense à Hénout, le porteur d'eau. Il traverse la montagne avec son âne, chaque jour. Il ne travaille pas aujourd'hui, ni demain. Si vous le payez bien, il acceptera.

*

Dans l'atelier de Bek, Thoutmès achevait la sculpture de la reine. Il paraissait satisfait et tenait dans le creux de sa main les deux lapis-lazuli qui devaient orner les yeux de Néfertiti.

— Ces lapis sont d'une pureté exceptionnelle. D'où viennent-ils ?

— Ce sont des lapis extraits des carrières de Babylonie, répondit Sekmet. Cela devrait plaire à ta reine, Thoutmès.

— De Babylonie ! Je croyais que Tiyi n'écrivait plus au roi de Babylone.

— On dit que c'est avec Kadashman qu'elle avait cessé d'écrire, mais depuis qu'il est mort et que son fils Bournabouriah est monté sur le trône, elle entretient avec lui une correspondance très suivie.

Any, le jeune homme qui se tenait à côté de Sekmet, légèrement en retrait de Thoutmès, fit un pas en avant, se rapprochant ainsi du sculpteur. Any était le fils de Mérymose, Vizir des Pays du Sud et Grand Scribe Royal de feu Aménophis. Rien de plus normal que son fils eût hérité de ses fonctions prestigieuses et fût devenu Grand Scribe du nouveau pharaon.

— Je crois que c'est plutôt Néfertiti qui tient une correspondance suivie avec Bournabouriah, intervint Any. Après tout, le nouveau roi de Babylone est son demi-frère.

— Qui lui sert d'interprète ? s'enquit Thoutmès en approchant de sa prunelle hautement exercée l'un des lapis-lazuli qu'il observa de plus près.

Son regard était pointu, aigu. Certes, il ne laissait rien passer. Pas un défaut dans la pureté des pierres ne devait transparaître. En aucun cas Néfertiti ne l'accepterait.

Ses yeux se portèrent sur le bleu veiné d'or que la pièce de joaillerie offrait dans toute sa splendeur. Il scruta avec attention l'intensité de la couleur, puis la pureté des veinules qui couraient en minceur d'un bout à l'autre de la pierre.

Sekmet se tourna vers Any, l'homme qu'elle allait épouser dans quelques jours.

— Comment ! N'es-tu donc pas au courant que c'est Neby qui sert d'interprète à la reine Néfertiti ?

Any se gratta la tête et fixa de ses yeux bruns, pailletés de vert, la grande baie par où passait le soleil qui éclairait largement l'atelier.

— Qui est Neby ? fit-il sans regarder Sekmet.

— Any ! Tu le sais très bien, mais tu t'amuses à faire l'ignorant parce que la mission que t'a confiée Néfertiti ne te plaît pas.

— Ce n'est pas la mission de la reine que je réprouve, c'est de travailler sous les ordres d'une femme.

— Tu exagères, Any, reprocha Sekmet. Tu ne seras pas sous les ordres de Neby. Tu dois simplement l'aider. J'étais là quand Néfertiti lui a expliqué les grandes lignes de cette mission. Neby doit se constituer une équipe de scribes. Ce sont eux qui auront à travailler sous ses ordres. Toi, tu ne devras que l'aider, en quelque sorte la précéder dans les divers sites qu'elle devra inspecter. Tu connais tous les recoins du temple de Karnak pour y avoir suivi l'enseignement des Grands Prêtres. Tu pourras facilement la guider. Ton travail s'arrête là, Any.

Le regard du scribe revint à sa compagne.

— Si le pharaon ne m'avait pas convaincu de la portée de ses nouvelles croyances, je n'aurais pas accepté.

— Alors, sourit Sekmet en prenant la main d'Any, si je comprends bien, tu acceptes non pour moi ou Néfertiti, mais pour le nouveau pharaon.

Any haussa les épaules et ne répondit pas. D'ailleurs, Thoutmès s'approchait d'eux et, pour éviter de contrarier davantage son compagnon, Sekmet se tourna vers le sculpteur.

— Veux-tu que je te livre les cornalines dont tu m'avais parlé pour orner la toque de Néfertiti ?

— Cela dépend, répliqua Thoutmès. A combien me

fixes-tu le prix de ces lapis ? Tu sais que je ne suis pas très riche. Mon atelier n'a pas encore atteint la réputation qu'il mérite.

— Ah ! Que ferais-tu si tu n'avais pas la considération de notre jeune reine ?

— Que veux-tu dire ? Ne l'as-tu pas toi aussi ?

— Certes et je ne m'en plains pas.

— Parce que tu reprends le commerce de ta mère qui le tenait de son propre père et que tu n'as aucune difficulté pour faire prospérer ton affaire. Les plus grands marchés de pierres précieuses te sont ouverts. L'or afflue toujours d'Asie ou de Nubie. Pourquoi gémirais-tu ? Allons, à combien me chiffres-tu ces deux lapis ? De ta réponse dépendra la mienne concernant ma commande de cornalines.

— Le grès poli que tu as utilisé pour réaliser le buste n'a pas dû te coûter cher !

Elle fit quelques pas en direction de la baie et revint vers le sculpteur, un sourire figé sur les lèvres.

— Je peux te livrer de la pâte colorée. Cela te reviendrait moins cher.

— Du verre !

Elle savait qu'il n'accepterait pas de verre coloré. Il fixait avec trop d'envie les lapis pour qu'à présent, il les laissât s'échapper. Elle s'écarta quelques instants des deux hommes et repéra une fresque inachevée qui représentait l'esquisse d'un couple assis sur un trône. Au-dessus un disque avait été dessiné. Des rayons obliques en tombaient, au bout desquels des petites mains semblaient s'agiter vers les deux têtes couronnées.

— Est-ce la représentation du nouveau culte d'Aménophis ? fit-elle d'un ton tranquille.

— Ce n'est plus Aménophis qui reçoit les rayons solaires au-dessus de sa tête. C'est Akhénaton, assura le jeune scribe d'une voix animée par une soudaine énergie.

Cette fois, ce fut à Sekmet de ne rien répondre. Elle semblait réfléchir, puis elle se planta résolument devant Thoutmès.

— Écoute ! En raison de notre longue amitié, je te fais une faveur. Je t'accorde un crédit pour les lapis. Tu me rembourseras quand la reine t'aura elle-même payé de ton labeur. Tu pourras en même temps t'acquitter des cornalines que je t'apporterai dès la semaine prochaine.

— Je t'en suis très reconnaissant.

De la main, la jeune fille esquissa un geste désabusé. Puis ses doigts fins saisirent ceux d'Any qui hésita quelques instants avant de jeter :

— Lui, au moins, il travaille seul. Pas de femme pour encombrer son esprit.

Soulagé, Thoutmès se mit à rire et donna une bourrade dans le dos de son ami. N'avaient-ils pas été, lui et son frère cadet Pentou le médecin, d'éternels compagnons de jeunesse ? N'avaient-ils pas tous été titillés par les œillades charmeuses de leurs jolies compagnes qui, elles aussi, avaient fréquenté le sillage de leur enfance et de leur adolescence ?

Bastet, Sekmet et sa sœur Seita devenue danseuse sacrée d'Amon, Sourrara et Mouthès, les filles d'Ipény, la Grande Prêtresse, tous filles et fils de hauts dignitaires qui, eux-mêmes, avaient grandi ensemble.

Quand Thoutmès retourna au buste dont il avait déjà modelé la première esquisse, Sekmet et Any le virent caresser amoureusement le cou et les épaules de la souveraine au maintien figé dans le polissage impeccable du grès.

CHAPITRE XXI

La vallée descendait, ardue et sèche. Trouver Menen dans cette vaste vallée qui comprenait plusieurs zones où se situaient les nécropoles de Thèbes s'avérait difficile.

En sortant de Deir-el-Médineh, Hénout en tête de l'expédition, juché sur sa mule, l'encourageait avec des petits claquements de langue. Les deux jeunes femmes, montées sur la leur, suivaient le guide en surveillant le moindre souffle d'air, le plus petit indice pouvant perturber leur mission.

Après s'être concertées, car elles ignoraient l'endroit où se trouvait le scribe Menen, elles se fièrent à Hénout. Au bout d'une heure de cheminement dans le désert, il leur assura que Menen devait être du côté de la Porte des Rois. Ce site rocheux, sorti du vallon, à l'ouest des terres cultivées que les Égyptiens appelaient à cette époque la Grande Prairie s'ouvrait dans un désert particulièrement difficile d'accès.

Les jeunes femmes virent Hénout pointer le doigt en direction du vallon qui émergeait du sable dans un halo de lumière aveuglante.

— Là-bas, c'est la « Place de Vérité ». Nous y trouverons les tombes des pharaons. Votre homme doit s'y trouver.

Prenant la direction de l'ouest, ils suivirent un chemin parallèle au Nil qui se terminait par une voie sans issue au pied de la montagne. Celle-ci, qui avait la forme d'une pyramide naturelle, était dédiée à la déesse cobra. Ils entrèrent dans le vallon comme on pénètre dans un sanctuaire, car l'air étouffant et la pesanteur de l'atmosphère empêchaient presque toute discussion. Plus on s'éloignait du Nil, plus la marche devenait difficile.

Afin de prendre quelque repos bénéfique pour la poursuite de la route, Neby exigea que l'on s'arrêtât devant les ensembles funéraires des anciens pharaons. D'ailleurs, cela ne pouvait que compléter sa culture défaillante sur ce point. Car, durant son séjour au temple de Ptah, Panehesy ne lui avait enseigné que la culture religieuse des dieux du nord, ceux de Hermopolis, de Memphis, Héliopolis et Denderah, liés aux pharaons des dynasties anciennes quand leur capitale était proche du delta. Mais, à présent, elle se devait de connaître la nouvelle génération de pharaons, les Aménophis et les Thoutmosis, ceux-là mêmes dont les sépultures avaient été creusées là où se posait en ce moment son regard. Un site étrange qu'elle n'avait jamais vu au cours de ses nombreuses pérégrinations. Il lui semblait qu'ici le ciel se mêlait au sable pour effacer l'horizon dans une teinte unique faite d'or et d'azur.

Dans la zone où elles arrivaient se trouvaient les tombes de quatre Thoutmosis et de trois Aménophis. Bien qu'un peu ignorante — on l'a dit — sur l'existence de ces derniers règnes, Neby n'était pas sans savoir que c'était le pharaon Ahmosis, le libérateur des

Hyksos, qui fut le premier roi à vouloir y bâtir son tombeau en instituant l'idée de l'hypogée qui permettait de dissimuler, plus loin, la dépouille. Plus tard, son fils en avait adopté le principe. Oui ! Un site qui devait être éternel, inviolable. Pour cela, il fallait impérativement préserver les caveaux dans la roche de cette vallée sauvage, désertique, éloignée du fleuve et des habitations et, de surcroît, difficile d'accès. N'était-ce pas la plus astucieuse des idées ?

En reprenant leur chemin, après une courte pause durant laquelle elles burent un peu d'eau fraîche à la gourde suspendue au cou des mules, se dessinèrent, devant leurs yeux, deux intersections qui se fondaient au loin dans l'horizon, l'une dans la vallée orientale, l'autre dans la vallée occidentale. Celle qui aboutissait dans la zone occidentale avait été nommée Vallée des Singes. Une colonie de primates s'y était autrefois installée, imposant la construction d'une nécropole dédiée à ces animaux sacrés dont Thot était le dieu. En ce lieu se trouvait la tombe d'Aménophis le troisième. Neby et Niny s'y arrêtèrent et, descendant de leur monture, apostrophèrent les deux gardes, cuirassés et casqués, qui en surveillaient l'entrée. A côté, on creusait encore la montagne. Des scribes enregistraient les quantités de pierres extraites de la colline qui n'avaient pas été utilisées et dont on se servirait sans doute pour la construction d'une autre tombe.

— Nous recherchons un scribe du nom de Menen, les apostropha Niny qui agita ses petites jambes sur les flancs de son âne.

— Il n'y a aucun scribe de ce nom-là ici, répondit l'un des hommes en posant son calame derrière l'oreille. D'ailleurs, nous-mêmes allons repartir travailler sur un autre site. A présent, cette partie-là n'est plus que surveillée et seuls les gardes resteront.

— Eh ! fit un petit homme qui vint se placer aux côtés de l'autre. Allez voir du côté de la galerie souterraine.

Il se mit à ricaner et l'autre haussa les épaules en retournant lascivement à son fastidieux travail d'enregistrement.

Les deux jeunes femmes hésitèrent en se regardant. Ce petit scribe avait l'air de se moquer d'elles, mais elles ne pouvaient se permettre aucun doute dans la poursuite de leurs recherches et elles décidèrent de se risquer dans la galerie souterraine. Celle-ci aboutissait à la salle centrale éclairée par des lampes à huile, constituées de vulgaires mèches tressées qui trempaient à même dans les bols que l'on remplissait de graisse animale ou végétale. Accroupi dans un coin de la salle, un scribe comptait, puis inscrivait celles qui étaient usées et traînaient sur le sol. Il faut dire que les hommes en utilisaient une quantité considérable pour s'éclairer en permanence dans l'obscurité profonde de ces tombes.

A la lueur de l'une de ces lampes, Neby vit l'homme écarquiller les yeux quand elle formula sa question. Puis, indifférent, il les reposa sur le tesson d'argile qui lui servait de tablette et sur lequel il inscrivait ses chiffres.

— Connais pas ! maugréa-t-il en leur faisant signe de s'écarter.

Mais le petit scribe qui — elles en étaient sûres à présent — les avait faussement renseignées, leur assura qu'un certain Menen travaillait du côté de la porte du tombeau d'Aménophis le deuxième. Hénout, venu à leur rescousse, leur assura qu'elles ne trouveraient plus rien derrière la salle centrale dans laquelle ces hommes travaillaient et qu'elles devraient plutôt se diriger vers le rocher qui, en face, tombait à pic et à l'ombre duquel dormaient une poignée d'artisans.

A cette heure la plus chaude de la journée, tout le monde se reposait. Les uns assis en tailleur, le dos calé à la roche, les autres allongés sur le sol, une pierre sous la tête et la gourde à proximité de la main. Un artisan qui somnolait près de ses outils leur fit vaguement comprendre que Menen avait travaillé avec lui quelque temps, mais était reparti sur un autre site, plus au sud.

Remonté sur sa mule, Hénout, lui aussi, somnolait à moitié. Il fallait que l'animal connût bien le chemin pour ne point s'égarer. Elles décidèrent de ne plus perdre de temps et de se diriger aussitôt vers le sud, du côté de la Porte des Reines.

C'était une zone que l'on appelait la « Place de Beauté ». Elle se trouvait dans un défilé escarpé entre la montagne et les bords du Nil. Cette région montagneuse était réservée aux tombes des princesses et à celles des fils de roi. Les Grandes Épouses Royales n'y furent inhumées qu'à la dynastie suivante, celle des Ramsès, époque d'ailleurs où le village de Médineh devait subir de très nombreux remaniements avec des phases d'aménagements successives qui remettraient tout en question.

Les deux vallées, celle des Rois et celle des Reines, n'étaient pas très éloignées l'une de l'autre mais là encore, elles ne trouvèrent qu'artisans et ouvriers endormis parmi lesquels, fort heureusement, se trouvait un surveillant qui ne somnolait que d'un œil. Fermant l'autre à demi pour éviter qu'elles ne s'obstinent sur leur question, il marmonna entre ses dents que le scribe Menen travaillait actuellement dans la Vallée des Nobles.

La chaleur ne s'amenuisait guère, elle devenait insupportable et décourageante. Neby et Niny avaient soif et leur mule ne voulait plus avancer. Il fallut que

Hénout leur tendît sa gourde d'eau fraîche pour leur donner à nouveau du courage et des forces. A petits coups de badine et de claquements de langue, les bêtes acceptèrent de reprendre une allure un peu plus vive.

Le petit convoi redescendant vers la Vallée des Rois passa devant le temple de Deir-el-Bahari, monument funéraire qu'avait fait construire la pharaonne Hatchepsout. Neby ne l'avait jamais vu. Elle s'arrêta un instant pour en admirer la majesté et la grandeur. Il offrait de façon magistrale ses terrasses horizontales creusées dans la verticalité de la paroi rocheuse. L'ocre de la pierre contrastait avec l'azur du ciel et la verdure des jardins qui s'étalaient dans un vaste périmètre. Elle jeta un dernier regard sur cette vision de rêve et fit bifurquer sa monture au nord, vers la Vallée des Nobles.

L'air était sec, le temps passait et, bien que l'heure du zénith déclinât, la chaleur restait foudroyante. Ils arrivèrent à la tombe de Nakht, celui-là même qui était le père de Pentou et de Thoutmès. Chose fréquente chez les très hauts dignitaires, la grande considération qu'il avait reçue de feu Aménophis le troisième lui avait offert la possibilité de construire sa tombe alors qu'il était encore en vie.

Les ouvriers avaient repris le travail. Ils creusaient dans la roche, piochaient, extrayaient, suaient. Dans cette zone bien particulière, si les tombes étaient de moins grande importance que celles de leurs prestigieux voisins les pharaons, elles restaient tout de même d'imposantes nécropoles, toutes précédées d'une terrasse à ciel ouvert à laquelle faisait suite un long vestibule dont les parois peintes décrivaient les fonctions du défunt ou de celui qui n'était pas encore mort mais qui, plus tard, devait l'habiter pour l'éternité.

Une pièce était en principe consacrée à son épouse. Des objets y étaient déposés, des jarres de vin aux bouchons estampillés avec l'année du règne du pharaon et la provenance du cépage. Sur le sol, traînaient des ostracas où figuraient des effigies, des hiéroglyphes, des esquisses de scènes diverses. Çà et là étaient entassés des éclats d'argile qui avaient servi aux scribes et sur lesquels ils avaient écrit en langage hiératique.

Souvent, aussi, dans la nécropole du grand dignitaire, une autre pièce était consacrée à ses enfants pour le cas où ceux-ci n'auraient pas la possibilité, au cours de leur vie terrestre, de construire leur propre tombe, du moins avec suffisamment de confort pour que la vie dans l'au-delà leur soit aussi agréable que celle qu'ils avaient passée sur la terre.

Face au tombeau de Nakht que creusaient les ouvriers, Neby s'arrêta et se mit en devoir d'attacher sa mule à un pic qui dépassait d'une roche. Il y avait là un amas de pierres, extraites depuis peu, qui servirait bientôt à d'autres utilisations. Elle se baissa et saisit un éclat de pierre sur lequel on avait inscrit un compte de céréales sans doute distribuées et utilisées par les ouvriers. Elle s'accroupit et ramassa un bouchon de jarre défectueux, jeté lui aussi dans les décombres des pierres. Il portait l'estampille de la maison de Nakht. Elle le rejeta plus loin et, se relevant, elle vit un homme qui la regardait.

— Je cherche un scribe du nom de Menen, prononça-t-elle d'une voix assurée.

— Que lui veux-tu ?

— C'est mon affaire, rétorqua Neby sur ses gardes.

L'homme haussa l'épaule et désigna l'ouverture de la cavité. Ah ! Pourquoi ce scribe désigné par Hopet était-il le seul homme qu'il lui fallait à tout prix ? Le seul qui pouvait accomplir la mission de Néfertiti avec un plaisir évident puisqu'il s'agissait de bannir le dieu qu'il exécrait pour en élever un autre qui lui convenait mieux.

Alors que Hénout restait à l'extérieur, bien décidé à prendre un repos qu'il jugeait avoir gagné, Neby et Niny entrèrent dans la première des excavations. La cavité était encore peu profonde mais la clarté restait insuffisante pour se passer de lampe. Or, elles n'en avaient pas et le chemin qu'elles suivirent leur parut interminable. Elles durent tâter les parois pour se persuader qu'elles se trouvaient bien à l'intérieur de la nécropole.

— Pourquoi n'as-tu pas fait l'appel des ouvriers ? Il manque Sen, fit une forte voix, légèrement graveleuse.

— J'ai fait l'appel, répondit une autre voix. Je savais que Sen n'était pas là.

— Pourquoi est-il absent ?

— Sa femme accouche et il a demandé trois jours au Surveillant-Chef.

Il était fréquent, parmi ces ouvriers et ces artisans travaillant à l'extérieur du village et qui ne rentraient au domicile que passé leur décade de travail — ils devaient besogner dix jours avant de prendre deux jours de repos — qu'un congé imprévu leur soit accordé lorsqu'ils donnaient à leur chef un motif acceptable.

— Pourquoi Sen ne m'a-t-il pas prévenu ? reprit la voix sèche et autoritaire.

Puis, braquant sa lampe sur les deux jeunes femmes qui s'avançaient prudemment, les mains collées aux parois et le pied malhabile, la voix graveleuse reprit :

— Qui sont celles-là ? Que veulent-elles ?

— Parler au scribe Menen, signifia Neby.

— C'est moi.

— Alors, je veux t'entretenir d'un sujet qui ne regarde pas les autres, jeta la jeune femme d'un ton énergique.

— Et pourquoi ? fit l'homme en jetant sur elle la flamme de sa lampe à huile qui éclaira aussitôt son visage.

— Fais-nous entrer quelque part où nous serons tranquilles.

L'homme et ses compagnons se mirent à rire grassement. Neby vit une poignée de scribes qui recensaient les outils usés et neufs. En effet, le matériel des artisans qui travaillaient aux nécropoles de la montagne thébaine ne leur appartenait pas. Chaque soir, ils déposaient leurs outils devant les scribes chargés d'inscrire l'état dans lequel ils étaient et les leur rendaient chaque matin.

— Qui es-tu ? Toi la naine ! Et qui t'envoie ?

— Je suis au service de Neby, la scribe personnelle de Sa Majesté la reine Néfertiti.

Les hommes se turent et celui qui braquait sa lampe sur les deux femmes se mit à tousser. Fort heureusement, Menen ne manquait pas de bon sens et pensa que s'il y avait une part de vérité dans ce qu'annonçait cette femme naine au visage ingrat, il devrait peut-être écouter l'autre qui se disait Grande Scribe. Ah ! Certes, avec cette étrange reine qui se montrait sans escorte à l'extérieur de son palais et qui distribuait à grandes volées des présents aux ouvriers de Deir-el-Médineh, il fallait s'attendre à tout.

De plus, songea-t-il encore, la reine et son époux le nouveau pharaon voulaient imposer un dieu que lui-même vénérait. Cela demandait matière à réflexion et surtout l'engageait à écouter ces deux femmes.

— Houy ! cria-t-il à l'un des hommes, donne-leur une lampe et qu'elles me suivent.

Munie chacune d'un bol empli de graisse dans lequel flottait une mèche, elles suivirent le scribe sans mot dire. La lumière qui se dégageait devant elles les éclairait suffisamment pour qu'elles vissent le chemin qu'elles longeaient.

Menen les précéda jusqu'au vestibule central où deux artisans étaient en train de peindre les parois. Ils les avaient égalisées au ciseau, puis enduites de plâtre et lissées avant d'y tracer, en rouge, les esquisses des représentations et des inscriptions qui devaient y figurer. Lorsqu'il fallait les rectifier ou y apporter quelques modifications, c'était le chef dessinateur qui s'y employait. Elles s'effectuaient en noir et, partant de là, on pouvait commencer le travail de peinture, de gravure ou de ciselure. Elles s'étalaient de haut en bas, allant se perdre jusqu'au plafond qui en poursuivait la scène amorcée sur le mur.

Au passage, Neby admira la beauté de toutes ces peintures qui s'harmonisaient dans un étalement de couleurs vives et fraîches. Des esquisses attendaient encore qu'on les peaufinât. Il y avait de multiples représentations de scènes quotidiennes et de travaux des champs avec des hommes menant les bœufs, binant la terre, semant le grain, pressurant le raisin, arrachant le lin ou récoltant le blé.

Figuraient aussi le Nil et ses marais touffus avec des hommes y chassant, y pêchant. Les peintres n'avaient pas lésiné sur les feuillages, le gibier, les oiseaux. Des ibis, des hérons, des grues à l'œil vif observaient le paysage. Des femmes tenaient entre leurs mains des canards, des sarcelles, des cailles tués à l'arc ou au boomerang.

Les parois évoquaient aussi des scènes de banquets avec les plus jolies femmes qui fussent. Elles mangeaient, buvaient, conversaient. Il y avait des danseuses et des musiciennes, des acrobates, des jongleuses, des femmes occupées à leur toilette, de très jeunes servantes dénudées apportant des offrandes, des onguents ou tendant un peigne en ivoire ou un coffret de bijoux en onyx.

Tout ceci était si inhabituel pour Neby et même Niny, accoutumées aux représentations religieuses des tombes de rois ou des scènes d'offrandes aux dieux dans le temple de Karnak. La richesse de ces fresques les éblouirent tant qu'elles en oublièrent un instant le véritable motif de cette entrevue. Ce fut Menen qui, d'une voix brutale, les rappela à l'ordre :

— Je n'ai pas de temps à perdre, rugit-il. Que voulez-vous ?

— Je viens te faire une proposition de la part de la reine Néfertiti, annonça aussitôt Neby, sans plus de préambule.

— Laquelle ?

— Travailler avec moi au temple de Karnak.

Il sembla alors aux deux femmes que le rire de Menen ne s'arrêtait plus.

— Tout d'abord, ma belle ! s'esclaffa Menen, je ne travaille pas sous les ordres d'une femme, serait-elle la plus grande scribe du royaume. Ensuite, je hais Karnak et ses temples.

— Es-tu le frère de Néhéry ? jeta Niny en plantant brusquement ses courtes jambes devant Menen.

— Le connais-tu ?

— J'ai travaillé longtemps avec Ipény.

— Ipény ! Cette vipère qui en nourrit d'autres dans son sein.

— Elle-même. Je suis heureuse de constater que tu l'exècres autant que moi.

— Et alors ? fit Menen qui restait sur ses gardes. Il y en a plus d'un qui aimerait voir cette femme étouffée par les reptiles qu'elle nourrit. Qu'elle crève et qu'on n'en parle plus.

— Je suis d'accord ! s'écria Niny.

Il ricana.

— Crois-tu que tu es la seule à vouloir ça ? J'en connais plein qui rêvent de la voir chuter, écrasée par plus fort et plus puissant qu'elle.

— Et toi, si tu es le seul à vouloir qu'un autre tombe, tu pourrais être notre homme.

— Qui d'autre, à Karnak, pourrait tomber ?

Niny se haussa sur la pointe des pieds et lui fit signe de s'approcher. Il dut s'abaisser, courber l'échine et tendre le cou pour entendre ce qu'elle lui chuchotait à l'oreille.

— Amon, le dieu !

Il fit une grimace. Et ce fut l'instant que choisit Neby pour prendre la suite d'un propos qui, grâce à Niny, ne s'amorçait pas si mal.

— C'est de cela que nous sommes venues t'entretenir.

— Allons ailleurs, laissa-t-il tomber froidement. Ici, trop d'ouvriers nous entendent. Cette tombe est en plein chantier. Celle du Grand Rekmirê, située un peu plus loin est tranquille. J'écarterai les gardes qui la surveillent et nous pourrons parler.

La nécropole de Rekmirê n'était pas sans attrait. Aussi vaste que celle de Nakht, c'était une tombe dont les parois éclatantes de couleurs relataient les travaux ingrats de perceptions d'impôts sans oublier les versements des tributs des pays étrangers, particulièrement ceux de la Nubie et du Pays du Pount. Les murs étaient recouverts de scènes diverses où des hommes noirs apportaient de l'or et des bœufs. Ils se prosternaient devant le pharaon, offraient des animaux, des oiseaux, du bois et des plantes d'origine africaine devant lesquels Neby ne pouvait qu'être songeuse.

Comment pouvait-elle réagir autrement devant de telles représentations ? Car Rekmirê, le Haut Dignitaire — elle le savait depuis qu'elle connaissait ses origines — avait été le Grand Vizir du pharaon Thoutmosis III et le frère de Satiah, sa grand-mère. Or, si Neby procédait par analogie, elle n'était plus sans savoir que la mère de Rekmirê, qui était aussi son aïeule, avait accompagné la pharaonne Hatchepsout au Pays du Pount pour en rapporter les trésors fabuleux dont l'encens qui plaisait tant aux dieux. Et voilà qu'elle en avait le vivant témoignage devant les yeux.

La tombe de Rekmirê, tout comme celle de Nakht, fourmillait de détails dont Neby se repaissait. Des chasses où l'on piégeait l'oiseau au boomerang, de majestueux jardins avec un étang central où l'on naviguait sur un esquif en papyrus, des banquets où les servantes offraient à leur maîtresse des colliers ou des onguents, des hommes au travail tenant le marteau, la hache ou la houe, des ateliers de potiers, de menuisiers, de charpentiers.

C'est là, devant une description picturale qui représentait des artisans au travail, qu'elle reprit le fil de ses idées. Ce n'était certes pas le moment de flancher ni de laisser vagabonder ses esprits.

Le travail le plus ardu restait à faire : convaincre cet homme de se rallier à elle.

*

Menen n'opposait plus de réticence à l'offre de Neby, mais il tenait à ce qu'ils se rendissent à Karnak pour s'assurer que son frère Néhéry approuvait bien ce projet.

— Il m'est impossible d'y aller sans protection, affirma Neby en secouant la tête. Vas-y seul. Je t'attendrai au village.

Comme le scribe paraissait surpris, elle ajouta d'un ton ferme :

— J'y ai laissé trop de mauvais souvenirs pour passer inaperçue. Je n'irai que protégée par la police de la reine.

Menen ne répondit rien et il fut décidé qu'il se rendrait seul à Karnak afin d'y rencontrer son frère et obtenir quelques éléments précieux qui permettraient de faciliter les bases du travail.

— Reviens à Der-el-Médineh ensuite, fit Neby en prenant les rênes de sa mule que lui tendait Hénout. Je t'y attendrai avec l'équipe qu'il me faut et dont tu connais l'essentiel puisqu'il s'agit d'Anthor et de Khéti. Mais je compte bien renforcer ce petit groupe qui me paraît insuffisant si nous voulons travailler vite.

Tenant encore les rênes de sa mule, elle avait à peine prononcé ces mots qu'elle vit une jeune femme l'aborder. Elle était grande, aux formes déliées, et portait un pagne qui laissait sa poitrine ronde et ferme presque nue. Elle bredouilla des mots indistincts et, pourtant, elle ne semblait pas craintive. Quand Neby la détailla, avec une insistance telle que cela aurait pu être gênant si la nouvelle venue avait été empruntée, elle sut qu'elle connaissait ce visage, ce sourire avenant, ces yeux vifs et intelligents. Mais où ? Neby n'eut pas le temps de se poser d'autres questions, la jeune femme l'y aida :

— C'est incroyable ! murmura-t-elle. Hopet m'avait bien dit que tu n'avais pas changé, même si je te retrouvais vêtue en femme et avec des cheveux sur la tête.

— Inéni !

Elles tombèrent dans les bras l'une de l'autre et restèrent quelques instants sans plus rien dire. Puis Inéni s'écarta la première et, enfin, parut gênée. Elle passa la main dans ses cheveux noirs et frisés.

— Ah ! Neby, je remercie le jour où tu m'as appris à lire et à écrire.

— Mais tu savais déjà dessiner, répliqua Neby en riant. Tu avais si bien décoré les murs de ta maison. Tu n'as eu aucun mal à apprendre ce que je t'enseignais.

— Oh ! Par tous les dieux ! Ceux que je vénère et ceux que je veux oublier ! Si j'avais su, à l'époque, que tu n'étais pas un garçon…

— Tu m'aurais accaparée davantage que ne l'a fait ton frère Hopet et je me serais retrouvée, tout comme toi, en train de brasser la bière ou de cuire le pain. Non, Inéni ! Je voulais faire autre chose.

— Ton métier de scribe ! Je comprends. Mais j'ai été si abasourdie quand Hopet m'a tout raconté.

— C'est si vieux, tout cela, soupira Neby. N'en parlons plus, veux-tu ? Et dis-moi plutôt ce que tu deviens. Es-tu mariée ?

Inéni secoua la tête.

— Avant, ce n'était pas possible. Mais à présent que le nouveau pharaon est au pouvoir et que la reine Néfertiti accueille les dieux d'Asie, je vais pouvoir épouser Menwy.

— Qui est Menwy ?

— L'homme que j'aime. Un Mitannien. C'est le petit-fils d'une esclave ramenée en Égypte durant le règne du pharaon Aménophis le deuxième. Il m'aurait fallu quitter le village pour l'épouser.

— Pourquoi ne l'as-tu pas fait ?

— Ici, j'ai un travail qui me plaît. Je peins, sur des éclats d'argile, des esquisses pour les peintres. Parfois, ils en retiennent quelques-unes et ils me paient bien.

Mais je m'occupe aussi des archives du village et de la salle de lecture. Si tu as besoin d'un texte sur Médineh, je pourrais te le retrouver.

— Merci, Inéni, cela pourrait être fort possible.

Puis ce fut Niny qui questionna :

— Et Menwy, que fait-il ?

— Avant que le nouveau pharaon soit au pouvoir, il n'avait pu trouver qu'un travail de manœuvre et il transportait les pierres dans la montagne thébaine. Puis Hopet m'a aidée et, quand il m'a acheté un âne, Menwy a pu devenir muletier. Il véhiculait les artisans qui sortaient du village pour se rendre à Thèbes, côtoyant toute la journée le grand mur qui entoure le village. Mais la police était toujours méfiante à son égard et ne le lâchait pas des yeux. Dès qu'il s'approchait d'un fortin, il entendait des allusions peu enclines à la douceur. On le traitait de « fils d'esclave » ou de « vil Asiatique ».

— Si je comprends bien, Menwy n'est plus muletier depuis qu'Akhénaton est pharaon ?

— Non. Il est devenu presque un artisan. Et, bien que Hopet nous ait beaucoup aidés, Menwy a eu beaucoup de chance grâce aux assouplissements des mœurs dont il a pu bénéficier. On lui a trouvé un emploi dans les tombes. Il est chargé d'affiner l'huile qui sert à éclairer les salles souterraines.

— Ah ! Je connais cette huile, intervint Niny. Il y a la même à Karnak. C'est une huile qui ne fait pas de fumée pour éviter de noircir les parois blanchies devant recevoir les peintures murales. C'est un bon travail.

— Alors, tu es contente ? s'exclama Neby dans un élan de joie en prenant la main de sa compagne.

— Oui, puisque la tolérance du nouveau pharaon me permet d'épouser Menwy.

Neby toussota et lâcha la main d'Inéni.

— Hélas ! Sais-tu que sa tolérance ne va pas dans les deux sens ?

— C'est exactement la raison pour laquelle j'ai tant voulu te rencontrer, mis à part l'immense joie que j'ai à te revoir.

Impatiente de repartir car la nuit pouvait les surprendre en cours de route, Niny sauta sur sa mule. Quant à Hénout, trouvant sans doute que le temps consacré à sa cliente s'achevait, il claqua nerveusement les flancs de son âne avec sa petite badine flexible, dans la ferme intention de rentrer au plus vite. La nuit tombant sur le désert l'effrayait.

— Et que veux-tu donc ? demanda Neby en tournant son regard vers Inéni.

— Travailler avec toi.

— Bon ! Eh bien, je te prends en croupe et nous allons discuter de tout ceci sur le chemin du retour.

Inéni se mit à rire :

— Alors, c'est toi qui vas monter à l'arrière et te détendre, répliqua-t-elle d'un ton réjoui. Je sais conduire un âne mieux que personne, hormis Menwy. Tu n'auras qu'à m'écouter tandis que je guiderai la mule.

Acquiesçant, Neby sauta derrière sa compagne et passa les bras autour de sa taille. Celle-ci s'exclama toujours joyeuse :

— Je sens ton torse contre mon dos. Te souviens-tu de cette époque où mon père se moquait de moi parce que je voulais porter une tunique à corsage pour cacher mes seins naissants ? Te souviens-tu comment j'allais cueillir le lin pour disposer de quelques débens et acheter des couleurs broyées ? Te souviens-tu combien j'étais jalouse de Hopet qui t'entraînait toujours dans son sillage, me laissant hargneuse et rageuse à l'idée de ne pouvoir vous accompagner ?

Le petit groupe s'était mis en marche. Les uns derrière les autres, ils avançaient tranquillement. Le soleil commençait à décliner, amorçant sa courbe rougeâtre dans un ciel encore intensément bleu.

— Hopet ne voulait pas que je t'en parle. Mais Nout l'a convaincu qu'il n'y avait aucun mal à ce que je t'accompagne dans la mission que t'a donnée la reine.

— Évidemment, puisque je cherche à renforcer l'équipe qui doit me soutenir dans ma tâche. Je sais que tu peux recopier des listes puisque tu sais écrire.

— Je peux aussi t'être utile dans la recherche de documents. Les archives au temple d'Amon doivent être impressionnantes, mais je m'y retrouverai vite et bien. Tu ne seras pas déçue de mes services.

— Il faut activer l'allure des mules ! cria Niny, la nuit va tomber et je ne tiens pas à me retrouver dans le désert en pleine obscurité.

— Ne crains rien, la rassura Inéni, entre Médineh et la vallée des tombes, le désert est toujours surveillé par la police. Aucun bandit ou malfaiteur ne peut s'aventurer sans être pris de suite.

Mas il fallut faire boire les mules qui ne voulaient plus avancer et, quand le petit trot des animaux s'installa et que l'allure du convoi prit de la vitesse, il fallut à nouveau freiner à l'arrivée des trois hommes d'armes qui avançaient vers eux, comme si les dernières paroles d'Inéni les avaient fait apparaître.

— Que fais-tu là, Hénout ? cria l'un des hommes. A cette heure-ci, tu devrais redescendre tes seaux vides. Les carriers ont cessé le travail.

— J'ai pris du repos accordé par mes maîtres, répliqua vivement le jeune homme. Je sers de guide au scribe Neby.

— Aurais-tu bu trop de bière ? s'esclaffa l'homme. Je ne vois aucun scribe avec toi.

— C'est moi ! cria Neby face à l'homme qui leur barrait la route avec son attelage. Je suis Neby, la scribe envoyée en mission par Sa Majesté la reine Néfertiti.

— Qui le prouve ? lança un second policier en venant renforcer le barrage de son compagnon alors que le troisième se plaçait à côté de la mule de Niny, l'empêchant ainsi d'avancer davantage.

— Mais c'est vrai ! objecta Hénout, je leur sers de guide.

— Toi, tu ferais mieux de retourner d'où tu viens, rétorqua le premier policier en pointant un doigt agressif dans sa direction. A mon sens, tu les as aidées contre un bon salaire, mais l'objet de cette besogne me paraît plutôt louche. Allons, file si tu ne veux pas avoir d'autres ennuis.

— Je vais en référer directement à la reine si vous refusez de nous laisser passer, menaça Neby, les joues empourprées par la colère. Et cela pourrait bien casser votre prochaine promotion.

L'un des hommes eut un rire gras. Rouge de fureur elle aussi, Niny s'interposa :

— Nous sommes venues recruter quelques scribes pour la mission que nous a confiée la reine.

— Voyez-vous ça ! s'esclaffa le policier. Ne seriez-vous pas plutôt venues en éclaireuses pour monter un mauvais coup ? Allons, où sont vos complices ?

— Mais elles n'ont pas de complices et elles vous disent la vérité, rétorqua Inéni qui, elle aussi, sentait monter la colère.

— Toi, tu la boucles ! rugit le plus agressif des trois hommes, celui qui les avait provoquées en premier. D'ailleurs, rien ne s'oppose à ce que nous pensions que ton sale Asiatique d'amoureux est dans le coup !

— Mais quel coup ? cria Neby. Pour qui me prenez-vous ?

Un jet de poussière vint jusqu'à eux, dans un bruit de galop.

— Regardez, un attelage ! alerta Neby. Vous devriez l'arrêter aussi.

— C'est un haut dignitaire. Nous avons été avertis de son passage sur ces lieux. Mais aucun surveillant de Médineh ne nous a signalé le vôtre. Je dois vous arrêter.

— C'est un comble ! s'écria Niny. C'est un comble !

Le jet de poussière s'accentuait jusqu'à devenir un rideau jaunâtre parsemé de la sécheresse de l'air qui s'atténuait pourtant avec les rayons tombants. Deux chevaux arrivaient bride abattue, attelés à un char qui laissait la marque de ses roues étincelantes dans le sable du désert.

— Oui, c'est un comble ! répéta Neby, l'attention dispersée par l'attelage qui freinait brusquement devant elle.

Puis l'épais nuage de poussière se mua en un voile de sueur qui lui couvrit le visage et le cou, tombant à grosses gouttes sur son corps vêtu d'une mince tunique.

— Laissez cette jeune femme, entendit-elle dans un flottement qui la fit vaciller. Je la conduirai moi-même où elle doit se rendre.

Neby crut qu'elle allait tomber de la mule et rester là, étendue, inerte, morte, épuisée à force de combattre des forces incommensurables. Ses jambes pressèrent les flancs de sa monture, mais elle les sentit molles et incapables de réagir.

— Crétins ! jura l'homme à voix basse en voyant que les policiers persistaient à retenir la longe de sa mule. Laissez cette femme, je vous dis.

Ah ! Cette voix qu'elle connaissait si bien ! Ce ton

bas, fait de modulations graves et ondulatoires, comme s'il psalmodiait un hymne à son dieu Ptah !

Et maintenant que les yeux de Neby ne quittaient plus l'attelage, seule demeurait cette stature grande, puissante, musclée. Il lui semblait même que l'odeur de musc lui arrivait impunément aux narines. Était-ce donc ce parfum qu'elle connaissait trop et qui, dans la chaleur du soir, se développait comme l'effluve d'une fleur sauvage, qui lui faisait fermer les yeux ?

Ah ! Panehesy ! Pourquoi fallait-il donc qu'elle prenne toutes ces peines pour ne plus le voir, ne plus penser à lui, alors qu'il la retrouvait au creux de ce vallon bordé de montagnes, dans un village clôturé d'un mur d'enceinte que l'on disait inviolable et n'ouvrant sur l'extérieur que par des portes fortifiées ! Fallait-il donc qu'elle accepte un travail périlleux mais immensément rémunéré pour lui permettre d'élever décemment sa fille tout en gardant sa liberté pour que cet homme vienne perturber ses projets d'avenir ?

Panehesy dardait sur les policiers un œil froid, acéré, devenu gris par la colère qu'il évitait de faire éclater. Il tenta même d'esquisser un effort pour calmer la rage qui étouffait sa gorge.

— Allons, dit-il d'un ton plus mesuré. Cette jeune femme vous a dit qu'elle était scribe et qu'elle avait une mission à remplir pour la reine. Je vais l'accompagner où elle devait se rendre. Quant à vous, conduisez le reste du convoi au village et que ces gens soient convenablement installés. Vous répondrez de moi si ce n'est pas le cas. Cette jeune femme les y retrouvera dès demain matin.

Puis le conducteur descendit de son attelage, souleva Neby comme s'il s'agissait d'un oiseau blessé pris au piège, la cala dans ses bras et la déposa dans son char. Le tout fut fait en quelques secondes et les policiers restèrent cois.

— Je t'enlève, chuchota Panehesy à l'oreille de la jeune femme.

Il n'attendit pas plus et, dans un crissement de roues, le char s'éloigna pendant que Neby s'accroupissait ahurie et pitoyable au fond de la coque en bois.

— Pourquoi me harcèles-tu ainsi ? jeta-t-elle d'une voix cassée.

— Parce que je t'aime, petit scribe. Tu le sais bien.

Neby essaya de détendre ses jambes recourbées. Puis elle prit une longue aspiration, absorbant l'air que le soir rendait plus frais et la rejeta lentement. L'atmosphère devenait maintenant supportable.

— Que vas-tu faire de moi ? prononça-t-elle d'une voix un peu plus raffermie.

Quand elle vit les mâchoires de Panehesy se contracter et ses mains serrer plus violemment les rênes de ses chevaux, elle se reprit complètement. La stupéfaction passée, elle se releva et vint s'appuyer au rebord de la coque.

— Le pharaon va te disgracier si tu ne me laisses pas accomplir la tâche que m'a confiée son épouse.

— Je sais, répliqua-t-il d'un ton bas. Je sais que je ne peux rien faire.

— Alors, pourquoi m'enlèves-tu ?

— Pour t'aimer une nuit encore. Après je te relâcherai et tu pourras aller effacer l'image du dieu Amon de tous les temples de Karnak.

Il tourna son buste vers elle et passa un bras autour de sa taille, l'attirant contre lui. De l'autre main, il tenait les rênes des chevaux filant à toute allure, les naseaux fumants et la crinière s'agitant au gré du vent du soir. Les zébrures du ciel devenaient de plus en plus rougeoyantes.

Panehesy se mit à égrener un rire bas, aux inflexions presque cyniques avant de déclarer :

— C'est dangereux. Tu n'aurais pas dû accepter ce travail.

— Qui m'a faite Grande Scribe ? rétorqua-t-elle. Qui m'a fait remettre le document nécessaire pour accomplir ce genre de tâche ?

— Oui ! C'est moi et je le regrette quand je prends conscience de la taille du danger qui t'attend.

Il resserra son étreinte, ploya le buste et posa sa bouche sur son cou.

— Neby ! Tu ne sortiras pas vivante de cet enfer. Les prêtres d'Amon t'attendent. Ils vont te tendre mille pièges. Un jour, tu tomberas dans celui qui est le plus redoutable sans pouvoir en ressortir et nul ne sait comment tu vas mourir. Il n'y aura aucune trace, aucun élément qui permettra d'en savoir davantage.

Elle hocha la tête.

— La reine m'a donné un policier pour ma garde et ma défense. Un homme que tu connais fort bien, fit-elle d'un ton narquois. Un homme de combat dont tu connais les compétences puisque tu les as toi-même utilisées pour me retrouver chaque fois que je te fuyais.

Elle s'écarta un peu de lui.

— Tu as mis du temps, cette fois, à retrouver ma trace. Ton épouse aurait-elle eu vent de tes incessantes poursuites à mon sujet ?

Comme il se taisait, elle reprit :

— A quoi cela te sert-il de m'aimer puisque je refuse de vivre auprès de toi et de ta femme avec un enfant qu'elle risquerait de prendre pour le sien, après m'avoir bafouée et humiliée ?

Il fit une légère embardée, mais reprit rapidement son équilibre et l'attelage n'arrêta pas pour autant sa course folle. Bien au contraire, il menait farouchement ses chevaux. C'est à peine si leurs sabots touchaient le sol.

— Où est ma fille ? cria-t-il à pleins poumons.

Le vent emporta ses mots, mais ils revinrent en écho frapper les oreilles de Neby. La lumière était superbe et un halo rouge enveloppait un silence total. Un fennec traversa la piste et, affolé par le destin qui aurait pu le fracasser, courut se perdre derrière un monticule de sable qui s'élevait entre deux petits rochers.

— Tu peux me retrouver mille et mille fois, Panehesy, mais tu ne trouveras jamais ma fille.

— Tu te trompes, Neby, te rechercher sans cesse me conduira un jour à elle.

— Non ! Jamais.

— Tu n'as pas le droit de t'occuper seule de ta fille. Tu oublies que c'est la mienne aussi. Un jour, la loi t'obligera à accepter la paternité de ton enfant. Tu ne pourras t'y soustraire.

— Sauf si je prends un époux libre qui accepte l'enfant.

Une pierre entrava l'allure de l'attelage, un monticule de sable le fit frémir, ricocher, trébucher. Les chevaux se cabrèrent, pivotèrent et Panehesy freina brutalement. Neby vint buter contre le rebord, mais le choc la repoussa durement au fond de la coque. Panehesy lâcha les rênes, descendit sur le sol et se tourna vers Neby. Puis, avant qu'elle eût le temps de bouger ou de répliquer, il la saisit à nouveau dans ses bras et la déposa à ras du sol, la tête calée contre la coque de l'attelage.

— Refuse cette mission, lui dit-il en plaquant sa bouche sur la sienne. C'est un travail qui n'aura aucune issue et qui entraînera la mort de ceux qui prennent trop farouchement parti.

— Mais je ne m'implique nullement dans cette affaire religieuse. Tu le sais, Panehesy. Amon, Ptah, Aton ou un autre ! Peu m'importe. Ce que je veux, c'est le bien-être de ma fille.

— Il y aura des morts dans ce combat et tu en feras partie. Abandonne et viens avec moi. Ta fille sera heureuse et tu l'élèveras comme tu l'entends dans une autre résidence que celle où vit mon épouse.

— Non.

— Neby ! Cette bataille de dieux contre dieux va devenir infernale. Veux-tu donc en être le centre ? Veux-tu être à l'origine de tout ce sang qui sera versé ? Il faut être fou pour tenter une telle expérience. On ne peut effacer d'un seul coup cent dieux séculaires pour en imposer un seul.

Il se tut, conscient qu'il parlait peut-être trop de ce sujet brûlant dans lequel, un jour proche, il serait lui aussi plongé en plein cœur. Neby frissonna. Elle accepta le baiser fougueux qui s'abattit sur sa bouche comme une tornade foudroyante. Il la serra violemment, brisant presque son dos contre lui.

— Tu m'as habituée à des gestes moins emportés, chuchota-t-elle, à une plus tendre passion !

Il ne desserra pas son étreinte et quand il la sentit impuissante, il fit glisser les bretelles de son corsage et caressa son buste dénudé. Les petits seins de Neby frémirent et leurs pointes se dressèrent sous les lèvres chaudes du Grand Prêtre. Elle se sentit une fois de plus prise au piège et la lourde larme qui glissa de son œil alla s'écraser contre la joue de Panehesy. Alors, il relâcha son étreinte.

— Neby, je ne peux pas répudier mon épouse. Je ne peux pas.

— Elle ne t'a pas donné d'enfants, tu le peux.

Elle s'échappa de ses bras, mais il la reprit plus farouchement encore et elle perçut dans la pression qu'il s'efforçait de maintenir une impuissance à réagir.

— C'est impossible. Je ne peux pas.

Cherchant à le repousser, elle ne le put, car il la

serrait avec une poigne trop forte, glissant à présent sa main chaude sur son ventre qu'il venait de découvrir en relevant les pans de sa tunique. Elle reconnut la douceur du frôlement de ses doigts sur sa peau et elle se laissa faire.

— Alors, restons-en là. Aimons-nous une fois encore et laisse-moi repartir.

— Jamais, petit scribe. Jamais. Tu me trouveras toujours sur ton chemin où que tu sois.

— Et si je disparaissais dans les labyrinthes de Karnak, comme tu le présageais tout à l'heure ?

— Certes, je serais libéré de toi.

Elle eut un frisson.

— Oui ! Je serais libéré de toi, souffla-t-il. Mais seulement sur cette terre, Neby. Oui ! Sur cette terre, puisque dans l'au-delà, je te retrouverai toujours.

Sa force était si convaincante qu'elle se laissa mollement aller. Encore une fois, Panehesy lui communiquait la folie de sa passion.

La cité des vivants se dressait sur la rive, à l'est du Nil. Celle des morts se trouvait à l'ouest. La première opposait ses faubourgs compacts, ses maisons serrées les unes contre les autres, ses jardins et ses grands bassins carrés où nageait une faune aquatique colorée et diverse. La seconde offrait le désert et des rangées de morts desséchés, enfermés dans de fines bandelettes de lin, attendant que leur âme aille rejoindre un site éternel.

Et Thèbes ! Thèbes allait offrir à Neby l'époustouflante tâche de changer le monde afin qu'il devienne, peut-être, plus égal pour chacun.

AVERTISSEMENT

Après la célèbre Hatchepsout, la Mitannienne Moutmouia, la grande reine Tiyi, et l'inoubliable Néfertiti, ce huitième tome « La Vallée des Artisans » poursuit l'histoire de la XVIIIe dynastie de l'Égypte Ancienne.

On sait que les origines de Néfertiti sont troubles. Qui est-elle ? D'où vient-elle ? Mais on ne conteste pas la remise en cause de toute une religion composée de multiples dieux pour en imposer un seul, le disque solaire Aton.

La saga *Les Thébaines* est une reconstitution historique et romanesque qui met en scène les femmes égyptiennes au cœur du peuple des pharaons de la XVIIIe dynastie.

Les personnages des Thébaines se mêlent aux personnages réels, restituant ainsi, avec la plus grande rigueur possible, l'atmosphère de l'époque, les événements authentiques et, bien sûr, l'histoire de ces femmes qui revendiquent leur liberté dans les diverses classes sociales auxquelles elles appartiennent : on connaît ainsi des chefs d'entreprise, tisserandes, prêtresses, batelières, femmes d'affaires, administratrices de biens, femmes médecins, femmes scribes, hauts fonctionnaires…

Tout en décrivant leur vie quotidienne, rien n'est laissé au hasard dans cette immense fresque car se déchaînent, en parallèle, les grands fléaux de l'époque : sécheresse, épidémie, famine, crues dévastatrices, grèves, esclavage, etc., pour donner une vision réaliste de ce que fut cette période de l'Égypte Ancienne.

Si *Les Thébaines* ressortent de la pure fiction, on peut comprendre qu'elles auraient pu exister et marquer leur histoire telle que je l'ai racontée. Dans ce cas, le réel peut se mêler harmonieusement à la fiction, laissant rêver les lecteurs.

Le récit est basé sur des faits historiques et la plupart des personnages, à l'exception des Thébaines, ont existé.

Le tome 9 des *Thébaines — A l'Est, le Port* — poursuivra cette saga sur la XVIIIe dynastie de l'Égypte Ancienne. Quant aux Thébaines, elles revendiqueront toujours leur indépendance dans les différentes couches de la société de cette époque.

DÉESSES ET DIEUX DE L'ÉGYPTE ANTIQUE

AMON : dieu de Thèbes, à tête de bélier.

ANOUKIS : dieu de la première cataracte (île de Sehel).

ANUBIS : dieu à tête de chacal / dieu des nécropoles, temple de Denderah.

ATON : dieu du disque solaire.

BASTET : déesse à tête de chat, région de Bubastis.

BES : dieu nain / dieu qui préside à la naissance.

GEB : dieu de la terre.

HAPY : dieu hermaphrodite / dieu du Nil.

HATHOR : déesse à tête de vache symbolisant la vie terrestre, déesse de Denderah.

HORUS : dieu à tête de faucon symbolisant les rois des premières dynasties, fils d'Osiris.

ISIS : l'initiatrice, la première des déesses / épouse d'Osiris et mère de Horus.

KHEPRI : le dieu scarabée / dieu de l'aube.

KNOUM : dieu à tête de bélier / dieu des potiers, dieu de Philaé et d'Éléphantine.

KONSOU : fils d'Amon, région de Thèbes.

MAÂT : déesse de la justice, création théologique, coiffée d'une plume d'autruche.

MIN : dieu de la fécondité, pourvu d'un énorme phallus. Dieu de Coptos.

MOUT : épouse d'Amon.

NEKBET : déesse vautour, maîtresse des oueds désertiques.

NEITH : déesse issue de l'eau.

NEPHTYS : sœur d'Isis et amante d'Osiris / mère d'Anubis.

NOUT : déesse des étoiles, région d'Héliopolis.

OSIRIS : dieu des morts.

PTAH : dieu des artisans / temple de Memphis.

RÊ ou RÂ : dieu du soleil. Dieu d'Héliopolis.

SATIS : déesse de la première cataracte / fille d'Anoukis.

SECHAT : déesse de l'écriture / épouse de Thot.

SEKHMET : déesse à tête de lionne / déesse de la défense.

SELKIT : déesse scorpion.

SETH : dieu du désert / dieu du mal, des forces obscures.

SOBEK : dieu crocodile / dieu du fayoum.

THOT : dieu à tête d'ibis / dieu de la connaissance / dieu d'Hermopolis.

THOUERIS : déesse hippopotame / préside à l'accouchement.

GLOSSAIRE

ABYDOS : ville de Haute Égypte où réside le dieu Osiris.

AKKADIEN : habitant d'Akkad, importante cité de Mésopotamie.

AMON : dieu installé par les princes thébains à la libération de l'Égypte envahie par les Hyksos.

ANKH (croix d') : amulette, symbole de vie.

APIS : taureau sacré.

ATON : ou dieu soleil qui remplaça le dieu Rê ou Râ au temps d'Aménophis IV ou Akhénaton.

BÂ : âme oiseau à tête humaine. Les Égyptiens pensaient qu'à la mort, le Bâ et le Kâ se libéraient du corps en continuant à vivre dans la tombe.

BARQUES SOLAIRES : nefs cosmiques qui permettaient de passer de la vie terrestre à la vie de l'au-delà.

BUBASTIS : ville de Basse Égypte, située dans le delta du Nil.

CALENDRIER : l'année se décomposait en douze mois. Chaque mois comptait trente jours divisés en trois décades.

CANAAN : terme qui désignait une région de Palestine.

CANOPE : vase dans lequel on enfermait les viscères du mort momifié.

CHADOUF : système d'arrosage des terres.

CHOLERA : quand les rivières, les canaux ou les fleuves étaient taris, absorber de l'eau sale pouvait provoquer le choléra.

CLEPSYDRE : horloge.

DEIR-EL-BAHARI : temple de la pharaonne Hatchepsout.

DEIR-EL-MEDINEH : nécropole de la Vallée des Rois / village des Artisans.

EMBAUMEMENT : ou momification, procédé qui permettait de préserver les corps selon des techniques qui évoluèrent au fil des siècles.

EDFOU : ville entre la Basse et la Haute Égypte.

ELAM : région du sud-ouest de l'Iran actuel.

ELECTRUM : métal fait d'un mélange d'or et de cuivre fort prisé des Égyptiens.

ELEPHANTINE : ville près de la première cataracte.

ESNA : ville située sous Thèbes et Karnak.

FAYOUM : région d'étangs et de fourrés grouillant de poissons et de volatiles située sur le flanc occidental de la Moyenne Égypte, communiquant avec la vallée par un bras naturel du Nil.

GALENE : sulfure de plomb dont on fait le khôl qui servait au maquillage.

HAREM : lieu réservé aux femmes dans les maisons de maîtres, qui n'étaient pas des gynécées à la grecque.

HERMOPOLIS : ville de Basse Égypte où réside le dieu Thot.

HIERATIQUE : système d'écriture simplifiée.

HIEROGLYPHE : signe idéographique de l'écriture sacrée.

HITTITES : peuple d'origine indo-européenne venu des Balkans.

HYKSOS : peuplades de l'Est ayant envahi l'Égypte au Moyen Empire.

IRRIGATION : arrosage artificiel des cultures dans les pays arides.

ISIS : déesse initiatrice / nœud d'Isis : amulette, symbole.

JUBILE : fête qui consiste à réaffirmer la puissance du pharaon.

KÂ : âme, force vitale, énergie spirituelle, rejoint les dieux dans l'au-delà. Afin que la personne soit immortelle, le Bâ et le Kâ devaient pouvoir reconnaître le corps sinon ils ne pouvaient le réintégrer.

KARNAK : temple de Thèbes, où réside le dieu Amon.

LIBYE : désert à l'ouest du delta.

LOTUS : symbole de la renaissance.

MASATABA : chambre funéraire. Tombeaux qui se regroupaient en quartiers dans un lieu déterminé.

MEDINET-HABOU : nécropole et village dans la Vallée des Rois et la Vallée des Reines.

MEMNON (de) : colosses édifiés sous Aménophis III.

MEMPHIS : ville de Basse Égypte où réside le dieu Ptah.

MITANNI : puissant État qui s'étendait au Nord-Est de la Syrie et englobait les vallées du Tigre et de l'Euphrate.

NAOS : salle centrale du temple, abritant la statue du dieu.

OBELISQUE : monolithe de forme quadrangulaire, symbole solaire gravé de hiéroglyphes à la gloire des pharaons.

OUDJAT (l'œil de) : œil fardé, amulette, symbole / œil du dieu de la voyance, œil magique d'Horus.

PHILAE : île de la première cataracte où réside Knoum, le dieu des potiers.

POUNT : pays d'Afrique qui, actuellement, pourrait être la Somalie ou l'Éthiopie.

PSHENT : double couronne / large couronne rouge sous la mitre blanche.

PYRAMIDE : élément principal du complexe funéraire pharaonique, Saqqarah fut la première de ces constructions, puis suivirent Khéops, Khéphren et Mykherinos.

SAISON : Périt, époque des labours et des semailles. Chemou, époque des récoltes. Akhit, époque de la crue et du dépôt du limon sur les terres.

SCARABEE : symbole, amulette de l'éternel retour / cachet servant de sceau.

SCEAU : en argile ou en faïence, permettant de tamponner les documents.

SCRIBE : fonctionnaire chargé de la rédaction des actes administratifs, religieux ou juridiques.

SPHINX : monstre mythique, à corps de lion et à tête humaine, préposé à la garde des sanctuaires funéraires sous forme de statue.

TANIS : ville de Basse Égypte, située dans le delta.

THEBES : capitale de l'Égypte de la XVIIIe dynastie, située entre la Haute et la Basse Égypte.

URAEUS : couronne au cobra / serpent sacré.

BIBLIOGRAPHIE

— *Littérature historique sur l'Ancien Empire égyptien,* de A. Roccati, Éd. du Cerf, 1982.

— *Les Flabellifères dans l'Égypte Ancienne,* document du C.N.R.S., 1979.

— *La Littérature égyptienne,* PUF, 1982, collection « Que sais-je ? »

— *L'Empire de Ramsès,* de Claire Lalouette, Éd. Fayard, 1985.

— *Égypte, merveilles du monde,* texte de Claudio Barocas, Traduction de Dominique Versini, préface d'Oscar Niemeyer, Éd. Fernand Nathan, 1970.

— *Histoire de la Vallée des Rois,* de John Romer, Éd. Philippe Lebaud.

— *Habitation des prêtres dans le temple d'Amon,* de Pierre Anus (extrait de la revue *Kémi*), 1971.

— *Karnak, Égypte, Domaine du divin,* de J. Lauffrey, préface Desroches-Noblecourt, C.N.R.S.

— *Les Bâtisseurs de Karnak,* de Jean-Claude Golvin et Goyon, Les Presses C.N.R.S., 1987.

— *Les Secrets des bâtisseurs égyptiens,* de Manuel Minguez, Éd. Tallandier.

— *L'Art de l'Égypte,* de Kazimierz Michalowski, Éd. Citadelles, Mazenod, 1994.

— *Le Nil,* de Bruce Brandier, National Geographic Society, Éd. Flammarion, 1977.
— *La Vallée des Reines, tombes royales identifiées,* Fontaines-lès-Dijon.
— *La Vallée des Rois,* d'Otto Neubert, Éd. Robert Laffont, 1977.
— *L'Archéologie et l'histoire de la Vallée des Reines,* Les dossiers d'archéologie, Fontaines-lès-Dijon.
— *Her-Back Pois Chiche,* de Schwaller de Lubicz, Éd. Champs Flammarion, Visages vivants de l'Ancienne Égypte.
— *Her-Back Disciple,* de Schwaller et Lubicz, Éd. Champs Flammarion, Visages vivants de l'Ancienne Égypte, 1955.
— *Rituels funéraires de l'Ancienne Égypte,* de J.-Cl. Goyon, Éd. du Cerf, 1972.
— *Pouvoirs et sagesse selon l'Égypte Ancienne,* de Christian Jacq, Éd. du Rocher.
— *Famine et sécheresse,* de Jane Walter et Christine Leplae-Couwez, Éd. Gama, 1992.
— *Histoire de la civilisation égyptienne,* de J. Pirenne, Éd. La Baconnière, 1963.
— *Naissance et rivalités des premiers empires,* Éd. Rencaut, Lausanne (vol. 1).
— *Images de la vie quotidienne, Égypte au temps des Pharaons,* de Guillemette Andri, Éd. Hachette, 1992.
— *Contes et récits de l'Égypte ancienne,* de C. Lalouette, Éd. Flammarion, 1995.
— *Les Contes populaires de l'Égypte ancienne,* traduits et commentés par Jean Maspéro, Éd. Maison-Neuve et Larose, 1988.
— *Les Créateurs d'éternité (chronique du village des Artisans de la Vallée des Rois),* de John Romer, Éd. Philippe Lebaud, 1984.

— *La Restauration du Village des Artisans,* Les dossiers d'archéologie, Fontaines-lès-Dijon.
— *L'Esprit du temps des pharaons,* de Erik Homung, Égyptologie, Mythes, Civilisation, Éd. Philippe Lebaud.
— *Le Temple de l'homme,* Étude de la pensée pharaonique, Dervy livres.
— *Le Livre de l'Égypte ancienne,* du British Museum, Collections Égyptologie, Mythes et civilisations.
— *Au temps de Babylone,* de Harry W.F. Saggs, Éd. Philippe Lebaud, 1995.
— « L'Égypte interdite », *Sciences et Avenir,* décembre 1999, n° 634 bis.
— *Éternelle Égypte,* de Newby, photos de Maroon, Éd. Fernand Nathan.
— *Connaissance de l'Égypte ancienne,* de J. Sturm, Bruxelles, 1996.
— « La Nouvelle Égypte ancienne », *Sciences et Avenir,* n° spécial n° 30.
— *L'Égypte des pharaons,* Éd. Géo, novembre 1989, n° 129.
— *Les Égyptiens, l'Empire des pharaons,* de Cyril Aldred, Éd. Armand Colin, coll. « Civilisations », 1985.
— *Néfertiti,* de Philippe Vandenberg, Éd. Belfond, 1987.
— *Dictionnaire de l'Égypte ancienne,* Encyclopédie Universalis, Éd. Albin Michel, 1988.
— *Le Monde des pharaons,* textes et photographies par Henri Stierc, Éd. Princesse, 1978.
— *Les fouilles du Tell-el-Amarna et l'époque amarnienne,* traduction H. Wild, Éd. Payot, 1936 (extraits).
— *Akhénaton et sa légende,* de C. Traunecker, Éd. Bordas Paris, 1984.

— *L'Empire des conquérants, l'Égypte au Nouvel Empire,* 1979, sous la direction scientifique de J. Leclant, Éd. Gallimard (vol. II).
— *L'Égypte du crépuscule de Tanis à Méroé,* 1980 (t***).
— *Les Sagesses de l'Égypte pharaonique,* de J. Leclant.
— *Naissance de l'écriture, cunéiformes et hiéroglyphes,* Réunion des Musées nationaux, 1982.
— *L'Égypte,* de Janine Monnet, Éd. Fernand Nathan, 1963.
— *Une Nécropole de Thèbes-ouest,* de Ch. Leblanc, Documentation Le Caire.
— *Les Momies,* de Ange-Pierre Leca, Librairie Hachette, coll. « Marabout Université », 1976.
— *Le Livre des Morts des anciens Égyptiens,* par Grégoire Kolpatchy, Dervy Livres.
— *La Médecine égyptienne,* de Ange-Pierre Leca, Éd. Dacosta, 1971.
— *Parfums et aromates de l'Antiquité,* de Pierre Faure, Éd. Fayard, 1991.
— *La Vie quotidienne en Égypte au temps de Ramsès,* de Pierre Mentet, Éd. Hachette, 1946.
— *Voyage dans la Haute et Basse Égypte,* de Denon Vivant, Éd. Pygmalion, 1990.
— *Voyage en Égypte et en Nubie,* de G. Belzoni, Éd. Pygmalion, 1979.
— *Atlas de l'Égypte ancienne,* de J. Baines, Éd. du Fanal, 1990.
— *La Pharaonne de Thèbes, Hatchepsout fille du Soleil,* de Francis Fèvre, Les Presses de la Renaissance, 1986.
— *La Civilisation égyptienne,* de Adolph Erman et Hermann Ranke, Éd. Payot, coll. « Histoire », 1948.
— *Thèbes ou la naissance d'un empire,* de Claire Lalouette, Éd. Fayard, 1986.

— *La Littérature égyptienne,* de Claire Lalouette, PUF, coll. « Que sais-je ? », 1982.
— *La Sagesse vivante de l'Égypte ancienne,* de Christian Jacq, Éd. Robert Laffont, 1998.
— *La Thèbes des pharaons,* de C. Nims, Éd. Albin Michel.
— *La Religion des Égyptiens,* de A. Erman, Éd. Payot, 1952.
— *Textes sacrés et textes profanes de l'Ancienne Égypte,* de Claire Lalouette, Éd. Gallimard, coll. « Unesco », 1984.
— *Les Prêtres de l'Ancienne Égypte,* de Serge Sauneron, Éd. Perséa, 1988.
— *Les Épouses des pharaons,* de Léonard Cotrell, Éd. Robert Laffont, 1968.
— *Les Égyptiennes,* de Christian Jacq, Éd. Perrin, 1996.
— *La Femme au temps des pharaons,* de Christiane Desroches-Noblecourt, Éd. Stock, coll. dirigée par Laurence Pernoud, 1986.
— *Les Pharaons, les noms, les thèmes, les lieux,* de Pascal Vemuset, Jean Yyotte Ma Éd., 1988.
— « Découvertes et mystères de l'Égypte Ancienne »,
— « Le Nil au temps des pharaons », *Historia* spécial n° 9612.
— *L'Art égyptien, l'Encyclopédie d'aujourd'hui,* par Serge Donadon, Le Livre de Poche, 1993.
— « L'Égypte des pharaons », *Historia* spécial n° 495, mars 1988.
— *L'Ombre d'Égypte, le peuple de Pharaon,* Guide archéologique du musée « Malgré Tout », Éd. du Cédarc, Belgique, 1999.
— *Égypte, merveilles du monde,* texte de Claudio Barocas, Éd. Nathan, 1976.
— *Voyage en Égypte Ancienne,* de Jean-Claude Golvin, Éd. Actes Sud, coll. « Errance », 1999.

— *Dictionnaire de la civilisation égyptienne,* de Georges Posener, Éd. Hazan.
— *Le Trésor des Pharaons, La joaillerie égyptienne de la période dynastique,* de Cyril Aldred, Éd. Tallandier.

Composition réalisée par EURONUMÉRIQUE

IMPRIMÉ EN ESPAGNE PAR LIBERDUPLEX
Barcelone
Dépôt légal Édit. : 36568-08/2003
LIBRAIRIE GÉNÉRALE FRANÇAISE - 43, quai de Grenelle - 75015 Paris.
ISBN : 2-253-15527-6

31/5527/2